新闻实践与探索

——获奖作品及其评介

张学法 著

中国矿业大学出版社
·徐州·

图书在版编目(C I P)数据

新闻实践与探索：获奖作品及其评介 / 张学法著

. —徐州 ：中国矿业大学出版社，2023.10

ISBN 978 - 7 - 5646 - 5938 - 7

Ⅰ. ①新… Ⅱ. ①张… Ⅲ. ①新闻－作品集－中国－当代②新闻－文学评论－中国－当代 Ⅳ. ①I253 ②I207.5

中国国家版本馆 CIP 数据核字(2023)第 166958 号

书　　名	新闻实践与探索——获奖作品及其评介
著　　者	张学法
责任编辑	徐　玮
出版发行	中国矿业大学出版社有限责任公司
	(江苏省徐州市解放南路　邮编221008)
营销热线	(0516)83885370　83884103
出版服务	(0516)83995789　83884920
网　　址	http：//www.cumtp.com　**E-mail**：cumtpvip@cumtp.com
印　　刷	江苏淮阴新华印务有限公司
开　　本	787 mm×1092 mm　1/16　**印张** 20　**字数** 426 千字
版次印次	2023 年 10 月第 1 版　2023 年 10 月第 1 次印刷
定　　价	60.00 元

(图书出现印装质量问题,本社负责调换)

心旌飘红阡陌间（代序一）

——"小"记者频出"大"新闻透析

沈建华

"小记者"年龄不小，从事新闻工作40年；"小记者"地位不高，是中国最基层的党报记者，却屡获最高新闻奖——"中国新闻奖"及国家、全省好新闻奖；"小记者"工作范围不大，就一个县域，竟常写出全国性大新闻。

今年清明节前，一篇2500余字的通讯《79年后，19名烈士"归队"》在网上热传，有近200家中央和地方主媒、新媒体刊发和转载，社会反响之强烈自不待说。

这篇通讯的作者，就是江苏省《射阳日报》主任记者张学法，自称"小记者"，却屡尝写出大新闻的甜头。

20世纪90年代初，他就投书《农民日报》，建议倡办全国农民节，该文章在《农民日报》一版刊出。

他采写报道的射阳县完善农业基本经营制度和推进农业现代化方面的创新实践"联耕联种"，被写进了中央一号文件。

他先后采写200多篇有关农业品牌创建的新闻，为品牌价值逾245亿元的"射阳大米"赢得巨大的美誉度和影响力。

在一个县报记者岗位上，张学法先后获得中国新闻奖、赵超构新闻奖等150多篇新闻奖项，撰写10本新闻专著，获评新闻高级职称。他心中一直飘红的新闻旗帜，始终深插阡陌间。

深爱大地的深沉情怀

"为什么我的眼里常含泪水？因为我对这土地爱得深沉……"土生土长的张学法，深爱着这片不知洒过多少烈士鲜血的苏北老区热土，因此，他对革命烈士有着无比的崇敬。

1944年6月30日拂晓，一艘载有100多日伪军的汽艇拖着两只民船驶向射阳塌港，欲寻我新四军主力作战。我新四军二十团三营某排39名官兵奉命留守堵截，19名指战员牺牲于此。起初安葬时只有18具烈士遗体，79年前，《盐阜大众报》刊登了18烈士的事迹，但因战争频仍，部队行踪不定，这些烈士的姓名和所属部队，一直鲜为人知。

射阳县委书记、射阳县人武部第一政委吴冈玉知晓此事后强调,要让长眠在此的无名烈士"有名",找到部队和亲属是对烈士最好的告慰,更是红色基因的传承。

2023年3月初,射阳县成立了由县人武部、县委宣传部、县退役军人事务局、县融媒体中心、海河镇政府等单位人员组成的寻亲小组。张学法是寻亲小组成员之一。

3月2日上午,寻亲组一行到达皮旅驻地,在部队史馆,翻开历史档案,经过反复比对,有两名烈士牺牲时间与烈士们牺牲的位置相应。

从无锡寻亲回来后,初稿虽然完成,但张学法反复推敲,总觉得皮旅部队的答复比较模糊,缺乏可靠有力的依据,下不了发稿决心。要对烈士负责,要对新闻负责!张学法下决心一定要找到新的扎实可靠的史实依据。

在射阳县人武部政委严乾龙、《射阳日报》原副总编辑彭辰阳等同志的全力支持下,通过一个月的深入追踪寻访,反复核实,终于确认部队番号和战斗时间、地点,双方交战人数和部队的旅史记载完全吻合。

3月30日上午,烈士墓前,某红军旅官兵代表,向79年前在这里战斗牺牲的19名烈士敬献花篮。至此,射阳县海河革命烈士陵园内19位无名烈士英魂,于79年后全部找到"娘家"!这一刻,张学法眼含热泪,激情难抑。

1996年9月20日《盐阜大众报》周末版上刊登长篇通讯《"有一位女孩,她曾经来过……"》,报道养鹤姑娘徐秀娟烈士殉职纪念活动中人们对烈士深深的缅怀,引发了许多人的热泪和深深的感动,反响强烈。

在社会风气和思想道德面临新的变化中,这篇通讯为何能如此打动人、感染人?作者张学法是怎样使一篇普通纪念活动的采访侧记,取得出人意料的效果的?

9月13日下午,在报社办公室,张学法从来报社办事的县供电局一位同志的闲谈中得知这样一条信息:《盐城丹顶鹤保护区将于9月16日举行徐秀娟烈士殉职9周年纪念活动》。

9月16日一大早,张学法乘中巴车颠簸了将近两个小时,赶到了保护区管理处。本来纪念活动一结束,写个纪念活动的消息,百来个字就可以完成任务回去交差了。

吃午饭时,张学法从徐秀娟的妹妹那里得知,他们一家人还要到养鹤场、望鹤楼和徐秀娟生前遇难的小河、墓地去。张学法决定留下来,不离左右,边看边记,记下了许多感人至深的场景和细节——

黄尖镇81岁老人王道生和离休老干部朱墨专程赶来,送上自己创作的纪念烈士诗文;沙沙是徐秀娟生前驯养的丹顶鹤,徐秀娟的母亲动情地呼唤着沙沙,沙沙引颈应和,母亲把沙沙当成自己的女儿时,那情那景委实催人泪下;还有徐秀娟的妹妹在姐姐当年落水时走过的石板码头上唱歌,一名叫孙云红的女孩子赶来唱《一个真实的故事》……

这次采访,张学法在现场3次流泪。当天晚上,他抑制不住心中的激情,写下了这篇近3000字的通讯。《盐阜大众报通讯》1996年第10期就此评论说,希望产生更多像《"有一位女孩,她曾经来过……"》这样的好文章、好新闻。

因为热爱这片烈士洒过鲜血的土地，也因为热爱这片土地上的人民，张学法对农民的赤子情怀，也始终如一。

2013年2月5日，《农民日报》一版加转版，刊发长篇通讯《一个留守儿童幼儿园迁动的牵动》，报道射阳县小星星幼儿园的迁动，引起省市县多层次领导和多部门、多方面热切关注和支持的感人事迹，引起广泛好评。

多年来，张学法采写过50多篇关于反映留守儿童学习生活的消息和通讯。他一直跟踪的小星星幼儿园，20多年来接纳了1600多名留守儿童，受到全国妇联、教育部、中央文明办的表彰，并被《农民日报》确定为领导班子"记者'走转改'联系点"。

2016年1月，张学法深入留守儿童家庭和生活中采访，写、拍的《心中的歌儿唱给爸妈听》图文于2月5日在《农民日报》刊出后，获评第27届中国新闻奖三等奖。

深切关注的深重担当

社会需要正能量，记者要有责任和担当。尽管只是一名县报记者，张学法在大是大非面前，依然义无反顾地承担起应尽的职责和应履行的使命，做一个公平正义的舆论守护者。

1992年秋季，张学法下乡采访，发现不少农户因种粮亏损秋播时竟然抛荒弃种，经过深入采访思考，他写出《射阳粮农为何大抛荒》的调查，刊登在《农民日报》一版头条上，继而在《人民日报》《中国财经报》等7家大报刊发，引起了国家有关部门的重视。

可这一"揭短"调查文章，让他惹下了祸端。面对单位领导严厉训教，在面临"革职"处分的艰难处境中，张学法没有畏惧与退缩，他深感自己为农民代言没有错。

在相关新闻媒体的强力助威下，在众多农民朋友的全力支持下和上级宣传部门与重要媒体的协调下，"大抛荒"调查风波终于得以平息。他的"揭短"调查也得到了上级部门的肯定，并受到高度重视。盐城市委派人员实地调研，市县各级领导及时研究解决问题的办法，采取有效措施，切实减轻农民负担。12月初，射阳农民抛荒问题得到基本解决。此后又有10多家新闻单位记者来射阳跟踪报道射阳解决土地抛荒问题的做法。此稿的发表在全国范围内引起了广泛关注，充分说明了社会永远需要有正能量、有责任和有担当的记者。

时过不久，1992年11月，张学法到农村就农民秋粮的收益情况进行调查采访。在采访中，农民普遍反映，今年种田不赚钱，还遇到好多难题。主要原因是生产成本高，各种负担沉重，粮价过低，有的农民种粮不但不赚钱还亏本。

这期间，张学法专门采访了全国劳模、种粮大户杨定海。在采访中得知，杨定海还有40万公斤粮食没卖出去，即使按市场价每公斤0.64元卖掉，也要亏损7万元。杨定海面临的困惑，具有一定的代表性。于是张学法迅速赶写了《种粮大户杨定海的困惑》。

市委机关报《盐阜大众报》很快在头版刊出，之后以《杨定海现象引发的思考》为题发了9篇连续报道，在全市上下引起了强烈反响。随着报道的深入，粮食主管部门收购了杨定海的粮食,金融部门延缓收回贷款,还表示再支持杨定海70万元发展粮食生产。

"杨定海现象"也得到了中央、省、市有关部门的重视,商业部派员来到射阳调研,并要求各级粮食部门以保护价敞开收购农民的粮食,解决了农民"卖粮难"的问题。此系列报道在江苏省报纸好新闻评比中获奖。

多年新闻工作实践中,张学法有一个深切的体会:记者不仅需要有担当与勇气,更要有对社情民意的洞察力、发掘力和表现力。随着思想的成熟,能力的提高,张学法一篇篇有担当和有勇气的深度报道持续应运而生。

《粮食大丰收,农民反添愁》《射阳各地缘何瓜多成灾》《不宜忽视的粮食入库质量问题》《收割机推广缓慢症结所在》……这些既切中时弊又伴有对策建议的力作,在射阳当地推动着一个个问题的解决,为县域内外提供着借鉴和启迪的作用。

优质农产品不能实现优质优价,是农业增效、农民增收的一大拦路虎。

2003年,射阳县大米协会在上海举行了"射阳大米"品尝会。会上,消费者的啧啧称赞、上海市民的抢购热情,触动了张学法敏感的新闻神经。他眼前一亮,敏锐地意识到"射阳大米"独特的口感食味,或许能为射阳稻米产业拓展广阔的市场。张学法连夜赶写出现场特写《大米品尝会》,第二天在《人民日报》刊发。

关注农业品牌建设与营销,张学法全力跟踪"射阳大米"品牌建设,一则则关于"射阳大米"生产、销售、打假、创牌的新闻见诸报端。他这一盯就是18年,写出200多篇"射阳大米"创牌的新闻,使"射阳大米"品牌在江沪地区产生了巨大影响。"射阳大米"连续14年获评上海食用农产品"十大畅销品牌",先后荣获中粮协评为全国"放心米"称号、中国粮油榜"十佳粮食地理品牌"。为此,张学法撰写了《粒粒皆辛苦——见证射阳大米品牌18年成长之路》30万字的专著,是江苏省第一本地理标志农产品创牌的图书。

"'射阳大米'从难卖到畅销,从28万亩到突破百万亩,形成60万吨产销量、近百亿元产值的群体,成为江苏省产业集群品牌培育基地,实现品牌价值245亿,张学法的宣传功不可没。"射阳大米协会终身名誉会长张昌礼如是说。

深入调研的深度思辨

作为站在时代潮头的新闻工作者,只有以时代的眼光去观察风云变幻的世界,去分析预测改革开放的变化和发展,坚持思维方法创新,才能写出有新意、有分量的新闻作品。张学法的视野,并不因为自己仅是一个县报记者而局限一隅。

我国城镇居民人口长期是计划供应,从1979年开始,国家为了增加粮农的经济收入,粮食统购价提高50%。为了保持市场物价的基本稳定,不增加城市居民人口的经济负担,粮食供应价一律不动,这就产生了购销价格倒挂的现象。

据统计,仅1979年国家财政对粮食的补贴就达209亿元。一方面国家给予巨额的补贴,而另一方面因粮食供应价低,出现了粮食普遍的浪费、粮食过多的积余以及粮食大量的流失,这样下去怎么得了?

在充分调研的基础上，张学法提出了解决这个沉重包袱的 4 个途径。其一，适当减少城市居民口粮供应量；其二，适当提高粮食的销售价格；其三，改单一的国家财政补贴为国家、集体共同承担；其四，提高粮食定购价格，用于粮食生产的投入。

此稿后来发表在《人民日报·内部参阅》和《江苏物价》杂志上，在社会上产生了不小的震动。令人欣慰的是，提出的 4 条解决问题的办法在半年后陆续得到实施。

农村实现几十年土地农户承包制后，分散种植经营是一大难题。张学法通过调查发现，"自由种植"面临一些自身难以克服的困难。如什么赚钱种什么，可不知种什么能赚钱；种植布局相混，造成农田耕作、排灌、植保、管理的困难局面。

张学法为此采写的一篇调查报告《一家一户不适宜搞"自由种植"》，发表于 1993 年 3 月 4 日的《粮油信息报》，他建议形成适当规模种植，降低生产成本。

在 20 年后的 2013 年，射阳县兴桥镇青华村四组农民，在不打破现有农业承包经营基本制度的前提下，创造的"联耕联种"，既解决了种植布局混乱，耕作、排灌、植保等管理难题，又增面积、降成本、提单产、升效益。20 年前张学法关注呼吁的问题获得了成功解决，他又及时予以报道。

2014 年，《农民日报》江苏记者站的一位资深记者，也在射阳县的采访调研中发现了这个典型，并在央媒中率先采发现场新闻和深度报道，在一版和一版头条刊出，引起中央关注和重视，中央农办和农业部分别派员来调研。

2016 年初，"联耕联种"被作为农村生产经营变革的一项重大举措写进中央一号文件里。张学法并不满足，他深入到推广"联耕联种"较早的兴桥、四明、海河镇十几个村的田间地头和农民算账对比，更加深切地感受到"联耕联种"给农民种地带来的福利和好处。

张学法连续追踪采访两年多，先后写出了《射阳"联耕联种"荣获 2013 中国全面小康十大民生决策奖》《射阳"联耕联种"荣获江苏农业创新十大举措之首》《"联耕联种"省了劳力降了农本》《射阳农民创造的"联耕联种"写进中央一号文件》《"联耕联种"联到坦桑尼亚》等新闻，在各大主流媒体刊出，在全国引起了广泛反响，全国有 10 多个省的取经团来射阳参观学习。

40 年来，张学法先后采写的以聚焦"三农"，关注热点为主的新闻稿件 1000 余篇，被中央媒体采用的有近 200 篇，相继有 10 多篇反映热点难点问题的深度报道和调研文章被《报刊文摘》《文摘报》转载。

"千磨万击还坚劲，任尔东西南北风。"虽然，如今已进入了互联网时代，在"流量比内容本身更重要，做标题党和快餐式新闻远比深度报道更有关注度"的背景下，做一个有理想有情怀的新闻人，已经非常之难，但张学法始终认为，文字是有力量的。无论新闻传播技术如何改变，媒体人作为新闻记录者、社会守望者、历史书写者的身份不会改变，传递社会公平正义的职业秉性不会改变，推动社会进步的使命也不会改变。

张学法永远相信，新闻是有温度的。新闻从业者是时代的弄潮儿，是站在时代潮头书写历史的记录者。我们需要做的不仅是表述最新鲜的"浪尖",还要书写"浪潮形成的原因"和"浪潮存在的作用和价值"。

他说:"既然选择了记者这个神圣的职业,就意味着奉献、担当;就是要弘扬'工匠精神',心中有根'定海神针',坐得住冷板凳,耐得住寂寞,守得住清贫,永葆一颗清静而有为的心。"

2023 年初夏

(作者:《农民日报》社编委、高级记者)

为鹤乡的这位草根记者点赞(代序二)

施锦昌

张学法,可谓"草根"记者,20 世纪 80 年代初,高中毕业回乡务农,干农活之余开始琢磨写稿、投稿,名副其实的一个"土记者"。随着他在报界逐渐崭露头角,90 年代得以进入射阳县报社从事专职采访工作,即便如此,他仍然是"草根记者",因为在中国,从中央到地方四级新闻机构中,县级处于最基层。

我认识张学法是在一年前的夏天,盐阜大众报邀请我前去为记者、编辑讲课,想不到当天射阳日报社来了一拨子人,带队的正是时任射阳日报采访部主任的张学法。他得知讲课的消息,竟然驱车 50 公里赶来。

深交张学法,是在这个炎热的夏天。从早期的《新闻实践与探索(上)》《春风拂来满眼绿》《有一位女孩她曾经来过》,到近年的《蝶舞人生》《圆梦之旅》,张学法的 5 本专著,让我饱览了这位"草根"记者 30 余年新闻生涯的累累硕果,激起了我内心的共鸣和感慨。

因为 20 世纪 60 年代末,我也是"土记者",不过比张学法早 15 年,从"土记者"到省城专业记者,个中酸甜苦辣,有太多的相似之处。

《解放日报》社总编辑丁锡满曾说过:"从事新闻工作是一条苦路。"的确,迎风沐雨采访,一笔一横爬格子,辛苦且有风险、痛苦,但同时苦中有乐,有收获、有喜悦。深交后发现,张学法是个"多面手"。

先说消息,在短消息越来越弱化,长通讯越来越泛滥的大背景下,张学法却不时地向读者奉献许多"短、实、新"的消息。如果说,早年的消息《射阳县入库皮棉总量创全国第一》《棉花大县做大纺织强县》《射阳县涌现出 8500 多名"绿老板"》等,令人刮目相看,那么,近年来的消息《射阳县农民创造"联耕联种"写进中央一号文件》《江苏颁出收本海域不动产权证书》《射阳县 1000 辆公共自行车正式运营》等,更是夺人眼球。消息是以最简洁的文字迅速报道新闻事实的作品,要求作者有高度的新闻敏感、高度的文字概括力以及百米冲刺的拼劲。张学法一一践行,兼而有之。

再看人物通讯,《圆梦之旅》这本书汇集了张学法的 120 篇人物通讯,笔端触及把工厂搬到海外的创客、世界"甜王"、鹤乡"辣妹"、"农技铁人"姜德明、白衣天使、教授老板、66 个留守孩子最爱的妈妈等,恰似春天的百花,令人目不暇接。业内常说,情节、故事是通讯的生命。张学法的通讯,尤其是人物通讯,有故事有情节,常常打动人心,且有射阳河畔泥土的芬芳。

深度报道同样耀眼。既为"深度",必然要有对社情民意的掘劲和洞察力,需要为民做主的担当和勇气。随着张学法的苦学苦练,一篇篇深度报道应运而生。《粮食大丰收,农民反添愁》《射阳各地缘何瓜多成灾》《不宜忽视的粮食入库质量问题》《种粮大户杨定海的困惑》《收割机推广缓慢症结所在》……这些既切中时弊又有对策建议的力作,在射阳当地推动着一个个问题的解决,为县域内外提供着借鉴和启迪。

屈指算来,张学法已在新闻岗位上拼搏了33年,至今仍一头劲,不歇手。"24小时不睡觉,12个小时出样稿"是他拼搏生涯的一个花絮,这样的花絮太多太多。我在想:张学法何以不忘初心,始终劲昂昂地出现在一个个记者应该出现的地方?读到他早年的一句话,明白了一切:源自一种沉重的责任感和使命感!是啊,正是这种社会责任感、使命感,使他对新闻如此挚爱,甚至痴迷,如此无怨无悔,为时代、为家乡,鼓与呼不止。可以肯定,他会为这个波澜壮阔的时代,为日趋美好的鹤乡,鼓与呼一辈子!

2016年夏

（作者:享有国务院特殊津贴的专家、
新华报业传媒集团高级记者）

目　录

001　心旌飘红阡陌间(代序一)
　　——"小"记者频出"大"新闻透析/沈建华
001　为鹤乡的这位草根记者点赞(代序二)/施锦昌

卷一·业务研究

003　且从疑处寻真相
　　——《79年后,19名无名烈士"归队"》采写札记
008　共情方能共鸣
　　——通讯《心中的歌儿唱给爸妈听》采写札记
012　做时代的瞭望者
　　——射阳县"土地经营权流转合同网签"采写札记
016　我在现场
　　——采写射阳"见义勇为勇士"刘卫丰系列报道札记
021　把握时代脉搏　采写新闻精品
024　贵在发现　重在抢先
027　新闻敏感来自新闻实践
030　唱响主旋律与记者作风
032　与新闻人物同行
035　走近新闻人物
037　练好调查研究基本功
039　写好评论关键在选题
041　精品三探
044　记者要写独家新闻
047　展开双翼天地宽
048　走进社会经济生活的深处
050　用直观去感受激情
052　新闻贵在一个"新"字

053　浅谈思维方法创新

055　处处留心皆新闻

057　重在发现

058　关心新情况　探讨新问题
　　　——抓农村问题报道的体会

060　立足岗位也能写出好新闻

061　写身边的事和熟悉的人

063　仗义执言为农民

065　南国报苑春满枝
　　　——广东三报考察记

068　浙江报苑一枝花
　　　——浙江《乐清日报》考察记

071　为时代留一份记录

073　你创出精彩　我为你喝彩
　　　——序《创客世界》

075　与时代人物同行
　　　——《蝶舞人生》后记

077　我的心中你最美
　　　——《梦圆之旅》后记

079　新闻理论创新的几个问题分析

082　分析新媒体时代新闻记者的改变与坚守

085　浅谈纸媒行业的优势及未来发展趋势

卷二·作品评介

091　理性的勤奋/顾勇华

093　时代的记录　心灵的印记
　　　——序《蝶舞人生》/张晓惠

095　17年艰辛初尝甜果/刘广声

097　弥足珍贵的足迹
　　　——简评张学法《新闻实践与探索（上）》一书/胡海民

099　感人心者莫先乎情
　　　——读通讯《"有一位女孩，她曾经来过……"》有感/胡海民

102　亲近大地的人和文
　　　——序《粒粒皆辛苦》/陆荣春

106　聚沙成塔　聚米成箩
　　　　——张学法《粒粒皆辛苦》新鲜出炉/李志勇

108　用脚写出来的新闻
　　　　——读张学法新闻作品集《"有一位女孩,她曾经来过……"》感言/张　锋

110　最诱人的是那路上的风景
　　　　——评张学法新著《圆梦之旅》/张　锋

112　一位在场者的记录
　　　　——喜读张学法新著《粒粒皆辛苦》/张　锋

卷三·人物评介

117　一位"县报记者"的"农民情结"/陆荣春

120　最忙碌的 12 小时/吴明明

122　一个基层通讯员的奇迹
　　　　——记射阳县粮食局专业报道员张学法/顾长清

123　新闻富矿,总是深埋于脚底下
　　　　——张学法近年来获奖新闻作品印象/李志勇

127　敏锐张学法/贺寿光

130　勤奋成就辉煌/邱训龙

132　认识张学法/严虹雷

134　张学法,宣传射阳大米第一人/张昌礼

137　接地气　有新意/彭辰阳

140　出水才看两腿泥
　　　　——从抢险救灾一组报道看张学法采访的深度/颜良成

144　大地筑梦展芳华
　　　　——记《射阳日报》记者部主任、主任记者张学法/徐俊山　朱　剑　董丽君

147　"三农"是我永远的情与爱
　　　　——访"中国农民丰收节"首倡者张学法/张　伟　邓天文　李　旭

150　他是村里最出彩的人/杨达儒

152　独具慧眼才能发现新问题/陆　泉

154　不忘初心　方得始终/李俊杰

156　春风化雨　润物无声/刘丹琳

158　用心去发现新闻/夏　瑀

卷四·获奖作品

163　文学照亮人生

　　　——访紫金山文学奖获得者张晓惠

168　全省首单"碳配额保险"落地江苏射阳

169　"射阳实践"被写进中央一号文件

170　救人英雄徐锦文当选"天津好人"

171　我县完成国内首个海上风电调频实验

172　打造全球风电技术高地

　　　——江苏射阳港风电产业研究院投运侧记

174　240万字淮剧丛书是怎样诞生的

　　　——记《淮剧艺术丛书》编著者陆连仑

176　全球分片塔筒最大风轮风机落户射阳

177　全国首笔农地流转合同在射阳县"云签约"

179　用声音"点亮"盲童世界

181　中国货船爱琴海勇救41名难民

183　射阳大米推出专用"芯片"

185　陈立飞公益之举为修复海洋生态作出贡献

186　我县一宗农村产权交易创三个"全国之首"

187　绽放在黄海滩头的"白玉兰"

　　　——记摘得29届上海白玉兰戏剧表演艺术主角奖射阳淮剧团团长翟学凡

190　射阳籍歌手海生一曲《中国澳门》响彻濠江

191　射阳县淮剧团团长翟学凡被提名"上海白玉兰"戏剧表演艺术奖主角奖

192　陈晓平荣获全国无偿捐献造血干细胞奖特别奖

194　"射阳大米"获评中国十大区域公共品牌和十大好米饭

195　破茧成蝶舞翩跹

　　　——射阳县杂技团走向成功探秘

198　射阳陈晓平当选"江苏好人"

200　共同的心愿是奉献

　　　——射阳县志愿者服务江苏省第七届特奥会纪实

207　心中的歌儿唱给爸妈听

209　陈明矿见义勇为受表彰

210　大走访贵在办实事解难题

211　我县农民创造的"联耕联种"被写进中央一号文件

212　蟹苗也住"托儿所"

213　特别晒谷场

215　刘卫丰钱塘江勇救落水母女牺牲

216　小月庭用另一种方式"活着"

218　让爱不缺席
　　　——新春探访农村留守儿童侧记

221　他在鹤乡树起一座道德丰碑
　　　——记2016"最美射阳人"候选人虞鹏

223　志翔公司让员工实现体面劳动

224　凌如文一项发明专利为花农增收亿元

226　头顶梦想摘桂冠
　　　——县杂技团《扇舞丹青·头顶技巧》荣膺"金狮奖"纪实

228　我县社会救助实现全覆盖

229　我县推行"联耕联种"荣获"2013中国全面小康十大民生决策"奖

230　青春如夏花般灿烂
　　　——记合德镇凤凰村舍身救人好青年彭九洲

233　"粮工"垒"山"
　　　——全国第一种粮大户张正权春耕纪事

237　当面锣对面鼓说清群众安危冷暖
　　　——射阳县党代表质询党委工作会议侧记

239　射阳县农家女薛子君24首歌词入选奥运征歌

240　"苏棉9号"6年创社会效益56亿元

241　特庸9名党员办起"农业科技示范园"

242　东南村的"三级跳"

244　陈林为农民致富铺路搭桥

245　射阳县4年精简村组干部近2900名

246　何汉中两年资助130名特困生

247　射阳县农村涌现300多个家庭科研点

248　一篇报道唤起人们的环保意识

250　射阳龙头企业当"扁担"

251　感谢政府为失业职工办了件好事

252　永恒的爱

253　通向全国双料"亚军"之路
　　　——射阳县供销社工业规模、效益双列全国同行第二的启示

256　丹顶鹤的天堂

258　"粮王"的新华章

259　农民张祖斌发明简易高效沼气池

260　双山集团推行倒成本控制法

261　"有一位女孩,她曾经来过……"
　　　——驯鹤姑娘徐秀娟烈士殉职 9 周年纪念活动侧记

264　"粮王"杨定海今年产粮 100 万公斤

265　青年农民大流失

268　离任审计与审计离任

269　爱是永恒的

270　谨防"子富母穷"

271　我县棉纱布一条龙撑起"半壁江山"

272　我县蒜产品尽占市场风流

273　三个女人"下海"记

276　粮价放开第一年

280　话说"企业潜力在厂长身上"

281　种粮大户杨定海的困惑

282　射阳粮农为何大抛荒?

284　关于解决我国城镇居民口粮价格倒挂问题的意见

286　农民自留粮浪费严重

287　我有一位好妈妈

289　家庭植树节

附　录

293　部分获奖新闻作品索引

299　《人民日报》部分用稿索引

301　40 年只干一件事(代后记)

卷一·业务研究

且从疑处寻真相

——《79 年后,19 名无名烈士"归队"》采写札记

3 月 30 日上午,射阳县海河烈士陵园内,庄严肃穆,哀乐低回。烈士墓前,中部战区某红军旅官兵代表,郑重向 79 年前在这里战斗牺牲的 19 名烈士敬献花篮。原 19 烈士所在部队"英勇冲杀连"第 36 任政治指导员张斌在致辞中大声地告诉先烈:我们的连队多年来,连队秉持"英勇冲杀,决战决胜的连魂",并获得"英雄冲杀连"的荣誉,你们留下宝贵的精神财富,我们将世代传承,今天我们来看你们了!

光阴荏苒,其路漫长。时隔 79 年,沉睡在海河烈士陵园的 19 烈士,今天终于"归队"了。

此时此刻,我眼含热泪,如释重负。只因我在采写寻亲过程中从疑求真,才得以让19 位烈士找到了"家"。

(一)

时间回到 1944 年 6 月 30 日拂晓,一艘载有 100 多日伪军的汽艇拖着两只民船驶向塌港,欲寻我新四军主力作战。为避开敌人锋芒,坚持在运动中消灭敌人,我新四军二十团主力奉命转移。为让主力部队赢得转移时间,二十团三营某排 39 名官兵奉命留守堵截。他们熟悉地形,巧与敌人周旋,伺机给敌人施以沉重打击。这一仗击毙日伪军小田大尉等 40 多人,我军 19 名指战员亦牺牲于此。起初安葬时只有 18 具烈士遗体,当地人称 18 烈士墓,后来又发现一具烈士遗骸移葬此处。1959 年后,射阳县政府把原来的塌港村改为烈士村,并在烈士牺牲地建起了烈士陵园,现早已成为盐城市文物保护单位和爱国主义教育基地。

79 年前,《盐阜大众报》就刊登了 18 烈士的事迹,但由于当年报纸发行量少,覆盖面小,加之读者的文化水平低,战争频仍,部队行踪不定,这些烈士叫什么名字,属于那个部队,一直鲜为人知。

射阳县人武部政委严乾龙告诉记者:"我在无锡军队干休系统工作了 10 多年,在干休所英雄故事听得多,其中有很多皮旅的英雄故事。当我在射阳 18 烈士墓碑上看到了'皮旅无名烈士'字样时,我觉得他们一定来自英雄的皮旅,让我萌生了找他们部队的想法。"

射阳县委书记、射阳县人武部第一政委吴冈玉知晓此事后强调,要让长眠在此的无

名烈士"有名",找到部队和亲属是对烈士最好的告慰,更是红色基因的传承,务必全力以赴,做好这项工作。

今年3月初,射阳县成立了由县人武部、县委宣传部、县退役军人事务局、县融媒体中心、海河镇政府等单位人员组成的寻亲小组。我是寻亲小组成员之一。

3月2日上午,寻亲组一行到达皮旅驻地,受到部队官兵的热情接待。一个月前皮旅接到通知后,就立刻安排专人对当年的部队档案和相关线索进行了查找。

来到部队史馆,翻开历史档案,革命前辈的英雄事迹一幕幕呈现在大家眼前。皮旅于1944年组建于河南,因第一任旅长皮定均而得名。解放战争中,"皮旅"曾转战中原、华东、华北、西北、西南和朝鲜六大战场,战功赫赫,被誉为"英雄皮旅"。18烈士是不是属于这支部队?史馆内关于盐城保卫战、两淮保卫战的历史资料引起了大家的注意。

"经过比对,有两名烈士牺牲时间是在1946年。1946年盐城保卫战,涉及范围较广,但是基本上在一个大的历史地理范围之内,与烈士们牺牲的位置相应。"原皮旅部队、武警第二机动总队某支队宣传科干事王鑫的一席话,让寻亲组成员们激动了好一阵子。

从无锡寻亲回来后,我就写新闻稿,电视台的记者做连续报道。初稿完成后,我反复推敲,总觉得"皮旅"部队的答复比较模糊,缺乏可靠有力的依据。当年皮旅有两名烈士牺牲时间是在1946年,而19烈士牺牲的时间是1944年。当年塌港伏击战这场战斗在旅史馆里也没有找到任何痕迹。我迟疑不定,不敢轻易发稿。有人认为,既然烈士墓碑上刻有"皮旅无名烈士",烈士的"娘家"就算找到了,建议稿子就发了吧。但我仍然下不了发稿决心。

(二)

真实是新闻的生命。为革命烈士寻亲,就是要有根有据。这个稿子所下的结论,我自己都不能说服自己,一定要找到新的依据。

这个时候我想起了我过去的同事,射阳日报原副总编辑彭辰阳。彭辰阳十分热心研究党史、军史,尤为关心射阳县地方革命史。近两年,他撰写了十多篇反映军队和军人家庭的通讯,刊登在《解放军报》等报刊。他的老家就在当年的老圩头。

我与彭辰阳联系,问他对海河19位烈士的情况有多少了解。他首先肯定18烈士墓旁过去确实有一座小墓,碑上刻着"皮旅一战士"碑文,但"皮旅一战士"和18烈士不是一支部队,也不是同一场战斗。随后他很有把握地说,18烈士应该属于新四军部队!

此时,烈士寻亲工作发生了关键性的重大转机,我立即将这些信息通报给县人武部严政委。

如何才能找到革命烈士的"娘家"呢?这是我写通讯的关键,为此我与彭辰阳协作,共同来寻找。

与彭辰阳同村的民兵战斗英雄路曰恒,当年参与掩埋18烈士遗体。从读小学到高中,彭辰阳多次听过他讲 18 烈士的故事。他寻思或许路曰恒家中有 18 烈士相关的资料。但路曰恒早已过世,他大女儿路吉成小时候应该知道一些有关烈士的情况。经多方了解路吉成已 84 岁,现住在盐城。彭辰阳通过自己的高中同学戴元华,找到了路吉成弟弟路套成。3 月 7 日,通过路套成与他姐姐路吉成接通了电话。彭辰阳问起 18 烈士的事情,路吉成滔滔不绝地讲述了两个多小时,直到手机没电。

3 月 13 日,我和彭辰阳以及寻亲小组成员来到了盐城路吉成的家。路吉成虽 80 多岁,但耳聪目明,声音洪亮。他激动地跟我们讲起了她父亲当时参与掩埋 18 烈士的情况。

路吉成说:"埋好烈士以后我爸爸跳到河里去摸枪,摸到一支三八式步枪。六区的领导对我爸爸说,你摸的那支枪,部队需要呢,你献给公家吧。后来团里的首长叫人拿 60 块洋钱送给我爸爸作为奖励。我爸爸连枪带钱交给部队了。"

"如果政府能找到烈士的部队和后人,这是我的心愿,也是我爸爸的心愿。"说到这里,路吉成已泪眼婆娑。

从盐城回来之后,彭辰阳又翻阅了大量的历史资料,终于找到了一本珍藏多年的《射阳革命史料选辑》,里面有一篇《塌港伏击战》,转载的就是当年的《盐阜大众报》刊登的 18 烈士事迹,里面记载有当时部队的番号为新四军三师七旅二十团三营十连。这篇报道上还有 3 名烈士的名字,他们是史方壮、孙龙祥和徐盘友。

彭辰阳还从 2016 年《射阳日报》上找到了塌港伏击战之后最关键的一个细节,也是 18 烈士变成 19 烈士的重要依据。据当年只有十几岁的目击者孙志灿老人回忆:"18 烈士墓应有 19 位抗日英烈。塌港伏击战结束后第二天,埋葬了 18 位烈士遗体。又过了几天,邻居在一条小沟的芦苇丛里又发现了一具战士遗体。军属朱老爹向他家要了两张芦席,把这名牺牲的战士也安葬在 18 烈士坑旁。"但因为最初安葬时只有 18 位烈士,所以当地政府和群众仍然称烈士安葬地为"18 烈士墓",这个称呼一直沿用至今。

这些资料,为革命烈士"寻亲"带来了根本性的突破。我们随即把这些资料信息告知了"寻亲小组"。

(三)

射阳县人武部政委严乾龙得到这个消息后,十分激动。3 月 14 日,他约我和县退役军人事务局局长胡志海一起到彭辰阳的家,将彭辰阳掌握的资料与《射阳县志》和县委党史办资料及 18 烈士墓上的简单碑文进行详细比对。

经反复查证,结合当时《盐阜大众报》和后来《射阳县志》《射阳革命史料选辑》《射阳大事记》的记载,以及三师七旅旅长彭明治将军的回忆录,这几方面都是一致的。18 烈士墓碑文有"一九四四年五月上旬,新四军三师七旅二十四团七连某排 18 名战士……十一日早晨……"等内容,时间和参战团营连的序列有误。准确的时间应是 1944 年 6 月 30 日,参战团营连的序列应是二十团二十三营十连。时间误差是因为过去人们习惯用农历计时,公历 1944 年 6 月 30 日即是当年农历五月初十。

当天按照已经求证的线索,严乾龙首先通过百度找到了当年的部队,应是现某部红军旅。严乾龙打了上百个电话给熟悉的战友,请他们帮助找寻。一位战友提供的线索是北部战区,联系上了北部战区机关,他们告知某部红军旅后来的部队已经转到中部战区某部。几经辗转,最终联系上了 83 集团军的政治部领导。

3 月 29 日,某部红军旅"英勇冲杀连"张斌指导员等代表部队,乘了 10 多个小时火车,风尘仆仆赶到射阳。我听到这个消息后当天晚上赶到他们的驻地。

张斌指导员征尘未洗,就忙着找知情人核对资料,查看实物,查证史实,反复对比,确认部队番号和战斗时间、地点,双方交战人数和部队的旅史记载,完全吻合。

采访结束,我们回到家已经到了凌晨 1 点。

3 月 30 日上午,烈士墓前,中部战区某红军旅官兵代表,向 79 年前在这里战斗牺牲的 19 名烈士敬献花篮。

至此,射阳县海河革命烈士陵园内 19 位无名烈士英魂 79 年后全部找到"娘家"!

(四)

3 月 30 日上午活动一结束,我花了半天的时间,写就了 19 名烈士归队的长篇通讯,全文 4500 字。经过多名当事人审核、修改,最终形成了 3000 字的通讯,以最快的速度整理好相关的照片,发给新闻单位。《射阳日报》连夜组织力量,腾出版面,通力协作,让这篇通讯第二天见报。

随后,中国新闻网、央广网、中国江苏网、学习强国平台、新华报业网、《新华日报》交汇点、《现代快报》、《盐阜大众报》在第一时间发布了《79 年后,19 名烈士英魂终"归队"——射阳县为无名烈士寻亲侧记》的长篇通讯。《盐城晚报》《盐城广播电视报》都用整版刊登了这篇通讯。这篇通讯还被 100 多家媒体转载。

这篇通讯在多家媒体刊发转载之后,在社会上引起强烈反响,好评如潮。

央视军事频道在播报这篇新闻特写时说:"英烈是中华民族的脊梁,是跨越时代的精神坐标,正是千千万万英烈的流血牺牲,才夯实了强国强军的坚固基座,擦亮了中华民族的精神底色。英烈虽已远去,但人们追寻英烈的脚步,始终没有停止。"

19 名烈士原部队陆军第 83 集团军某合成旅政治工作部副主任张旭说:"对烈士最好的缅怀,就是将他们身上的精神,一代代赓续下去,作为红军传人,我们更要把所有的心思和精力投入练兵备战中去,书写好我们这一代军人的时代答卷。"

《解放军画报》社总编室原主任、大校骆飞看了报道后,赋诗一首:十九英雄葬海河,铁军劲旅战功多,风尘岁月成追忆,一座丰碑化颂歌。

网友香樟看了这篇通讯后留言:七十九年如梭穿,云路天高,柳线风搓。月暖风和,风范长存,鹤飞鸣鹅。英雄德传几坎坷,黄花含泪见老友。海掀狂澜,河水无波,英雄清名,万古流传。

（五）

输入这篇通讯的题目,百度上就有将近200篇转载文章,刊发转载的媒体层次之高、范围之广、点击率和读者留言数量之高是近几年来没有过的。

这篇通讯产生如此大的社会影响,我的体会有4点:

一是尊崇英烈的社会风尚已经形成。"天地英雄气,千秋尚凛然。"一个有希望的民族不能没有英雄,一个有前途的国家不能没有先锋,包括抗战英雄在内的一切民族英雄,都是中华民族的脊梁,他们的事迹和精神都是激励我们前行的强大力量。中华民族是英雄辈出的民族,对英烈的尊崇,体现着一个时代的温度。英烈越被尊崇,民族精神越发振奋。鉴于此,我们寻找革命烈士的这篇通讯,媒体广泛宣传,社会反响热烈,正是国家意志和人民意愿的集中体现,是社会主义核心价值观的重要体现。

二是求真、较真、认真。新闻媒体工作引导社会舆论方向,扮演的是社会引领者的角色,承担的是重要的社会责任。作为新闻工作者,只有端正实事求是的科学态度,才能正确客观地报道事物的实际情况。在这篇通讯的采写过程中,因为求真,拨开了迷雾,找到了真相,使寻亲工作山重水复疑无路、柳暗花明又一村。在寻访的过程中,我们处处较真,不放过任何一个细节,层层剥笋,揭示真相;在写作的过程中,踏实认真,遣词造句反复推敲,细琢慢磨,使这篇作品力趋完美。

三是图文并重,两手都要硬。由于社会生活节奏的加快,新媒体的迅速发展,人们的阅读习惯也在改变。新闻照片记录现实的真实事件、真实人物、真实场景,在典型瞬间里,含有广阔的社会内容,浓郁的现场气氛,强烈的形象力量,感人的情感因素,能为人们提供具体的而不是抽象的、实在的而不是虚幻的审美对象。无论是报纸还是新媒体,在采用这篇长篇通讯的时候,都选用了现场4～6幅照片。特别是在射阳各界代表和原部队官兵来到革命烈士墓祭扫时,现场敬献花篮,敬献鲜花和官兵发言、向烈士默哀的几张照片,把现场庄严肃穆的气氛、敬拜默哀的表情和尊崇革命烈士的氛围表现得淋漓尽致,感人的情感跃然图上。

四是抢时间,及时发稿。举行19烈士"归队"仪式活动是3月30日,恰逢清明前夕。在这个特别的日子里,人们重温先烈事迹、缅怀英雄壮举,崇尚英烈的氛围更加浓厚。19烈士"归队"仪式一结束,采访写稿可谓是分秒必争,中午别人在吃饭我在写稿、改稿,反复核对新闻事实,选择下载新闻图片。下午3时左右,稿件和图片陆续发出,媒体在拿到这篇稿子之后都是在第一时间编发,3月30日至4月5日这几天时间,刊发转载的媒体近200家,形成了强大的新闻宣传效应,革命烈士的事迹和精神激励着人们奋勇向前。

（2023年4月15日）

共情方能共鸣

——通讯《心中的歌儿唱给爸妈听》采写札记

对于从事新闻工作的新闻记者来说,获得中国新闻奖是至高无上的荣光,对于最基层的县级新闻记者更是梦寐以求。

2017年11月2日,第二十七届中国新闻奖评选结果公布,我和《农民日报》记者沈建华及《射阳日报》记者葛静漪采写的通讯《心中的歌儿唱给爸妈听》赫然在目。当看到获奖名单时,我喜极而泣,全身像过电一样。

回首这篇通讯的采写历程,我的感受是共情方能共鸣。

在多年的采访历程中,我采写过50多篇关于关爱留守儿童以及反映留守儿童学习生活的消息和通讯,对新时期留守儿童的状况有多次心与心的交流。特别重要的是我爱人开办了一所幼儿园,20多年来接纳了1600多名留守儿童,在学习、生活、心理上,无微不至地帮助留守儿童。社会爱心人士开展的关爱留守儿童活动,我既是策划者也是参与者。在多频次与留守儿童及其父母的接触了解中,我深深感受到留守儿童和父母分隔两地,他们更需要爱和温暖,感受到孩子父母的无奈和不舍、坚强和担当。

2016年年初,《农民日报》社编委、江苏记者站站长沈建华发来一封邮件,《农民日报》社在春节期间组织一个《亲子对话·这一年》连续报道,话题是留守儿童与亲人团聚。此时已临近春节,孩子们多已放寒假。如何选择采访对象呢?过去的经验告诉我,要完成这次央媒系列报道之一的采写任务,选择采访对象十分关键。留守儿童太小,情感和心理感受表达不出来,一个家庭里只有一个留守孩子,写成的稿子内容可能不丰满。为此,我与合德镇有关部门联系,他们向我推荐了五六个留守儿童家庭,最终经反复比较、筛选,确定了合德镇兴东社区务工返乡的孙城君一家。

共情是指能设身处地体验他人的处境,对他人情绪情感具备感受力和理解力。在与他人交流时,能进入对方的精神境界,感受对方的内心世界,能将心比心,体验对方的感受,并对对方的感情做出恰当的反应。

通过与留守儿童高频次的接触和了解,我对留守儿童们的情感和内心世界感同身受,对这次采访我信心十足。

2016年1月27日下午,我和葛静漪根据沈建华的主题要求,来到了位于合德镇兴东社区务工返乡的孙城君家。姐妹俩正在家收拾东西,家里物件摆放井井有条,整洁有序。简单的了解后得知,姐姐孙思22岁,是一名大三学生,妹妹孙子碧11岁,正在读小学五年级。为了一家人的生计，父母在孩子很小的时候便外出打工，孙子碧平日里一直跟着爷爷奶奶一起生活，一家四口身处四地，只有寒暑假才能团聚。

对于我们的到来，姐妹俩显得有点拘束，刚开始的时候，姐妹俩一直没有说话，姐姐坐在一旁低头看手机，妹妹则是不停地摆弄衣角，不知是因为内向，还是向来不善言辞，姐妹俩的表情都显得不太自然。为了打破这略显尴尬的场面，我尝试着询问她们的日常生活情况，可孙思一直显得很沉默，回答问题时像是在思考却又找不到答案，渐渐的，她的眼皮低垂下去，泪水如珠般一滴一滴地落下。等她情绪稍微平复后我再做采访，还未来得及说出一个字，她的眼泪便又迅速地滚落下来，一句话都说不出。

在面对记者关切的提问时，她似乎又陷入某种情绪不能自拔。她内心的一些情愫或许一直在积压，如同注满水的水缸，在外力的轻微搅动下就掀起波澜，并不停地要往外溢出来。我们想，也许让她讲述自己"不太愉快"的成长经历可能也是一种残忍，甚至有可能伤害了她脆弱而敏感的自尊心，要不就暂且停止采访吧。

和姐姐相比，妹妹孙子碧显得活泼一些，于是，我们便将交谈对象转向了她。我们在环顾房间四周后，发现家里墙上贴着好几张奖状，便以此为突破口，询问奖状的来历。这时，孙子碧开口向我们慢慢讲述她的故事：这些奖状都是她在学校里获得的，品学兼优的她平时还喜欢记日记。说到这个，她告诉记者，自己写的东西还在报刊上发表过，说着便从屋里抱出来一摞刊物。

随手翻阅几篇，其中一篇题为《留守娃的愿望》的文章呈现眼前，仔细读来，感情真挚，短小精干，是一个不错的素材。文中写道："爸爸妈妈，你们知道吗？我很想很想你们，每当想到你们，我的眼泪就情不自禁地流下来。你们放心，我在家很听话，学习很好，不用担心。如果可以，我希望你们能回家创业，或者把我接到你们那里去读书，我真的想跟你们在一起。"

孩子犹如一棵正在成长的幼苗，需要阳光的照射和雨露的滋润，离不开父爱和母爱。父爱和母爱是任何东西不能替代的，缺少了父爱和母爱的孩子，或多或少地影响其心理健康和品格发育，这已成为一个社会问题。

留守儿童们大多都是在还不会走路说话的时候，就和血缘至亲的父母分别，被留在了家中老人的身边。长期与老人生活在一起，许多孩童的天性也渐渐被忽略甚至压抑。跟与父母在一起的孩子相比，他们几乎不懂得撒娇，乖乖吃饭，乖乖看电视……乖巧得甚至让人感到心酸。

对姐妹俩日常生活的了解更多了，采访便得以慢慢深入，小姑娘与我们之间的心理距离便不断拉近，她们的心门也开始逐渐打开，话越说越多，交流起来也更加顺畅。

"从我记事起，就很少跟爸爸妈妈见面。上学后，每当看到别的同学上学放学都有爸妈接送，我真的特别羡慕他们，我也希望有机会爸爸妈妈能够接我一次。我知道爸妈为了赚钱供我跟姐姐读书很辛苦，所以我在学校努力学习，成绩一直在班里名列前茅，只是希望他们不为我们操心，可即使这样，我还是很想念他们。"听着孩子的讲述，我们不免感到心疼,这么小的孩子,却表现出超出其年龄的懂事。无奈,两个孩子的妈妈彭雅不能在身边照顾他们,但她告诉我们,除了供孩子正常的学习,也不惜花钱给他们上兴趣课,小女儿二胡即将考九级了,大女儿古筝考到了专业五级,还当上了学校文艺部部长。家里摆放着古筝和二胡,我们起哄让姐妹俩给我们弹奏一曲。她们商量了一下,《世上只有妈妈好》的弹奏曲从屋里飘散开来。此时此刻,我发现她们的妈妈听得专注,自豪和幸福溢在脸上,我拍下了这一难忘的时刻。(这张图片最终和我们的文稿一同刊登在《农民日报》上,许多读者留言,看了这张照片,深深被感动了。)

与留守儿童内心世界的真情互动让我们的采访十分成功,通讯需要的素材充盈而实在。

我和小葛梳理了写稿的初步思路,明确了需重点详写的几个故事及情节,小葛写出了初稿约3000字。我经过反复斟酌提炼,删除1000多字,读起来显得干练,主题也突出了。

好稿既是采写出来的,也是磨出来的。我们将稿件发给沈建华先生,我们反复多次沟通,又详细询问了几个采访细节,核实了多个关键的故事情节,把稿子改定约1300字,沈建华先生还写了几百字的记者手记,一并传回来让我们再核实、再推敲。稿子和新闻照片发出后,《农民日报》在2016年2月5日第四版刊出。

此稿刊登并在网络转载后,在读者中引起强烈共鸣。读者通过我们这篇通讯,感受到了留守儿童的坚强,外出打工父母的不易和担当,他们一家人春节期间团聚的浓浓亲情以及社会各界对留守儿童的关爱。

《农民日报》的《亲子对话·这一年》系列报道最终被推荐参加第27届中国新闻奖的角逐,作品打动了评委,最终获得系列报道三等奖。

这次采访我们感慨良多。虽然这些孩子大多与父母分开过早,但他们对父母亲情的渴望并没有因此而减少。可以确定的一点是,对留守的孩子们来说,爸爸妈妈的爱,就像是五官感触不到的氧气,它存在,他们也很需要。只是,这些爱,不在身边,在电话那头,在漫长的等待中。

留守儿童,在中国成千上万,我们有理由去关爱帮助他们。此次采访也给了我们很大的触动,这些留守儿童自小父母不在身边,他们因而比同龄人更懂得珍惜,更懂得感恩,也比同龄人多一些成熟与稳重。他们内心其实还是无比地想念父母,从他们的眼中我们看到了坚强。但是我们这个社会没有忘记他们,我们每个人都很关心他们。

社会大环境的变化,使原本很紧密的家庭交往关系变得聚少离多,但是血缘关系让这类家庭中的成员相互理解、相互体谅、相互关怀。家庭成员间虽然在物理空间上是分离的,但是在心理上、情感上从未分离过。流动的社会并没有让稳定的家庭关系破碎。这正是我们需要发现、表达的东西。对于留守儿童的心理健康等相关问题,家庭实际上已经承担了大部分责任。而学校、社会也更要想方设法弥补学生的心理"缺口"。

那些远离故土长年在外的家长,希望你们对自己的孩子要多一份关爱,真正承担起为人父为人母的责任,不要把抚养孩子的责任全部扔给社会和他人。为了弥补留守儿童父爱和母爱的缺失,家长要强化与孩子之间的沟通理解和亲情联系,比如每周打一个电话,每月写一封信,每月与班主任联系一次,每年至少回来一次……让成长中的孩子感到应有的关爱。

(2018 年 2 月)

做时代的瞭望者

——射阳县"土地经营权流转合同网签"采写札记

记者的本领就是善于发现最新事实,善于识别最新事实,善于报道最新事实。记者要从纷纭的生活中敏锐地发现某些新事实,迅速地把它报道出去,提供给全社会,他就发挥了一个时代瞭望者的职责。

人们常说,记者是时代的瞭望者、历史的记录者,就记者所做的具体事情来说,就是寻找、识别、报道事实。

(一)

我采写的以射阳县"土地经营权流转合同网签"为主题的 4 篇稿件,就是发现、识别最新事实并将其及时报道出去的一个典型范例。

射阳农地流转"云签约"发生在 2020 年 5 月 6 日上午,记者在当天的朋友圈里发现了这次活动的一张照片。凭着直觉,我感到农地流转"云签约"是个新生事物,从来没有听说过。农地流转"云签约"怎么签?为什么要"云签约"?这个做法对农地流转有什么好处?这个事件价值何在?带着一系列的疑问,记者前往农业农村局农业产权中心,采访这次活动的组织者和当事人。

"线上销售"由于网络覆盖面广、销售成本低、持续推广时间长等优点,受到越来越多人的欢迎。而农村土地产权交易一直都是当事人面对面交易,没有搭上"线上销售"这辆"顺风车"。为了推进农村土地产权线上交易,国家农业农村部和江苏省农业农村厅指定射阳县成为试点县。

除了这个背景,记者还了解到,2020 年初新冠肺炎疫情期间,流行线上交易,不但效率高,又不用见面,还节约成本。正如江苏省委农办主任、省农业农村厅厅长杨时云指出,这次在农业农村部直接指导下完成的"云签约",一方面避免疫情期间农村产权流转交易过程中的人群集聚,足不出户即可完成签约,为全省乃至全国土地合法、高效、便利流转进行了创新探索;另一方面为农业农村产业循环、市场循环、经济社会循环提供要素保障,是我省奋力夺取疫情防控和经济社会发展"双胜利"的创新举措。

射阳县农村产权交易中心负责人孙爱祥详细地介绍了交易经过:主要准备流出方的账号和联系方式,用于初始化流出方账号,确保使用人与流出方 CA 印模签名一致,确保流入方的会员账号的拥有人与流入方 CA 印模签名一致,为合同的网签成功奠定基础。据了解,此次交易项目主体为 6 000 亩优质大米生产基地,承包年限为 5 年,3 家投标者通过在线交验材料、抽签,最终由射阳国投农业科技发展有限公司以每年每亩 900 元价格一举中标,溢价率 5.56%。整个交易用时不到 10 分钟。

参加活动的领导有这样一段话评价这次活动的意义:这是我国首次在农村产权交易领域引入区块链技术开展的电子合同签署及存证应用,实现了农村产权交易电子合同签署过程中"签署主体身份真实有效、签署时间客观真实",保证了电子合同安全可靠。"云签约"打通了农村产权线上交易的"最后一环",实现全流程"不见面农村产权交易",改变了以往流出方、流入方必须同时去当地产权交易实体市场签约的状况,真正实现了"数据多跑路,群众少跑腿"。

记者寻找的,当然不是一般的事实,而是能够构成新闻的"新闻事实",是能够反映事物的"最新事态"的事实。有一种说法,说记者是抓"动向"的。如果对"动向"不做狭义的理解,不是把它看作"风头"之类,而是把它看成事业、社会、生活的新的发展趋向,那么,抓动向倒是很能说明记者工作的特点。

"全国首家"是最新事实。

"实现全流程不见面农村产权交易",改变了以往流出方、流入方必须同时去当地产权交易实体市场签约的状况,真正实现了"数据多跑路,群众少跑腿"是最新事实。

"避免疫情期间农村产权流转交易过程中的人群集聚,足不出户即可完成签约,为全省乃至全国土地合法、高效、便利流转进行了创新探索"是最新事实,更是最新的动向。所有这些最新事实、最新动向都极具新闻传播价值。

有了丰富的最新事实和明确的主题,记者只花了一个小时就把这篇消息写成了,经过两次修改,第一时间发给了《盐城晚报》、中国江苏网。编辑接到这篇稿子之后,慧眼识珠,迅速编发,这篇新闻迅速传播,成为当时的一个热点新闻。

(二)

射阳县作为国家农业农村部和江苏省农业农村厅指定的农村土地产权线上交易试点县,后续的动作既令人关注,也具有新闻价值,为此记者持续关注。

2020 年 9 月 25 日,江苏射阳县一宗成交金额为 285.824 万元的农村土地产权交易流转合同在江苏省农业农村厅、蚂蚁链和南大尚诚软件的共同鉴证下,于上海外滩大会现场完成线上签约。

这一则新闻与国内首笔农地流转"云签约"不同的是,首次将区块链技术与农村产权交易进行深度融合,亦是全国首笔农村产权全链上交易项目,还是全国首笔接入最高院司法链的农村产权交易项目,创造了 3 个全国之最。

有采访上一篇新闻的经历和对农地流转"云签约"的了解,采访这则新闻显得轻车熟路,稿件发出后被 10 多家媒体采用。

对于这则新闻的意义,江苏省农村合作经济经营管理站站长李明是这样说的,这是最"洋气"的科技与最"土气"的农业牵手走入了婚姻殿堂,有助于进一步促进将农村更多的"绿水青山"变为"金山银山"。

时间到了 2021 年初,记者在阅读农业农村部发布的 2021 年第 1 号令《农村土地经营权流转管理办法》时,看到这样一段话:

"县级以上地方人民政府农业农村主管(农村经营管理)部门应当按照统一标准和技术规范建立国家、省、市、县等互联互通的农村土地承包信息应用平台,健全土地经营权流转合同网签制度,提升土地经营权流转规范化、信息化管理水平。"射阳县成功探索的"土地经营权流转合同网签"被写进了农业农村部发布的 2021 年第 1 号令《农村土地经营权流转管理办法》。

射阳县当初的"土地经营权流转合同网签"是新生事物,是新动向,而且成为国家层面推广的做法,作为最先报道这则新闻的记者,不仅仅是荣幸了。

更令人意想不到的是,21 世纪以来第 18 个指导"三农"工作的中央一号文件 21 日由新华社受权发布。这份文件题为《中共中央 国务院关于全面推进乡村振兴加快农业农村现代化的意见》,全文共 5 个部分 26 条,文件在第 4 部分第 21 条中指出,加强农村产权流转交易和管理信息网络平台建设,提供综合性交易服务。而其中"农村产权流转交易和管理信息网络平台建设"就是射阳县首创的。

成功探索"土地经营权流转合同网签","射阳实践"被写进今年中央一号文件,这件事的本身是可遇不可求的重大新闻,此稿发出后 20 多家新闻单位刊载转发。

(三)

回首采写《射阳完成全国首笔农地流转"云签约"》一稿,到一路追踪采写出《我县一宗农村产权交易创三个"全国之首"》《射阳探索的"土地经营权流转合同网签"被写进农业农村部第 1 号令》《成功探索"土地经营权流转合同网签","射阳实践"被写进今年中央一号文件》,收获满满。这 4 篇稿件获得 4 个好新闻奖。其中《射阳完成全国首笔农地流转"云签约"》获 2020 年度赵超构新闻奖一等奖,《我县一宗农村产权交易创三个"全国之首"》获江苏省县市新闻中心系统 2020 年好新闻三等奖;《成功探索"土地经营权流转合同网签","射阳实践"被写进今年中央一号文件》获 2021 年度江苏广播电视报刊新闻与专稿三等奖,《"射阳实践"被写进今年中央一号文件》获全省县市新闻中心系统 2021 年度好新闻一等奖。

记者能够在非专业人士察觉不出新闻的地方发现新闻,这就是发现的能力。记者如何发现最新的、有新闻价值的事实,关涉新闻敏感。离开新闻敏感,记者的发现力便无从谈起、无以形成。

在西方,新闻敏感比喻为"新闻鼻","新闻嗅觉"是指感受和判断具有新闻价值的事实的悟性和心力,是记者政治水平和业务水平的综合表现,这是在新闻实践中长期锻炼而形成的基本素质。它包括:慧眼识宝,透过日常现象发现新闻线索和新闻事实;平中见奇,于多种事实中拈出最有新闻价值的事实;望表知里,判断某一新闻背后是否隐藏着更重要的新闻;由此及彼,揣度新闻的连锁事物及社会反映;鉴往知来,预见可能发生的新闻事实;百步穿杨,知道到哪个地方去寻找新闻。

射阳"土地经营权流转合同网签"4篇报道,正是记者独特的新闻敏感发现新闻的一次尝试。

(2021年1月)

我 在 现 场

—— 采写射阳"见义勇为勇士"刘卫丰系列报道札记

11月中下旬,我采写的消息《刘卫丰舍身跳江救起落水母女,杭州见义勇为基金会褒奖三十万》、长篇通讯《钱江丰碑射阳魂——记为救落水母女英雄牺牲的射阳县四明镇村民刘卫丰》、现场新闻《特别葬礼》、特写《勇士女儿终圆大学梦》4篇报道先后在《射阳日报》、《盐城晚报》、《新华日报》交汇点、《农民日报》和新华网江苏频道发表,新华网江苏频道、新华报业集团交汇点连续刊发,《射阳日报》《盐城晚报》分别用了一个整版做了报道。

"刘卫丰见义勇为的事迹报道翔实丰满,读了让人如临其境,勇士的壮举感人至深,弘扬了强大的正能量。"

"读了刘义丰勇救落水母女的事迹报道,我们被勇士的壮举深深感动。"

"《特别葬礼》情景交融,催人泪下,被勇士的精神深深地感动了。"

读者和网上的好评如潮,资深的新闻工作者董立万说,刘卫丰的系列报道,是记者深入现场,倾注心血和情感的力作,许久没有读到如此感人的人物报道了。

(一)

11月12日,我接到宣传部领导的通知,13日上午去杭州萧山闻堰镇采写我县四明镇维新村村民刘卫丰救人事迹报道的任务。13日早上7点钟我们就从县城出发,不到20分钟就到了高速入口,可眼前车辆排起了长队,足有1公里,一打听,因大雾高速封了,直到10点多钟才进入高速入口。坐了近7个小时的汽车,下午4点多钟才到达目的地。

与我们同行的有电视台的记者,还有从百忙中丢下手中工作的四明镇党委书记苏广军、维新村党总支书记姜兆才。苏广军动情地说,刘卫丰舍己救人的壮举是我们射阳人、四明人的骄傲。县委领导委托我一定要来看望慰问他的亲属,处理好后事。

到了刘卫丰亲属的住地浙江萧山闻堰镇招待所,刘卫丰的爸爸、妈妈、爱人和妹妹拉着苏广军的手哭成一团,那伤心欲绝的场面,我们同行的人不停地抹泪。待他们情绪平稳后,苏广军一边了解情况,一边不停地安慰两位老人。他说,刘卫丰舍身救人,是我们四明的英雄,他值得我们全社会的尊敬和学习。请你们全家放心,回去后,按照有关规定,给刘卫丰的儿女办理托底救助,保证他们有书读,为你们二位老人办理低保,让你们的生活有保障。并送上了 6000 元慰问金。

刘卫丰怎么救人的？当时的情况是怎样的？海事公安部门是如何救援的？带着这些问题，我决定到出事现场走访当事人。此时天色已晚，去钱塘江出事现场还有一段路程，只有第二天上午去了。当晚，我们联系了当地海事、公安部门，他们积极主动，表示接受采访。

11 月 14 日上午 7 点半钟，我们来到了钱江海事处之江所，张所长向我们介绍了当时的情况和搜救刘卫丰的情况。但被救的人和现场见证的人都在钱塘江江心抛锚等待出港，要见到他们只有到江心区域到他们船上。我们把想法向张所长做了汇报，张所长当即调来巡逻艇。经过半个多小时的航行，我们终于来到出事船只，采访了被救母女和现场目击者，还有许多与刘卫丰交往密切的船民，他们向我们再现了当时的救人情景和刘卫丰平时与他们相处的点点滴滴。

在回岸的途中，记者看到出事地点在江心，钱塘江水域宽 1200 米，深 15 米，江水汹涌湍急，刘卫丰瞬间跳进江中需要多大的勇气。这就是壮举，这就是舍生取义，他是英雄，是勇士。

（二）

事发后，钱江海事处之江所做了哪些工作？我们采访了张所长，观看了巡救时的视频，和救生员进行了交流。把之江所连续 4 天组织几十艘船只援救的情况全部再现到我们的脑海里。

采访中我们被之江所的领导和员工们深深地感动着，"找不到英雄，援救就不停止""一定要找到舍生取义的英雄，让他回归故土安息""他是救人而牺牲的，我们苦累算什么"……这些朴素的话语深深地印在我的心里。

海事救援采访结束了，此时已过中午，我们匆匆吃了午饭，就忙着整理采访笔记。这时我们从刘卫丰妹妹刘海红那里得知，下午 3 点杭州市见义勇为基金会的领导向他们颁发"见义勇为勇士"证书和奖励金。有当地公安部门、海事部门参加。刘卫丰的父亲连忙向我们求援，他们要向当地公安和海事部门赠送锦旗，可不知道锦旗上该写什么。

我们已了解了事件的许多细节，我自告奋勇就拟写了"公正定义举，弘扬正能量""江水无情，人间有爱""倾力救援，情深义重"的赠语，大家看了没有异议，刘海红当即送到广告公司赶制锦旗。

前一天 7 个多小时的长途跋涉，上午的紧张采访，饭后就有点撑不住了，头脑昏沉。

下午两点，我们又驱车向几十里外的杭州市公安局交通治安（水上）分局钱江水上派出所赶，到了二楼会议室，杭州市见义勇为基金会和杭州市公安、海事部门的领导早已等候在那里。简短的仪式，庄重而肃穆，几位领导的发言高度赞扬了刘卫丰的壮举，表示杭州人民要学习他的精神，杭州这座城市会记住刘卫丰的英名。

刘海红及父母向公安、海事部门赠送锦旗,刘海红深深地向他们一一鞠躬,不停地说着感谢的话语,在场的人都止不住流下了热泪。

几位领导握住刘卫丰父母和亲人的手,安慰鼓励他们坚强起来,好好生活!

临别时,杭州市见义勇为基金会会长娄近安拉住四明镇党委书记苏广军的手说,近6年来,没有发生刘卫丰这样舍己救人的事迹了,杭州城被感动了!我们把基金会最高标准的30万元奖励给刘卫丰,表示我们的敬意!请你们地方政府关心帮助他的家人,解决他们的后顾之忧。苏广军当即表态,请他们放心,一定照顾好刘卫丰勇士的家人。

(三)

下午4点半,我们踏上了回家的路。在杭州采访的一幕幕情景令我的心情难以平静。汽车在高速上快速前行,我顾不得在车上头昏眼花,用手机把授予刘卫丰见义勇为勇士荣誉称号的消息,写了一个多小时,终于在临近苏州的服务区,把稿子发到了新华网和《新华日报》交汇点。发出后大约10多分钟,交汇点就发了这条消息,随后新华网江苏频道也发了这条消息。一时间,刘卫丰舍己救人被褒奖30万元的消息传播出去,许多网站纷纷转载。

第二天一大早,我顾不得腰酸背痛,连续3个小时,一气呵成写成了长篇通讯《钱江丰碑射阳魂——记为救落水母女英雄牺牲的射阳县四明镇村民刘卫丰》,全文4000余字,又从拍摄的近百幅图片中选出八幅交给射阳日报编辑排版。

为了把刘卫丰的事迹详尽而全面地通过这篇报道及时传递给广大读者,我在润色后,随即联系新华网江苏频道、新华报业集团交汇点的值班领导。他们看了我的稿件后,不惜版面,分别在发出后一个小时全文编发,3个小时后,打开网站,已有20多家媒体转载。

第二天,《射阳日报》《盐城晚报》均以整版篇幅全文刊登了这篇长篇通讯。

11月15日,我不停地与刘卫丰的妹妹刘海红联系,了解浙江杭州那边有关刘卫丰后事的处理情况。刘海红告诉我,刘卫丰的遗体16日上午火化,他们一家人带着刘卫丰的骨灰当天晚上就回到射阳,17日早上,镇里将为刘卫丰举行追悼会。

这是我在现场感受和记录下来的文字。17日早上5点我就起床,6点钟赶往远在30多公里外的刘卫丰家里,7点多种就到了那里,刘卫丰家门前已围满了参加追悼会的干部和群众。

我抓紧会前的时间,走进刘卫丰家的八户邻居家里,向他们了解刘卫丰生前的一些往事。邻居们的所见所闻丰富了刘卫丰的人物形象。

追悼会现场虽简朴,时间也不长,但如果不到现场,就无法感受刘卫丰家人和干部群众对勇士的眷恋和失去的痛。

追悼会结束我就往单位赶,下午写成了近2000字的现场新闻《特别葬礼》,迅速发往新华网江苏频道、新华报业传媒集团交汇点,两家新闻单位都在发出一个多小时内采用,不到半天,网上就有几十家新闻媒体转载。

(四)

在采访刘卫丰事迹的过程中,我得知刘卫丰的女儿今年6月参加高考,被江苏财经职业技术学院单招录取。由于刘卫丰生前经营负债,女儿刘湘萍没能圆大学梦,这一情况被同去浙江杭州慰问刘卫丰家属的四明镇党委书记苏广军记在心里。

刘卫丰安葬当天,苏广军即与刘湘萍高三班主任于荣联系,了解刘湘萍当时高考的录取情况,并请于荣与录取高校联系。于荣与江苏财经职业技术学院联系并汇报了刘湘萍一家的情况后,该院宣传部部长梁枫立即查阅刘卫丰事迹的报道,向院党委书记汇报情况并启动录取刘湘萍的绿色通道。

11月20日,记者得知刘湘萍终圆大学梦的消息后,决定随同苏广军送刘湘萍上学。

大约10点50分,我们到达了江苏财经职业技术学院,早已得到消息的宣传部梁枫在大厅迎接我们。当我们到达会议室时,院党委书记、副书记、副院长三人中断正在召开的党委会,接待了我们一行。听取情况汇报后,院党委书记韩香云当即表态,刘湘萍就读期间学杂费全免,同时召集几个处室的领导,现场会办落实刘湘萍住宿、调剂专业等事宜。院领导又陪同我们把刘湘萍送到寝室安顿好。

虽然我是来采访刘湘萍上学的报道的,但看到刘湘萍终圆了大学梦,心里十分欣慰,好像我自己的事情有了圆满结局一样如释重负。

院领导特地请食堂师傅做了一桌丰盛的菜肴招待我们,桌上我们一行感激的话语一直没有停顿过。

(五)

从去杭州又去淮安,采访刘卫丰事迹报道总行程1600多公里,采访了50多位当事人,也亲身感受了事件的全过程,写稿近万字,拍摄图片两百多幅,虽辛苦劳累,发表的关于刘卫丰事迹的4件作品也算一般,但仍然感到了获得感和成就感。

在如今信息技术十分发达的今天,记者要写出优秀的新闻作品,我的体会是,记者必须要深入现场。

深入现场,记者可以目睹新闻发生的全过程,做出更真实更有头有尾的报道,读者也更乐于接受这种目击式的报道,通过新闻作品把读者带到现场。

深入现场,记者透过现象看本质,把最震撼人心、最有新闻价值的事实告诉读者。

深入现场,记者在新闻发生的第一时间,把采写的新闻作品通过媒体传播给广大读者。

深入现场,记者亲身感受当事人的喜悲,写出情景交融的新闻作品。

深入现场,记者可以挖掘出新闻背后的新闻。

深入现场,记者可以与采访对象深入交流,记录下现场生动的情节和细节,让新闻作品更真实饱满,富有内涵。

深入现场,记者必须具备敬业、奉献精神,要吃得了苦累,受得了委屈,经受住险难。

深入现场,记者的调查采访行为变得客观、公正、理性,记者的敏锐、深刻等专业素养也通过现场观察、现场采访等方式得以展现。

优秀的新闻作品,从现场开始。

(载《盐阜大众报通讯》2017 年 1 月)

把握时代脉搏 采写新闻精品

新闻记者要不断提高采写质量，多出精品，生动而准确地记录和宣传社会发生的深刻变革，热情为时代讴歌。这是时代的需要，也是新闻事业发展的必需，采写精品是新闻记者永恒的主题。

2021年记者着眼全局，把握新闻作品的内涵，突出时代精神，反映时代主流，发掘典型意义，围绕风电产业、杂技艺术、淮剧传承、居家养老、新闻人物等题材采写了一批新闻精品。记者简要回顾了几篇获奖作品的采写经历，与大家共享。

消息：《全球分片塔筒最大风轮风机落户射阳》（《射阳日报》2021年12月21日）

记者从朋友圈中得知消息源后，立即前往现场采访，拍摄了施工现场，采访了多位技术主管和科研人员，迅速写成消息。此消息简明扼要，借全球分片塔筒最大风轮风机落户射阳之举，充分展示江苏射阳在全国风电产业的技术水准和科研水平，紧紧抓住了读者眼球。稿件在第一时间发布后，被多家网媒和国内风电行业媒体转载转发，向世界展示了射阳风电事业发展的新进展。

消息：《爱琴海救人英雄徐锦文当选"天津好人"》（《射阳日报》2021年1月30日）

作者采访时，救人英雄尚在国外，时差达10个小时，而且海外信号又差。作者费尽周折，都是在深夜用电话、微信联系，并马不停蹄采访了英雄的船长以及江苏、天津文明办负责人，获得的都是最新的信息。新闻当事人见义勇为，把好事做到了国外。他回答难民："中国人，我们是中国人！"展现了一个负责任的大国形象。题材十分符合习近平总书记构建人类命运共同体理念，也是对西方不断污名化中国的有力回应。主题挖掘较深。英雄的行为有偶然性，但成长的结果有其必然性。船长称赞徐锦文"协助指挥并带队下海营救，沉着冷静，操作规范，技术娴熟，为救援成功发挥了重要作用"。徐锦文等人在国外海上救助难民，是骨子里深深的中华民族乐于助人的传统文化使然。

这则新闻在国内媒体首家报道。记者在第一时间把徐锦文获得"天津好人"的信息在媒体上发表。同时告诉读者，徐锦文在一个月前，被授予"江苏好人"称号和"最美射阳人"称号。

消息：《我县完成国内首个海上风电调频实验》（《射阳日报》2021年8月17日）

记者采访时了解到海上调频实验距陆地70多公里，响应滞后，难度大，在国内没有先例，为此深入采访他们如何克服困难，完成实验任务的情况。科技报道是为了促进生产力发展，提高全民的科技文化水平。让读者看得懂才有价值，因此精准选材十分重要。海上一次调频实验是发电机组并网安全评价的一项重要内容,可以在一定程度上保障风机更安全、更优质、更经济地接入电网,从而实现电能资源的优化配置。该实验的成功,为我国制定海上风电一次调频相关行业标准,提高了全面准确的数据。该稿把射阳风电技术成果展现给了广大受众,进一步推动了射阳打造全球风电技术高地的进程。刊发后反响热烈。

通讯:《打造全球风电技术高地——江苏射阳港风电产业研究院投运侧记》(《射阳日报》2021 年 10 月 1 日)

早在筹备建立射阳港风电产业研究院时,记者就采写过签约的消息。风电产业研究院为什么会在射阳,研究院有哪些最新研究成果,在全行业中处于什么样的位置,记者一直在关注。当得知研究院投运的信息后,记者深入现场,听研究人员一一讲解研究成果后,射阳港风电研究院打造全球风电技术高地的主题跃然纸上,展示该院许多领跑全球的研究成果,极具新闻传播价值。此稿刊发后,在全国风电行业引起强烈反响,来参观学习的企业家纷至沓来,有 10 多家风电企业与射阳港风电研究院签订了技术转让协议。

通讯:《240 万字淮剧丛书是怎样诞生的——记〈淮剧艺术丛书〉编著者陆连仑》(《盐城晚报》2021 年 12 月 5 日)

作者与主人公熟悉多年,偶然得知其编著《淮剧艺术丛书》,便于 2021 年 12 月 1 日《盐城市淮剧保护条例》颁布前夕,对其进行了专访,后又二次补充采访,几易其稿,写成了此专访稿。专访抓住了人物事迹的精彩片段,充分展现人物的风采,汇现场情景、人物言行、记者感情于一炉。稿件刊登后,在全市产生了广泛影响,特别是在淮剧艺术界引起轰动,该书出版后,被订购一空,如今已一书难求。

专访:《把平凡"小"事做到极致——访射阳县行政审批局民生服务科科长高丽娟》(《盐城广播电视报》2021 年 11 月 19 日)

民生新闻涉及的都是与群众息息相关的"小"事,尤其民生人物做的都是琐碎的事。但此专访的主人公,把平凡"小"事做到极致,为群众解决了一个又一个急难愁盼的小事,十分难能可贵。

记者在采访射阳县 12345 平台为民办实事的过程中,敏锐地捕捉到高丽娟作为平台负责人打造为民服务的团队,在解决小事中彰显为民情怀,在难题破解中彰显担当作为的感人事迹。通过深入交流,体验高丽娟半日工作现场,写出了这篇 3000 字的专访。稿件刊发后,在盐城市服务行业产生了较大的影响。在第八届"最美射阳人"评选中,高丽娟被评为"最美射阳人"。此专访从"小"事着手,深耕细挖,层层递进,向读者立体展示了主人公高丽娟心系群众为民解难的情怀。

专访:《打造农村居家养老的"射阳样本"——江苏射阳县探索在乡人员服务养老路径纪实》(《盐城广播电视报》2021 年 11 月 26 日)

记者在采访射阳养老工作时,敏锐地发现居家养老是一个适合农村养老的新途径新办法,于是紧紧围绕这个主题,深入挖掘采访,反复打磨,写成了近 3000 字的通讯。这篇民生通讯,主题突出。《中共中央 国务院关于加强新时代老龄工作的意见》中指出,创新居家社区养老服务模式,依托社区发展以居家为基础的多样化养老服务。射阳县探索委托专业机构,将居家养老服务引入农村,吸引社会力量参与,让专业人员培训在乡人员服务养老,探索出一条新路。中国社会科学院政策研究中心研究员唐钧认为,射阳的农村养老服务经验看来很"土",但很接地气,可供全国农村居家养老服务参考。此篇通讯层次分明,文字生动,细节感人,展示居家养老的做法可学可用 ,在面上有针对性和指导性。此稿刊登后,引起了强烈的反响,有 10 多家媒体转载了这篇通讯,居家养老的示范效应在全市形成。

消息:《射阳县杂技团登上国际舞台 呈现一场精彩的视觉盛宴》(《中国江苏网》2021 年 1 月 29 日)

射阳杂技,多年来始终是射阳文化界一块金字招牌。现代杂技的生命在于艺术性,而这种艺术性中必须依托中国博大精深的传统文化。如何在新的时代背景下,实现杂技艺术的创新? 杂技"云表演"无疑是前所未有的,文章介绍了当时因疫情导致无法出国演出的无奈,又体现出利用网络等科技手段的创新,用直播的形式,让全球观众不出家门便可观看演出,形式独特。本篇稿件选择"射阳县杂技团参加联合国和平音乐会登上世界华人春晚"这个事件作为切入口,新闻由头较吸引眼球。文章内容对射阳杂技团的历史又进行了细致入微的讲述和延伸,体现"一个县级杂技团"从"步履维艰"到如今"蜚声国内外"的不易,更为演出的成功锦上添花。在采写这篇稿件时,经过多番实地采访与沟通,历经多次打磨成稿,被省市县十多家媒体平台刊登转载,引起强烈反响。

正确把握时代脉搏,关键是人。记者本身是否具备较高的理论素养,较强的宏观意识十分关键。因此,提高记者的政治思想业务素质十分重要。采写新闻精品是一个系统复杂的过程,从选题、采访、写作,任何一个环节的疏忽都难以成就精品。因此,强化精品意识,在新闻实践中身体力行,是每一个记者长期的任务。

(2018 年 2 月)

贵在发现　重在抢先

2016 年 5 月,在 2015 年度江苏省县市新闻中心系统好新闻评比中,我采写的通讯《让爱不再缺席》《他在鹤乡树起一座道德丰碑》《头顶梦想摘桂冠》分别获得一、二、三等奖,消息《我县社会救助实现全覆盖》《凌如文一项发明专利为药农增收亿元》分别获得三等奖。

今年 5 月又传来喜讯,2016 年度江苏省县市新闻中心系统好新闻评比中,我采写的消息《我县农民创造"联耕联种"写进中央一号文件》、通讯《蟹苗也住"托儿所"》获得一等奖。现场新闻《特别晒谷场》获得二等奖,消息《刘卫丰钱塘江勇救落水母女牺牲,杭州见义勇为基金会追授其为"杭州市见义勇为勇士",发放奖励基金 30 万元》获得三等奖。

记者如何才能在纷繁复杂、浩如烟海的事实中,通过观察和分析,及时地发现、敏感地抓住具有新闻价值的事实? 如何对新闻事实进行挖掘和提炼,使得新闻报道更富有内涵,体现出应有的深度? 记者如何在新闻竞争日益激烈的今天,抢先占有新闻事实并予以报道? 就让笔者与同仁分享发表的几篇获奖稿件采写经历。

消息:《我县农民创造"联耕联种"写进中央一号文件》(2016 年 2 月 3 日《射阳日报》)

在"联耕联种"模式被写入今年中央一号文件并被倡导大力推广的背景下,我深入"联耕联种"模式的发源地去追根寻源,为广大读者揭示这一创举的发展过程,及时满足了读者的探求心理。通过这一"麻雀"的解剖,我们可以从微观角度,更真切地感受农民中蕴藏的极大的创造力和推进农村、农业发展的主导作用。"联耕联种"是射阳农民的创造。在"联耕联种"推广之初,我就一直跟踪关注,并采写了多篇在推广"联耕联种"过程中的做法和经验。2014 年元月,先后采写发表了射阳的"联耕联种"模式荣获"2013年中国全面小康十大民生决策"和"江苏农业创新十大创新举措"之首的消息。通过深入和多侧面的采写,我敏锐地意识到"联耕联种"对农村生产经营变革的长远影响和深刻意义。当我在新华社发布的 2016 年中央一号文件里读到"联耕联种"的字眼时,在第一时间将此消息采写发布,在全国十多家网站和纸媒采用,在全国产生了更广泛的影响。消息发布后,全国上百家参观考察团来射阳考察,射阳的"联耕联种"经验在全国开花。

通讯:《蟹苗也住"托儿所"》(2016 年 5 月 23 日《射阳日报》)

射阳蟹农发明了土池生态育苗,谓之"蟹苗托儿所"。此法省工省本,蟹苗品质好活力强。年产生态蟹苗 65 万公斤,占全国生态育苗的 70% 以上,成为全国最大的河蟹种苗生产基地。方法土,效果好,规模大,都是本文的看点。因此有人说大闸蟹之名应出于射阳,是有道理的。螃蟹已成为人们餐桌上的佳肴。那么蟹苗出自哪里? 如何培育蟹苗? 什么样的水质适宜蟹苗的生长呢? 我带着这些问题,来到射阳海边蟹苗培育场采访。在采访中我了解到蟹苗的土法生态培育方式,更让我惊喜的是,射阳的海边与河水交界处的"阴阳水"最适宜蟹苗生长,在南北纵向 100 公里的滩涂上分布着 98 家育苗企业,且育苗蟹占全国 70% 的市场。抓住这几个亮点特点,我当即写成消息,第二天便在《射阳日报》刊出,随后,《人民日报》《农民日报》和新华网等十多家媒体也相继采用。顿时,射阳生态育蟹苗的消息传遍全国,全县蟹苗销量骤增,比上年增加 10%。

消息:《射阳刘卫丰钱塘江勇救落水母女牺牲,杭州见义勇为基金会追授其为"杭州市见义勇为勇士",发放奖励基金 30 万元》(2016 年 11 月 16 日)

刘卫丰见义勇为舍己救人的壮举,彰显了社会正能量,可歌可泣。他的壮举得到社会的认可,有关方面的善后措施值得肯定。2016 年 11 月 12 日,我接到宣传部领导的通知,派我专程到杭州采访我县四明镇船员刘卫丰在浙江杭州救人落水牺牲的英雄事迹。11 月 13 日,我奔赴浙江杭州,当晚我们不顾一天乘车的疲劳,采访了刘卫丰的家人,弄清了事情的来龙去脉。为了再现刘卫丰救人的经过,第二天一大早,我们在当地海事部门的支持下,乘巡逻艇来到事发现场的 1200 米宽的钱塘江江心,采访了被救母女、刘卫丰生前的队友。当天下午,我又经历了杭州市见义勇为基金会授予刘卫丰"杭州市见义勇为勇士"称号的现场。有了整个事件大量的第一手资料,我当即写成了《刘卫丰钱塘江勇救落水母女牺牲》这条消息,发往《射阳日报》、《盐阜大众报》、《新华日报》交汇点和新华网。这条消息第一时间在各大媒体传播,弘扬了刘卫丰见义勇为的正能量,在全国引起了强烈反响。

现场新闻:《特别晒谷场》(2016 年 6 月 17 日《射阳日报》)

农民晒谷与汽车驾校本是两不相干的事。由于农民的需求和百顺驾校的善举,两者竟紧密联系起来。农民有许多需要全社会共同关注支持和帮助解决的问题,需要像百顺驾校这样的企业、单位、人士伸出援助之手。所以百顺驾校的善举值得点赞。这篇特写现场感强,人物对话自然、形象饱满。我家在农村,夏收最烦人的是晒粮食。如果遇到连续阴雨的天气,粮食不能及时晾晒,即使丰产也不能丰收。正则盛夏我回老家路过百顺驾校,无意中看到晒粮食的一幕,触发了我敏感的神经,当即现场采访了晒粮的农民、驾校的校长,写成了这篇现场新闻。稿件第二天在《射阳日报》刊发,在全县引起了较大的反响,许多有水泥晒场的单位纷纷把场地腾出来,让农民抢晒粮食,既救了农民急,也融洽了党群、干群关系。

特写:《灾后重建的房子,比我梦想的还好》(2016 年 11 月 26 日《射阳日报》)

这篇特写向读者再现了受灾户拿到新房的喜悦,折射的是政府切实关注民生的责任担当。试想,房屋被风灾夷为平地的农户,只花了 8000 多元就分到 70 平方米的新房,特困农户则可无偿分得新房,这真是"做梦也想不到"的好事呀!这样的好事,只有在我们党的领导下,只有在我们社会主义祖国才有可能。这篇特写传递出社会主义大家庭的温暖和深情,勾画出未来中国农村建设方向,不仅使灾区群众感受到新房子的温度,读者感受到这篇通讯的温度,也让世界感受到了中国的温度。2016年"6·23"特大风灾,我县损失惨重。灾情发生后,习近平总书记亲自批示,要求做好抗灾自救和灾后重建工作。在抗灾自救的过程中,我在灾区连续采访9天,采写了一批抗灾自救的先进集体和典型人物。在采写的过程中,我了解到,因灾毁房的灾民最迫切的是盼望能在入冬前住上新房。就在抗灾自救的同时,县委县政府就启动了安置房的规划建设工作。为此,我连续5个月追踪采访了从规划、设计到施工建设的灾民安置区建设过程,连续采写了20多篇消息和通讯。这篇通讯,集中体现了当地党委政府切实关注民生的责任担当。这篇通讯丰满详尽的事实,如临其境的现场,让读者感受到了当地政府和建设者从规划到建设所做出的努力和奉献,灾民住上新房的期盼和喜悦。其中新华网、交汇点转发通讯4篇,形成较大影响,回应了读者对特大风灾后灾民住上新房的关切,受到了读者的广泛好评。省、市主要领导都亲临现场,给重建工作及宣传报道给予了充分肯定。

(载《盐阜大众报通讯》2017年5月)

新闻敏感来自新闻实践

我从事新闻工作已有近 20 个年头,采写的新闻稿件有 300 多万字,其中有近百篇新闻作品在全国、省、市好新闻作品评比中获奖,有几十篇新闻作品被《报刊文摘》《文摘报》转载,有 160 多篇新闻作品登上国家、省、市报纸的头条。回顾自己所取得的这些成绩,我觉得关键是较强的新闻敏感使我写出了一些优秀的、引人注目的、在社会上引起了较大反响的新闻作品。

新闻敏感是指记者在纷繁复杂的社会现象和自然现象中,能够及时发现、准确判断、捕捉到有价值的新闻的能力。西方新闻记者称之为"新闻鼻",它是一个记者业务素质高低的关键所在,是记者政治素质、业务素质的集中体现。新华社林枫谈起记者的新闻敏感问题时,曾有一段生动的论述。他说:"丰富多彩的现实生活犹如一座百宝山,有的记者进山去,可以采写到许多有重要价值的新闻;有的记者进山去,却往往一无所获,空手而归,或者获之甚微,仅仅抓到几条没有多少新闻价值的新闻。"这是为什么呢?林枫自己回答说:"重要原因就在于记者有没有新闻敏感,以及新闻敏感的强弱如何。对新闻敏感强的记者,能够从错综复杂的客观事物中,发现真正具有新闻价值的信息。新闻敏感弱的记者,明明有重要新闻在眼前,也瞧不见、抓不住,可谓'有眼不识泰山'。"

1992 年 11 月份,我花了 10 多天时间,在全县 5 个乡镇就农民卖粮的收益情况进行了调查采访。在采访过程中,农民普遍反映,今年种田不但不赚钱,还遇到好多难题。种粮不赚钱主要是生产成本高,各种负担沉重,粮食价格过低,有的农民种粮不但不赚钱还亏本,在粮食生产、销售过程中困难重重。一些地方要水没水、要电缺电是常事,科技人员到村组只是蜻蜓点水,农民急需的农用物资不能及时到位。有的粮管所因无资金,农民的粮食卖不出去,还有的地方农民的粮食即使出售了,得到的仅是一张张"白条"。

11 月 10 日上午,我在粮食局办公室走廊里遇到全国劳动模范、种粮大户杨定海(我曾多次报道过他的事迹,彼此很熟悉),便邀他到办公室坐坐。交谈中得知,他是来找局长推销粮食的,因为家中现有 40 万公斤粮食卖不出去,银行贷款也无法归还,很焦急。因粮食受灾,生产资料价格高,粮价过低,即使按市场价每公斤 0.64 元卖出,也要亏损 7 万元,况且一时还卖不出去。

杨定海面临的困惑,正是千家万户粮农的缩影,具有一定的针对性和代表性。我还意识到,杨定海面临的困惑,不仅仅是粮食卖不出去,贷款不能归还,种粮亏本,更重要的是折射出了在新旧体制交替时期,农民对市场经济难以适应的阵痛。在这新旧体制转换时,广大农民更需要政府的信息、技术的指导,需要粮食、供销、物资、种子、农机、银行等部门的支持。针对面前的新问题,我写成了《种粮大户杨定海的困惑》。

稿子发出时,《盐阜大众报》在一版显著位置加"编者按"刊发,并开辟了《杨定海现象引发的思考》专栏,连续从不同的角度发出了9篇报道,在全市上下引起了强烈的反响。之后,此稿还在《经济晚报》《经济新闻报》等报纸刊登。"杨定海现象"受到了中央、省、市有关部门领导的重视,原国家商业部专门派员来射阳调研,并要求各级粮食部门以保护价敞开收购农民的粮食,解决了农民的"卖粮难"问题。此稿获得1992年度江苏省报纸好新闻三等奖。

《种粮大户杨定海的困惑》之所以引起巨大反响,关键是抓住了社会经济生活中的一大新矛盾,并及时加以报道。一个新闻工作者的新闻敏感取决于他对周围事物是否关心,有没有政治热情和政治责任心。

2001年,全国棉花市场放开,许多地方棉花市场混乱,出现了这样那样的问题。我县是全国产棉状元县,今年棉花市场秩序如何? 带着这一问题,我立即到县棉花协会采访。采访中了解到,我县棉花收购市场运作十分规范,全县各收购点收购的棉花质好、价优、秩序井然。在收购单位比放开前多几十家的情况下,收购秩序比往年好,这是什么原因呢? 我带着这一问题,采访了全县10多家经营单位,又采访了分管的县领导,问题得到了明确的回答。关键是我县棉花协会对收购单位实行资格准入制度,资格准入单位严格按协会的章程办事。我又了解了全省、全国关于棉花市场管理的做法,发现我县的这一做法全国独创。此稿发出后,《人民日报》加"编者按"刊发,向全国推介了射阳县的做法,在华东地区引起了较大的反响。

一个新闻工作者要熟悉各方面的情况,了解的情况多了,就有比较,通过比较,亮点就出来了。

1993年,把农业和农产品推向市场,广大农民根据市场需求"自由种植",成为当时的一个热门话题。

农民刚刚从计划经济向市场经济转变,实行"自由种植"是个新问题。农民兄弟能"自由种植"吗? 农民兄弟如何"自由种植"? 带着这一系列问题我跑了4个乡镇调查走访了28个农户,写出了与当时的提法截然相反的观点:什么赚钱种什么,可农民不知种什么能赚钱。种植布局混乱,造成农田耕作、排灌、植保、管理等一连串困难。一采访结束,我通过认真 思考和分析,写出了新闻分析《一家一户不适宜搞"自由种植"》一稿,提出了实行规模种植,宜粮则粮、宜经则经的种植办法。多年过去了,当年各地形成的区域种植、产业化经济正吻合了《一家一户不适宜搞"自由种植"》的观点。

记者的新闻敏感不是生来就有,也不是关起门来冥思苦想凭空产生的,而是在长期的学习和新闻实践中,逐步培养和锻炼出来的,是各种素质的综合体现,是一个新闻工作者必备的素质。那么怎样才能增强新闻的敏感呢? 多年的实践使我有以下几点体会:

(1)胸有全局,去伪存真。所谓全局就是从全局的角度去看问题。一个记者只有做到胸有全局,才能在采访中将每件事物放在全局的"天平"上去衡量,鉴别哪一件事物有新闻价值,哪一件事物没有新闻价值,然后再确定在什么时机,采用什么方式去报道。一个记者在采访中,如果不胸怀全局,那就好比瞎子摸象,把局部当成整体,把个别当成一般,变成一个鼠目寸光的人。

(2)学习理论,了解政策。理论和政策好比一把尺子,记者有了这把尺子,便可在采访中衡量自己所观察到的一切事物,站在理论和政策的高度上去认识它、分析它,判断它有没有新闻价值,要不要予以报道。记者在学习、研究党和国家的各项政策时要着力思考这样5个问题:决策是怎样产生的? 精神实质是什么? 意义在哪里? 群众对此会有什么反应? 我们应当如何报道?

(3)熟悉情况,关注社会。熟悉情况是掌握新闻线索的前提,如果对周围情况漠不关心,毫无兴趣,新闻发生在身边也会熟视无睹。关心社会,关注身边的生活和生活中的许多新事物,是新闻采写取之不尽的源泉。作为一个记者要像辛勤采撷的蜜蜂一样,广采百花,尽可能掌握各方面的情况;情况多了,就可进行比较,有比较才能鉴别,才能及时发现引人注目的东西。

(4)业精于勤,贵在专注。敏感来自专注,新闻敏感来自对新闻职业的专注。有人讲,记者每天的工作应该是24小时,这就是说,记者不管在什么时候都要以很强的新闻敏感关注那些具有新闻价值的事物。在采访中,有时感到新闻线索"踏破铁鞋无觅处",有时又会感到"得来全不费工夫"。其实,"全不费工夫"是真费工夫的结果。俗话说:"业精于勤"。我们每个记者都应该勤于学习,勤于采访,勤于思考,勤于写作,养成随时随地观察情况、分析问题的习惯,不断地积累材料。只要这样做了,好的新闻线索就会纷至沓来,也就是说,坐汽车、上饭馆、逛大街、逛公园,都可以发现好的新闻线索。

(5)深入生活,观察生活。社会上大量的新闻题材都发生和存在于现实生活之中,记者要发现这些新闻题材,就要深入到生活中去,仔细观察,亲身体验。因为现实生活是发展变化的,许多情况和新闻线索,往往扑面而来,转瞬即逝,而这就要求记者在采访活动中眼观六路,耳听八方,脑子里每时每刻装着问题,及时了解研究上上下下在想什么,议什么,反对什么,拥护什么,群众有什么意见和要求,以便准确及时掌握社会的脉搏。只有这样才能在看来平凡的情况和事物中,挖掘出闪光的"宝石"——重要新闻。

(6)善于思考,勤于思考。记者面对着错综复杂的社会现象和自然现象,只有善于思考和勤于思考,才能从中发现新闻题材。因此,记者在采访观察的过程中,随时随地留心各种各样的事情,勤于思考,就能给你提供发现新闻的机会。所以有人说,新闻敏感来源于多思。一个饱食终日无所用心的记者,当然是不会产生新闻敏感的。

(2002年6月)

唱响主旋律与记者作风

新闻工作者的使命就是讴歌时代,记录历史前进的脚步,唱响时代的主旋律。

多年的记者生涯使我懂得,新闻作品只要深刻地反映了时代的特色,就会引起了社会的关注和共鸣,就会在读者中产生一定的影响。

唱响时代主旋律,首先要有大局意识。要及时了解党和国家各个时期的路线、方针、政策,并深钻细研,熟记于心。只有了解了大局,才能掂出新闻题材的分量,才能有的放矢地采写。

1999 年 7 月,我到射阳县通洋乡采访,发现该乡夏季农民上缴统筹提留款已全部完成,而这项工作在农村是比较难的,但通洋乡为什么这么顺呢?采访中我们了解到,该乡在 1999 年 5 月份,利用召开全乡村民大会的机会,向群众发放了 1 万多张征求意见卡,回收的意见卡中反映的问题有 573 条,乡里对照群众反映的问题,逐条落实整改,使许多老大难问题,长期久拖未决的问题在较短时间内得到了解决。我认为该题材主题重大,反映了新时期基层党组织,想群众所想,摸准农民的脉搏,为群众办实事解决难题的精神风貌,值得大力提倡。我深入采访,精心提炼主题,写出了通讯《万户调查之后——通洋乡解决农村热点难点问题纪实》,稿件发表后,在全县上下引起了较大的反响,有的乡镇仿效通洋乡的做法,解决了农村许多热点难点问题。通讯《让党旗飘扬在群众心中》也反映了同一主题。

1998 年 7 月 8 日,射阳县盘湾镇在盐城市乡镇中首家实行公务员竞争上岗。5 人报名竞争镇村建干事。经过现场答辩、组织考察、民主测评,最后原村镇办公室工作人员、年仅 27 岁的孙万群以高分中的。在采访中我还了解到,该镇在工业企业改制中,实行公开竞标,让能人脱颖而出;对机关 22 个部门负责人和全民事业 8 个大站负责人,参照公务员管理办法,实行认标上岗;对机关一般工作人员实行尾数淘汰。盘湾镇构建适应市场经济的用人机制,开全市乡镇人事制度改革的先河,我写出了《盘湾镇构建市场经济的用人机制》在《盐阜大众报》1998 年 7 月 13 日头版头条刊出。稿件见报后,市组织部、人事局派人专程来盘湾镇总结经验,并向全市推广。

在反映时代特色的题材中,一个老生常谈的问题,就是要深入到新闻发生的现场去。到现场去能发现最新的题材,到现场去能把新闻写活,到现场去能准确地把握主题。

1992 年 5 月 26 日,苏北灌溉总渠南岸的射阳县六垛乡发生了罕见的沙尘暴,给全乡造成了 900 万元的直接经济损失。当天晚上,县政府办公室通知报社,说六垛乡负责同志来县政府汇报灾情。我在汇报会上听了一些情况,又随同领导连夜赶到六垛采访。在受灾现场,我进行了详细采访,与六垛人一同经历了这场罕见的沙尘暴过程。我把受灾的场面,干部群众救灾、抗灾、社会各界援助灾区人民的情形活生生地再现了出来。通讯《总渠南岸抗天歌》在报纸上发出后,全县又一次掀起了捐助灾区帮助灾区重建家园的热潮。

做好新时期思想政治工作,是企业的一项重要工作。射阳县侨谊纺织厂在这方面做得很好。为了写好这篇通讯,我和报社领导到侨谊纺织厂7次,与企业不同层次30多人进行了座谈采访,拥有了大量的第一手材料。提炼主题准确,写作修改有的放矢,稿子发出后,被《中国纺织报》《江苏工人报》《江苏宣传》等报刊采用,在纺织系统产生了较大的反响。无锡、张家港等地纺织企业还到侨谊纺织厂取经学习。像《通向全国双料"亚军"之路》《菊花是怎样香起来的》《托起明天的太阳》《让我们与大自然和睦相处》都是深入生活、深入现场写出的新闻作品。

要唱响好时代的主旋律,除了选择有鲜明时代特色的新鲜、重要的题材,以及深入一线、深入现场采访外,还要做到反应迅速,做到快采、快写、快发,以增强新闻的时效性。重大的新鲜的题材如果失去时效,它的价值和作用将大打折扣。

1999年12月17日上午9时许,射阳县政府接到黄沙港镇政府报告,苏射渔3802号木质渔船16日下午在131海区5小区,因离合器损坏而无法行驶返回,请求救助。接到报告后,省、市、县领导指示,立即组织救援。省委书记陈焕友、省长季允石批示,请空军和海军予以支援。18日凌晨,遇险的渔船安全返回。18日上午一大早,我赶到海险指挥部,详细了解了救援的情况,中午将《军舰紧急起航》的通讯,传真发往南京、盐城。第二天,《服务导报》《扬子晚报》《经济早报》《盐阜大众报》同时刊发,把救援的情况及时告诉读者。我成为第一个报道这一事件的记者。

2000年6月26日,射阳县遭受了罕见的龙卷风袭击。第二天一大早,我冒着大风大雨到受灾现场,在泥泞的乡村小道上,跋涉了3个多小时,把灾情和乡党委、乡政府救灾的情况当天中午写成了稿件,发给市县新闻单位。通讯《狂风刮不走的是爱》在第二天见报。通讯《海匪落网记》等也都是抢时间写成的。

(2000年7月)

与新闻人物同行

在我的笔下,被报道的新闻人物有上百名,在采写这些新闻人物的过程中,我与他们同喜同悲,同呼吸共命运。这些新闻人物中有许多人家庭幸福,事业有成,一帆风顺;也有些人在工作、学习、生活中遇到这样那样的问题和困难。作为一名新闻工作者,我尽自己的力量帮助他们,解决他们的一些问题和困难,使他们在人生道路上更加奋发努力,不断迈向新的台阶,取得新的业绩。

残疾青年钱亲华的美满人生

1986年初春,我采写的人物专访《他有巧手能裁春》在《盐阜大众报》头版头条刊出。文中写的是高位截瘫的残疾青年钱亲华,自强不息,以顽强的恒心和毅力,刻苦学习民间剪纸艺术,并取得令人瞩目的成绩的事迹。之后,我与钱亲华成了知心朋友,每个星期都要到他家一两次。在一年多时间里我又写成了《母爱的伟力》《温暖来自四面八方》《残疾人举办剪纸作品展》《钱亲华被团县委授予自强不息的好青年称号》《钱亲华被推选为县政协委员》《双喜临门》《生命之树》等近30篇有关钱亲华的新闻作品,使钱亲华由一个普通的残疾人,成为全省乃至全国有一定影响的新闻人物。在与钱亲华的密切接触中,我发现钱亲华家的农活需要人帮助,就和镇里以及周围学校的团组织联系,请团员青年利用节假日帮耕帮种。钱亲华父母年迈,家中经济困难,我与有关方面联系,请求他们的帮助。镇民政办帮助钱亲华销售窗花剪纸。县政协和县文化局给钱亲华送来了急需的化肥等农用物资。钱亲华的事迹不但赢得了社会的赞誉,同时也赢得了爱情。本县陈洋镇洋北村团支部书记陆韦冲破种种阻力与钱亲华喜结良缘。他们成家后,家庭里曾出现过一些矛盾,我知道后必去调解说和。几年后,钱亲华从临海镇团北村搬迁到镇街道上居住,并开了个床上用品商店,我又和工商、税务部门协调,减免他的部分工商费用和税收。如今钱亲华已住上200多平方米的楼房,女儿已上六年级,一家人幸福美满。

杨定海从泥腿子到全国知名"粮王"

1989年夏粮收购期间,我随县粮食局负责同志下乡采访。听海通乡粮管所所长介绍情况时,得知有一位农民一次售粮4万公斤,立即引起了我的注意。当天下午我没有随局领导回县城,只身来到该乡窑湾村八组种粮大户杨定海家采访,写成了《杨定海一次售粮4万公斤》的消息,很快被多家报刊采用。以后,我一直关注杨定海的粮食生产情况,陆续写出 40 多篇新闻稿。杨定海也常来县城,经常到我的单位找我。1992 年 11 月 10 日,杨定海到我的办公室,他说种粮多年,今年遇到的困难最大,家中有 40 多万公斤稻谷卖不出去,银行的贷款无法归还。因粮食受灾,生产资料价格高,粮价过低,即使按市场价每公斤 0.64 元出售,要亏损 7 万元,而眼下一时还卖不出去,弄不好就爬不起来了。杨定海遇到的困难与我半个月来在农村调查的情况吻合,杨定海的困惑,正是许多粮农面临的困惑。于是我当晚写成了《种粮大户杨定海的困惑》一稿,12 月 1 日《盐阜大众报》在头版刊出,并配发了编者按,以后还就杨定海现象编发了 10 多篇系列报道。省内外 6 家报纸也刊发了这条消息。稿子刊发后,在社会上引起强烈的反响,迅速引起了当地政府和粮食、金融部门的重视。粮食部门上门收购了杨定海的 40 万公斤稻谷,县农业银行的负责同志专程到杨定海家了解情况,并决定当年 23 万元贷款延期归还,还投放 40 万元用于杨定海来年春播急需。市县有关领导多次到杨定海家,帮助杨定海调整发展规划。第二年,杨定海在种植水稻的同时,投入 20 万元,开挖了 500 亩鱼塘,砌了 5 幢猪舍房,还饲养了鸡鸭鹅等家禽 5000 多只。当年杨定海还上了上年的贷款,还有盈余,终于渡过了难关。当我和杨定海一起欢庆丰收时,他握着我的手说:"当初,如果不是您那篇文章帮我渡过那道难关,就不会看到金秋的丰收景象。您是我的大恩人啊!"如今杨定海稻田面积已近万亩。杨定海先后被评为江苏省劳模、江苏十大杰出青年、全国劳模,并当选为江苏省第九届人大代表。

孙刚成为再就业明星

1997 年 10 月 28 日,《射阳日报》头版头条刊发了《我们该为"亚太"做些什么?》的报道,在全县上下引起了不小的震动,一时间人们把目光一齐聚焦"亚太"。在县劳动局采访时,一位负责人向我介绍盐城佳丽织造品有限公司生产技术部经理孙刚,放弃月薪 800 元的优越条件,回到原单位停产企业亚太公司,自筹生产资金 5 万多元,组织下岗职工生产自救。但在采访中,我始终感到孙刚忧心忡忡。经了解,亚太公司复工虽然得到了社会各界的支持和帮助,但重重困难仍困扰着"亚太"。公司面临陈旧欠款费用包袱沉重,技术工人严重缺乏,急需资金恢复生产等问题。

回到单位我琢磨着这个人物新闻怎么写。经过认真的衡量和思考,我觉得孙刚重新收拾"旧河山"的精神可嘉,但尽快解决孙刚面临的重重困难,应是这篇文章的立足点。为此,我写了题为《我们该为"亚太"做些什么?》一稿。见报后,人们在了解孙刚的情况后,更关注的是孙刚面临的困难。县里分管工业的一位副县长看到报道后,亲自打电话给我,进一步了解了"亚太"的情况。我在谈"亚太"的情况时,建议县政府召开有关部门负责人会议,现场解决"亚太"的有关问题,当即得到这位领导的首肯。办公会上,我介绍了"亚太"的情况,邮电、供电、劳动、供水、金融等部门表示,对"亚太"复工中通邮、通电、通水等所需费用,能缓的缓,该免的免,县劳动局当即表示支持"亚太"5 万元解困资金。

这次办公会,帮"亚太"解决了一些遗留问题,为他们轻装上阵创造了良好的环境。当年,"亚太"公司保持了正常生产,有 40 多名下岗职工每月拿到 400 元以上的工资。年底,孙刚被县政府表彰为"再就业明星"。

（2000 年 7 月）

走近新闻人物

一个新闻工作者除了写新闻事件,更多的还要写新闻人物。写稿多年来,我采写的新闻人物已过百人。在采写这些新闻人物的过程中,我与他们同悲同喜,同苦同乐,结下了深厚的感情,也从他们身上学到许多知识和优良品质,更丰富了我的人生经历。

新闻人物是指新闻事件和时尚中的代表人物,其主流应是与时代合拍的正面人物。在我多年写稿实践中,可供选择报道的新闻人物有这么几个方面。

一、突发事件的新闻人物

1996 年 11 月 11 日,射阳港口运煤的"苏射 1289"号货轮,在港口不远处搁浅,11 日下午海上刮起 7 级大风,一艘 300 吨驳船载着 41 名驳煤民工,因失去动力在海上漂泊,海上风越刮越大,41 名民工生命遭遇危险。山东临沂来射阳海域捕捞作业的董业广、董业强等 6 位渔民冒着随时都可能被巨浪吞没的危险,往返两次把 41 名民工全部抢救上岸。我写出人物新闻《董业广等冒险出海救起 41 人》。

1997 年 5 月 26 日下午,风力达到 11 级的沙尘暴铺天盖地地向苏北灌溉总渠南岸的六垛乡袭来。在这次百年未遇的沙尘暴中,出现了一个抗击强风暴的英雄群体。我写出了通讯《总渠南岸抗天歌》,把六垛乡干部群众在特大自然灾害面前的英雄壮举向读者展现。

二、受表彰的各类人物

这类人物在新闻人物中有较大的比重,也是人们关注的焦点。在这类人物中,有全国劳模,全国优秀教师,省、市、县先进工作者,优秀共产党员等。

全国劳动模范、种粮大户杨定海,从种粮 50 多亩,到现在种粮近万亩,经历了 16 年的时间,我一直在关注他,采访他,前后写了 50 多篇报道,有 3 篇在全省获好新闻、全省县市报好新闻奖。还有像江苏省名教师蔡明,全国自强模范、农技铁人姜德明,省劳模陆海鸿、巴一恺,全国优秀投递员王祚祥,全国政协委员夏守春,等等。

三、从时尚中浮现出来的特色人物

每一个时代都有区别于其他时代的社会时尚。在这新旧世纪交替时期,人们推崇的是带头致富、廉洁勤政、下岗自强、热心助教、知识经济、追求美感、真心为群众办实事等。

高级农艺师、射阳县食用菌研究所所长李立谷，16 年搞食用菌栽培，并推广食用菌栽培技术，使种菇的农民由开始的几十人，发展到几万人，射阳农民栽培的平菇如今已上了全国 100 多个大中城市居民的餐桌。16 年来，全县农民育菇创造的产值达 12 亿元，净增加收入 6 亿元。我写成了人物新闻《育菇专家李立谷被农民称为"活财神"》。"下岗"一词，已成为近几年使用率最高的词，人物新闻《路宏权和他的"虹桥再就业中心"》，报道了路宏权兴办再就业中心两年来，介绍 700 多名下岗职工走上再就业之路。《收购、加工、出口一条龙，经纪人陈林 13 年销售蒜产品 5 万吨》，介绍了千秋乡三区村农民、经纪人陈林 13 年来帮助农民致富奔小康的事迹。

四、社会新闻人物

有关亲情、案情、自然灾害等人物可以归入此类。

残疾青年钱亲华，从小因风湿病无药医治而造成全身瘫痪。钱亲华残而不废，自强不息地学习剪纸艺术，经过多年的艰苦磨炼，他的剪纸作品终于在报刊上发表，几年后成为著名的剪纸艺术家。《他有巧手能裁春》《生命之树常青》《双喜临门》等作品都是报道钱亲华的成长过程的。有一首歌曾风靡大江南北，歌名叫《一个真实的故事》，讲的是黑龙江驯鹤姑娘徐秀娟殉职 9 周年的日子，徐秀娟的父母、妹妹及侄女来保护区参加纪念活动，我写下了烈士亲人至亲至诚的亲情，许多人读了潸然泪下。还有像《亮亮逢春》《永恒的爱》《漫画少年人生》等作品既有趣味性，又有普遍的教育意义。

（2000 年 7 月）

练好调查研究基本功

新闻采访的过程就是调查研究的过程,可以这样说,没有调查研究,便没有新闻报道。

调查研究是指对某一事件、某一方面的情况和问题,做深入系统的了解和分析,而不仅仅是对某一新闻稿件的认真核实。调查工作分为两种。一种是对基本情况的调查研究。就是专门拿出一定的时间,了解工业、农业或者其他领域的基本情况,搜集数据和资料。这种调查,主要是为了全面掌握基本情况,给下一步的报道奠定基础。1986年2月份,我到粮食部门从事新闻报道工作,当时对粮食部门的工作知之甚少。一开始,我没有着急写稿发稿,而是经常随业务股室的同志和局领导,到基层粮站、粮食加工厂,全面了解粮食部门的购、销、调、存、加等情况,通过几个月的走访调查,我对粮食部门的工作有了较全面的认识和了解,随着时间的推移和调查研究的深入,写出了一批在全国全省都有影响的作品。像《苏北粮食收购大战硝烟四起》《农民为何弃田抛荒》《有钱为啥买不到粮》《粮价猛涨的背后》《粮价放开第一年》等50多篇反映粮食部门诸环节出现的矛盾和问题的稿件,有5篇被《报刊文摘》和《文摘报》转载。还有10多篇供上级粮食部门领导内部参阅的调查报告,都有一定的分量。这些稿件的形成,并产生较大的影响,完全得益于深入细致的调查研究。尤其是在研究上我下了很大的功夫。

另一种是专题的调查研究。就是当某一方面出现矛盾、问题时,作者去做全面系统了解,进行调查研究,提出看法,找出解决方案,或者总结出经验来,给有关方面做参考。毕业生就业,已成为近几年来全社会最关心的事情之一,就业难已成为社会问题。1996年7月,我参加县大中专毕业生就业交流会,对毕业生就业难的情况有了更深刻的了解。难道大中专人才真的过剩了吗?在人才交流会上,我又发现一些怪现象,乡镇企业、农业种植养殖业、较贫困的乡镇的摊位前,冷冷清清,没有人来应聘。这究竟是为什么?我在人才交流市场"泡"了两天半,访问几十人,终于弄清了一些大中专毕业生不愿到农村就业的原因。文章摆事实、讲道理,提出了鲜明的观点:大中专毕业生到最艰苦的地方去大有作为!此稿指出了大中专毕业生在就业问题上的认识误区,为其拓宽就业渠道指明了方向。

部门单位每年都要开先进表彰大会,都会遇到评先进这个问题。而"评"出来的"先进"大多不是真正的"先进",许多人对单位"评"出的"先进"颇有"微词"。面对这一现象,我进行了专题调研,写成了《年终"好戏"评先进》一稿,摆出了一些单位在评先进中的错误做法,指出其弊端。文章发表后。引起了强烈的共鸣,一些看过这篇文章的人对我说,你把评"先进"这个问题真正研究透了,看了过瘾。像《"放心肉"离我们还有多远》《请善待我们的土地》《谨防被"外资利用"》等作品都是专题调研的成果,由于调研的问题选得准,调查研究深入,文章公开发表后,都收到了较好的效果。

要搞好调查研究,我的体会有三点。一是调查研究事先不要带任何主观框框。在采访调查的过程中,一定要坚持全面看问题的原则。在收集和占有大量材料的基础上,去分析研究它们之间的多方面联系,才能得出比较正确的判断,写出的报道才会是准确的,符合实际情况的,有说服力。二是要认真听取各方面意见。在调查研究中,要防止片面性,必须注意听取各方面的意见,特别是反面意见,切忌只听一家之言。三是要到现场了解情况。听别人的口头介绍或看现成的材料,往往会以讹传讹,要到现场去看、去访问、去感受,这样得到的情况才是真实的。

(2000 年 7 月)

写好评论关键在选题

写新闻评论,是记者、通讯员提高理论层次的重要途径。要写好评论,就必须加强理论学习,了解政策法规、掌握言论写作方法,但关键是要选题好。选题这关过不好,有再好的事实材料、再好的写作技巧也是徒劳。

抓萌芽状的问题

新闻言论中大部分选择的是问题性的题材,它是用来针砭时弊的最有力的新闻形式。社会上的问题有多种多样,有显性和隐性的。新闻言论自然要将一些显性的问题指出来,但更要抓住一些隐性问题加以评述,许多显性的问题都起源于隐性的问题。要将显性的问题尽量解决在萌芽状态之中,这就要有一双锐利的眼睛,抓住尚处在隐性状态的问题评述。一度时期,有这样一种怪现象,企业效益好,利润完成多,可厂长反而发愁。原因是方方面面的,不是向厂里伸手要钱,就是名目繁多的检查和调研。我写了《缘何"庙富方丈愁"》的言论,指出了这个刚露头的问题,希望管企业的"婆婆"们,多给企业送方便,解难题,少给他们添麻烦,让企业领导集中精力抓生产搞经营。此稿发出后,被《半月谈》等报刊采用。1995年初,一种异常现象正形成一股暗流在企业中滋生。一些大型企业先后成立分公司,分公司把发生的潜亏、债务全转移到母公司账上,形成了"子富母穷",以逃避税收。我写成了《谨防"子富母穷"》一稿被10多家报刊采用,还获得徐州市好新闻二等奖。《上项目应实行"责任制"》《话说"一颗红心,三种准备"》《不妨提早打招呼》等都属这种类型。

提出解决问题的设想

如果解决的问题已十分明显,原因也是众所周知的,而只是在解决问题的方法上还不如人意,那么可以就解决问题的方法写评论。这类言论可揭示事物的基本规律,尽可提出初步的设想。如在讨论企业的潜力究竟在哪里这个问题时,我写出了《话说"企业潜力在厂长身上"》。一度时期,商家面对低迷的市场手足无措时,我写成了《创造顾客》《说出最甜蜜的声音》《现场填充销售法的启示》《口碑胜广告的启示》《留住上帝的心》。农民负担只减不降,许多地方找不出新的方法,我写出了《赞农民交款手册》。吃喝成为久治不愈的"肿瘤",我写出了《吃喝了又怎么样》。

介绍成功的做法

面对当前亟须解决的问题,个别单位和个人已经解决了并取得了好的效果。对这种你认为切实可行的做法,就可以通过言论的形式加以推广。1993 年,刚步入市场经济大潮的农民,对市场几乎"一窍不通",湖北省重阳市各乡镇办起了"农民商校",向农民传授市场经济的基本知识。此做法在当时面上有一定的指导性和针对性,我写出了《多一些"农民商校"》,被《人民日报》等 30 多家报刊采用。安徽美菱集团公司执行认识回避制度已有 7 年,公司 15 名主要领导人,没有一个将自己的亲戚安排到本单位工作的。我写了《"六亲不认"实有情》的评论,被《经济信息报》等 17 家报刊采用。还有《最佳配角奖设的好》《这个红牌亮的好》《给农户发粮种供应证好》等,都是以介绍成功做法为选题的。

关注社会舆论动向

当一项新政策刚贯穿执行的时候,一个新事物刚出现的时候,会有人议论,有正确的,有不正确的,后者常是一部分人糊涂思想和牢骚情绪的反应,而这正是我们写评论要瞄准的靶子。如《治一治作假厂长》《离任审计与审计离任》《谨防"谷贵误农"》《决策也是效益》等言论,就是在沸沸扬扬的议论声中,抓出选题写出来的。

(2000 年 7 月)

精 品 三 探

　　新闻的"富矿"在哪里？在基层,在一线火热的人民群众生活之中,只有到新闻发生的现场,才能发现和挖掘新闻精品。在 14 年的新闻写作生涯中,我有 67 件新闻作品获奖,其中一部分作品在市、省乃至全国产生重大的影响,受到读者和有关部门的好评和关注。《青年农民大流失》获 1993 年度全国科技报优秀作品二等奖;《农民为何要抛荒》获 1992 年度江苏广播电视优秀作品三等奖,全国经济报热点新闻三等奖;系列报道《种粮大户杨定海的困惑》获 1992 年江苏省好新闻三等奖;通讯《只有爱是永恒的》获 1995 年度中国地市报好新闻二等奖;《特别联席会》获 1996 年度江苏省好新闻三等奖、江苏省县市报好新闻一等奖。

把握大局,善于发现

　　把握大局,既是坚持正确舆论导向的基础,也是衡量新闻价值的天平。把握大局的关键,是审时度势,根据客观形势的发展、变化来判断什么样的新闻有价值、什么样的新闻无价值,什么样的新闻价值高、什么样的新闻价值低。

　　1992 年,全国粮价跌至粮价改革之后的最低点。党中央、国务院对农业十分重视,为此,我深入农家、田头,采访粮食流通经营部门。在取得大量第一手资料的情况下,我写就了 5000 字的调查报告《粮价下跌忧思录》,从现象到本质抽丝剥茧,层层剖析,有大量的事实资料,有精辟的理论分析,有对症的建议和对策,此稿发出后,在《工人日报》《经济工作通讯》等 10 多家中央级报刊发表,受到读者的关注和好评。

　　1996 年 8 月,长荡乡召开党群联席会,现场研究解决巡访中的问题,我们赶到长荡乡一起参与了这个会议。8 月 8 日,现场特写《特别联席会》刊登在《人民日报》上,此稿还获得 1996 年江苏省好新闻三等奖、全县市报好新闻一等奖。

深入现场,感受真情

　　1996 年 9 月 16 日是驯鹤姑娘徐秀娟因公殉职 9 周年的日子。当我得知盐城自然保护区搞纪念活动时,即向报社领导请求去采访。上午 10 时,纪念仪式在保护区管理广场如期举行,上午 11 时 30 分仪式结束。吃过午饭,有两家新闻单位的记者打道回府,我亦准备回报社,写条消息交差。但徐秀娟的父母、妹妹和侄女还要到鹤场、墓地。我去不去？沉思片刻,我决定留下来。在整个活动期间我一边看一边记,大脑始终处于兴奋状态,一直到第二天下午整个活动才结束。回来后,我即写成了现场侧记《有一个女孩,她曾经来过……》。稿子发表后,在新闻界和社会上引起了强烈的反响,许多人是流着泪看完那篇现场侧记的。在现场,我记录下了一组珍贵的镜头:黄尖镇 81 岁老人王道生和离休干部朱墨专程赶来送了自己创作的诗;徐秀娟当年追寻的那只白天鹅若有所失的神态;徐怡珊在姐姐当年落水时走过的石板码头唱歌;一名叫孙云红的女孩子赶来宴会上唱《一个真实的故事》;徐铁林夫妇在秀娟墓前的呼唤;妹妹徐怡珊献上的雨花石、家乡的泥土和芦苇,以及离开时一条大青鱼跳上船,怡珊动情地把它当成姐姐放回水中等细节。如果我没有随徐铁林一家一起参加活动,这些情节就不能见到。正是这些如闻其声、如临其境的场面,使读者产生了强烈的共鸣,让人在深深感动中悟出烈士博大的胸怀和高尚的情操,这正是文章之精髓所在。这次采访,我在现场三次流泪,这是我采访生涯中从未有过的。

1995 年世界妇女大会前夕,我采写的我县洋河乡渔妇段金芳收养 100 多个渔家子弟读书的感人事迹在《盐阜大众报》发表后,在读者中产生了较大的反响,此稿还获得中国地市报好新闻二等奖。今年 7 月 21 日,段金芳因病去世,得知这一消息,我冒着 40 ℃的高温转车四次,步行 6 华里,赶到现场采访。被收养的小孩及其家长都是哭着接受采访的,他们对段金芳深厚的爱和无限的感激之情,深深地打动了我,现场新闻《永恒的爱》发出后,很快在《人民日报》《新华日报》《射阳日报》刊出。

勤奋学习,充实自我

江泽民在视察《人民日报》社时的重要讲话中强调,新闻工作者要打好"五个根底",特别强调了学习各种知识的问题,要求新闻工作者提高各方面的知识修养。记者这个职业是学习机会最多的职业,要写出精品,就要努力地在干中学,学中干,不断提高自己,充实自己。14 年来,我一是注重读书、看报、看电视、听广播。当天的各级党报必看,值得研究的再细读,中央人民广播电台、中央电视台的新闻节目也得挤出时间收听收看,了解最新的动态。1993 年元月份,中共中央、国务院要求各地迅速兑现粮款。在报上得到这一消息后,我即到县政府和县粮食部门采访,随机写出了《射阳粮款全部兑现》在人民日报 1993 年 1 月 6 日头版头条刊出。二是注重向采访对象学习。1995 年 6 月,我采写了我省最年轻的漫画爱好者、年仅 15 岁的吴丹。在采访过程中,我请吴丹介绍什么是漫画,学漫画的基本要求、步骤,漫画精品有什么衡量标准……在弄懂了这些基本知识后,我心里就有了谱,并较好地把握了文章的主题,写出的《少年漫画人生》在《人民日报》的《华东新闻》专栏以及中央、省、市 10 多家报刊发表。在采访中没有涉及过的领域,我先是当小学生,虚心地向采访者请教,因此,顺利地完成了一项又一项采访任务。三是向周围领导、同仁学习。遇到重大题材,向报社领导汇报,听取他们的意见,在采访过程中向他们学习采访技巧和写作方法,每一次的采访实践,都学到不少东西,不断丰富和提高自己。四是请教专家朋友。在平时采访中接触到的教育、文化、医学、农牧、水产、海运、滩涂、环保等方面的问题多向他们请教。1993 年我县沿海虾瘟流行,养殖对虾全军覆没。带着这个问题我请教了我县水产研究所的几名专业技术人员,他们不但向我提供了我县虾瘟情况,还提供了全国的虾瘟情况和虾瘟流行原因的资料。我写出了《红色虾瘟黑了中国虾农》,此稿被《中国青年报》《中国海洋报》等 10 多家报刊采用,引起了各地水产专家的关注。

（载《县市报研究》1998 年 7～8 期）

记者要写独家新闻

独家新闻以其重大价值和强烈社会影响而受到读者的喜爱。作为记者,在报业竞争激烈的今天,适应读者的需求写独家新闻已成必然。在多年的新闻采访实践中,笔者做了一些探索和实践,写出了一些在本地乃至全国有重大影响的独家新闻。下面笔者以《种粮大户杨定海的困惑》《青年农民大流失》《毕业生分配,一个不轻松的话题》等几篇文章的采写实践,谈谈写独家新闻的一点粗浅体会。

写别人不易发现的新闻

1992 年 11 月份,笔者到农村就农民秋粮的收益情况进行调查采访。在采访中,农民普遍反映,今年种粮不赚钱,还遇到好多难题。主要原因是生产成本高,各种负担沉重,粮价过低,有的农民种粮不但不赚钱还亏本。这期间,我专门采访了全国劳模、种粮大户杨定海。在采访中得知,杨定海还有 40 万公斤粮食没卖出去,即使按市场价每公斤 0.64 元卖掉,也要亏损 7 万元。杨定海面临的困惑,具有一定的代表性。于是笔者迅速赶写了《种粮大户杨定海的困惑》。

《盐阜大众报》接到稿件在头版刊出,之后以《杨定海现象引发的思考》为题发了 9 篇连续报道,在全市上下引起了强烈反响。随着报道的深入,粮食主管部门收购了杨定海的粮食,金融部门延缓收回贷款,还表示再支持杨定海 70 万元发展粮食生产。此稿所反映的问题在农村普遍存在,笔者及时发现,迅速采写,产生了较好的效果。此系列报道在江苏省报纸好新闻评比中获三等奖。

"农民当以农为本。可是,大量的青年农民却义无反顾地抛弃了生养他们的黄土地,纷纷涌向城里打工。于是,农村的田野里留下了多年不见的抛荒田,中国农业生产出现了几年徘徊不前的局面,这便是中国当代农业发展所面临的一个新问题——青年农民的大流失。"这段文字醒目地出现在《中国商报》1993 年 10 月 23 日的头版头条。这是中国商报为我采写的新闻《青年农民大流失》加的编者按。笔者在农村采访发现的田里劳作的多是 45 岁以上的妇女及 60 岁左右的老人,青壮年农民流失给农业生产带来严重后果。我分析了青年农民流失的原因,并就如何种田对青年人产生新的诱惑力,如何使种粮后继有人提出了自己的观点。全文虽有近 4000 字,但提出的问题重大,《江苏农业科技报》全文刊登,随后此稿被《报刊文摘》头版转载,在社会上引起各方的关注,此稿还获得全国科技报好新闻二等奖。一位同行说,青年农民流失的问题人人皆知,而你先人一步在报上反映了这个问题。

1992 年,粮食部门由计划经济步入市场经济,粮食部门的干部职工由过去的吃"皇粮"变成自己找饭吃。笔者在采访中发现粮食系统许多干部职工普遍对这一转变难以接受。而在临海粮管所采访时,所长向我介绍了三个女工不顾家人反对,主动要求"下海"开冷饮店,下乡推销棉饼、收购蒜薹,用半年的时间完成了全年利润的事迹。经过深入采访我把她们的事迹写成通讯《三个女人"下海"记》被《工人日报》采用,此稿还被该报评为"情系改革征文"二等奖。此稿发表后在全国粮食系统引起了强烈反响,外省市10 多家粮食部门来射阳参观学习,市妇联专门举办报告会宣传了她们的事迹。

这几篇稿件的采用给我的启示有两点:一是记者要有深邃、超前的眼光,通过现象看到问题的本质,抓住矛盾的主要方面,出奇制胜。二是记者胸中要有大局,这样才能写成有价值的新闻。

写新闻背后的新闻

1996 年 6 月 8 日,一家发行量达百万份的晚报刊登了一篇题为《活蛇从口钻进胃,射阳一农妇丧生》的报道(作者:清泉)。报道称:6 月 2 日下午,射阳县耦耕乡一女村民在打芦叶时,一条盘在芦梢的一尺来长的毒蛇从口钻进胃导致死亡。这条离奇的新闻刊出后,被多家新闻媒体转载,在全国广为传播。射阳城乡一时人人皆知这一离奇事件。这条新闻发生在本县,而我们县报却没有接到这一来稿,细细想来,这一尺多长的蛇如何盘在苇梢? 又如此巧合钻进农妇的胃? 带着这一个疑问,笔者决定到事发地弄个明白。经过笔者细心寻访,发现这是篇假新闻。而真相是农妇姚于佳在打苇叶时,脚被蛇咬了一口,后经医院治疗很快消肿痊愈。在弄清楚了事实真相后,笔者写出《"活蛇从口钻进胃,射阳一农妇丧生"核查记》。《射阳日报》刊出后,在当地引起了强烈的反响,澄清了事实。《新闻出版报》在发表这篇来搞时还配发了编者按,要求报社加强通讯员来稿的核查工作。发表这条假新闻的报社在接到笔者的来稿后,派两名记者重新调查,并来到笔者单位,感谢我们写出了假新闻背后的新闻,促进了他们的工作,造假新闻的作者也受到了严肃处理。

1996 年 8 月间,射阳县举办大中专毕业生双向选择洽谈会。这个活动有市、县几家新闻单位前来采访,笔者在采访中发现热闹拥挤的人才市场找到工作的大中专毕业生寥寥无几,这是什么原因呢? 带着这个问题笔者深入采访了用人单位和大中专毕业生,发现用人单位在追求高学历,对一般院校或社会联合办学的毕业生不感兴趣。而毕业生也只选择效益好的单位或行政事业单位。据此,笔者写出了《毕业生就业,一个不轻松的话题》,指出了用人单位要注重人才的合理搭配;毕业生要转变观念,主动争取就业;学校设置的专业要适应市场经济的需求。稿件在 1996 年 8 月 17 日《射阳日报》二版头条登出后,在当地引起了强烈的反响,许多大中专毕业生、学生家长和用人单位认为这篇报道有深度,回答了他们关心的问题。

1996 年 11 月 11 日,南京高淳县吴开萍承包的"苏射 1289"号货轮从山东日照运煤至射阳港电厂途中,因偏离主航道搁浅,之后,海上刮起7级大风,另一艘前去驳运煤炭的船只和41名驳煤民工失踪。事件发生后,市县领导到现场组织救援,经过各方面的努力,遇险的46名船员和民工全部获救。省、市、县新闻单位都报道了这一事件。笔者也一同参与了采访,在本报刊出了《黄海大营救》的通讯。在整理采访笔记时,笔者对山东船民董业广、董业强不顾生命危险救起41名民工的行为肃然起敬,而这一新闻背后的新闻其他单位均未见报道。第二天,笔者一大早乘船赶到海边,经过详细采访写成了《董业广冒险出海救起41人》的消息,11月16日在《射阳日报》一版见报,使这起海险事件中最惊心动魄的片段迅速传遍城乡。根据省政府的指示,市政府召开庆功大会,表彰"11·11"海难救险有功人员,董业广、董业强受到特别嘉奖,获奖金1万元。

在人们的周围每天都有新闻发生。记者对发生的新闻要多问几个为什么? 知其然,还要知其所以然。以上三篇稿件使我悟出一个道理:记者要写出独家新闻,还要比别人多长一只"眼睛"。

(载《新闻世界》2000年第7期)

展开双翼天地宽

人们把文字与摄影比作新闻采访的双翼。如果一个记者能同时采用文字和摄影两种手段，就能左右逢源，采访的天地就广阔得多了。我是报社的一名专职文字记者，但是一直坚持摄影，报纸复刊6年多来，我在坚持搞好文字报道的同时，被报纸采用了200多幅新闻照片，我能成为"双翼"记者，也是被"逼"出来的。

记得那是1993年底，我被借用到刚刚复刊的《射阳日报》社工作。当时没有摄影记者，报社领导请县文联负责专职摄影的同志每期拍几张照片，应付试刊。但要正常出版，这个方法就行不通了。当时负责编采的4个人，只有我以前曾为单位拍过几张照片，于是，摄影、文字两副担子就都压到了我肩上。

为了保证报纸正常出版，我一边采写文字稿，一边拍照片，学习冲印，就这样硬是被逼上了路。后来报社有了专职摄影记者，但我一直没有放下相机，坚持一边搞文字报道，一边搞摄影报道。

实践使我体会到，文字记者兼摄影，报道的天地宽了。县级报纸人手少，稿源有限，我下乡采访常常是适宜文字报道的写成文字，适合拍新闻照片的就拍照片，下一趟乡镇能带回几篇新闻稿和几幅照片。

在采写先进典型、重大事件时，记者一身二任，既搞文字报道，又搞摄影，就能节省人力、财力，又可以使新闻活起来。在全县县乡公路黑色化庆典、全国政协副主席李桂鲜来射阳视察、新华社总编辑南振中来我县调研、我县龙舟赛等重大活动中，我两者兼顾，文字和照片一起见报，既增强了宣传效果，又节省了人力。

有些特写、通讯的文字稿配上图片会更生动形象，更为读者所欢迎。1997年建军节前夕，《人民日报》华东分社一位编辑约我写一篇反映军嫂生活的通讯。在采访中，我顺便拍了几张照片，后选了一张配在通讯《乐天派刘巧云》上，照片上是面带微笑的刘巧玉正在辅导女儿做功课，把乐天派刘巧云以微笑面对一切的性格表现得淋漓尽致，为通讯增色许多。

（载《中国地市报人》2000年第6期）

走进社会经济生活的深处

党的工作重点转移以后,以经济建设为中心的宣传就成为新闻工作者的一个重要任务。特别是社会主义计划经济向市场经济过渡的 20 世纪 90 年代,许多发生在社会经济生活中的新做法、新成果、新问题为新闻工作者提供了取之不尽的新闻素材。然而不少人认为,经济报道不好搞,容易写得枯燥。但我认为,只要做个有心人,走进社会经济生活的深处,就可以写出有力度有影响的经济报道,下面仅举几例。

粗放经营亟待改变

1996 年是农民步入市场的关键一年,在这转型期,农业、农村、农民面临的问题较多。在农村采访时,经常听到基层干部和农民说农业的效益低,而市场农业就是要解决效益低的途径,那么如何提高农民的收入呢? 为此,我进行了深入细致的调查采访,脑子里逐步形成了这样一个印象:我们的农业生产是粗放型的,造成的结果是浪费惊人、成本增大、效益低下。其具体表现为生产规模小,复种指数低,亩产出率低,水、肥、药、农机利用率低。这些基本问题不解决,即使引进市场上再好的品种、技术,有好的销路,农民的经济效益也无法提高。我写成了《农业亟待转变增长方式》一稿,提出了农业要实现高产、优质、高效、低耗的目标,当务之急是加快粗放经营向集约化经营转变,并提出了实现集约化经营的四条建议。稿子见报后,一位在乡里工作 20 多年的老农业干部对我说,这个问题抓得实在,抓到根本上了。

抢购春茧的忧虑

1994 年 5 月,正值春茧收购时节,我和另一家新闻单位的记者陪着县领导检查春茧收购的情况。我们跑了几个蚕茧收烘站,看到的是各收烘点都以高出国家规定的价格抢收春茧,各站交茧的农民挤得里三层外三层。他们对春茧价格十分满意。同行一位记者,一回到家就写出了《茧价上扬蚕农高兴》的稿子,第二天就见报了。我回到家反复思考,春茧抬价抢购,这背后似乎隐藏着什么,农民暂时得到了实惠,而收购经营者、缫丝生产厂家是否也得利呢? 带着这些疑问,我采访了蚕茧收烘站的干部职工、缫丝厂的厂长、丝绸行业管理部门的负责人,得出的结论是抬价抢购苦不堪言。由于一些外贸部门为了完成出口任务,抬价抢购争原料,造成收购秩序混乱,蚕茧质量下降,缫丝厂原料价格暴涨,无法承受。

稿子刊发后,在丝绸行业引起强烈反响,业内人士认为这篇文章透过现象看到了问题的本质,提出的建议令人警醒。而文章也引起了县委县政府领导的重视,在秋茧收购中,县委县政府专门召开会议,规范收购渠道,明确收购价格,使秋茧收购步入了正轨。

猪价起落的思考

1995 年 5 月,生猪价低卖不出去,成为养猪农民的头疼事。猪肉是人们餐桌上必不可少的食品。猪价的高低起落关系到生产者和消费者,价低农民不高兴,价高消费者不乐意。那么,如何引导生产者和消费者正确看待生猪价格起落这个问题呢?我访农户,与消费者交流,找出了生猪价格大起大落的原因,写成了《苏北生猪市场缘何大起大落》一稿,提醒养猪农民要冷静地面对生猪价格下跌的形势,不能盲目地宰杀母猪和仔猪,更不能跟着"感觉"走。建议各级政府迅速做出反应,加强调控职能,搞好生猪产前、产中、产后的服务。此稿被《中国青年报》《中国乡镇企业报》刊用。

另《多为农民提供准确有效的市场信息》《丝绸行业何日再辉煌》等经济报道都从不同侧面反映了经济生活中的深层次问题,并提出了中肯的建议和意见。

在市场经济不断发展和完善的今天,提高经济效益的重要性是显而易见的。从以上几篇经济报道采写的经历来看,写好经济报道,要走进社会经济生活中的深处,去感受它、观察它、研究它。一要学习和研究市场经济规律及其有关理论和知识,善于发现和研究出现的新问题,并找出解决问题的办法。二要走进社会经济生活的深处,到市场中去,到各个经济领域中去。在信息时代的今天,只有把自己融进这发展变化着的社会中去,才能感受到时代跳动的脉搏,才能写出有见地的报道。要与各行各业、各种人打交道,感受他们的酸甜苦辣。三要透过现象看本质,抓住问题的要害。如今经济生活纷繁复杂,如果我们对社会经济生活的观察太肤浅、太直观,人云亦云,提不出问题,摆不出观点,这样写出的报道,只能是表面化、程式化、概念化的现象罗列和数字堆砌,至于那些靠从工作简报、会议公报中编写出的报道,更是枯燥乏味了。

(2000 年 7 月)

用直观去感受激情

　　今年 9 月 20 日《盐阜大众报》周末刊登了我采写驯鹤姑娘徐秀娟殉职 9 周年纪念活动的现场侧记《"有一位女孩,她曾经来过……"》,此稿发表的当天上午 9 时许,我的朋友中大集团办公室主任丁振祥打来电话说,今天报上你写的徐秀娟殉职纪念活动侧记十分感人,我们办公室的同事都看了,两位女同志一边读一边流泪。祝贺你! 县农业局副局长丁超告诉我,他看这篇文章时,眼睛两次被泪水模糊了。县残联副理事长陈步说:"我看过你写的文章不少,让我感动流泪的就是这一篇,你写得好!《"有一位女孩,她曾经来过……"》发表的一个多月时间里,我的朋友、领导、同事,一见到我就谈读《有》文的感受,其中不少的人是流着泪看完全文的。"

　　这篇文章能产生这样大的感染力,打动了许多读者的心,其魅力何在? 我细细回忆采写的全过程,体会是深入采访才能出精品。

　　9 月 13 日下午,我与来报社办事的县供电局一位同志的闲谈中得知这样一条信息:盐城丹顶鹤保护区将于 9 月 16 日举行徐秀娟烈士殉职 9 周年纪念活动。当时我想,这个活动可以去采访发个消息,但转念一想,保护区没有发邀请,去采访合不合适? 但最后,我还是向报社领导提出去采访的要求,得到了批准。

　　9 月 16 日一大早,我乘中巴车颠簸了将近两个小时,赶到了保护区管理处。还好,因等候外地的客人,活动还未开始。

　　关于驯鹤姑娘徐秀娟的报道以前看过不少。在纪念仪式上,徐秀娟的父亲徐铁林以及她的母亲、妹妹和侄女一出现就吸引了在场所有人的目光,也增强了我要了解他们及徐秀娟生前事迹的强烈欲望。整个纪念仪式,又把我们带回了 9 年前的今天。

　　本来纪念活动一结束,写个纪念活动的消息,一百来个字就完成任务回去交差了。吃午饭时,我从徐秀娟妹妹那里得知,他们一家人还要到养鹤场、望鹤楼、徐秀娟生前遇难的小河以及墓地去。当时,我想一起去看看或许能写一篇大文章,于是就留下来。从鹤场到望鹤楼,徐铁林一家人看徐秀娟生前饲养过的天鹅和丹顶鹤,我始终不离左右,一边看一边记,大脑始终处于兴奋状态。到了晚上,我觉得很累,准备吃完晚饭,好好地睡一觉。晚饭前,我打电话给同事孙昕晨,向他讲述了当天的纪念活动情况。孙昕晨要我把活动写个侧记,一写好,就传过去。我还告诉他,明天徐秀娟家人还要去墓地,我不准备留下来,想随顺车回去。孙昕晨说,墓地可能就是这次活动的高潮,不管怎么样,你应该留下来。

　　吃完晚饭,我把放在车上的行李又拿下来,住到了管理处的招待所。晚上,我和黑龙江电视台的邵岩、熊天啸，江苏电视台的李浙湘住在一起。管理处因条件限制，没地方洗澡，蚊子特别多，一个房间点了两支蚊香也不顶用，这一夜我们都没有睡好。

本来徐铁林一家人去墓地，只有摄制组 3 人同去，车子都准备好了。到了第二天早上 4 时 40 分准备出发时，多一个人车子坐不下，保护区管理处的同志劝我：到墓地就那么回事，离天亮还有一个多小时，你就回去好好睡一觉吧！我向他解释执意要去，结果挤上了车。到了墓地，所发生的一切，使在场的人刻骨铭心、永生难忘，如果我不到现场，无法感受到那样的氛围，无论如何也想象不出墓地上发生的一切。特别是徐铁林一家乘渡船离开墓地约 30 米左右，一条一尺多长的青鱼跳到船上，这个情节不到现场，无法想象。摄制组的同志把一切摄入了镜头，他们说，这次射阳之行，收获甚丰，但最大的意外收获是那条大青鱼。稿子发表后，给读者留下了最深印象的也是这条鱼。

从墓地回到岸上已是 8 点多钟，摄制组的同志要拍摄徐秀娟遇难的小河边镜头，为保证拍摄效果他们决定到河对岸，车子进不去，来回要步行 6 公里。电视台的同志劝我不要去了，我仍然和他们一同去了。再往河对面的途中，我们似乎都体会到了当年徐秀娟要游到对面救天鹅的心情，如果徐秀娟步行绕道对岸，她知道这么长时间天鹅早就跑得无踪无影了。

拍摄结束已是上午 11 时，我们一行四人都体会到了多年不曾有过的感觉：饥饿、口渴、劳累。一到管理处，别人吃午饭我们才吃早饭，放在桌中间的 10 多只油饼，一会儿工夫就被我们站着消灭了，粥又甜又香，我们每人都吃了五六碗。

这次采访，我和摄制组的三位记者在现场三次流泪，这是我采访 10 多年从未遇到过的。

第二天晚上，我抑制不住心中的激情，只用 1 小时 20 分钟写下了一篇 2 600 多字的通讯。

（2000 年 7 月）

新闻贵在一个"新"字

近两个月来,我采写的《射阳到乐清摆"滩"吆喝》等 4 篇新闻被《人民日报》采用。有人问我有什么诀窍,我的体会是写新闻关键要在"新"字上做文章。

大家都知道,新闻在时间上要新,也就是写新近发生的事实,但稿件是否被新闻媒体采用,或者被更高层次的媒体采用,关键是看新闻的立意要新,报道的内容和角度要新。

2001 年 11 月 25 日,射阳县委、县政府组团来到全国水产养殖效益较好的浙江省乐清市,召开滩涂招商洽谈会。招商会一结束,我就写了这次招商会的会议消息发回《射阳日报》。这个消息传到报社已是深夜 11 时了。躺在床上,我思来想去这件事只发个招商洽谈会的会议消息有点可惜。开发苏东,发展海洋经济是我省近几年来的经济发展战略,而射阳县不远千里来到浙江省乐清市摆"滩"吆喝,万余亩滩涂被承包或租赁,这种做法的本身就有新意,在面上有针对性和指导性。于是我顾不得一天的疲劳,披衣穿鞋,挑灯再战,写出了《射阳到乐清摆"滩"吆喝》一文传给了《人民日报》,在 11 月 29 日的《人民日报》上刊出。去年,我县棉花产量创历史新高,入库皮棉达到 146 万担。尽管棉花收购经营单位比过去多了几倍,但没有出现过去的"卖棉难",收购秩序井然,资金供应充足。这个新闻从什么角度报道才有新意呢?我在写稿之前,查看了去年国务院关于棉花流通体制改革的文件。在采访中发现,我县棉花收购工作做得这么好,关键是得益于我县成立棉花协会,实行资格准入制度。于是我精心写作,《射阳棉花协会管资格》于 2001 年 12 月 19 日在《人民日报》上刊发,同时加了编者按。编者按说:江苏射阳组建棉花协会,推行资格准入,在放开的同时加强社会化自律和行政监管,收到了良好效果,值得各地学习借鉴。

今年春节一上班,我到县信用合作联社采访。该社从今年元月份开始就陆续向全县农民发放贷款 8 500 万元。在采访中,该社副主任重点介绍了向困难农户发放贷款,帮助他们致富的做法。在写作的过程中,我觉得信用社向农民发放贷款这是正常工作,而向困难户发放贷款,帮助他们致富,颇有新意。稿子发出后,《人民日报》当晚编发,第二天就见报了。

刊发在《人民日报》2002 年 1 月 9 日《开设放心货直销窗》一文,也是报道的角度新颖而被编辑看中的。

（载《盐阜大众报通讯》2002 年第 5 期）

浅谈思维方法创新

新闻写作离不开思维。只有坚持思维方法创新，才能写出有新意、有分量的新闻作品。

宏观思维：站在全局看局部

"宏观思维"是指作者在采访写作过程中，能够站在时代的制高点上，俯瞰全局，把握全局，以锐利的目光，透过局部看表象，提炼出反映事物本质、代表社会发展趋向的主题，并以作者所具有的魄力和笔力，写出多层次、多角度、多侧面的新闻报道。

1992年射阳出现了"卖粮难"问题，我做了详细的调查研究。我采访中发现优质的啤酒大麦、优质粳稻却十分抢手，而无论是农民，还是粮食经营部门的粮食卖不出去。调查的结果是，粮食质量差，不能适应市场经济的优胜劣汰的需要。我从其他新闻媒体中获知，卖粮难的问题是全国性的问题，搞好这个问题的调查，对面上有较强的指导性。我写出了《解决"卖粮难"的有效途径——提高粮食生产质量》。指出了长期以来，各级领导把粮食生产作为重点来抓，也采取了不少措施，但主要是偏重于提高单产，增加总产，极少涉及质量，以致粮食生产出现了品种单一、产量高、质量差的现象。要解决"卖粮难"的问题，唯一的途径是提高粮食生产质量。这个从宏观的角度提出的解决问题的办法见报后，使许多领导者和粮食生产经营者耳目为之一新，一位资深的老新闻工作者说我抓住了重大题材，写出了带响的作品。

要学会宏观思维，作者必须努力提高自己的政治理论和政策水平，还要站在时代的前列，拓宽自己的活动天地，把自己的触角伸向社会各个层次和角落，经常注意研究社会动向、社会思潮、社会舆论、社会心态等发展变化情况，及时发现并能抓取反映时代特征的重大报道题材。

超前思维：发现苗头看前景

超前思维就是人们按照对事物进行观察分析以后，作出的科学预判，展示出的事物发展前景。

在现代社会里，超前思维日益重要。作为站在时代潮头的新闻工作者，就更需要超前思维，以时代的眼光去观察风云变化的世界，去分析预测各项事态的变化和发展。当一个新事物将要萌芽或者刚刚露头，还不被人们所察觉或普遍注意时，就迅速抓住它，及时报道出去。我国城镇居民人口长期是计划供应，从1979年开始，国家为了增加粮农的经济收入,提高粮食统购价 50%。为了保持市场物价的基本稳定,不增加城市居民人口的经济负担,粮食供应价一律不动,这就产生了购销价格倒挂的现象。据统计,仅 1979 年国家财政对粮食的补贴就达 209 亿元。一方面国家给予巨额的补贴,而另一方面因粮食供应价低,出现了粮食普遍的浪费,粮食过多的积余,以及粮食大量的流失,这样下去怎么得了? 在充分调研的基础上,我提出了解决这个沉重包袱的四个途径。其一是适当减少城市居民口粮供应量;其二适当提高粮食的销售价格;其三,改单一的国家财政补贴为国家、集体共同承担;其四,提高粮食定购价格,用于粮食生产的投入。

此稿后来发表在《人民日报》内部参考和《江苏物价》杂志上,在社会上产生了不小的震动。令人欣慰的是,提出的四条解决问题的办法在半年后陆续得到实施。

逆向思维:透过现象看本质

逆向思维是相对常规思维而言。它对事物分析的结论与常规思维正好相反。这种思维可以使人透过现象看本质,拓宽思路看问题。在新闻实践中,有时用逆向思维的方法选题取材可以出新出奇。

过去的盐碱地改造普遍使用绿肥深埋法,但实行生产责任制后,就基本不用了。1993 年春天,我到农村采访,了解到化肥价格高,农民不堪承受,同时由于农民长期施用化肥,过去的肥田地变成了碱地,土地的有机质含量严重下降。那成本低又能肥田的绿肥怎么不见了呢? 带着这个问题,我再回到农户中调查采访,找出了农民不种绿肥的原因:如今种田不赚钱,哪有心思去种田;种了绿肥肥了地,不如种麦赚现钱;田块划分经常变,好田眨眼变孬田;有心有意种绿肥,可惜种子难找寻。此稿以农民不愿买化肥为出发点,反过来探寻农民为何不愿种绿肥,揭示了农村地力严重下降的深层次原因。稿件发表后,在农村干部中引起共鸣,在当时,还兴起一股大种绿肥的热潮。

在这里值得一提的还有一篇新闻分析《一家一户不适宜搞"自由种植"》,也是以逆向思维法采写而成的。农民由计划经济步入了市场经济时代,当时提出的让农民根据市场需求"自由种植"农产品,已成为一个热门话题。一家一户搞"自由种植"情况如何呢? 我跑了四个乡镇采访 28 个农户,写出了与当时的提法截然相反的观点。什么赚钱种什么,可农民不知种什么能赚钱。种植布局混乱,造成农田耕作、排灌植保、管理等困难。我提出了实行规模种植,宜粮则粮、宜经则经的种植办法。几年过去了,当前各地形成的区域种植特色经济,正吻合了《一家一户不适宜搞"自由种植"》的观点。

(载《盐阜通讯》2000 年第 6 期)

处处留心皆新闻

初学写稿的人往往不知写什么，而写稿时间较长的人，往往也有没什么可写的困惑，那么解决这个问题有什么妙法呢？我的体会是拓宽视野，处处留心。

由此及彼觅新闻

在采访"此"新闻时，我们只要留心，往往会发现新的新闻线索，你若是个有心人，就会通过这个新线索写出"彼"新闻来。1996 年 5 月，我去建设局采访，该局当选为"好工嫂"的 5 名中年妇女上台领奖时，一个个当着观众激动得流泪了，她们每个人用简短的肺腑之言表达了对单位领导的谢意。事后我了解到，这 5 名"好工嫂"都是克服重重困难，用瘦弱的肩膀支撑着全家，支持丈夫在外施工 10 多年。但每当她们遇到困难时，单位的领导就会出现在面前，帮她们渡过一个个难关。在晚会上发生的这件事使我认识到，在搞好经济工作的同时，思想政治工作这个好传统也不能丢。于是，我又来到建设局专题采访，发现了该局创造了思想政治工作的许多新点子，于是我写成了通讯《合唱的魅力——射阳县建设局做活思想政治工作纪事》。此稿不久在省、市、县报刊发表。

由此，我感受到只要留心观察，就可以发现社会生活中的新问题、新做法，就有写不完的题材，像《教师积极性是这样"挤"出来的》《报批该由谁来签字》都是属这一类型。

关注变化捕新闻

作为新闻来源的事实，自始至终都处于一种运动的变化状态之中。这种"运动"和"变化"，有突发型的，也有渐进型的。突发型的变动容易引人注目，而渐进型的就必须认真关注其变化，事物发展变化中的"亮点"就是我们写作的素材。

1993 年底，我到基层粮管所和县城粮店采访，所见所闻令人耳目一新，仔细分析一些新出现的问题，令人忧虑和不安。1993 年 4 月 1 日之前，我国粮油全部实行的是计划供应，统价供应。1993 年 4 月 1 日之后，粮油供应取消计划，敞开供应。粮价放开不到 10 个月，买粮的居民反映买粮方便了，粮油交易市场生意火爆。而国营粮店却门庭冷落，粮食收购硝烟四起。面对这些新的变化，我找原因、探根底，研究分析粮价放开后出现的新问题：粮食储备下降，粮价不断看涨，收购秩序混乱，国营粮店步履维艰，前景不容乐观。我经过半个多月的酝酿和反复思考，把粮价放开第一年出现的令人既喜又忧的现象有理有据地写成了一篇特稿《1993：粮价放开第一年》，把粮价放开后，粮食生产、加工、经营、消费诸环节的新变化反映得淋漓尽致。稿件见报后，引起了有关部门领导的重视和社会的强烈反响,特别是存在的问题引起了高层领导的关注,为领导决策提供了依据。

针对问题挖新闻

20世纪90年代以来,随着农业经济发展速度的加快,农民收入的提高,农业机械化普及率越来越高。1996年6月初,我来到县农机局了解全县夏收情况。一位局长兴冲冲地告诉我,我们射阳县有264台收割机参加夏收,全县有一部分农民摆脱了繁重的体力劳动,加快了夏收进度和收割质量。但是,264台收割机只能收购全县20%的麦子,如果遇到灾害性天气,麦子仍难免遭受损失。我县农民收入增长的幅度不比人家差,但收割机总数比邻县少得多。为什么收割机推广这么缓慢呢?带着这个问题我进行了深入采访,了解到农户对收割机收割麦子的要求十分强烈,而收割机推广不开来,原因是多方面的。通过上下几个回合的调查摸底,揭示出了这个新矛盾的症结。稿子发表后,引起了有关部门和投资者的重视。当年秋天,全县收割机就新增近百台,为加快全县机械收割助了一臂之力。

研究和揭示事物发展的新矛盾,可提高记者的观察力和解决问题的能力,对于拓宽报道视野十分有力。还有像《我们该为"亚太"做些什么》《银穗大米畅销的启示》《农民自留粮损失浪费严重》等,也属这一类型。

(2000年7月)

重 在 发 现

1992 年 12 月 1 日,《盐阜大众报》在一版版面上,发表了我采写的《种粮大户杨定海的困惑》,在全市上下引起了强烈的反响。之后此稿还在《经济晚报》《信息日报》《中国商报》《经济新闻报》等报纸发表。

1992 年 11 月,笔者花了 10 多天时间,在全县五个乡镇就农民种粮的收益情况,进行了调查采访。在采访过程中,农民普遍反映,今年种田不但不赚钱,还遇到好多难题。种粮不赚钱主要是生产成本高,各种负担沉重,粮食价格过低,有的农民种粮不但不赚钱还亏本。在粮食生产、销售的过程中,他们遇到了以前未有过的难题。一些地方要水没水、要电缺电是常事,科技人员到村组只是蜻蜓点水,农民急需的农用物资不能及时到位,有的粮管所因无资金,农民的粮食卖不出去,还有的地方农民的粮食及时出售了,得到的还是一张张“白纸”……

11 月 10 日上午,我在局办公室走廊里遇到全国劳动模范、种粮大户杨定海(我曾多次报道过他的事迹,彼此很熟悉),便邀他到办公室坐坐。交谈中得知,他是来找局长推销粮食的,家中有 40 万公斤粮食卖不出去,银行的贷款无法归还,很焦急。因粮食受灾,生产资料价格高,粮价过低,即使按市场价每公斤 0.64 元卖出,也要亏损 7 万元,况且一时还卖不出去。

杨定海面临的困惑,正是千家万户粮农的缩影,具有一定的针对性和代表性。我还意识到,杨定海面临的困惑,不仅仅是粮食卖不出去,贷款不能归还,种粮亏本,更重要的是折射出在新旧体制交替时期,农民对市场经济难以适应的阵痛。在这新旧体制转换时期,广大农民更需要政府的信息、技术的指导,需要粮食、供销、物资、种子、农机、银行等部门认真解决面临的新问题。于是我写成了《种粮大户杨定海的困惑》一稿。

(载《盐阜通讯》1993 年 4 期)

关心新情况　探讨新问题

——抓农村问题报道的体会

作为一名业务部门的通讯员,不但要及时抓好动态性的新闻,还要进行有目的的调查和研究新情况新问题,为各级领导和有关部门出点子,为群众的利益鼓与呼。

一、抓带倾向性的问题

倾向性的问题是有关全局影响面比较大的问题,主要是执行党的路线、方针、政策中出现的问题,或者关系某个事物的发展动向的问题。

1990年2月,我在基层粮管所采访,在与粮食收购、保管人员的接触中发现,粮食入库质量普遍较差,给粮食企业的调运、保管、加工、销售带来了困难,给国家经济带来了巨大损失,同时也损害了消费者利益。我经过仔细琢磨,觉得这一问题不仅仅关系粮食部门的事,而且关系整个社会的利益,值得研究。于是,我结合部门工作,进行了深入细致的调查采访,写出了《不容忽视的入库粮食的质量》的问题新闻。文章列举了近几年来全县收购入库的粮食质量的现状,分析了原因,指出了因粮食低劣给国家造成的损失,最后指出了提高入库粮食质量的办法。此稿发出后,先后被《人民日报》《盐阜大众报》《江苏粮食研究》等报刊采用。

1990年6月,盐城市政府召开全市夏粮收购工作会议,将我采写的《不容忽视的入库粮食质量》一文印发给全体人员,要求各地在粮食收购中,严格把好入库粮食质量关,产生了较好的社会效果。

二、抓群众共同关心的问题

群众共同关心的问题,这类问题抓得准、抓得好,可以说是"一石激起千层浪"。

1992年秋粮收购期间,我到基层粮站工作,看到粮站秋粮收购进度很慢,有不少粮站秋粮收购任务完不成,议价粮入库甚微,这是什么原因呢?在与农民的广泛接触中,我发现主要是粮价过低、产量下降,所以农民惜售。由此带来了一些负面效应:农民种粮积极性下降、粮田面积减少等。我根据掌握的材料写出了《粮价下跌忧思录》一文,文章最后提出了解决这一问题的五条措施。稿子被《解放日报》分期连载,并先后被《工人日报》《信息日报》《亚太经济时报》《江苏物价》等报刊采用,一些措施被有关部门采纳。

三、抓刚刚冒头的问题

随着农业从计划经济向市场经济的转变,农业和农产品全面走向市场了。今年年初,我准备写一篇反映农民"自由种植"的新闻稿,在调查采访中发现,一家一户搞"自由种植"出现了一系列问题,"自由种植"是什么赚钱种什么,可大多数农民不知道究竟种什么能赚钱。实行"自由种植"后,种植布局混乱,造成农田耕作、排灌、植保、管理困难问题,我写出了《一家一户不适宜搞"自由种植"》的新闻分析。文章最后指出,农民实行"自由种植","自由"不是绝对的,这个"自由"应在乡村大的规范布局下的"小自由",茬口布局该统的要统,以便于农田耕作、排灌、植保、管理。

(2000 年 7 月)

立足岗位也能写出好新闻

和一些通讯员朋友一样，我也曾为待在一个地方写不出好新闻苦恼过，但经过磨炼，我认为，立足岗位也能写出好新闻。

我是从农村被县粮食局聘为报道员的。在粮食部门工作了8年多。通过几年的实践，使我切身感受到，要立足岗位写出好新闻就必须"挖掘、多思、深化"。

"挖掘"。粮食部门的主要工作是收购、销售，这方面的稿子我写了不少，什么强化服务，上门收购，为困难户送粮上门，等等。这些内容已写了，是不是就没有文章可做了呢？不是，以前写过的内容，还大有文章可做，这里重要的是要注意"挖掘"。以往报道粮食收购工作都是谈进度、谈服务，但入库粮食质量被人们所忽视，造成粮食质量严重下降，给粮食部门的调运、保管、加工、销售带来了困难，给国家造成了巨大的经济损失。于是，我抓住这个问题，调查采访，写出了《不容忽视的入库粮食质量》的调查报告。文章列出了几年来全县收购入库的粮质现状，分析了原因，指出了因粮质低劣给国家造成的损失，最后提出了提高粮食质量的办法。此稿先后被《人民日报》《盐阜大众报》《粮油信息报》等报刊采用。1990年6月，盐城市政府在射阳县召开了夏粮收购工作会议，将这份调查报告打印下发给与会全体员工，要求各县收购中严把入库粮食质量关。

"多思"。就是遇到问题多思考。粮食部门做好粮食保管工作十分重要，这方面的稿子我写过三篇，介绍过经验。粮食部门要管好粮食，生产粮食的农民自留粮保管得怎么样呢？为此，我在全县重点产粮区阜余镇进行了采访，写出了《农户自留粮损失浪费严重》一稿，《中国商报》《江苏经济信息报》都在一版重要位置刊登，获得江苏省首届经济新闻大奖赛二等奖。粮食部门为农民提供收购服务这类报道写的不少了，那么，农民还需要粮食部门提供哪些服务呢？我在全县四个乡镇进行采访，写出了《粮农急需的六项服务》，发出后被《人民日报》《农民日报》采用。

"深化"。1990年，报刊上反映农民"卖粮难"、粮食部门"储粮难"等问题不少。看了这些文章后，我感到意犹未尽。粮食的出路究竟在哪里？很快我写出了《敢问路在何方——粮价下跌忧思录》的调查报告。此稿经反复修改，虽然篇幅较长（3600字），但提出的问题有一定的深度，上海《解放日报》全文连载，《江苏物价》《价格与市场》《粮油信息报》等报刊均全文发表。

在粮食局工作的8年间，我每年在市级以上报刊发表各类作品100余篇，其中有8篇新闻作品获奖，多次被省、市、县粮食局和县委宣传部等单位评为优秀通讯员、信息员。

（载《盐阜大众通讯》1991年第7期）

写身边的事和熟悉的人

1980 年 7 月,我高中毕业就回乡务农了。劳动之余,我以书报为友,每年都挤出近百元,订阅报纸和杂志。阅读报纸杂志时,我脑子里时常蹦出写稿的念头,但就不知从何下手,直到 1983 年 10 月 1 日那天才拿起笔来,写了第一篇新闻稿。3 年后,我经县委宣传部顾长清同志推荐,到粮食部门工作。从写新闻稿到外出工作这 3 年时间,我以种田为业,活动的范围就是一个村。但我写的新闻竟被《人民日报》和中央人民广播电台采用,还"写"出了一个远近闻名的新闻人物——残疾青年钱亲华。要问有什么诀窍?那就是一句话:写身边的事,写熟悉的人。

写身边的事。作为一个农民,活动的范围有限,不可能像专业新闻工作者那样可以满天飞。我就留心身边的事,从中发现新闻。我家有个好的传统,每年植树节前后,都要在家前屋后植树。河边路边长了大大小小的树,郁郁葱葱,生机盎然,家中的家具都是自家长的树做的。深得植树好处的父亲,早在 1983 年春节就和家人商量,把正月初九定为"家庭植树节",每人植树 10～15 棵。1985 年又到了"家庭植树节"的日子,我写成了《家庭植树节》一稿。稿子发出后,在《人民日报》《新华日报》《盐阜大众报》等多家报纸发表,此稿还在江苏人民广播电台社会新闻竞赛中获一等奖,被编入《社会新闻集稿》一书。此稿的发表使我对写新闻充满了信心,也悟出了新闻就在身边的道理。

1985 年 5 月,我在海边拾泥螺,途经八段村时,看到路边有一堆堆雪白的贝壳粉。我很好奇,就问正在摊晒贝壳粉的人,这贝壳粉有什么用?那人告诉我,该村陈洪银等几个农民利用滩涂丰富的贝壳资源,加工贝壳粉,销售给饲料厂作为饲料添加剂。我顾不得去海边了,留下来向他们详细地了解了贝壳加工的情况,写成了《八段村开发海滩资源,就地加工贝壳粉》一稿,寄出不久,就被《人民日报》《致富宝》《盐阜大众报》刊发。

写熟悉的人。我村张奶奶家是远近闻名的贫困户,在那"大糊弄"年月,她家住的是茅草屋,饭吃不饱,一年苦到头,年年超支。党的十一届三中全会后,她家的日子一天比一天好。1986 年,张奶奶穿上了时髦的西装,成了村里的一大新闻。于是我就写成了《张奶奶穿西装》,从这件事反映党的十一届三中全会后农民生活的巨大变化,此稿被多家报刊和广播电台采用。

一次,在同学的婚礼上,我看到洞房里大大小小的双喜花、窗花和装饰花,实在是美不胜收。惊叹之余,我得知这是本村一位高位截瘫青年钱亲华剪的。第二天,我做完农活,晚上来到钱亲华家,了解了他刻苦自学剪纸的历程。以后的半个月时间,我天天晚上到他家,与他同喜同悲,先后写出了两篇通讯《他有巧手能裁春》《我有一个好妈妈》,

分别被中央人民广播电台、《新华日报》《中国青年报》等 40 多家新闻媒体采用,一时间,钱亲华成了新闻人物。之后,有关钱亲华的报道不断见诸报刊,一年多时间,我写了 30 多篇新闻稿。钱亲华自强自立的精神不但赢得了社会的赞誉,也赢得了爱情。后来,本县陈洋镇北村团支部书记陆韦与钱亲华喜结良缘。

多些"有感而发"。1985 年 12 月 13 日的《新华日报》刊登了通讯《三请党支书》,说的是村支部书记刘海然带头执行党支部制定的"小立法",坚持不到农民家吃请的事迹。我看后很感动,觉得刘海然的做法实在,在面上有一定的针对性和指导性。于是我写了篇小言论《愿村干部都学刘海然》,很快被《新华日报》采用。

我自学新闻写作的历程非常艰苦,但也很有乐趣。于是我写了自己的感受和经历《灯下,有苦有乐》,1986 年 12 月 20 日在《扬子晚报》刊发。

在田间劳动时,我带着收音机收听电台的节目,写听后感,大部分被新闻单位采用。就这样,我虽身居在农村,用稿的数量却越来越多。

写身边的事和熟悉的人要注意两点,那就是从"一"写起,从"小"写起。所谓"一",是典型的有特点有意义的一件事、一个问题、一条经验、一个场面等。从"一"写起,便于采访、构思和写作。把"一点"写深写透,这样再由小到大、由易到难,循序渐进,逐步提高。从"小"写起。就是些篇幅相对短小的新闻题材,比如短信息、小通讯、小言论等。从"小"写起,也不应草草了事,也要有一定的质量要求。有时短而精的稿件写作比长篇稿件的难度还大。因此,尽管是短消息、小通讯、小言论,也不可小视,需认真采写。

(2000 年 7 月)

仗义执言为农民

金秋季节,对农民来说是收获的季节,农民一年的耕耘有了回报。然而,1992 年的秋天,农民们收获的是"失望"和"痛苦"。特别是种粮的农民,没有尝到丰收的甜果,一年辛苦换来的是亏本的苦涩,有的农户秋播时竟然抛荒弃种。

在六垛乡六垛粮站,我向交售秋粮的农民了解今年的收成情况,他们涨红了脸,诉说今年种粮亏本的苦闷。面对一个个忠厚朴实的农民,面对他们那双渴求理解同情的眼光,我的心无法平静下来。当日上午,我来到六垛乡六垛村,踏田查看弃耕的面积,到农户家了解各种负担的情况。六垛乡是这样的情况,其他乡镇的情况如何呢?我又来到陈洋镇、合兴乡、通洋乡等地分别了解情况,得出农民弃耕的主要原因有四条:一是粮价太低,每百斤稻谷只有 31 元,农民每种一亩地要亏 60 元。二是农资价格上涨,种粮所需的种子、化肥等农资价格平均上涨 50% 左右。三是各种负担沉重,农民种一亩地要交 120 元左右。四是当年自然灾害频繁,洪涝、干旱、台风轮番侵袭,粮食严重减产。

农业是国民经济的基础。农民收入的增减,关系到农村的稳定。我生在农村,长在农村,高中毕业后务农六年,深知农民种地的艰辛。作为一名党报通讯员,我有责任把农村这一严重的问题向党报反映,让领导尽快采取措施,解决农民抛荒问题。

在认真细致调查采访的基础上,我一气呵成,写出了《射阳粮农为何大抛荒》,经过领导同意签发后,发往新闻单位。《农民日报》在 11 月 10 日头版头条刊发了这篇稿子。见到报纸,我兴奋了好长时间。

稿子刊发后,引起了有关部门的重视。国务院的水利工作会议上,国务院的一位领导也提到了射阳抛荒的问题,要求各地引起重视,解决这个问题。市委派来调查组实地调研,认为稿子中反映的情况属实。尤其让我感动的是,市县领导认真研究了解决问题的办法,并召开会议,要求各乡镇在较短的时间内解决土地抛荒的问题。到了 12 月初,全县抛荒问题基本得到解决。全县还对农民负担问题进行了整理和整顿。涉农部门和物价局联手行动,检查整顿了全县农业生产资料的价格质量,对乱涨价,经销伪劣产品的经营者进行了处罚。

这篇稿件在《人民日报》《中国财经报》《华东信息日报》等七家大报先后刊发,《报刊文稿》也予以转载。可以说,这篇批评稿在全国范围内引起了广泛关注,之后又有 10 多家新闻单位记者来射阳跟踪报道射阳解决土地抛荒问题做法。由此我感受到,一个通讯员要写好批评报道,首先要有敢说真话的勇气,要有强烈的社会责任感,为了群众的利益就要仗义执言。再就是要有深入实际,深入采访的作风,反映的事实必须要真实,只要事实准确,即使遇到困难,也能腰杆挺直说话硬气。

(1993 年 1 月)

附:"粮农为何大抛荒"采访经过

10 月 22 日上午,我来到陈洋粮管所。该所副所长周德成、统计员许信国和我一同到陈洋乡岱范村,对农民今年粮食产量、粮食生产成本、收益情况进行调查。

我们来到岱范村八组,对该组陈平、武立仁、丁德成三农户就各户粮食产量、农本构成、各种费用情况分别做了详细的调查了解。调查结束后,我们又来到该村村部,正巧村干部都在开会。我们说明来意,村支部书记向我们介绍了全村今年粮食生产情况。全村今年种植水稻 2000 亩。由于本村离陈洋镇很近,有的农户举家到街上经商,田不种了。再就是负担过重,农本高,今年又减产,种粮不合算。今年秋播抛荒的农户占全村农户的 10%～12%。之后,该村会计辅导员与粮管所统计员许信国,将全村的平均产量、农本情况进行了核算。就岱范村而言,今年每亩粮田总支出 240 元左右,亩产产量平均 400 公斤,稻子按市场价 0.22 元/斤计算,总收入为 180 元左右,每亩亏本 60 元。

11 月 3 日上午,我和本股宋立志同志一同到六垛粮管所。该所防化员带我们到六垛乡六垛村,村支部书记、村民主任和会计辅导员接待了我们。村支部书记向我们介绍了今年的秋播情况:该村今年秋播稻茬面积 2760 亩,截至 11 月 3 日全村仅种大麦 100 亩、小麦 600 亩、蚕豆 500 亩,还有 1560 亩没人耕种。为此,村里立即采取措施:一是对大块抛荒田块用招标办法让外地人承包;二是每亩地"两上交"由过去的 105 元,降为 60～70 元;三是动员村组干部带头,每人多种 5 亩地。尽管采取了这些措施,该村仍有 500 亩耕地无人认领。他们还分析了农民抛荒的原因:"两上交"费用增加,不合理负担加重,乡村服务功能缺乏,粮价过低,等等。

11 月 4 日上午,我用电话分别与合兴、盘湾、通洋、兴桥、四明五个乡镇的农经站负责人了解了各地抛荒情况以及抛荒的原因。

合兴乡接电话的是一位女同志。我请她叫乡农经站负责同志接电话,她随即叫来一名男同志(当时没有问及该同志的姓名),电话中我请他谈谈有没有抛荒情况。他介绍,今年秋播个别村有三分之一的农户不愿种粮,现在全乡抛荒面积有 2000 亩,并分析了农民不愿种粮的原因:一是"两上交"费用增加,二是到县城去经商的农民增多,三是自然灾害频繁,四是农本大,五是粮价低。

通洋乡农经站高其顺在电话中介绍了他们的情况:今年秋播有 20% 左右的农民要求退田,乡政府及时做宣传、教育、疏导工作,减少了一些不合理的负担,抛田的势头才有所缓解。

……

根据以上采访的材料,便写成了《粮农为何大抛荒》一稿。

南国报苑春满枝

——广东三报考察记

去年 11 月下旬,省委宣传部与南京师范大学新闻学院联合举办了省第六期青年新闻干部培训班,在结束了为期一个月的理论学习后,省委宣传部组织我们到广东省《南方日报》《广州日报》《深圳特区报》等新闻单位考察学习。通过实地考察,所见所闻使我们强烈地感受到了广东省新闻事业日新月异的变化。他们的办报思想、用人考核机制、广告经营管理使我们考察团的每个成员大开眼界,深受启迪。

《广州日报》全国第一家报业集团

从白云机场前往《广州日报》社的路上,我们看到广州市大街上相隔不远就出现一家广州日报连锁店,一个个鲜红的店牌,成为市区一道特别的风景。在《广州日报》社办公室郭汉华的陪同下,我们参观了电脑化编辑部、多功能图书室、职员健身房。在电脑多媒体室,工作人员向我们介绍了《广州日报》报业集团的情况。《广州日报》报业集团成立于 1996 年 1 月,是全国第一家报业集团。报业集团拥有 10 报 1 刊。《广州日报》是报业集团的"旗舰"。1997 年《广州日报》日发行 85 万份,其中自费订阅的占 80%,公费订阅占 20%,广州市区占发行总量的 55%,珠江三角洲地区占 40%,全国及海外占 5%。在广东省内自办发行。他们承诺早上 8 时投送完最后一张报纸,保证报纸在读者吃早餐时能送上门,实行送报上门服务和先看报后收费。100 家《广州日报》连锁店,方便群众在这些店里订购《广州日报》,办理刊登分类广告,也可购买其他书报刊、音像制品和日常生活用品。《广州日报》每天出 20 至 44 个对开版,是国内版数最多的大型综合性日报。总共设有 76 个专版,适应了社会各阶层的需要。《广州日报》报业集团还以集团为依托,多元发展。先后创办了广告公司、彩印公司、发行公司、纸张公司、印务中心、新闻服务中心、连锁店公司等经济实体。1997 年集团总收入 15 亿元,总资产 16.1 亿元,净资产 11.27 亿元,该集团是广州市国有资产 10 强之一。工作人员还告诉我们,集团还有几项跨世纪工程正在建设之中。

《南方日报》全国发行量最大的省级党报

12 月 23 日下午,我们考察团的专车驶进了《南方日报》社。由毛泽东亲自书写的"南方日报"四个大字耀眼夺目。在三楼会议室,《南方日报》副总编辑杨兴锋向我们介绍了报社的发展情况。《南方日报》1949 年 10 月创办。1997 年日发行量达 80 万份,已连续 11 年列全国省级党报发行量第一。杨兴锋说,近几年来,我们研究思考这样一个问题:党报如何适应市场经济的形势,既能入机关大院,又能进千家万户?我们认为关键是在权威性、指导性、可读性相结合上下功夫。没有可读性,权威性和指导性无从谈起。只顾可读,而不顾权威性和指导性,那么就会迷失方向。在一版我们形成三个拳头产品:一是典型报道,采用连环画、日记、照片以及典型人物周围人评典型等形式,强化典型的宣传;二是深度报道,告诉读者发生了什么、如何发生的、对读者有什么影响,文章注入理性的思考;三是批评报道,《南方日报》在一版的批评报道一是量多,二是胆大,有不少批评报道在全国成为轰动新闻。

增强报纸的权威性、可读性、指导性,多出拳头产品,关键是靠编辑记者。报社为了奖勤罚懒,鼓励编采人员多出精品,制定了用稿考核办法。考核的品种有 7 个:典型报道、深度报道、昨日新闻、独家新闻、批评报道、会议新闻创新、经济新闻创新。每个记者每月必须完成 7 个品种中的两个,根据稿件刊登的位置、质量评分,一般新闻 1 篇 15 分,深度报道 1 篇80～90 分,有的记者只要写 1 篇深度报道就可完成当月任务,多写不限,上不封顶。报社还设立会议新闻、经济新闻、策划新闻创新奖,好版面、好标题、好新闻、独家新闻奖,当天报纸当天评,当场产生各类奖项。对连续 4 个月没完成定额考核任务的,副高级职称降聘为中级,中级降聘为助理级,对贡献突出的提拔重用。目前,该社 30 岁以下的副处级干部就有 10 多人。

《深圳特区报》海内外有广泛影响的大报

12 月 24 日上午,我们怀着激动而好奇的心情走进海内外有广泛影响的大报——《深圳特区报》社的大门。副总编辑杜吉轩是江苏人,见到我们如同见到家人。他陪同我们参观了编辑部、印刷厂和刚刚落成的 47 层报业大厦后,向我们介绍了《深圳特区报》的发展情况。

《深圳特区报》于 1982 年 5 月 24 日创刊,当时工作人员只有 10 多位。没有印刷设备,报纸送到香港代印,办公条件十分简陋,编辑、记者只能在一间小铁皮房里办公。16 年间,该报由周一刊发展到日出 28 版的海内外有广泛影响的大报。目前该报采用现代化的电脑激光照排和胶印轮转彩印技术,发行量由初开始的不足 10 万份,发展到目前的 40 多万分。今年成功地实行自办发行,总发行量激增了 25.03%,覆盖全国各地。国内所有大中城市及 98% 以上的县都有《深圳特区报》的长期订户。同时,该报在香港和英国设有发行代理,负责海外发行工作。在香港、北京、上海、成都、广州、惠州设有记者站和办事处,在北京、上海、武汉、成都设有卫星传版分印点,每天在港澳及海外各地的发行已经跃升为两万份。1994 年、1995 年、1996 年广告收入连续跻身全国报纸的前 5 名,报社资产超过 10 亿元,创下了中国报业发展史的奇迹。尤其是深圳人创造的许多新观念、新经验,如"蛇口模式""时间就是金钱,效率就是生命""打破'大锅饭''铁交椅'

的旧观念"等,通过《深圳特区报》在全国得到广为传播。1992 年小平同志发表南方谈话,《深圳特区报》率先报道的《东方风来满眼春》和《猴年新春八评》风行海内外,推动深圳以及全国掀起新一轮的改革开放浪潮,一张地方党报成功报道这样的重大题材,在新中国的新闻史上绝无仅有。

《深圳特区报》创下的辉煌业绩,得益于精明强干的《深圳特区报》人,目前该报有正高职称 5 人,副高职称 80 人,中级职称 163 人,有 78 人撰写了专著。对编采人员工作实绩,他们采取评选星级稿的办法,先自荐,后由新闻研究所评,再由总编评。评选先进、升职晋级,凭星级稿多少而论,克服了凭印象评先进升职晋级的弊端。

(《盐阜大众报通讯》1998 年第 7 期)

浙江报苑一枝花

——浙江《乐清日报》考察记

2001 年 11 月 24 日,我随县滩涂招商小组来到了浙江省乐清市。乐清市位于浙江省的东南部,全市人口 118 万,耕地 38 万亩,年财政收入在 15 亿元左右,是"温州模式"的发源地。乐清市地处东海,有 10 多万亩的滩涂,滩涂养殖技术全国领先。

11 月 25 日,《乐清日报》记者陈霄来采访我县的滩涂招商会。在她的引导下,我参观考察了《乐清日报》社。《乐清日报》社位于市中心新世纪大酒店的东南,报社办公室王主任热情地接待了我,并向我介绍了《乐清日报》创刊以来的情况。

业绩辉煌　县报楷模

《乐清日报》社现有干部职工 75 人,报纸日发行量为 3.4 万份,2001 年已完成了广告收入 500 万元。

1994 年 10 月 1 日,乐清市百万人民企盼的《乐清报》正式诞生。创刊伊始,《乐清报》社就把这份报纸作为自己联系乐清 100 多万人民的窗口。提出了融政治、经济、社会、文化于一炉,将《乐清报》办成乐清人传递信息的热线、沟通情感的桥梁、发展经济的"红娘"、宣传乐清的窗口。

7 年来,《乐清日报》共刊出 1500 期计 51000 多篇新闻报道,其中被《人民日报》《浙江日报》《温州日报》《新闻世界》等报刊转载和采用的有 2000 多篇,新闻稿及新闻业务专著多次获省级以上奖。1998 年浙江省新闻研究所《新闻实践》杂志和《中国新闻出版报》专题报道了《乐清日报》的办报经验;在全省县市党报总编研讨班和全国县市报研究会上,《乐清日报》社均被指定做典型经验介绍。在 7 年的办报过程中,《乐清日报》被浙江省、温州市及乐清市委、市政府等授予"省级无吸烟单位""温州市三八红旗集体""先进党组织"等称号,被评为"普法""支农""扶贫"等先进单位。

公开竞争　选贤任能

报业的竞争,关键在于人才的竞争。在建立公平竞争、选贤任能的用人机制方面,他们坚持公开、平等、竞争、择优的原则,主要从以下两方面入手:一是进人过"五关"。他们一开始办报,就一律向全社会公开招聘工作人员。近两年先后两次在全国范围内招聘业务人员。对这些求职人员,除符合学历、年龄等基本条件外,一律要过"五关":第一是个人成果关,须在正式报刊上发表作品 15 篇以上,其中新闻作品不少于 5 篇;第二是专业考试关,参加报社举行的专业统一考试;第三是政治测试关,主要进行政治鉴别力和政治敏锐性等方面的测试;第四是电脑操作关,与报社内部采编全程电脑化接轨;第五是见习试用关,对前四关均能通过者,进行 6 个月以上的见习试用,同时实行德能勤绩综合量化考核,对较优秀者才予办理招聘手续。二是在职淘汰制。对报社所有人员分"采编""非采编"两类,按德能勤绩四大类 19 小项综合量化考核,一月一小计,并按得分多少为序一年一排名,排在最后的被视为不合格。全年考核不合格的,第二年的工资、奖金、福利都降为临时工的标准发放;连续两年不合格的,第三年无条件下岗。

制度的建立并不难,难的是持之以恒地执行。几年来,报社内部人员先后有 3 名被淘汰,有的还是领导干部的亲戚,但由于约法在前,一视同仁,结果领导能谅解,下岗人心里也没疙瘩。

按劳计酬　效率优先

在建立按劳计酬、效率优先的分配机制方面,他们本着"奖勤罚懒、奖优罚劣"的原则,在完善岗位责任制的基础上,把工作的量和质的考核与经济分配紧密挂钩,真正做到"干多干少不一样,干好干坏不一样"。

例如,报社采编人员每月要完成 500 分(每分计酬 1 元)的任务量,超一奖一、少一扣一,上不封顶、下不保底。记者每月的见报稿先由责任编辑记分,然后由部室主任核分,最后由总编室定分;编辑每月所编的版面,先由部室主任记分,最后由总编室定分。定分后返回本人核对,签字认可。从每月统计结果来看,经济收入档次拉开较大,有的相差几倍甚至几十倍。有一位记者,去年第一季度共写了 20 篇新闻,由于质量一般,按照少一扣一的规定,结果工资、奖金倒扣了 28.5 元。事后,社领导找她谈话时,她明确说自己"这个季度不够努力,稿子写得不好"。

此外,他们还规定,稿件被上级报刊采用、转载的,或在各级评选中获奖的,均给予加分、加奖;年终奖按全年累计考核分的比例发放;对全年综合考核分名列前茅的给予重奖。

人尽其才　适才适所

建立素质考核、人人进取的竞岗、竞职机制。根据"人尽其才、适才适所"的原则,《乐清日报》社对中层干部和职称职位进行竞岗、竞职。打破原来的"干部任命制"和"职称评聘制",建立起一整套素质考核档案,以个人实际德能勤绩的总体水平和综合能力为竞岗、竞职的主要条件。如对参加竞岗中层干部的硬条件之一,就是历年德能勤绩考核总分必须在中线以上;对专业技术人员评聘职称时,逐步打破学历、资历等因素限制,采取思想政治素质与工作实绩考核相结合的办法,并向好稿率、好版面率、论文发表率高的人员倾斜。

自办发行 电脑联动

1995 年,创刊不到两年的《乐清日报》,发行量突破了两万份。尔后,成立了乐清报之友联谊会,并在市东和市西各设一个记者站,在全市 31 个乡镇建立了通讯站,加强了通讯工作。筹资 100 多万元创办了报社印刷厂,自动双色的高速印报机,每小时可印 3 万份报纸,四开四色的胶印机能印彩色的报纸,实现了采、编、排、印一条龙。

1997 年 10 月 1 日开始,《乐清日报》为了更加紧密地联系市民,开始自办发行,改变了以往"二楼以上不投递,几份报纸一次投"的现象。推行"今日来个电话,明天上门订报"的便民措施,对公寓式住宅的订报户免费赠送报箱。1997 年,《乐清日报》发行量已超过26000 份,2000 年达 3 万份,2001 年达到 3.4 万份。每天凌晨《乐清日报》发行站投递车即从乐城出发,将《乐清日报》送到各乡镇。现除个别边远乡村外,其他乡镇均能在早上上班时间看到当天的《乐清日报》。湖雾镇岭头小学的一位教师来信说,这是 30 年来碰到的第一件破天荒的事。

《乐清日报》从创刊开始,就以国内最先进的电脑排版系统编排报纸。随着工作的深入,记者和编辑开始用电脑写稿和排版。到目前为止,全部采编人员在报社或者在家里,都能熟练地进行电脑文字处理。1998 年 1 月,《乐清日报》社开通了国际互联网,收编更多的可读性强的国际国内新闻,以满足乐清人民的需求。

现在,《乐清日报》社实行全报社采编系统联网,即记者在家或在采访现场,通过电话线路传输电脑文字稿件。编辑在报社实行电脑排版,全面实施采编全程电脑化,这在我国县市报行列中,是名列前茅的。

(2001 年 11 月)

为时代留一份记录

从事专兼职新闻工作 40 年以来，我总是不知疲倦地奔波、忙碌，乐此不疲。虽然工作有时显得琐碎、缠人，还有些平淡；虽然只是记录适时的政务活动和新闻事件；虽然写的新闻不能改变什么……但按自己的理想、意愿尽力去做了，尽到了自己的责任，就无愧于心。

可以说，记者是一个负责和不负责任相结合的职业，从对实际工作的责任来看，记者不负直接的和实际的责任，因为出了问题它们都有具体的主管部门负责。但也正是如此，做一个好的记者，必须时时处处牢记自己的责任。

于是，我和同行一样，进村入户体验农民丰收的快乐和驾驭市场的欣喜；走进特困人群感受他们的酸甜苦辣；与成功人士交心结友，分享他们创业的艰辛和成功的喜悦；奔赴海难的现场日夜奔忙。目的只有一个，为时代留一份记录，也为自己留下跋涉的足迹。

我忘不了初学新闻采写的那段经历。在国家恢复高考的第二年，我们全校高中毕业生 240 多人全部走进了考场，然而只有一人考上了一所中专学校。我和许多同学一样走进了田间地头。劳动之余，我四处找报刊阅读，有一天终于萌发了写新闻的念头。记得第一篇新闻稿在县广播电台播出时，我激动得心都要蹦出来了，一夜之间我也成了村里的"名人"。有人鼓励我，有人支持我，也有人讽刺我，可我坚定了写下去的决心。求索的路很艰辛，最大的难题就是没有啥可写，其实那时的我是缺乏发现新闻的能力。随着时间的流逝，新闻知识的日积月累，我渐渐摸出了门道。终于有一天，我的一篇"豆腐块"上了《人民日报》，在全乡引起了很大的反响。

在县粮食局工作的 8 年，是我逐渐走向成熟的时期，也是我新闻写作的丰收期。最具影响力的《粮农为何大抛荒》《粮价下跌忧思录》《苏北粮食收购大战硝烟四起》《粮价放开第一年》《苏北沿海土地返碱》等作品在全国引起反响，反映"三农"的问题切中时弊。这是农村成长起来的新闻工作者的责任使然。

1994 年至今，我成为《射阳日报》社的一员，有幸从事专职新闻工作，为我进一步事业发展提供了广阔空间。记者的责任使我不敢放过一个字，一个标点，我尽心尽力、尽职尽责地忘我工作。

《有一位女孩她曾经来过》这本集子，收录的是 20 年来我在《人民日报》发表的部分新闻作品，还有部分获奖的新闻作品，同时还收录了可读性较强的现场新闻，以及近期采访的人物和事件通讯。在这本集子中，发表在《人民日报》的作品和获奖作品，可以说是我新闻生涯中的精华和得意之作。像《"有一位女孩,她曾经来过……"》《一个妇女主任的葬礼》《慈母心》《与鹤共舞》等作品,只要静下心来读一遍,文中的人物都会深深地感动你。而关系国计民生、与老百姓密切相关的农业问题和粮食问题的报道,主题重大,影响广泛,更是时代的真实记录,阅读这些作品,你会体会到作者一颗火热的心在跳动。《深情的鞠躬礼》《恩泽桃李情无价》《爱的奉献》《特别的中秋午宴》《来自台湾的感谢》等现场新闻,是深入一线火热生活的见证。

在从事新闻工作的过程中,有成功的喜悦,也有失败的教训。每当出现差错和失误,我的心都像在流血。我知道,新闻无小事,哪怕是标点符号的差错都会引起不良的反应。从一些差错和失误的教训中,我更感到肩上的责任重大,不敢有丝毫的怠慢和张狂。

我从拿笔写新闻到今天,感受最深的是,一个记者除了要有强烈的社会责任感,还要有坚强的意志。在这 20 年的写作生涯中,我经历了苦、累、病、穷的折磨,但仍然信心百倍,把采写新闻当作自己永恒的追求。为了写新闻,我牺牲了许多假日。长期的紧张工作和快节奏的不规则生活,使我落下了不少毛病,但我仍然盯住自己的目标前行,没有一时一刻的松懈和麻痹,始终保持着一个记者的状态。

令我永远不能忘怀的是给予我知识、给予我帮助、给予我一切的采访对象,是他们增长了我的知识,丰富了我的阅历,锻炼了我的才干。我从他们身上学到了课本上学不到的知识,尤其是每个采访对象的人生奋斗经历,就像一本人生百科全书,我永远学不完。是他们克服许多困难,挤出宝贵的时间,使我完成了一次次新闻采访任务。

尤其是许许多多知名的、不知名的各级领导,对我采访的内容给予指导,并提供一切可能的帮助,使我一次次成功地完成了采访任务。

在《射阳日报》社的 10 年,是我进步最快、收获最丰的时期,我怎么也忘不了报社的领导和同事默默无闻地为我作"嫁衣",帮助策划选题,修改稿件内容,精心制作标题,认真编排校对,是他们默默的奉献,使我真实准确地记录时代成为可能。

人们常说新闻是易碎品。的确,今天的新闻是明天的历史,大量的新闻作品所反映的事转瞬即逝。但是真正称得上新闻的作品,并非"易碎品"!它是当时的史记,如实地记录了当时的重大事件和新生事物,准确而又鲜活地反映了事物的本质和发展规律,充分表达了人民意愿和时代精神。我这本集子收集的作品基本体现了这一特征。

新闻姓"新",讲究"快"。因此,新闻作品从采访到写作,大多是急就章,加之本人性急,学识浅陋,许多新闻作品往往来不及斟字酌句,反复推敲。这样难免会出现疏忽和差错,纵然是获奖作品,也有诸多美中不足之处。在此,恳请读者批评指正。

我的新闻作品能结集出版发行,仰仗诸位挚友的支持,在此表示衷心的感谢!

(2003 年 3 月)

你创出精彩　我为你喝彩

——序《创客世界》

　　这是一个充满创意的时代,这是一个风行创造的世界。

　　进入 21 世纪后,创客更是成了一个跨世纪的"关键词"。2015 年 3 月 5 日,李克强总理在政府工作报告中指出,把"大众创业,万众创新"打造成推动中国经济前行的"双引擎"之一。于是"创客"与"双创"联系在一起。一个崇尚创业、勇于创业、造就创业者、为创业者喝彩的伟大时代,使创业成为普通人的冲动,普通人的向往,普通人的行动。这一股股涓涓细流汇成了江河,波澜壮阔的创业大潮催生了一代新的企业家精英。在中国蔚蓝色的天幕上,无数颗"射阳籍"的企业家精英熠熠闪耀,组成了"射阳创业之星"的浩渺星河。

　　曾几何时,他们还是浪迹天涯的游子,饱尝白手起家的辛酸,遍历夫妻店、父子兵、个体户的艰辛。他们在体制弊端、传统藩篱的夹磨下步履维艰,在先天不足、世俗偏见的双重阴影下一波三折。但是,他们敢为天下先,自强不息,奋斗不止,如执着扑火的飞蛾,夜半啼血的杜鹃。最终,他们用自己的汗水和智慧,迎来光明,唤回东风,谱写了自己的精彩人生。

　　因为有自身创业的经历和感受,我在新闻工作实践中特别钟情、特别关注创业人物,于是就有了这本《创客世界》的人物专辑。

　　每当一个个创业人物在我面前讲着他们的创业故事时,我的心灵就受到一次震撼、经历一次洗礼。并发现他们身上所具有的新时代创业者的共同特质——

　　他们怀有梦想。任何伟大的事业,都源于伟大的梦想,而伟大的梦想,却起源于创造梦想的人!他们不但有梦想,更可贵的是他们通过筑梦和逐梦的行动,去实现了自己的梦想。

　　他们信念坚定。创业之初,想法只是想法,其他的什么都不是,但他们都有一股信念,相信自己的想法是正确的,而且把这想法变成了自己的说法、做法,并带领优秀的团队一直前行,所以他们成功了。

　　他们敢于创新。洛克菲勒说过,如果你要成功,你应该朝新的道路前进,不要跟随被踩烂了的成功之路。爱因斯坦说过,若无某种大胆放肆的猜想,一般是不可能有知识的进展的。在创客们的天地里,无一不充满着创新的意识,他们在办公室里放着白板和画笔,鼓励员工们创新,鼓励交流,发动头脑风暴,集思广益,产生新点子,让企业在创新中不断开拓前进,不断壮大。

他们持续学习。学历代表过去,只有学习力才能代表将来。在信息时代,对于创业者来说,学习能力至关重要。他们有学习的深度,也有学习的广度,学习的价值在于培养适应企业与品牌发展的能力和习惯,他们跟上了市场的变化。

他们乐做表率。他们每天最先一个到公司,最后一个离开,团队的员工们,以他们为榜样,跟随他们一起努力,所以他们的公司才有今天。

他们善用人才。发现人才,积极培养人才,大胆使用人才,让那些具有超群智慧和能力的人真正有了用武之地。他们与下属打成一片,平易近人,相互勉励,耐心听取职工的意见和建议,诚心帮助职工解决各种困难,一心为他们提供施展才华的平台,全力打造优秀的团队,终于创造了今天的辉煌。

他们永不言弃。创业过程中遇到困难和挫折是正常的,有了坚持不一定成功;但没有坚持,就注定失败。只要坚持不懈地做下去,总有一天会有质的飞跃。他们取得最终的成功,靠的是坚毅的性格和坚持不懈的精神。

他们的成功,使民营经济在我县的经济发展中扮演着越来越重要的角色。一人创业,一片受惠,一方致富,创业之星成为带头致富、共同致富的排头兵。

他们创业成功了,但新的征途仍然是荆棘遍布,坎坷曲折。可以预料,未来的挑战,将使他们的每一步都如逆水行舟,将会遇到数不尽的排浪、漩涡,将会遇到无数的明滩、暗礁。他们需要社会各界一如既往的支持,需要父老乡亲为他们加油助威,也需要个人素质和整体素质的不断提升,需要企业家不断超越自我。我记录下他们,正是为他们明天新的进击壮行!

他们的奋斗和拼搏,在创造物质文明的同时,还给我们留下了宝贵的精神财富:他们是成功的企业家,却同样保留着那份质朴、率直和深切的赤子之心;他们富而思源、富而思进的情怀,他们反哺故土、扶助乡亲、造福社会的义举,深深地感动着我们,也为我们社会的精神文明建设树立了一种楷模、一种榜样、一种标杆。我记录下他们,正是为他们的拳拳爱心写真。

百舸争流,英雄辈出。时代造就了创客这批璀璨的群星。我记录下的毕竟只是灿烂星空中的星星点点。我相信,正在以大智慧干大事业的创业之星将一如既往,抓住机遇,开拓创新,与时俱进,始终站在时代的前列;将戒骄戒躁,再接再厉,在进入中国特色社会主义新时代和建设现代化强国新的征途中,再创大业,再立新功。

我记录下他们,因为他们在创造历史;而我的责任,则要让历史记住他们。

你创出精彩,我为你喝彩。永远!

(2017 年 12 月)

与时代人物同行

——《蝶舞人生》后记

"说你是官不是官，却大小事儿都要管，张家长来李家短，一碗水要怎么端？说你犯难不犯难，大小麻烦满身缠，东家麻纱西家线，一个针眼怎么穿？"

"说你是官不是官，却撑起村民一片天，张家李家一条心，要把致富梦儿圆。说你犯难不犯难，昂起胸膛走在前，东家西家一根线，牵去旧貌换新颜。"

这首《村官》歌词，朴素无华，真实原生态地反映了新时期大学生村干部的生活。

2010年上半年，我第一次走进大学生村官的生活，与他们同吃同住同劳动，亲身感受他们的喜怒哀乐，酸甜苦辣。这些还是些大孩子们的大学生村干部，凭借自己较高的文化素质、知识技能、开阔视野以及充沛精力，在农村这个广阔的舞台上，帮助农民在普及科学技术、促进增收致富、丰富文化生活等方面发挥着极为重要的作用，对农民、村干部等群体的影响越来越大，逐渐成为农村崛起中的精神领袖。这与流连于灯红酒绿的大城市的一些年轻人相比，这些村干部们的精神就显得尤为可贵。这些有理想有担当的年轻人，义无反顾地选择了面对，面对贫穷、面对困难、面对家乡的父老乡亲。他们不负厚望，带着先进的理念和技术，回到了生养他们的土地，甘当一名村干部，播种他们的理想。在这本集子里，我努力用我笨拙的笔记录下了他们稚嫩的足迹……

在近30年的专业新闻写作中，我对"新闻人物"比较偏爱，采写了500多个新闻人物。究其原因，那便是"人是万物之灵"。尤其是在变革的年代，人，创造着历史；人，推动着历史。无论是"大人物"还是"小人物"，都在各自的位置上发挥着光和热，在他们的身上都有着"闪光点"。

在采写这些新闻人物的过程中，我与他们同喜同悲、同苦同乐，结下了深厚的感情，也从他们身上学到许多知识和优良品质，更丰富了我的人生经历。

这些新闻人物中有许多人家庭幸福，事业有成，一帆风顺；也有些人在工作、学习、生活中遇到这样那样的问题和困难。作为一名新闻工作者，我尽自己的力量帮助他们，使他们在人生的道路上更加奋发努力，不断迈向新的台阶，取得新的业绩。

这本书中收入了我近年来采写的在中央、省、市、县级媒体发表的近百名新闻人物的消息和通讯，其中青春靓影卷42篇，议政剪影卷11篇，基层留影卷5篇，人生投影卷22篇，人物掠影卷19篇，附件5篇。

感谢书中的新闻人物,他们在成长和创业过程中实现自己的追索与梦想的经历,让我才有了这本书。如果他们的事迹能启迪更多的人产生梦想并不懈地实现自己的梦想,成全自己有限又无限的生命,那将是我最大的安慰。

（2011 年 8 月）

我的心中你最美

——《圆梦之旅》后记

典型是旗帜、是榜样,典型带给我们创先争优无穷的力量。2014年4月,射阳县委县政府在全县范围内评选出的100名"最美射阳人",他们用美的行动带动人,用美的精神激励人,用美的故事感染人,让美的声音在鹤乡大地传唱。

作为一名县报的新闻工作者,我走近他们,寻找他们的人生足迹,体味他们奋斗的艰辛,分享他们成功的喜悦,聆听他们身后真实而感人的故事。

鹤乡大地的创业精英们,他们之所以能把企业做大做强,不仅是因为他们有着业精于勤的吃苦耐劳精神,也不仅是他们有着科学、进步的经营理念和管理水平,更重要的是因为他们有着忠实诚信的品质,有着创造财富不忘回馈社会的宽广胸襟。

那些常年在窗口为企业服务的工作人员,他们坚守岗位、矢志不渝、默默奉献、无怨无悔,把最美好的青春年华献给了射阳的经济社会建设。

一个个诚信公民,他们以一颗诚信的心,秉承着认真、踏实、明理知耻的原则,并将这一原则贯穿在人生道路的航程中。

现代农民朋友们,他们自强不息,从贫困的土地上站起来,为了让家乡摆脱贫困,他们把扶贫济困、造福乡邻作为生命的一部分。

不辞辛苦、不计得失、不图名利、不讲报酬的基层干部们,他们用勤奋和汗水为射阳经济社会发展作出自己最大的努力,在平凡的岗位上创造出不平凡的业绩……

在采访和写作的过程中,我听到的,不是他们的豪言壮语,而是他们脚踏实地的铿锵;我看到的,不是他们的光芒四射,而是他们朴实无华的绽放。

他们的事迹深深地震撼了我的心灵。

在这本书中除了收录一批"最美射阳人"的事迹外,还有一批典型人物。

他们同样闪耀着"最美射阳人"的光芒,他们用行为宣告,什么是射阳精神的内核;他们用行动诠释,什么是社会主义核心价值观的精髓。

这本书收录的人物通讯,大多是2012年6月至2014年12月期间在省市县级媒体发表的,由于采访和写作时间仓促,大多数是急就章,因此有些作品表现手法单一,思想深度发掘得不够,有些作品缺乏生动的细节,但这些作品都是自己多年的积累,不管如何,不能遗弃——这就是为什么我还要把这些东西结集出版的原因。

光阴似箭,日月如梭。屈指数来,我坚持新闻写作30多年了,在《射阳日报》社从事记者生涯 20 年,已出版 4 部作品集。《圆梦之旅》这本出版,算是从事新闻写作 30 年的一个纪念,也算是一位县报记者的圆梦之旅。

（2015 年 2 月）

新闻理论创新的几个问题分析

新闻自身的性质决定其属于舆论工具之一,其可以引起舆论也可以形成舆论。在现阶段的发展中,要不断地创新新闻理论,只有这样才可以推动新闻理论的整体发展。但是在实践中要想真正做到新闻理论的创新,就要做到以下几点。

一、优化新闻理论论理整体水平

优化新闻理论的论理性可以提升新闻理论的整体水平,这是新闻理论研究的基础性工作内容之一,对于整个新闻理论的创新有着重要的作用。新闻理论教材的提升是创新新闻理论的有效途径与方式,对此要提升对其整体重视程度,在对新闻理论研究过程中要基于以下几点开展。

第一,提升新闻理论教材编写队伍的整体质量。通过集体智慧进行编写,提升新闻理论的整体水平,进而为新闻理论的创新奠定基础。

第二,在教材的编写过程中,要基于现有内容与理论之上进行相关新闻信息的总结,进而对其概括与叙述;将整个新闻理论内容进行构建,提升教材的系统水平。

第三,提升对教材理论的重视,提升新闻概念的严谨性、相关学说的源流性以及学派的全面性,提升整体理论系统的系统性。在进行教材构建的过程中,要对相对相同的新闻现象以及概念进行系统整理,并在整个教材中呈现出来,只有这样才能保障整个新闻理论的有效创新。

二、提升对相关活动变化更新的重视

新闻理论与现实有着密切的关系,如果现实生活出现了变化,那么相关新闻理论的创新就有据可依。理论创新的本质就是基于时间需求,在进行新闻内容方式的创新过程中要对其进行系统的分析与指导。

第一,提升对相关新闻现象或者新闻活动方式的重视。人类新闻活动的时代变迁过程都会产生一定的新闻现象与活动方式,这些现象与方式从整体上来说具有其自身独有的特征与规律,这就是新闻理论创新值得探究的问题。在社会全球化发展过程中,我们逐渐步入了媒介社会时期,这也就意味着我们到了一个全新的新闻活动时代。这种具有宏观性的时代特征,拥有一定的历史意义。新闻领域的研究者,要将自身的眼光与时代融合起来,具有一定的时代眼光与境界,只有这样才可以对整个新闻学术的研究方向与趋势进行掌握与了解。当前,与传统的新闻活动相比,逐渐诞生了全新的新闻生产模式、传播模式与消费模式，可以说整个人类的新闻活动方式结构都发生了系统的调整与变化，这也象征着新闻系统内部时代的改革，也代表着新闻与政治、新闻与文化、新闻与技术、新闻与社会、新闻与军事、新闻与国际等领域具有全新的结构模式，这些都是值得新闻学者探究分析的，这也是现阶段乃至今后新闻领域的研究热点。

第二，对于当前新闻理论无法解释或者不能解释的问题。无论何种理论在原则上来说都具有自身的范围，其解释能力具有一定的限制，也就是说其具有一定的相对性。当既有的新闻理论无法面对其无法解释的问题与状况时，势必要进行理论的创新。在进行新闻理论研究过程中，会存在一定的规律性，也就是当新闻理论出现新现象与问题的时候，人们要通过现有的新闻观念、新闻理论、新闻方法对其进行解释，一旦无法理解就要去探究、去分析，进而做到新闻理念的创新。对此，首先要通过对现有成熟理论、观念以及方式进行应用，然后在理论运用的过程中对现有理论存在的局限性进行探究，将现有理论的使用范围进行明确，通过在一些全新的现象和实践中对其进行应用，进而实现对现有新闻理论的创新与改进，实现新闻理论的创新。其次，要对在特定社会语境中出现的各种问题与状况进行分析。社会中每一个人都是相关新闻活动的参与者，但是新闻只有在特定的社会环节中存在。对此，相关新闻研究者要提升对历史语境、时代语境以及相关社会环境的重视，这是新闻理论创新的基础。我国学者在进行新闻理论创新的过程中，如果要将中国新闻作为主要现象，就要基于我国的事实为主要内容，根据现阶段我国所处的时代特征、发展趋势、其历史传统以及今后的国际关系与未来趋势作为主要基础，要将国际范围内的相关理论与观念作为辅助，只有这样才可以做到新闻理论的创新。

三、基于基础理论研究作为新闻理论创新的关键

在进行新闻理论创新过程中，要基于惯常的理解，其中主要就是对新闻基础理论进行研究以及分支学科的相关研究，即通过对新闻学科的基础原理以及原则性内容进行分析。二者在实践中有着重要的关系，第一种作为第二种的补充，第二种更加具体形象，在整个学科中普遍适用。

首先，在现有成果上进行研究，对相关新闻理论进行梳理概括与总结，构建新型的新闻理论研究系统。其次，提升对"专门的新闻学科"的研究，进而让新的理论与成果可以具有一个坚实的基础。新闻基础理论的研究可以为今后的相关研究提供支持，对新闻创新理论的整体轮廓进行优化。最后，基于时代水平对提升新闻理论系统的相关研究。要通过科学合理的方式对相关新闻概念、范畴、新闻判断以及推理、新闻原理以及规律等进行研究。

四、应用多元化的研究方式进行新闻理论创新

学术创新是一种自由的、自主的探究对话交流模式。不同的研究学者有不同的研

究兴趣、爱好、特征以及风格,只有基于其自由的基础之上才可以产生具有个性化的新闻创新理论。要想真正提升新闻理论的研究创新,就要做到研究的创新,只有这样才能保障新闻理论的创新性。对此要基于以下几点开展工作。

第一,相关研究理论与对象基础特征要具有一定的匹配性。相关新闻问题的性质对于其具体的方式有着决定的作用,无法选择何种方式手段都要基于研究对象开展,研究方法与研究对象的特征应该是匹配的。相关新闻问题与性质对于最终的方法有着直接的影响,无论何种研究方式与其要研究的对象之间都有着较为密切的关系。在实践中,要通过何种方式、何种模式开展研究,要基于自身的实践经验、遇到的问题、现象以及是通过经验对其进行验证还是利用人文对其解释,在解决过程中对其量化处理还是质性确认等,都是由其主要研究目标与研究者的自身决定的。

第二,更新研究方法。社会科学的进步过程就是研究模式与手段的进步过程。在面对问题时,人们可以通过传统的方式对其进行探究解决,也可以通过全新的模式对其进行研究。当然,人们可以新方式研究老问题;在实践中多为二者共同开展。从整体上来说,随着整体的探究能力与研究水平的增强,各种具有创新意义的研究手段都会逐渐被发掘出来。对此在对新闻理论进行创新的过程中要具有一定的时代性,通过现代的科学模式手段对其进行系统的探究分析。

第三,确立"跨学科"的研究观念。在进行新闻理论的创新过程中,要通过多学科的共同努力,要对其产生的问题与状况进行分析。原则上来讲,大多数研究方式都具有一定的学科闲置,不论是哪种学科创作的方式与方法,都可以在另一个领域中应用。对此,在进行新闻理论创新过程中就要灵活地应用此种模式。

四、结束语

在社会发展中,新闻媒体理论也在不断地创新发展。要想有效提升新闻理论的创新,在实践中就要注意方式方法,要通过优化新闻理论整体水平、提升对相关活动变化更新的重视、基于基础理论研究作为新闻理论创新的关键、基于基础理论研究作为新闻理论创新的关键、应用多元化的研究方式进行新闻理论创新,才能保障新闻理论的创新。

(《西部广播电视》2017 年第 1 期)

分析新媒体时代新闻记者的改变与坚守

新媒体是一种相对传统媒体来说的媒体形式,主要就是通过各种数字与网络技术,利用互联网以及宽带局域网为主要渠道,以电脑和各种移动终端开展的媒体传播形式,其主要内容就是面向用户提供各种信息以及娱乐服务的一种传播形态。新媒体传播手段、平台以及特征与传统的媒体有着本质的区别。

一、新媒体时代新闻记者的改变

(一)转变传统思维,优化新思维

互联网思维模式就是一种基于"开放与平等、互动与合作"为基础的一种思维模式,在面对问题的时候,要基于此种模式进行思考解决。互联网思维模式的基本特征就是集用户、个性、互动与分享、全球以及跨界思维为一体的思维模式。

用户思维模式就是基于用户需求为主要工作内容的模式,深入地探究用户的各种需求,对其精准定位,提升服务品质;个性思维模式就是在新媒体时代用户根据自身的实际需求与个性基于网络媒体定制的一种具有个人风格与特征的网络产品形式,此种模式可以极大地满足用户的个性需求。互动与分享思维模式。此种模式是基于互联网媒体属性以及其社会网络化的基础特征为一体的模式,对此新闻记者必须要具备此种思维模式,只有这样才可以提升工作的整体质量。全球性思维,顾名思义,就是一种基于互联网全球化的特征形成的一种思维模式,对此相关新闻记者要基于全球的角度,对各种理念与模式进行充分的融合,进而适应新媒体时代对于新闻记者的需求。跨界思维、互联网技术就是基于数字技术为基础的一种思维模式,对此新闻记者要整合资源,充分地凸显自身的优势。

(二)改变自身角色定位,重新明确自身角色

1. 变身信息传播的"信息员"

我国网络媒体在研究报告中显示,我国新媒体使用人员多为 80 后,约占整体的百分之五十,其中男性用户相对较多,对此新闻记者要转变自身的角色定位,明确自身"信息员"的角色定位,进而提供更多的优质服务。

第一,信息采集的全方位。在新媒体背景下会产生海量的信息,媒体记者可以通过各种媒体形式获得大量的新闻线索,在对其进行系统的筛选对比,进而了解今后关注的热点,然后对其进行核实采访,进而获得具有一定专业性的新闻事件;对于一些突发事

件,虽然人民群众可以作为新闻的首要信息获得者,但是新闻记者可以快速地抓住新闻的关键点,对其进行深入的采访与调查,基于自身的专业能力与新闻素养对其进行深入的判断,进而探究事情的真相;同时记者可以通过各种新媒体技术手段,对新闻进行深入的拓展、延伸,对其进行后续报道,通过深度解读,对其进行专业的分析,进而在最大限度上满足人们对于信息的需求。

第二,拓展渠道,全面推送。在现阶段的时代发展中,用户作为信息的接受者与产生者,对于信息有着直接的影响,对此新闻记者要全面拓展信息的传播渠道,通过不同的渠道进行新闻信息的传播。传统的新闻记者要探究各种新闻议题,对其信息内容进行整理与核实,要明确自身的责任与义务,提升对各种社会问题与网络热点的重视,进而探究与新媒体共同发展的有效途径,

第三,充分地应用地域化特色。地域化特色是媒体的主要特征之一。在生活中,人们对于自身周边的事情最为关心,对此新闻记者要对本地新闻进行深入挖掘,要着重的突出各种电视新闻热点,通过高质量的新闻画面与现场采访,凸显其内在优势。只用这样才可以凸显新闻记者自身的社会价值。

2. 新闻记者要具有信息传递的服务意识

媒体信息的有效融合属于一种国家战略,在各个电视台中传统媒体都在力求转型,探究发展道路。对此新闻记者要转变自身的单一服务模式,要对新媒体与传统媒体的技术特征与操作技能进行详细的分析,进而提升自身的综合素质能力,使自己成为一种全能型的记者。只有这样才可以在新媒体环境中作为信息传递的"服务员",为人们提供更为优质的信息服务。

(三)加强对信息质量的管理,严格把关

第一,在全民记者的发展趋势中,如何对各种信息的真实性进行考量是工作的重点。对此新闻记者要在公众提供突发事情的信息或者传播过程中,对此进行精准的判断,要基于公正客观的角度对信息的真实性进行评判。要避免一些别有用心的人利用新媒体渠道进行各种虚假信息的散布与传递。要避免在一些突发或者重点事件发展时期,出现各种谣言导致的信息恐慌问题出现。新闻记者要基于自身的专业素养,对这些信息进行系统的甄别,要对其进行归纳整理,做到去伪存真,通过权威与真实、公正与客观的角度进行相关新闻的报道。

第二,庞大信息的识别。新媒体时代是信息爆炸的时代。用户并不缺乏新闻信息,但新闻信息的真实性尚待考量。对此记者要基于专业角度,探究新闻,进行合理的甄选与识别,进而对这些杂乱的信息进行系统的整合与分类,为用户提供更为权威的信息,使用户可以在新闻信息的接受过程中更加准确。新闻记者要对各种新闻信息的舆论进行引导分析,避免各种谣言传播与扩散。新闻记者应是新媒体时代的质量管理者。

(四)提升新闻信息的技术含量

在不同的媒体传播介质中,其应用的技术与相关传播特征也有所区别,其新闻的相

关表达方式也着一定的差异,也就是对不同的新闻事实,其具体的报道内容、模式、构造以及具体的形式都会有着一定的区别。对此,新媒体时代的新闻记者要对新闻信息的技术含量进行管理,对相关新闻事实的内容进行系统的分析,对其具体的新闻背景、相关数据与何种媒体形式相契合进行合理的评判,进而满足受众的不同需求。

二、新媒体时代新闻记者的坚守

无论在今后的发展中,媒体形式如何优化与完善,新闻记者对于新闻信息的实时报道、真相探究、惩恶扬善的思想是永远不会改变的,这是新闻记者自身的价值与内涵,是其工作的意义所在。

(一)新闻记者自身的职业道德的坚守

记者在新闻工作开展中,要具备一定的法律意识能力与观念,要禁止利用记者的采访权与报道权获得各种不法利益,谨防为了提升相关信息的点击量或者增强收视率就对相关信息进行恶意炒作,要通过合法的方式与手段获得各种信息材料,禁止利用各种虚假报道对真实的司法活动进行干预。新闻记者要坚持公正自律的道德品质,要对自身的职业责任与义务进行合法使用,提升对各种民生问题的重视,要关注社会弱势群体,充分地尊重公民自身的合法权益,要具有一定的社会责任意识与能力,要具有公民意识,进而提升自身的职业道德素养。

(二)新闻记者自身的专业主义精神的坚守

在当前的社会发展中,新闻记者要严格遵循新闻专业自身的精神,要将各种热点新闻与事件的本质进行真实的传播,在新闻传播过程中要追求客观、公正的原则,要避免在新闻报道中夹杂个人思想;在新闻报道过程中要始终秉持着公共性的基础原则,将其作为新闻专业的重点。

(三)质疑精神的坚守

在新媒体时代各种信息繁多,对此新闻记者要具有一定的质疑精神,要对各种新闻问题进行深入的探究,要真正做到"透过现象看本质",要对各种信息进行深入的挖掘,提升自身的职业道德与素养,对各种信息进行真实的考核、要对其进行客观真实的信息传递与新闻报道。

结束语:

通过对新媒体时代新闻记者的改变与坚守的分析,对于在新媒体时代,新闻记者要明确自身的责任与义务,要不断地改善自身,优化自身,进而提升自身的综合素质能力,但是值得注意的是,新闻记者在优化自身素质能力的同时,要明确自身的坚守,提升自身的职业道德素质能力,只有这样,才可以为社会的稳定发展起到推动的作用。

(载《新闻传播》2017 年第 6 期)

浅谈纸媒行业的优势及未来发展趋势

引言：

随着自媒体时代和碎片化时代的到来，传统纸媒行业对新闻界的相对垄断地位已经被打破，纸媒行业利润空间和生存空间被严重压缩，纸媒行业出现了生存困境。但是，与以自媒体为代表的新媒体相比，纸媒行业有其特有优势，相当一部分纸质媒体通过一系列改革和市场化运作，成功转型升级，成为行业领军者。

1 目前纸媒行业存在的劣势

1.1 信息承载量较小

与自媒体为代表的新媒体相比，纸质媒体突出的特点是以报纸等纸质物为媒介，报纸等篇幅有限，可以承载的信息量较为有限。相比较以互联网技术为依托的新媒体，海量信息的呈现，传统媒介只能承载较为有限内容。手机终端的普及使得新闻信息的获取呈现多元化趋势，用户可以同时获取全网新媒体信息，最大限度满足自己对于新闻资讯的需求。

1.2 信息传播即时性较差

纸质媒体行业的报纸等新闻载体的发行都有一定周期性，比如以日为单位和以周为单位。新媒体突出特点是快速通信，新闻信息从产生到上传网络只需要几秒钟时间。纸质媒体的信息发布要经过严格的审核程序，从记者采访，到编辑审查，以及最后校对，需要较长时间，无法做到信息零延迟传播。

1.3 信息呈现方式落后

纸质媒体行业的信息呈现方式以文字为主，辅之以图片。在信息的阅读方式上以视觉接收为主。新媒体的信息呈现以多种方式进行，譬如文字、图片、声音和录像等。与新媒体相比，传统纸质媒体显然并不符合当今时代对于多样化信息获取的用户体验的要求。

1.4 互动性较差

纸质媒体行业的信息传播以单向为主，主要是通过新闻以及评论，对某件事情做官方评论和报道。新媒体技术可以实现信息发布者和信息受众的即时互动，新闻受众之间也可以很方便地进行信息交流和评论看法。纸质媒体在互动性方面同样受到新媒体的挤压。

1.5 同质化严重

纸质媒体一般以综合性为主,涉及的领域大都相同,同质化现象严重。新媒体涉及的范围极为广泛,几乎涵盖了目前社会的所有角落,由于自媒体的开放和各大互联网企业对优质自媒体的鼓励措施的出台,新媒体之间的竞争相当激烈,因此不断推陈出新。

2 纸媒行业的优势特性

2.1 权威性

互联网时代的到来,使得信息的传播极为方便,但是网络信息的真实性和有效性无法得到保障。由于每个人都可以上传信息,其从业者素质没有考核机制,其目的不尽相同,职业道德感较弱,对于新闻的真实性往往不加考虑,网络谣言滋生。纸质媒体的特点是严谨,真实,准确。由于纸质媒体从业者素质较高,新闻的编辑和发布要经过层层审核,其权威性可以得到保障,有效信息量大。

2.2 原创性

自媒体时代突出的特点是抄袭严重,据不完全统计,自媒体原创文章不足整体文章的 20%,大部分自媒体的新闻是通过抄袭和改编形成的。新闻信息的文笔较差,内容雷同性严重,严重影响新闻获取者的阅读体验。纸质媒体拥有优质的新闻采集工作者和新闻编辑工作者,每一条新闻的获取和发布都经过严格审查,文笔优美,逻辑严谨,同时最大程度上保证内容的原创性,给读者以良好的阅读体验。

2.3 选择性

互联网的普及使得信息的数量呈现爆炸式增长,无效信息和不良信息的数量也急剧上升。新媒体从业门槛低,市场化倾向严重,导致假新闻和无效信息成批量产出。信息量的剧增使得有效信息的获取难度加大,这被称为新时期的文化荒漠现象。纸质媒体很好的过滤掉较多的无效信息,对新闻进行有效筛选,选择具有一定深度的新闻进行报道,读者可以节省获取有效信息的时间。

3 纸媒行业的未来发展趋势及发展策略

3.1 精英化

纸质媒体应当适当升级针对用户人群,使报纸等成为精英人群获取信息的手段。纸质媒体的优势是权威性、原创性和信息的有效性。大众对于新闻等信息的要求一般是具有吸引力,用来消磨时光,填补时间碎片。但是相当一部分精英群体对新闻的要求是可以从中获得有效的信息,因此,纸质媒体应当对自己的市场战略进行精准定位,使新闻内容更加具有深度和广度,更加符合目标人群的要求。

3.2 专门化

纸质媒体的未来发展应当是更加专门化,由于纸质媒体的传播媒介主要是报纸,其篇幅有限,信息承载量有限。新媒体的特点是综合性,信息承载量大,因此,纸质媒体应当充分发挥自己的优势,充分利用优质的人才资源和信息资源,突出自己的特点,增加新闻的深度广度,通过更加优质和更加专业化的新闻内容,获得未来的市场。

3.3 地方化

纸质媒体即时通讯类能力较差,但是与媒体所在地的关联性较强,未来发展趋势应当是加强这种联系,将纸质媒体与自己的地域紧密联系,其内容也应当紧贴当地的生产和生活。当今时代网络信息的爆炸性增长,使得用户获得本地有效信息的选择成本相对上升,因此,纸质媒体应当抓住契机,实现本土化,成为本地区权威信息的发布者。

3.4 全媒体融合

纸媒行业发展时间长,积累的资源和从业者的水平远高于新媒体行业。因此,充分调动资源进行战略性转型,拓展业务,将线上业务和线下业务进行结合。比如上海报业集团进行改革后推出的澎湃新闻,利用网站和客户端成功进军新媒体行业,目前已经成为立足上海,影响全国的思想时政类新闻传播体。全媒体进行融合将是未来纸媒行业发展的趋势。

4 结语

依托互联网技术等即时通信技术的进步,以及数字技术和网络技术的利用,借助手机,电脑等终端为传播载体的新媒体逐渐在新闻界崛起,在这种情况下,纸媒行业应当分析现状,巩固自身优势,选择新的战略发展道路。

(《电视指南》2017年第9期)

卷二·作品评介

理性的勤奋

顾勇华

认识张学法，从陌生始。一天上午，我正在阅改小样，来了一位客人，自报名姓，并称是江苏《射阳日报》社的记者，随即递上一本新闻作品自选集和几篇新近写的稿件，说是请指点一二。当时我想，收入集子的作品也许经过一番编改，不大看得出原来模样了，便翻了翻那几篇稿件。粗粗读来，觉得作者新闻感觉不错，有的也能直接编用。

此后，不时有些电话往来，大体就是他说说选了个什么题目，我谈谈对这些题目的想法。渐渐地，我觉得他选题愈加熟练、准确，有时甚至他一报题目，就觉得正是版面上需要的。这样灵气的通讯员，并不多见。

再识张学法，是这次接到《春风拂来满眼绿》一书小样。与上次不同，这次有些稿子是我熟悉的，知道那完全是作者的创造。特别是书中收有作者在日常报道中积累起来的经验的总结，知道他不但是一位勤奋的实践者，而且是一位善于把实践经验理论化的探索者。

这次入集的，除几篇与作者新闻活动相关的文章，计有"事件通讯"40篇，"人物通讯"43篇，"业务研究"12篇。作者的这些报道文字，风格清新，不事奢华，是对射阳大地满怀深情之作，是对射阳干部群众改革开放壮举热情讴歌之作，是对射阳县委县政府发展方略深入思考之作，是对党的路线、方针、政策在射阳贯彻情况充分展示之作。

作为一位在射阳当地成长起来的记者，张学法在新闻报道方面取得的成就，又不仅仅是他热爱故乡、关注身边新人新事的真情倾注，更是他刻苦钻研新闻业务，使自己分析问题的能力不断提高、采写技能不断长进的结果。在我国，新闻教育与传媒实务相脱离的情形相当普遍。一方面，是新闻教育远离传媒，教育从形式到内容都亟待改进；另一方面，是传媒的发展缺少理论指导，许多很有益的实际经验不能及时成为理论。或许，在一定的环境条件下，这种互不对话的状态也能存在下去。可是，随着中国加入WTO后外资逐步进入出版物分销发行领域，必定对现行的办报方式、节目制作方式提出新的要求，甚至写作方式都要有新创造才能适应新变化。在这种情况下，切合实际的理论和这种理论指导下的传媒实务，必定比那些延续现有面貌的新闻学及其实际工作，具有强得多的竞争力。无论张学法是清楚地意识到这种发展趋势，还是仅从工作需要出发重视从理论与实践两个方面加以努力，他目前取得的成绩和作为这份成绩坚实基础的思想方法、工作方法，都值得学习。

　　此外，我有两点建议。一是读者阅读本书，不仅仅是读"作品"，而且注意分析作品产生的背景及其意义，由此获得的就不单是写作技能的欣赏，还会有思维风格的借鉴。二是作者编完本书，不妨对"落选"的文字和原来就未能发表的稿件思量一二，从另一个角度看看当今新闻业务要层楼更上还有哪些值得注意的问题。

（2002 年冬）

时代的记录　心灵的印记

—— 序《蝶舞人生》

张 晓 惠

其实，读张学法的作品是十几年前的事了。

从中华传统剪纸艺术的传承人、高位截瘫的残疾青年钱亲华，到滩涂上为救天鹅而不幸以身殉职的驯鹤女孩徐秀娟，从受温家宝总理三次接见的全国闻名的农技铁人姜德明，到百折不挠将大米生意做到大上海的农妇唐玉花，从大学生村官到诸多行业的典型……鲜活的人物，感人的事迹，高扬起一面面与时代共命运为社会作贡献的先进旗帜。于是，记住了张学法这个名字，在媒体上也开始关注这位作者。这么多年来，一直不停地读到他采写的新闻、特写与人物通讯等。花开花落，太阳升星子起，张学法的笔一直没有停，变的是采写对象与内容，不变的是那份热情、质朴与来自生活的生动与真实。眼前的这本厚厚的新闻人物作品集，从《青春剪影》到《议政掠影》，从《人生投影》到《基层留影》《人物合影》，就这样，将一个个平凡又不凡，带着鲜明时代特征的人物，带到了读者的面前。以往是零零星星读到张学法的人物通讯，读的也不全。当系统地翻阅这本可称是厚重又多姿多彩的人物作品集，被打动并深有感触。

"为时代留一个记录"，作者有着强烈的责任感和使命感。通读每篇作品，篇篇紧扣时代脉搏，弘扬进取精神。张学法笔下的新闻人物可说是各种行业多种层面，有普通百姓，有创业强人，有爱心如虹的公益事业带头人，也有在坎坷生活中自强不息的奋斗者，更有在改革开放的大潮中作出贡献成就梦想的领军人物。这些人物无一不溢满着时代气息，无一不唱响着人生的大风歌。其事迹在作者质朴、昂扬又极其认真笔墨的濡染下，真实又大气，可信又可敬。从大学生村官到居委会工作人员，从白衣天使到奥运火炬手，从全国人大代表到荒滩上造林的普通农民……作者笔下的新闻人物涵盖了社会的各行各业，凡在这个领域作出一定成就的人，无一不在作者的笔下熠熠闪光。

"文字的花朵永远绽放在生活的枝蔓上"，作者一直这样以为。从事了半辈子新闻工作的张学法，有着深厚的新闻根基。其笔下的新闻人物生活气息浓郁，他扎根生活的文字散发着浓郁的泥土芳香。作者的笔下，我看到那个说着"我不会飞，我慢慢走"的稚嫩的大学生村官郭碧玉，如何成长为全国大学生建功立业典型；看到那高喊着"我的青春我做主"的中国传媒大学硕士研究生董玲玲，在海通的土地上如何"将梦想变为现实"；那位走上央视《曲苑杂坛》的普通电信职工王立志，那位将爱心洒向病人扎根于鹤乡的苗家女子向邵陵,还有挂职干部、道德模范、书法家、刺绣女……作者深入生活的文字具体形象,笔下的人物有着鲜明的直观性和真实性,对读者具有较强的说服力和感染力。

"一个记者采访的状态也就体现了他生命的状态",作者的文字饱含真情、深情。一直以为,写文学作品也好,写新闻通讯也好,尤其是新闻人物的采写,写作者本身应该是一个有血有肉,将自己身心全部融进去的记录者。一次真正的有灵魂的采访,应该是记者生命的一次投入。对人物的采写,身临其境很重要,感同身受很重要,从看似平常的事情(事件)提炼出人物的精气神乃至人物的"魂"更重要。面对面的发现,心与心的叩问,这该是所有写作者放在心上的。张学法笔下的人物,从心迹到足迹到事迹,读来可亲可敬可信。"为什么我的眼中常噙着泪水?因为我对这土地爱的真诚"。用艾青的这句诗来诠释作者的文字与心血应该说是非常的恰当。

张学法将他的这部新闻人物作品集取名为《破茧成蝶舞人生》,我以为,也是作者本人对生命浸润在文字中一路走来的深切感受。作为一个非科班出身的新闻记者,在《人民日报》《新华日报》等全国、省乃至市一级媒体发表4000多篇文稿,着实可观。从其专著《新闻实践与探索(上)》到《春风拂来满眼绿》(新闻作品集),从《有一位女孩她曾经来过》(新闻作品集)再到眼前这本《破茧成蝶舞人生》——张学法新闻人物作品集。一路走来,一笔笔写来,真的不容易。"破茧成蝶"谈何容易?不懈的登攀得有一定的底气与实力,还有内心的足够强大。"我不会飞,我慢慢地走"——张学法的毅力和韧劲,均来源于他那深深扎根大地、联结人民、通向生活的根。写出一篇文字易,写出一篇好的作品难,写出数篇能打动人心,并且能让人记住的作品更难。如果说,我是十几年前就从张学法采写的新闻人物作品中记住了他的名字,记住并感怀于他撰写的鲜活感人的人物,那么,这也是今日,欣然为这本新闻人物集,写下这些文字的理由。

总说是一方水土养一方人。自古以来,盐阜大地是一方历史悠久浸染着深厚文化功底的土地,也是一方在不同时代涌现着诸多优秀人物的厚土。我相信,在这块土地的滋养下,在张学法勤奋又有灵性的笔端下,会向读者展现着更多值得一书的华彩人生,启迪与鼓舞更多的人向真向善向美。他以理想的追求与心灵的歌唱,为这些值得鼓与呼的社会创造者、历史推动者留下一个记录,为这个激荡又豪情的时代留下一个记录。

当然,为自己的人生也留下一个浓墨重彩的记录。

(2011 年仲夏)

17 年艰辛初尝甜果

刘广声

《新闻实践与探索(上)》这本 28 万字的书籍,可以说是张学法同志从一个新闻的门外汉入门的见证书,又是他自学成才的成绩单。对正在新闻写作征途中跋涉的同行来说,也是一本有用的参考书。因此,张学法同志这本自选集,对人对己都是一本有益有用的书。

从一个高考落榜的农村青年经历了 17 年的艰辛,终于从门外汉跨进了新闻界的大门,而且还有所建树。他虽然没有考上大学,但已通过电大学习取得了大专文凭并获得了新闻中级职称;从一个以种田为生的农民,成为县级党报的骨干,而且作为新闻界的代表被推选为射阳县政协常务委员。他在新闻业务上取得了显著成绩,17 年来,共写稿近 3000 篇,达 250 万字,其中在《人民日报》《中国农民报》《中国商报》《中国财经报》《解放日报》《新华日报》等报纸上发表了 460 多篇,在新闻界内的好稿评比中有近百篇作品获奖,其中获一等奖 10 多篇,同时还在新闻业务刊物上发表论文 30 多篇。

纵观张学法同志 17 年来所走过的历程,他所取得的成绩,只能算是刚刚起步,前面的路还很长。他的成才经历对我们新闻界的年轻同志来说,还是很有启发的。

一、"有志者事竟成""自学也能成才",张学法的实践给予我们以深刻的启迪

张学法同志初学写作时也许从未想到会成为一个专职新闻记者,当初只是对写作有兴趣,一旦入了迷,就执着追求,成了前进的动力。张学法同志在农村那一段日子的写作生活,正是他步入新闻界的起点。他业余学习了新闻写作的知识,又有农村生活的实践,使他一步步走上了新闻之路。他若不是开始就树立信心,不自卑自弃,坚持走自己的路,从自学中获取知识,能有今天的成绩吗?从这个意义来说,张学法的经历,对于那些参加高考后落榜的青年人来说,很有启迪作用。这就是:考试失败了不气馁,成才之路万千条。路在何方,路在脚下,只要有志气,自有成功路。

二、志气加机遇,这就是成功之道

张学法同志原来生活在偏僻的农村,家庭中的主要成员也都是农民,那么他为什么能闯过层层的筛选、考察从而获得了初步的成功呢?应当说,这是志气加机遇的结果,若无志气的话,虚度年华必将一事无成,有了志气,有了追求,必有长进,必有建树,必然

获得社会的承认。张学法如果什么也不会，能被有关单位聘用吗？如果不能胜任新闻采访工作，报社会聘用他为中层干部吗？实践证明，机遇不会忽略有心人。当然有心人如果没有良好的机遇，比如改革开放后的干部政策，像张学法这样的农民就不可能进入党的舆论机关。就此而论，无论主观上的条件怎样好，如果没有适宜的客观环境，也是不可能成功的。借此机会，我向正在成长中的青年人进言：千万别为成绩冲昏头脑，千万记住你的进步是党和政府为你创造了前进的阶梯，千万记住是社会和群众滋养和哺育了你。尤其是新闻工作者，永远不要忘记：我们是党和政府的喉舌，是群众的代言人，一刻也不能脱离党的领导，更要自觉地坚持党的基本路线，永远坚持毛泽东思想，高举邓小平理论的旗帜，坚持正确的舆论导向，在为人民服务为社会主义服务的事业中建功立业！

（2000 年 6 月）

弥足珍贵的足迹

——简评张学法《新闻实践与探索（上）》一书

胡海民

　　欣闻张学法同志的《新闻实践与探索（上）》一书问世，我为他感到由衷的高兴。张学法同志能够跨进新闻的门槛，完全是靠自学起家的。更难能可贵的是，他在 17 年充满艰辛、洒满汗水的新闻写作探索中，留下了一串弥足珍贵的足迹。这是一串令人感奋的足迹。张学法之所以能从一个普通农民成长为一个有所建树的新闻工作者，首先得益于他善于思索，勇于思索。而一个新闻工作者是平庸还是出色，我看主要的区别就在于他是否是一个思想者。

　　张学法从事新闻写作的 17 年，正是我国农村经济改革波澜壮阔的发展时期。张学法的新闻写作从入门开始，就热烈关注着这场改革，苦苦思考着改革中出现的纷繁复杂的矛盾和曲折，并以极大的勇气直面矛盾，捕捉问题，并在新闻写作中大胆地直陈所见。我想，这正是张学法能够从众多农村通讯员中脱颖而出的主要原因。

　　就拿张学法同志关于粮食问题的一系列报道为例吧，1990 年，他的《粮食出路在哪里》的报道刊载在《解放日报》上，引起普遍关注。在这篇报道列举的事实中，张学法提出了一个尖锐的、迫在眉睫的问题：农村实行大包干后，农民生产积极性空前高涨，粮食产量大幅增加，但国家粮食购销体制和价格体制仍被几十年的计划经济束缚着。这个体制已严重影响了农民种粮的积极性，必须加以改革。1993 年，国家粮价放开，粮食统购统销体制解体，但新的矛盾和问题又出现了。张学法一篇题为《有钱为啥收不到粮》的报道又在《亚太经济报》上发表，引起强烈反响。在此文中，他又提出这样一个问题，粮食收购的独家垄断局面虽然被打破，但国家、集体，私人竞相购粮造成的粮食收购秩序混乱，应怎样解决？粮食作为一种特殊商品，在市场竞争中还需要国家储备作为主渠道的歉收年时平抑粮价、保护农民和消费者的双重利益？在《种粮大户杨定海的困惑》《弃田抛荒－农业面临的困惑》《"谷贱伤农"与"谷贵误农"》等一系列报道中，张学法又从农村改革出现的大量矛盾中，看到了农民种粮积极性的提高，农民负担的减轻，从根本上说还有赖于农村产业结构的调整和政治体制改革的实施。从这本书中，读者从作者 10 多篇关于粮食问题的报道中，不难看出我国农村改革的艰难历程，同时也不难看出作者在新闻写作中敏锐地捕捉农村改革中出现的一个个热点问题，穷追不舍地剖析思考的辛勤足迹。

有人说，记者只能忠实地记录新近发生的新闻事实，不需要带任何思辨色彩和感情色彩。我不赞同这个看法。我认为，对一个同样的新闻事实采取什么样的新闻视角，对这个新闻事实的深度和新闻价值的把握如何，能否在具体忠实于时代背景和历史背景的条件下把这个新闻事实全面反映出来，在相当大的程度上取决于记者的思考和对社会生活的态度。

我认为，张学法同志在新闻写作上的建树，除了得益于他的探索精神和思辨能力，还得益于他对农村生产的关注、热爱，尤其对农民喜怒哀乐的悉心关注和幸福疾苦的真诚关心。作为农家之子，读者从这本书中可以处处看到他和农民那种血肉相连、休戚与共的赤子之心。《"有一位女孩，她曾经来过……"》《爱是永恒的》《尤春月和她的科教片》《慈母心》《姜德明卖"放心菜"》《心系贫困户》……这一篇篇充满炽热情感的佳作，我想没有对农民的朴素感情，没有和农民群众同呼吸、共命运的切身感受，是不会产生出来的，作者也不会执着地、无怨无悔地捕捉住这样的新闻素材，并去抒写这样火热的生活。

张学法同志还很年轻，在新闻实践探索的道路上，他还有更远的路程要走。我真诚希望他永远做一个农民的儿子，永远为农村的改革、农民的幸福鼓与呼，写出更多更好的新闻佳作。

（《盐阜大众报通讯》2000 年第 11 期）

感人心者莫先乎情

——读通讯《"有一位女孩,她曾经来过……"》有感

胡海民

一篇声情并茂、催人泪下的通讯摆在读者面前。本报 9 月 20 日周末版上刊登的 3000 字长篇通讯《"有一位女孩,她曾经来过……"》印出几个小时,本报审读组的两位老同志读后就为之落泪,这篇通讯在报道纪念养鹤姑娘徐秀娟烈士殉职 9 周年活动中的许多动人之处,深挚之处,都流露出对烈士深深的缅怀,浓浓的情感,牵动着千万读者的心,感动着所有善良的人们。

当前,在市场经济条件下,在社会风气和道德滑坡面临着严峻形势的情况下,也许一些人开始吝啬眼泪,似乎再也没有什么东西能令他们感动落泪了,但读完这篇通讯的人们却无不落泪,这说明这篇通讯成功了,到达了佳境。那么,这篇通讯的魅力来自哪里呢? 作者张学法是怎样使一篇普通纪念活动的采访侧记脱颖而出,达到出人意料的效果呢? 下面,让我们剖析一番。

一、首先要有情感

人是感情动物。一个作家,如果对自己的描写对象没有深切的了解,尤其是没有强烈的情感共鸣,那么他的作品绝不会打动人,感动人,也不可能产生震撼心灵的魅力。

情同此理,如果《"有一位女孩,她曾经来过……"》的作者对徐秀娟烈士没有深切的了解,如果不首先被烈士的事迹所感动,被烈士的精神所感染,他也绝不会在字里行间将这种炽热的情感传达给读者。

应该说,人的情感是有区别的,和各个人的经历,已知方式,世界观,人生信条和生活目标有关。徐秀娟——这位 22 岁的养鹤姑娘是无私的,当她千里迢迢来到盐城自然保护区,以她青春的热忱和热血忘我的工作,为追一只天鹅献出年轻的生命时,她的纯真,她的无私,她那平平淡淡而又撼人心魄的人生脚印感动着、激励着千千万万有良知、正直的人们。徐秀娟的人生坐标和忘我奉献,徐秀娟少女的纯洁和对大自然、对本职工作炽热的专注,以及她那金子般的心灵,和所有善良人们的情感是合拍的,相融的。但这位姑娘在另一些人看来,她的所作所为有点犯傻气,她的纯真的心地和高尚的灵魂是这些人永远无法理解的。因此,烈士的事迹无法引起他们的共鸣,她的忘我精神更激不起他们的感动和情感。他们的人生信条是为我的,他们没有良知,没有热情,没有信仰,

没有起码的是非观念。这样的人是冷血动物,让这样的人去写烈士,写人民英雄,是永远写不出他们真正的精神气质的。

如果你仔仔细细将《"有一位女孩,她曾经来过……"》梳理一遍,你会发现那些最感人的地方,正是作者本人对烈士的理解和敬仰最深切的地方,也是他情感共鸣最强烈的地方。

二、捕捉最扣人心弦、感人至深的场景和细节

也许有人会说,新闻报道的对象应该是事实,如果掺进个人情感,就会偏离甚至歪曲事实。

这种说法也对也不对。新闻报道的所有内容丝毫都不能脱离事实,但是,任何新闻报道,无论它怎样客观、公正,都隐含着作者的意图、倾向甚至情感。

何况,对徐秀娟烈士殉职纪念活动这样的新闻报道来说,最有新闻价值、最主要的新闻事实不是时间、地点,哪些领导出席,举行了哪些活动,而是那些最能反映精神、亲人情感等,让人感动、敬仰的内容,这些内容同样是新闻事实,而且是最真实、更准确的事实。

在《"有一位女孩,她曾经来过……"》通讯中,我们看到的是作者精心铺排、精心剪辑的这些事实,作者并没有说什么"画外音",并没有以第三者身份发什么议论。下面我们来看看作者是怎样抓住那些最扣人心弦、感人至深的场景和细节的:黄尖镇 81 岁老人王道生和离休老干部朱墨专程赶来送了自己创作的诗,点出这一事实仍显平平,但将诗全文刊登出来,效果就不一样了;鹤场场长放出了徐秀娟当年追寻过的那只白天鹅,当具体描写白天鹅的神态时,打动了读者的心;沙沙是徐秀娟生前驯养的丹顶鹤,当作者描写到徐秀娟的母亲动情地呼唤着沙沙,沙沙引颈应和,母亲把沙沙当成自己的女儿时,那情那景委实催人泪下。还有徐秀娟的妹妹在姐姐当年落水时走过的石板码头上唱歌,一名叫孙云红的女孩子赶来唱《一个真实的故事》,徐铁林夫妇在秀娟墓前的呼唤,妹妹徐怡珊献上雨花石、家乡的泥土和芦苇,以及离开时一条大青鱼跳上船,怡珊动情地把它当成姐姐放回的细节,令人如闻其事,如见其景,极其生动地营造了这次纪念活动感人至深的氛围,让人在深受感动中感受烈士的精神,高尚的心灵,极富正大之气。

毫无疑问,如果没有一支饱蘸真情的笔,如果仅仅把活动的程序作为主要新闻事实,那么这些极其有价值的场景和细节就会白白放过,写出来的必然是味同嚼蜡,干巴巴的"活动"新闻。

三、几句题外话

在采访活动中,是否允许有情感倾向,是否应以百分之百的理智驾驭新闻素材,以做到报道的客观、公正,这个问题还可以讨论,但我这里要说的是,如果一名党报记者,如果对人民群众毫无情感可言,对他们的喜怒哀乐视而不见、麻木不仁,产生不出任何

共鸣,他是不会写出被读者叫好的新闻作品的。

我们刚从大学毕业的青年记者,或许缺少的正是这点。从大学走向社会,分到报社,没有和群众真正接触过,对他们的疾苦,对他们的遭遇陌生,不了解,自然产生不出感情。因此,深入基层锻炼的目的,不仅是积累采访经验,参加采写实践,更重要的是和人民群众同甘共苦。当你切身体验到,感受到群众的情感、群众的疾苦、群众的所思所想所状所惯,你和群众的心声就合拍了、共鸣了,好新闻、好文章也就自然而然地出手了。在当前大力宣传英雄模范人物的采访实践中,培养对人民群众的感情,加强对模范人物的理解,对新闻工作者,尤其是青年记者、编辑显得尤为重要。我们希望像《"有一位女孩,她曾经来过……"》这样的好文章、好新闻大量出自青年记者之手。

(《盐阜大众报通讯》1996 年第 10 期)

亲近大地的人和文

——序《粒粒皆辛苦》

陆荣春

2019 年 3 月 10 日。星期天。惊蛰刚过,乍暖还寒。

晨起,我翻看刚刚收到的《射阳日报》社主任记者张学法的新著《粒粒皆辛苦》的样刊,油墨香扑鼻来。

这部专著由时代经典出版社出版发行,是射阳大米品牌 18 年成长之路的纪实,是一位新闻工作者 18 年情系"三农",聚焦"农业、农村、农民",助推乡村振兴的文字结晶。

(一)

我一边品茗,一边阅读。我从清新的文字里,嗅到射阳肥沃的土地弥散的迷人气息,闻到射阳大米飘来的芳香,看到农民脸上洋溢着丰收的喜悦。

这一切,犹如一幅美妙的中国画徐徐展现在眼前:稻田里稻穗金灿灿、沉甸甸,稻农们挥镰收割;在打谷场上晾晒,满地的金黄;晾干的谷子在碾米机里尽情地舞蹈,欢快地脱去黄色的外衣,露出洁白的身子,晶莹剔透。它们白花花地聚在一起,钻进印有"射阳大米"的包装袋和礼盒,踏上奔赴全国各地的旅程,进入千家万户,让天南海北的群众大饱口福。入口清甜的"射阳大米",让人们享受大地母亲的馈赠。

从张学法的文字里,我知道,现在农村更多的是"公司+农户"的生产方式,农民流转土地,公司规模化、集约化、标准化发展生态、高效农业,生产的粮食不仅产量高,而且环保、有机,营养价值高。

早在 18 年前,射阳县委、县政府牵头成立了射阳县大米协会。智慧的射阳人制定大米标准,加强行业自律,整体包装打造"射阳大米"品牌。2001 年 11 月 24 日,《射阳日报》刊发了张学法采写的《射阳县大米协会成立》的报道,此后,他与射阳县大米协会一直保持着联系,并且不断地推出射阳大米的报道,为"射阳大米"品牌"吆喝"。他不仅在射阳本地媒体上"吆喝",还利用自己的新闻资源,与国家和省、市媒体编辑、记者联系发稿,叫响"射阳大米"品牌。

他采写的稿件甚至登上了《人民日报》,向全国人民展示射阳形象,宣传射阳大米。难怪射阳大米协会老会长张昌礼提到张学法总是赞不绝口:射阳大米,何以从名不见经传到名扬神州?有过多种说法,但其中一个十分关键、易被忽视的方面是对射阳大米的宣传。有一个 18 年如一日,一直坚持跟踪报道射阳大米品牌建设、产业发展的人,这就是《射阳日报》社主任记者张学法。他是宣传射阳大米的第一人。毫不夸张地说,没有张学法的宣传报道,难有射阳大米今天的辉煌。张学法功不可没!

不止于小满,不囿于美誉。谦虚、低调的张学法认为"功不可没"过奖了,其实射阳大米的发展壮大及品牌响彻大江南北,更多得益于国家和省、市的好政策,射阳县委县政府的重视与支持,射阳大米协会一班人的辛勤付出,射阳大米生产企业和广大农民的自律意识和生态环保理念。"我只做了一个新闻人应该做的一点事。"

笔者也是做新闻的,写过很多稿子,但像张学法这样,持续关注一件事,一"盯"就是 18 年,在我迄今的职业生涯中,却没有做到。在身边的新闻人中,也不多见。由此可见,张学法"不简单",有股韧性,有股"钉子"精神。

对农业何来这么深厚的感情?原来,张学法还曾是一个土生土长的农民。农村出生的他,高中毕业后,务农六年,什么农活都干过。

至今,他还时常说,他是一位"农民记者"。这里有两层含意:一来他曾经做过农民,二来他一直关注着农业、农村、农民,为农民鼓与呼,为射阳大米做宣传,为农民增收贡献自己的力量,为新农村建设发挥自己的聪明才智。

(二)

翻看全书,我发现张学法的作品有四个明显的特点,概括起来有"四度",即速度、高度、温度、锐度。

有速度。新闻讲究时效性。张学法在追踪报道射阳大米品牌 18 年的一件又一件新闻作品中,这个特点非常明显。如 2004 年 11 月 22 日,射阳县大米协会成立的消息,他当天成稿,当天请大米协会负责人审稿,并在最新一期的《射阳日报》推出。再比如,2004 年 4 月,射阳县八家企业出席省粮协第七次会员大会的消息,大会一闭幕他的稿件就发到了编辑部,第二天《鹤乡快报》就做了报道。进入互联网时代,张学法也能拥抱新技术,采发稿件。在田间地头,在会议现场,他通过电话、微信、QQ 等与《射阳日报》编辑部及上级媒体保持联系,进行沟通,并在第一时间发稿,甚至在新闻发生时进行同步报道。

他的新闻发布随着"互联网＋"时代的到来,也进入了"秒发时代",以"秒"计其时效性。

笔者就多次接到张学法现场发来的稿件。他的很多作品通过盐阜大众报报业集团全媒体,如"盐阜大众报新闻客户端""盐城新闻网",实现了融媒聚合同步传播,网上网下热烈互动,产生了广泛的社会影响。

有高度。他的作品站位高,他总能吃透国家关于粮食生产的政策,以及广大农民兄弟的期盼,采写的很多作品立意高远,鼓舞人心。如在通讯《粮食也要打出品牌》一文中,他在引题中就引用习近平总书记在吉林延边考察时的讲话:"中国有 13 亿人口,要靠我们自己稳住粮食生产。粮食也要打出品牌,这样价格好、效益好。"在导语中引用总书记在黑龙江省考察时强调的话:"中国人要把饭碗端在自己手里,而且要装自己的粮食。"点出粮食生产的重要性,升华报道的主题,更加凸现射阳县委、县政府为打响"射阳大米"品牌,创新思维,超前谋划,是多么的高瞻远瞩。在县党代会上、县人代会、春节团拜会、年度总结表彰会、农业农村工作会等会议上,县委、县政府主要领导同志的多次讲话,都强调推进射阳大米品牌建设的重要性。该县始终将射阳大米产业发展、品牌建设摆在与工业经济、城市建设、民生工程同等重要位置。经过多年的塑造,射阳大米的品牌价值飙升,达 185 亿元。农民和粮食生产企业也在品牌价值提升中,尝到了甜头,得到了实惠,更加自觉地维护品牌的美誉度,生态种植,确保质量。从张学法的文字中,我们看到了射阳县广大党员干部"全心全意为人民"的身影,看到了党的好政策在基层得到了很好的落实,讴歌了我们党的伟大和社会主义的优越性。张学法的作品还有另一个"高度",即是发表的文章刊载的媒体很多是全国的大报,如《人民日报》《经济日报》《农民日报》《新华日报》《解放日报》《文汇报》等。这也是很多基层通讯员羡慕的。

有温度。"农村这片土地,我生于斯,长于斯。我一直关注三农问题,这种情节与生俱来。"张学法说道。虽定居射阳县城且年过半百,但他仍不定时地开车下乡,看看村里的晒谷场,走进农居感受农民生活剧变。他对农民有深厚的感情,关爱之情总是不由自主地溢于言表,他的文字里更是流淌着情系"三农"的股股暖流。我们都知道,经党中央批准、国务院批复,自 2018 年起我国将每年农历秋分设立为"中国农民丰收节"。当年 6月 21 日,农业农村部部长韩长赋在国务院新闻办举行的新闻发布会上对设立这一节日作出说明:设立这一节日将进一步强化"三农"工作在党和国家工作中的重中之重地位,营造重农强农的浓厚氛围,凝聚爱农支农的强大力量,推动乡村振兴战略实施,促进农业农村加快发展。当天,张学法从央视看到这一新闻时,非常激动。他说:"几千年等一节,农民地位大提高,农村干群,能不欢欣?"原来,早在 20 世纪 90 年代初,在射阳县粮食局工作的他向《农民日报》投书,建议设立"农民节",在一版显著位置刊发。这也是国家级媒体上首次刊发读者建议设立"农民节"的文章。他当时想,我国有很多节日,可是占全国人口 70% 左右的农民却没有自己的节日,所以萌生了建议设立"农民节"的想法。他认为,设立"农民节",可以让农民获得更多的社会认可和尊重,有助于树立农民的自信心和自豪感。后来,张学法调至《射阳日报》社做记者,他坚持到田间地头采访,采写了一批有分量的"三农"报道,努力用自己的报道推动"农民节"的设立。去年,他参与采写的农村留守儿童与在外打工父母"亲子连线"的作品获得中国新闻奖。他的文章字里行间"顶天立地",温暖人心,农民兄弟看了心里也是暖和和的。

有锐度。做新闻的都知道,我们的报纸具有多重属性:一是新闻纸,二是生活纸,三是思想纸。说到新闻纸,是上面有各种新近发生的事实的报道;说到生活纸,是上面有供人消费娱乐的各种生活资讯;说到思想纸,是上面有评论,有编辑、记者和广大通讯员的言论、观点,有思想交锋的火花。读张学法的新著,思想的火花不时让笔者为之叫绝。

他的新著有消息、通讯等类别的新闻作品,有射阳大米的栽培规范流程、储藏技术标准等知识性内容。同时收录了在采写"射阳大米"的过程中他发现的问题,他对于粮食生产过程中的思考,有些还十分尖锐。他长期深耕基层、深耕农村,在"田坎"上奔波,从农民中来,到农民中去,交出一份又一份颇具思辨性的"农民权益考察报告",如《不容忽视的入库粮食质量问题》《射阳粮农为何大抛荒》《粮食大丰收 农民反添愁》等。他不仅发现问题,报道问题,更通过调研提出解决问题的方法。如在《人民日报》内参发表的关于粮价问题意见的调研文章,全文分"问题的提出""提出这一问题的依据""解决这一问题的途径"三部分,有理有据,层层递进,提出问题、分析问题、解决问题,引起相关部门重视和关注。张学法是写消息、通讯的高手,也是评论的撰写者。他新闻敏感、文采飞扬,他更善于思考,细微处提出自己的见解,有思考、有想法,是基层新闻单位难得的新闻优才和多面手。

(三)

习近平总书记在全国宣传思想工作会议上指出:"我们必须把人民对美好生活的向往作为我们的奋斗目标,既解决实际问题又解决思想问题,更好强信心、聚民心、暖人心、筑同心。"这一重要论述,为做好新时代宣传思想和新闻舆论工作提供了根本遵循。张学法自觉践行总书记的要求,聚焦"四力"(脚力、眼力、脑力、笔力),苦练本领,转作风、改文风,俯下身、沉下心,察实情、说实话、动真情,在广袤的大地上,在希望的田野上,精耕细作,用农民话说农村事,采写出一批有思想、散发浓郁的泥土味、广受群众欢迎的新闻作品。

亲近大地的人,笔端流淌的是亲近大地的文字。质朴、明亮的作品,让人捧读,看字闻香,爱不释手。射阳大地生养了他,滋养着他,他也用自己的知识回报着乡亲,用自己激情澎湃的文章宣传射阳,宣传射阳大米品牌,提升着射阳县的美誉度!

一分耕耘,一分收获。张学法在追踪报道"射阳大米"品牌创建的 18 年中,也渐渐成长为农业报道方面的专家型记者。他的报道见证了"射阳大米"品牌美誉度的提升,见证了国家的"三农"政策给老百姓带来的实惠。很多报道给各地农产品品牌的创建以启示和借鉴,不少文章被当地农业部门作为史料收集,同时他自己去年也被江苏省新闻职称高评委全票通过评定为主任记者。这在全省县级新闻单位比较少见。

让我们为他——张学法同志,一位优秀的基层新闻工作者点赞。

(2019 年 3 月)

聚沙成塔　聚米成箩

——张学法《粒粒皆辛苦》新鲜出炉

李志勇

还很少听说一个记者追踪报道一件事整整追了 18 年。在我县,就有这么一位名为张学法的《射阳日报》记者,追踪报道射阳大米 18 年,从射阳大米的懵懂少年、青涩青年直到隆重"嫁出",他都用他那新闻记者的一双睿眼紧紧地盯着她,直到她功成名就,成为国家的名牌产品。

有人说,张学法就是一个"疯记",是认准了一条路就坚决走到底的"疯记"。是的,在射阳这块从中央级(仅《人民日报》、新华社就有卞毓方、骆飞等 6 人)到县级记者成群、写稿人成堆(被称为全国第一写稿大县)的地方,张学法始终占据着一席属于他的高地,不仅获得过国家最高新闻奖,而且还以千万字的"爬格子"成绩,取得"主任记者"职称。

褒奖他的话就不说了。现在,我们就来看看,他是如何"认准了一条路就坚决走到底的"? 最近,他撰写的近 30 万字的专著《粒粒皆辛苦》不仅帮我们揭开了谜底,更是见证什么是一个新闻记者的职责与责任,还可以这样说,《粒粒皆辛苦》就是作为新闻记者的张学法职责和责任的结晶。

张学法是临海镇人,因为热爱新闻写作,1986 年被县粮食局选中担任该局通讯报道员。上任伊始,他就把报道重点放到了"农业、农村、农民"身上,他曾连续花上十多天时间,在全县的乡镇中采访"三农"问题,并敏锐地捕捉到虽然当时粮食市场已经放开,但卖粮难仍是农民的一块"心病"的普遍现象。这引起张学法的思考:在新旧体制转换期,政府如何帮助农民解决信息、技术、种子、物资、资金、出售等方面的问题? 与此同时,他选择具有代表性的种粮大户杨定海采访,写成《种粮大户杨定海的困惑》。稿子发出后,《盐阜大众报》在一版显著位置刊发,并引发了连锁反应:连续十多期的热烈讨论。最终,"杨定海现象"引起了中央、省、市有关部门的高度重视,从政策角度帮助农民解决了"卖粮难"等诸多问题。

1994 年《射阳日报》复刊,张学法被调到报社工作。在"三农"的宣传报道上,他精准发力,屡创佳绩。尤其是在射阳大米协会成立后,他更是以百倍的努力,关注射阳大米的品牌建设,立志为宣传射阳大米做出点名堂来。每当大米协会有活动,他都主动请缨,撰写新闻报道,北京、上海、南京、苏州、黑龙江的大米品尝会,他都随行采访,活动一结束,不论是什么时候,他都先要把稿子写出来发回报社和当地媒体,常常都是过了饭点才去食堂吃点残汤剩羹。尽管如此,他也没有半点怨言,用他自己的话说,作为新闻记者,不能及时吃饭、睡觉那是常态,倘是与参会人员一样,按时吃饭、睡觉,那你就没有办法让新闻在第一时间让读者知晓,那就是失职。活动过程中,有大量的琐事和杂事需要会议组织者解决,如果此时没有新闻事实发生,张学法都会在布展、联络客商、邀请媒体记者等方面,自告奋勇,替补出场,常常会收到以一当十的奇效。活动一结束,他都能及时在当地媒体和《射阳日报》社把消息报出来,不管多忙多紧,就是"挑灯夜战",也要及时准确地把活动情况公之于众。如果稿子组织得不及时,或者因媒体和自己等诸多方面的原因使稿子见报延迟,那就等于"剜了他一块肉",非得千方百计加以弥补方才罢休。射阳大米协会的内部会议很多,比方说品种改良、大米品鉴、产品推介、打假保牌、技术创新等,他都积极参加,并将那些有宣传价值的信息及时报道出去,以增加射阳大米的公众知晓率和美誉度。

在 18 年的采访报道中,张学法经历了 20 世纪 90 年代射阳大米 28 万亩卖不出,到如今 165 万亩不够卖的历程,这一历程张学法气过恨过愁过哭过爱过笑过。如今,射阳大米不仅荣获了"中国十大好吃米饭"殊荣,成为中国十大大米区域公共品牌、中国食品行业十大最具影响力品牌,还被中国粮食粮油行业协会誉为"北有五常,南有射阳"之经典品牌。

聚沙成塔,聚米成箩,聚滴水能成河。《粒粒皆辛苦》就是张学法宣传射阳大米 18 年并在持续的追踪报道中美丽绽放的一朵奇葩。它的新鲜出炉不仅烤出了一炉香味四溢的"好饼子",而且《粒粒皆辛苦》在美丽绽放的同时,还给了我们诸多启示:第一点启示就是要想成就一件事,非得有持之以恒的精神。倘是少了或没有这种精神,那么,你无论想办什么事,不是虎头蛇尾,就是朝令夕改,终将一事无成。尤其是作为新闻记者倘是少了持之以恒的精神,那么你不仅仅是一事无成,而是你将辜负党和人民的希望和重托。第二点启示就是要有耐得住寂寞的定力。无论什么事,在它走向成功的过程中,绝不会一帆风顺,寂寞与辉煌、成功与失败、美丽与丑陋总是相生相伴。在这个过程中,我们不能只看到鲜花,只听到掌声,只想到成功,我们还应该经受得了失败与挫折、痛苦与煎熬的考验。第三点启示是要想做成一件事,必须得有善作善成的功夫和屡败屡战的勇气。应该说功夫和勇气的养成并非一朝一夕之功,它们的养成需要时间,需要毅力,需要微笑和哭泣,需要成功和失败的考验,唯如此,我们的事业才不至于半途而废,功亏一篑。

"射阳大米"的军功章上,闪耀着百万射阳人民辛勤劳作的光辉,闪耀着射阳大米协会诸同志所作出的勤勉和奉献的牺牲精神,同样也闪耀着以张学法为代表的一批"笔杆子"们 18 年来为宣传和保护"射阳大米"这块"金字招牌"所作出的不懈努力和奋斗的思想光辉。

(《射阳日报》2019 年 7 月 18 日)

用脚写出来的新闻

——读张学法新闻作品集《"有一位女孩，她曾经来过……"》感言

张　锋

　　张学法同志将他的第三本新闻作品集《有一位女孩她曾经来过》送给我，说是"雅正"。捧着这本还散发着油墨芳香的新作，我忍不住产生了先睹为快的欲望；一口气读完后，又忍不住产生了想说几句的冲动。

　　我早就认识张学法同志了，对于他的新闻写作，可以说是看着他"长大"的。因为我也是个老新闻写作者，故对他写的新闻作品一直十分关注。令人惊喜的是他近几年来，尤为注重新闻写作经验的总结和业务理论的研究，从他 2000 年的《新闻实践和探索（上）》到记者文集《春风拂来满眼绿》，几乎一年一本作品集问世，一个从黄土地上走出来的"泥腿子"新闻报道员，一个从事专职县报记者生涯只有 10 来年的年轻人，能有此成就，的确让人刮目相看。对此，他自己说是"为时代留一个记录"；《人民日报》社华东分社顾勇华副总编辑称之为"理性的勤奋"；而我则认为，他的作品集是用"脚"写出来的。

　　之所以如此说，是因为基于下面的三点感受：

　　其一，是作者具有"新闻眼"。对于新闻的定义，可以说至今仍是众说纷纭，但我觉得概括得好的还是陆定一曾说过的那句话，"新闻是新近发生的事实和报道"。梁衡先生将这一定义延伸为"新闻是为广大受众所关心的新近发生的事实的信息传递"。对此，张学法同志可算在实践中比较准确地把握了这一本质内涵。他刊登在 1986 年 4 月 7 日《人民日报》上的现场新闻《家庭植树节》，还是他在农村务农时写成的，而且写的就是自己家。打那时起，他就注意在生活中发现新闻，锻炼"眼力"，从他的作品集中可以看出，上大报、上显著版面的大多是家乡的平凡事，身边的平凡人。据初步统计，他在《人民日报》上刊登的近 40 篇新闻作品中，有"报仔"、有"粮王"、有"猪倌"、有村干……这些鲜活的新闻，坐在家里是无论如何想不出来编不圆的。

　　其二，是作者具有"新闻胆"。如果说一个记者具有"新闻眼"是业务素质，那么具有"新闻胆"则是政治素质。张学法同志自打做"土记者"时，就下决心从反映人民的心意中写出作品的新意来，当上县报记者后，更立志为公正立论，为公益传讯。他的作品正反映了这一点。如调查报告《关于解决我国城镇居民口粮价格倒挂问题之我见》写于 1990 年，被《人民日报》刊发了 2000 多字作为内参，供高层领导作为决策参考。又如《入

库粮食质量不容忽视》《农民急需的六项服务》《粮农为何抛荒》等,几乎篇篇都与农民、农业、农村有关,其中有的文章还被《人民日报》配发编者按刊登。这为"三农"鼓与呼的稿件,的确是要有点"新闻胆",否则写好了也不敢发。当然,这些新闻的发表,必然产生了积极的社会效益和较大的新闻效应。

其三,是作者具有"新闻根"。这一点反映了作者的思想素质。张学法同志以"多产的作家"写着"易碎的作品",没有点毅力不行,没有点韧劲不行。这种毅力和韧劲均来源于他那深深扎在大地、联结人民、通向生活的根。有了这"根",他就有连续采访 48 小时不睡觉,苦干 24 小时出样稿的劲头。让我们算一算大账吧,近 20 年他共发表新闻作品 4000 余篇,平均每年就是 200 来篇,其中近百篇获得国家、省、市好新闻奖,每年 5 篇之多。这样的收获,光用笔,哪怕是天才的笔,光坐拥书域也是不可能的。所以,我再将他的新闻作品集称之为用"脚"写出来的,尽管还带着泥土的芳香。

(2002 年 2 月)

最诱人的是那路上的风景

——评张学法新著《圆梦之旅》

张　锋

打开这本书,你可以认识射阳的许多人物,而且大多来自创业一线的草根名流和底层精英。读完这本书,你可以记住射阳的一段历史,而且正是曾经发生在你我身边的熟悉故事和发展过程。

上面这段话,是我阅读张学法新闻人物作品集《圆梦之旅》文稿后发自内心的感受。刚到新年,张学法便将自己的书稿送我并邀我作序,这可让我一时犯了难,写吧,不合"江湖"规矩,这事现在不都时兴找名人做的吗?不写吧,面对这位坚持新闻写作30年、在《射阳日报》社从事记者生涯20年、已出版4部作品集的他,着实却之不恭。看来,这事儿没有选择,好在是熟悉的作品熟悉的人,接下来这活儿不需要硬着头皮去苦想,只需要顺着心情写下去即可。

这部作品集是"清一色"的人物通讯,屈指数来,一共是120篇。说起人物通讯,自20世纪初叶降生在神州大地上,就以其特有的生命力和感染力,成为鼓舞人民奋斗、推动历史前进的一种重要新闻体裁。如人们熟知的战争年代的《雁翎队》《西瓜兄弟》《鸡毛信》,抗美援朝时期的《谁是最可爱的人》,和平建设岁月的《王崇伦的故事》《为了六十一个阶级兄弟》《县委书记的榜样——焦裕禄》等,都在新闻史上占有里程碑式的意义。尤其是改革开放以来,人物通讯这一新闻形式,不仅在数量、质量上有了明显提高,更于内涵方面有了新的拓展,其写作方法的探索,诸如散文笔法、政论风格、日记体式乃至运用电影艺术的某些手法来写通讯,更让人物通讯这一百花园呈现出盎然生机和绚丽色彩。

话回到张学法笔下的新闻人物作品集上来,这120个人物,既有对创业明星们的写实,又有对"最美射阳人"的写真,还有对书画艺术家、"十佳勤廉干部"以及其他界别人士的写意。这一切,似春日百花竞放,像满天璀璨星斗,给人以赏心悦目的视觉享受。这里,既有人物本身的魅力,又有作者的艺术表达,更让我从中感觉到其人其文的鲜明特色。如果做点概括,我以为不外乎这么几点:

肩上的担当。"担当起该担当的责任"。这是自党的十八大以来,习近平总书记对各级干部和广大青年多次提出的期望和要求。大人物有大担当,小人物有小担当,这个国家和民族才有希望。记者不分大小,记者的担当就是记录历史,反映时代,牢记使命,服务人民。张学法知道自己肩上的分量,始终把他的笔触聚焦在发展的大主题上,让自己写的人物与时代的脉搏同频共振。本书中的新闻人物,创业明星就占了近一半,几乎涵盖了射阳县的各个行业,既有工业骄子,又有商界奇才;既有科技发明者,又有著名企业家;既有绿色产业农场主,又有国外办厂"创客"王……一篇篇创业传奇,构成了壮观的市场经济条件下全民创业的大潮;一个个成长故事,组合成灿烂的改革开放气候下富民强县的画卷。这不是零星式的介绍,也不是概念式的诠释,而是运用全方位的扫描,让人们于中领略不同企业的风景和不同人物的风格。对此,平时不做"有心人",靠临时突击是做不来、做不好、也是做不成的。

脚下的"修行"。2003 年 5 月,张学法的第二本新闻作品集《有一位女孩她曾经来过》问世,记得我为他写过一篇书评——《用"脚"写出来的新闻》,之所以这么说,因为我了解他原本就是一个"泥腿子",后来成了"笔杆子",但他多年来一直未改变身上那种"泥土"的芬芳,仍以连续采访 48 小时不睡觉、苦干 24 小时出样稿的劲头从事记者工作。后来自家的条件好了,有了轿车,但我仍然经常看到他骑着电瓶车走在大街小巷。要说理由,他说,跑长途开轿车自由,跑短路用电瓶车方便。他写的那些人物,有时不是采访一次就完成的,尤其是企业家,不是常常被客户的来电打断,便是往往约好的采访计划又泡了汤。对付的办法只有一条:等。采访不透不动笔,事实不清不发稿。有时我和他讲到记者走基层,他倒直截了当,记者走基层是常态,不跑基层倒是奇怪。而且他还认为,走基层是记者的基本功,是一种"修行",只有这方面的"修行"到家了,才算一个合格的记者。这一理念,我觉得应该是写好作品的真正诀窍。

笔底的温度。县报记者这一职业,新闻写作这份活儿,在某些人眼里,是个既不来事又不来钱的行当,要干好着实不容易。必须坚持导向,坚定信仰,坚守底线,做有良心的人,写有温度的文。在张学法的这本文集中,我们透过一些文章的题目的字句,可以感受到作者在传递着一种温暖,一种爱的温暖。比如《最美射阳人》《服务明星》等篇章,大多运用带有温度的句子、充满深情的笔调和真实细致的情节,将人们吸引到"听有灵魂的故事"的意境。这不仅仅是写作技巧和方法的问题,而是身入且心入的结果。只有作者在场,才会在写作时有了气场,进而收获作品的正能量。

古人说"文无定法"。要我说,文亦无定评。对张学法的这本《圆梦之旅》,如果说不足,也可以说出个子丑寅卯来,这里我只是期望他在今后的写作中,能够在表现手法的多样性和思想发掘的深度感两个方面下功夫,前者涉及作品的可读,后者关系作品的生命。

最后,我还得为这篇文章的题目做个说明,因为本书中的人物,无论什么类型,张学法向人们展示的都是过程中的美丽,这就如同人生最美的风景是在人生的路上一样。同时于作者本人而言,他的新闻写作生涯也正是在路上。所以,对于作者和读者而言,最诱人的是那路上的风景。

我的话讲完了,请大家看书。

(2015 年 1 月)

一位在场者的记录

——喜读张学法新著《粒粒皆辛苦》

张 锋

一粒米，一个品牌。

一位记者，一份记录。

厚厚的一大本，长长的 18 年。

这是全景式的扫描，这是全覆盖的报道，这是全程式的跟踪，这是全方位的解读。

我的案头，这部张学法新著《粒粒皆辛苦》，让我心动，催我沉思，吸引我一同见证了射阳大米品牌的成长之路，我在第一时间看到他用"第一速度"留下的新闻镜头，跟着他在"第一现场"体验创牌的多彩画面，聆听着他在不同时期为粮食生产发出的"第一声音"。不禁仿唐李绅句，写下如下韵语："笔底有温度，脚下沾泥土。余解书中意，字字亦辛苦。"

18 年，一个孩子成人了；18 年，一个品牌成熟了。从起初的"养在深闺人未识"，到如今的"天下谁人不识君"。射阳大米的品牌价值已经超过了 180 亿元。而县报记者张学法，也完成了他一位在场者的忠实记录。

透过书中的字里行间，我在想该说点什么——

我要说，射阳大米是射阳这块大地上的标志性产品。什么标志？地理标志。最新的研究表明，稻作的起源地在中国。养育着今天地球上 70 亿人的三大农作物，玉米是美洲的贡献，小麦是西亚的贡献，而水稻则是中国的贡献。射阳种植水稻，起源于"废灶兴垦"之际，兴起于 20 世纪八九十年代，成名于新世纪之后。其品质之优又是缘于这里独具的气候环境，独有的水土资源，独特的生态模式。我在 2008 年曾经帮助撰写过"射阳大米"地理标志产品保护陈述报告，其风格特征我用 10 个字概括，即"饱满、晶莹、香绵、润滑、营养"。饱满状其粒、晶莹誉其体、香绵润滑表达其口感，营养丰富反映其本质。这一带有独特性乃至唯一性的地理特征，正是射阳大米叫响南北的成功之道。

我要说，射阳大米是射阳政府和人民共同打造的高质量产品。从张学法提供的新闻作品中，我们可以全面地了解到为创建这一著名品牌，从县委政府正确的决策部署、相关部门的通力协作、大米协会的持之以恒、专业人员的悉心指导、加工企业的诚信坚守、营销人员的策划宣传、广大农民的辛勤劳作，无一不秉持打造同一个品牌、高举同一面旗帜、共享同一方发展的坚定理念。18 年的努力，18 年的心血，共同培育出一个地区的绿色品牌、共同擦亮了"射阳大米"的金色名片。

我要说,射阳大米是张学法献给故土故乡的一瓣心香。我几乎是看着张学法从农村青年一步步成长起来的县报记者,他的大米情结,正如他在后记中所说,纯粹来自他自小便播种在心底的农民情愫、农业情志、农村情怀。在这部作品集中,我们看到的不光是他关于大米品牌成长持续的报道,而且还有他关于粮食问题研究的文章,那才是思想的光源,灵魂的发声。因为他尽管不再是真正意义上的农民,但他一直没有忘记老家那大片水稻灿烂打开的情景,那是一本大书,一本记载着中国根本的大书。他一边不时地从这本大书的阅读中汲取力量,一边也在不停地书写着新的内容。

"一粒米/最白色的翅膀/启发我们/公元 2958 年的水稻/会长成/音乐的形状/鸥鸪声声/扬花灌浆。"诗人孙昕晨的封底题诗告诉我们,"一粒米,和我们并肩前进"。

射阳大米,自然永远和射阳一起成长,和射阳人一道远行!

（2019 年 4 月）

卷三·人物评介

一位"县报记者"的"农民情结"

陆荣春

今年秋分时节,是中国首届"农民丰收节",有一位满怀"农民情结"的县报记者,从事新闻宣传工作 30 多年,以报道农民声音为己任,虽年已过半百,但仍关注三农问题,用职业精神诠释"三农情结"。

这位记者就是江苏省盐城市《射阳日报》记者部主任张学法。多年前他通过盐城市新闻专业技术职务评审委员会评审,获得中级职称——记者;因实绩突出,今年他又被推荐参评副高职称——主任记者。这在全市县级单位从事宣传工作的人员中比较少见。

从农民中来,到农民中去,他交出一份"农民权益考察报告"

20 世纪 80 年代初期,张学法高中毕业后回家务农做了 6 年农民,爱收听广播的他开始尝试把身边事写成稿件投给广播站,稿件多次录用后张学法开始对写作感兴趣,机缘巧合下,他应聘到射阳县粮食局工作,也开始自己的新闻从业之路。

1992 年秋天,张学法下乡了解农民收粮情况,但他发现农民们收获的都是"失望"和"痛苦",特别是种粮的农民,没有尝到丰收的甜果,一年辛苦换来的是亏本的苦涩,有的农户秋播时竟然抛荒弃种。

了解到这个情况后,农民出身的张学法深知农民种地的艰辛,他意识到自己必须为农民做些什么。张学法立即赶往几个村庄了解收粮情况,他采访了农户、粮管所、村干部,了解到农民弃耕的主要原因,一气呵成写成稿件《射阳粮农为何大抛荒》,该文章刊登在《农民日报》头版头条。稿件见报后也引起了广泛关注和重视,盐城市委当即派来调查组实地调研,随后,盐城市县领导认真研究了解决问题的办法,并召开会议,要求各乡镇在较短的时间内,解决土地抛荒的问题。到了当年 12 月初,抛荒问题基本得到解决。全县对农民负担问题进行了整理和整顿。

那时的张学法感受到,农民的利益大如天,作为记者要有敢说真话的勇气,要有强烈的社会责任感,为了农民的利益就要仗义执言。

关注农业品牌,他与射阳大米 18 年的"爱情长跑"

2003 年,射阳县大米协会在上海举行了"射阳大米"品尝会。"射阳大米"之所以拥

117

有独特的食味口感,是源自"气候环境独特、水土资源丰富、栽培技术先进"。"射阳大米,天地人合一,江苏一绝"的宣传语让久居射阳的张学法眼前一亮,他敏锐地意识到"射阳大米"独特的食味口感,品尝会上的啧啧称赞、上海市民抢购"射阳大米"的热情,或许能为射阳的稻米产业提供广阔的市场空间。

当时在现场采访的张学法连夜写出了现场特写《大米品尝会》,第二天在《人民日报》见报。不止于此,他开始三天两头往射阳大米协会跑,一个个关于"射阳大米"生产、销售、打假、创牌的消息、通讯不断见诸报端,为"射阳大米"品牌的创建和"射阳大米"市场的开拓起了开路先锋的作用。

他紧盯"射阳大米"的品牌创建和产业的发展,这一盯就是 18 年,写出 200 多篇"射阳大米"创牌消息和通讯,使射阳大米这个品牌在苏沪两地产生了巨大影响。"射阳大米"先后取得江苏名牌产品、中国名牌产品、盐城市知名商标、江苏省著名商标、中国驰名商标称号认定;在农业部主导的农产品品牌大会上获得"2011 消费者最喜爱的中国农产品区域公用品牌""2012 最具影响力中国农产品区域公用品牌";连续 9 年获得上海食用农产品"十大畅销品牌"称号;获得首届"江苏品牌紫金奖·25 年最具成长力品牌,2010 最具品牌保护案例奖";被中粮协评为全国"放心米",荣获中国粮油榜"十佳粮食地理品牌"。"射阳大米"从难卖到畅销,从 28 万亩到突破百万亩,从卖原料到销售,从不赚钱到增收益,形成了 60 万吨产销量、30 亿元产值的群体,成为省产业集群品牌培育基地。射阳大米协会张昌礼曾表示,"射阳大米"品牌价值达到 185 亿元,张学法的宣传功不可没。

他热衷于做"农村革命"的记录者

2016 年,由射阳创造的"联耕联种"模式写进了中央一号文件,这是射阳农民的"小创造",确是土地耕种模式的"大创新"。

而这个创新刚刚露出尖尖角就被张学法敏锐地捕捉到,"吃别人嚼过的馍没味道,趟别人走过的路没筋道",这两句话经常挂在他的嘴边。他感到"联耕联种"这一新型的生产关系形成的重大意义绝不亚于当初的"分田到户",赶紧用手中的笔记录下了这具有历史意义的一刻,很快,射阳县推行"联耕联种"的新闻稿出现在了《人民日报》《光明日报》《经济日报》以及人民网等全国各大主流媒体和重要网站上。此稿获得 2014 年度江苏省县、市新闻中心系统好新闻评比(消息类)一等奖。

2013 年岁末,获知射阳"联耕联种"荣获"2013 年全国小康十大民生决策奖"的消息后,张学法又连夜与正在外地出差的当地农委主任联系采访获奖的过程,写稿完成已是凌晨三点了。此稿刊登后,又被多家网站转载。

"吃得起苦,更要耐得清苦",这是新闻工作特殊性决定的。多年来,张学法数九寒冬时进村入户、报道新春佳节农村农民的新变化。因为赶稿子,常年的饮食无规律使自己患上了胃病,但每次都克服困难,只为对得住自己内心深处的"三农情怀"。

一分耕耘,一分收获。去年,他参与采写的外宣作品——农村留守儿童与在外打工父母"亲子连线"的报道,获得了中国新闻奖三等奖。

"农村这片土地,我生于斯,长于斯。我一直关注三农问题,这种情结与生俱来。"张学法说道。虽定居射阳县城且年过半百,但他仍不定时地开车下乡,看看村里的晒谷场,走进农居感受农民生活剧变。中华崛起农为本,张学法表示,将一直把做好三农宣传报道工作作为一个记者的责任,不忘初心,为乡村振兴鼓与呼。

（《武汉广播影视》2018 年 11 期及新华网 2018 年 12 月 12 日）

最忙碌的 12 小时

吴明明

认识张学法,是在 1995 年。当时他写了一篇关于段金芳收养渔家孩子上学的通讯稿。这一篇稿子可能是各类媒体对段金芳的首次报道,我编后把标题改为《只有爱是永恒的……》。这篇稿件后来获得当年中国地市报好新闻评选二等奖。自此,我就认识了张学法这位在广阔滩涂上努力挖掘好新闻的"土记者"。而这个土记者的新闻作品中,最让我记得的是他写的关于徐秀娟的家人到丹顶鹤自然保护区拜祭徐秀娟墓的通讯中的一句:"在回去的路上,一条大青鱼跳到船上……"那真是一个非常打动人的细节。一个县报的记者是怎样在村头乡间发现新闻、捕捉细节的呢?我们不妨撷取他 12 小时的活动片段来看——

10 月 31 日下午 2 时一上班,他便骑着摩托车从报社赶到县农业科技推广中心采访"农技铁人"姜德明。

在大前天的一次会议上,张学法得知姜德明撰写的《调优种植结构、发展高效农业》的建议引起县委、县政府领导的高度关注。县农业局为此还拿出了该县高新农业示范园的建议书。张学法心想:姜德明是个名人,他的新想法就是一个新闻线索,得"追"下去……

下午 3 时 15 分,东找西找之后,老张坐到了姜德明面前。

今年 35 岁的张学法已干了 17 年的新闻。1983 年,家在农村的张学法一边种地,一边自学新闻采写,两年多的时间,他在当地就已是个小有名气的人物,不久就被县委宣传部推荐到八大家油厂工作。1994 年调入《射阳日报》社工作。17 年来,他发表新闻作品近 300 万字,近百篇新闻作品在全国、省、市好新闻评比中获奖。今年 8 月,他又编写了《新闻实践与探索(上)》一书。这些对于一个基层记者来说,是非常难能可贵的。

姜德明与张学法是很熟的朋友,采访很快进入角色。"你看看现在市场卖的南瓜、扁豆、山药、番茄,年年都卖大价钱,那么我们为什么不把这些传统品种发扬光大呢?所以我就撰写了 18 个传统品种的市场前景、种植技术的资料,向广大农民推荐。报刊一登出来,反应特强烈……"姜德明兴致勃勃地说。老张一边听,一边记,还一边看资料,采访效率很高。不知不觉,几个钟头过去了,张学法觉得这次采访的材料很厚实,可以写一篇很好的新闻稿。

回家吃完晚饭,打开采访本,动笔写下午采访的新闻稿件。还没写完几行,BP 机响了。一拨电话,原来是报社要他立即赶到县公安局三楼参加人口普查"零点活动"。张学法下意识抬头看钟,已是晚上 9 时 32 分了。他穿上衣服,带上相机和采访本,骑着摩托车急急往公安局赶。公安局三楼灯火通明,指挥部的人正忙着。

夜里 11 时许,值班电话响了。振阳街 17 号楼下有几个盲流,不愿开门接受普查登记。老张与指挥部人员直奔现场。

深秋的夜,寒意已有些逼人。公安局的干警和普查人员花了半个小时的时间才说服对方。原来,这些外流人员都是些老弱妇孺,怕遇坏人,才迟迟不肯开门。

大约夜里 12 时许,张学法又随县领导到射阳县人民医院看望刚刚出生的 3 名婴儿。随后他又随巡查组到中心菜场、海都大桥、大小车站。他手中的笔不停地记着,又不时停下来举起相机,寻找角度……采访结束,已是凌晨 2 时。张学法不时地挥动有点发酸的双臂,自言自语道:"这 12 个小时,真累! 但累得很值,因为收获很多!"

(《盐阜大众报》2000 年 11 月 3 日)

一个基层通讯员的奇迹

——记射阳县粮食局专业报道员张学法

顾长清

　　射阳县粮食局专职报道员张学法,去年被市以上报纸采用了 22 个头版头条,而且大多数是省以上的报纸,同时,被采用了 44 个版面头条,总计发表稿件 246 篇,这不能不说是个奇迹。

　　张学法新闻稿上头版头条的诀窍,在于他掌握了"三抓",即抓时效性、抓群众关心的"热点"、抓有代表性的连续报道。

　　1992 年底,中央要求在 1993 年 1 月 15 日以前把群众手里的白条全部兑现完毕。如何响应中央号召,抓紧做好兑现工作,是当时报道的中心议题。而射阳县粮食局截至 1 月 1 日,就把售粮户手中的白条兑现完毕了。于是,张学法抓紧时间调查,1 月 5 日就把稿子写成,用传真传到《人民日报》。第二天,《人民日报》的头条位置就报道这方面的 5 条消息,其中就有他的 1 条。

　　1993 年秋粮收购期间,出现了一个不正常现象,即国营粮食部门钱拿在手里,却收不到粮食,原因在哪里?张学法向粮食局分管局长询问,到农民中间去调查,发现主要有三个原因:一是农民认为种粮赚不到钱;二是农民保粮惜售,等待涨价;三是优惠政策没有到位。问题抓到手以后,他写了《有钱为啥买不到粮?》的报道,被《经济新闻报》刊登在头版头条位置上。同时,针对 1993 年夏粮收购期间粮食收购秩序混乱、粮食质量下降、粮贩子相互抬高价格的现象,他写了篇《苏北粮食收购大战硝烟四起》的稿子,被 7 家报刊登在头条位置上。《中国信息报》不仅以通栏标题加以报道,而且还加了评论。这又是一个奇迹。

　　射阳县种粮大户杨定海,1992 年粮食遭灾,亏损 10 多万元。在杨定海遇到困境的时候,张学法觉得有必要公开呼吁,让各级领导知晓。于是他尽快地写了篇《种粮大户杨定海的困惑》的稿件,《盐阜大众报》不仅在头版显著位置刊登,并且连续作了 11 次报道,引起了各方面的重视。县农业银行行长去看望了杨定海,了解了情况,不但决定延期一年归还当年欠农行的 23 万元贷款,而且又支持新贷了 40 万元,用于杨定海开挖 600 亩鱼塘和栽培 900 亩水稻需要的资金。而这时,张学法又追踪写了篇《农行鼎力相助,粮王再振雄风》的稿子,在《经济新闻报》《盐阜大众报》头版头条登载了。1993 年秋季,杨定海种的粮食获得了大丰收。张学法得到喜讯,又写了一篇《杨定海今年收获粮食 100 万斤》的报道,被《江苏农业科技报》刊登在头版头条位置上。　　　　(载《新闻出版报》1994 年 4 月 18 日)

新闻富矿,总是深埋于脚底下

——张学法近年来获奖新闻作品印象

李志勇

正在班上忙活,《射阳日报》编辑部主任张学法走进来,递给我一摞材料。我扫了一眼,发现都是他从 2007 年到 2014 年获奖的新闻通讯作品。我问他干吗给我送这个?他笑笑说,请你给我看一看,顺便看看能不能帮我写点什么。

熟悉学法少说也有 30 年了。那是在一次由县委宣传部组织的新闻写作培训班上,我是教员,他是学员。大大的眼睛、圆圆的脸上经常挂着一丝狡黠机灵的笑。严格地说,他应该算是我的学生。

培训班期间,学法不仅收获了新闻写作知识,还收获了爱情。培训结束后,学法回到他所在的临海镇继续从事他的新闻宣传工作。也就是从那时起,在各类报纸杂志、广播电视上,张学法的名字频频曝光,同行们都戏称他为"土记者"。正是因为他的实绩突出,加上潜心学习,新闻业务和基本功扎实,通过考试,被《射阳日报》录用。从当年的青涩少年伴随着他那支稚嫩的笔一路走来,今天的张学法新闻通讯的写作越来越驾轻就熟,越来越朴实厚重,越来越有股大家风气和名角范儿。至今,究竟在中央到省、市、县各类报纸杂志上发了多少文章,我说不清,恐怕连他自己也说不清,只晓得他的新闻通讯作品集不断出现在我的书架上。

他,生来就是块新闻写作的料。

扯远了。还是回到他给我的这摞获奖作品上,说几句不一定恰如其分但肯定是我真实想法的话,聊以交差。

"嚼别人嚼过的馍没味道,蹚别人蹚过的路没筋道"。这两句话虽说不是学法的创造,却经常挂在他的嘴上。在新闻写作上,他总是强调一个"新"字,在他获奖的新闻通讯作品中,"新"随处可见。举一个例子,自打"分田到户,联片承包"生产责任制在安徽的小岗村推行以来,经过几十年的实践,证明了这一责任制形成对于调动广大农民的积极性、解决广大农民的温饱问题的确是发挥了重要的作用。但是,随着新的生产关系的形成,农村城镇化的快速推进,这一生产责任制形式已明显不适应新的形势。寻寻觅觅寻寻觅觅。人们在焦急地寻找适合新的形势、能够推动社会主义新农村建设、加快农民致富步伐的新生产关系。就在这种形势下,江苏省射阳县推出了"联耕联种",这种新型的生产关系一下子化解了多年来农村积累的种、管、收、储、卖等多方面的矛盾。张学法敏锐地捕捉了这一信息,他感到"联耕联种"这一新型生产关系形成的重大意义绝不亚于当初的"分田到户"。从某种意义上来说,这一生产关系的出现,将给农村带来不逊于解放初期"土地改革"的革命性变化。张学法赶紧用手中的笔记录下了这具有历史意义的一刻。很快,射阳县推行"联耕联种"的新闻出现在了《人民日报》《光明日报》《经济日报》《中国青年报》《新华日报》以及中央电视台、人民网、新华网、新浪网、腾讯网等全国各大主流媒体和重要网站上。此稿不仅获得 2014 年度江苏省县、市新闻中心系统好新闻评比(消息类)一等奖,还获得了"2013 年中国全面小康十大民生决策奖"。

顺便说一句,"联耕联种"已在全国近 30 个省(市、自治区)推广,至今,到射阳取"联耕联种"经的全国各地的客人仍络绎不绝。

当今中国社会,改革创新是"蒿青草绿芦芽短,正是河豚欲上时",重磅消息似雨后春笋,层出不穷。从顶层设计到基层实践,无不激满着改革创新的热潮。作为记者,张学法始终紧盯着这个充满着时代活力的社会,敏锐似猎犬的耳朵,随时准备捕捉那些可能瞬间即逝的重大新闻。一分努力,一分收获。这样的稿件在他这几年获奖的新闻作品中亦随处可见。

2008 年,第四十届奥林匹克运动会在北京举行。大赛组委会向全世界征集运动会主题歌曲。谁也没有想到,这么大的一件事,苏北射阳县乡下一位名叫薛子君的姑娘竟然参与了,她一口气写下了 27 首歌词,竟有 24 首入围。奥组委给她寄来了运动会入场券,让她以贵宾身份观看奥运会比赛。无论从哪个角度看,这都是一条非常有价值的新闻,谁能抢先捕捉到,谁就能有获奖的机会。要知道,有人写了一辈子的新闻,还没有尝到站上领奖台的滋味。还是张学法捷足先登,他不仅在第一时间采访了薛子君,还在第一时间把稿件发往新闻单位,并在第一时间从县到国家四级层面的多家新闻媒体上刊发了这篇稿子,真个是"扯起葫芦带起瓢",来自北京、重庆、台湾等多家影视公司还"挖"出了薛子君创作的网络小说《玫瑰洞》,准备把它搬上荧屏。

如果说对于新闻的敏感、对重要新闻的追求是张学法新闻写作取得成功并获奖的"别别窍"的话,那么,对于特大新闻的强烈关注则是学法新闻写作获奖极大成功的重要抓手。恰恰就是在这一方面,学法有着他的过人之处,那就是"三先",即"先于人之所闻,先于人之所动,先于人之所成"。

在张学法获奖的新闻作品中,"射阳推行'联耕联种'""薛子君 24 首歌词入围奥运征歌",不仅有着对新闻必须有的"新""重"这两大要素外,还兼有"特"这一不同凡响之处。众所周知,新闻新闻,是指在最近的时间里发生的能够引起人们广泛兴趣、吸引人们广泛注意、甚至能够引起高层的高度关注进而改变某些政策、做法的见闻。毫无疑问,好新闻不仅要新、要重、还要特。学法深谙其道,所以,他就像拖着一条结实的"大口袋",所过之处,不论是新的重的抑或是"特"的新闻,无不尽收囊中。除了上面谈到的两篇外,通讯《当面锣对面鼓,事关群众冷和暖》、消息《射阳首例器官捐献者六岁女孩捐出的器官成功挽救三名重症患者的生命》等获奖新闻作品,说的都是"特"。前一篇的"特"

表现在"无职党代表"监督、质询"有职党委员"关心关爱群众安危冷暖的事,而后一篇的"特"则表现在小月庭的父母在征得患脑干胶质瘤、生命垂危的六岁女儿小月庭的同意后捐出肝脏和肾脏挽救了三名重症患者生命的感天地泣鬼神的大爱故事。在读这篇通讯时,我泪流满面,读了三遍,泪流了三次。不是说"男儿有泪不轻弹"吗?那是因为未遇"伤心事"。我"泪弹三次",就是因为我读到了这篇大爱无疆非得让我泪流满面的好通讯。

　　说句实在话,作为新闻记者,在采访和写作中要做到不放过任何一条有价值的信息委实不易,更别遑论能够做到"新、重、特"了。张学法做到了!那么,他是如何做到的?窃以为,起码有三点,是张学法在新闻采访和写作中,始终掌握着主动,掌控事件发生、发展节律的要诀。

　　这第一点就是勤。"勤"是做任何事都能取得成功的关键。有句话叫勤能补拙,意思是即使你比较笨拙,心不灵手不巧,但只要你能做到勤,那么,你就一定能披荆斩棘,就一定能胜利地到达成功的彼岸。学法勤的功夫了得,加上他本身就不拙,心既灵手也巧,这一有机结合,该会产生多大的能量和化学反应,大凡能动脑会思考的不会不知道。近一段时间,我受邀为《射阳日报》做点校对工作,更是耳闻目睹了学法的"勤":报纸缺稿,任务交给学法,哪怕是到夜里八更八点,他也会把任务完成;县(市)报评好稿,学法一下子就交出了 26 篇稿件参评,竟有 24 篇获奖,其中获一等奖的就有两篇。哲人以为,一定的数量反映一定的质量;没有量的积累,就没有质的飞跃。张学法从事新闻写作的 30 多年,就是以"勤"驱动着数的积累和质的提升。

　　这第二点就是严。严,严于律己也。张学法采写的稿件,且不说新闻要素齐全,新闻发展的脉络也十分清晰,合情合理,让你根本找不到生拼硬凑、狗尾续貂、事件发展合情不合理或合理不合情的半点痕迹。究其原因,就是因为学法在新闻采访与写作中,坚持寻根问底,"寻问"到连一个细节也不放过。笔者曾亲历学法的一次采访,那是多年前,学法采访了临海镇的一位先进人物,准备写作一篇人物通讯。动笔时他才发现,被采访对象的一组先进事迹缺乏佐证,尽管在写作中不需要这些佐证,但为了对被采访对象负责,更是为对新闻的真实性负责,第二天他又赶到了那个村,接触了村干部和被采访对象的左邻右舍,直到把"大儿属鸡,二儿属狗"揞得实实的,才放心动笔。

　　学法不仅严于律己,还用严于律己影响和带动他人。《射阳日报》每天的稿件有很大一部分出自他的科室的记者编辑之手,换句话说,就是在支撑报纸的稿件中,他们科室挑了大梁。能做到这样,与学法的个人魅力密不可分,是他的榜样作用影响和带动了大家。学法有两句话经常挂在嘴上,一句话是"该今天完成的事绝不拖到明天";还有一句话是做报纸的人必须做到"万无一失","那是因为一失万无"。在他的言传身教下,眼下,这两句话几乎成了他们科室所有人员的口头禅和座右铭。

　　这第三点就是实。张学法有今天的成就,绝非一朝一夕之功,其中有成功的欢乐,有挫折的彷徨,更有失败的痛苦。然,不论是欢乐、彷徨还是痛苦,都不能把他捧杀,也不能把他棒杀,更不能动摇他的意志与定力。我记得清楚的还是学法采访临海镇那个典型的事,《新华日报》要求县委宣传部做好临海那位先进人物的后续宣传报道,稿件要在一周内传至报社。无巧不巧的是,部里负责新闻宣传的几位同志正好服务于《人民日报》在射阳进行的一个新闻调查,实在抽不出人手去临海,任务理所当然的又落到张学法身上。学法写得很快,但报社退稿也很快,说稿件人物性格不鲜明、主题欠突出、标题亦难入目,要求推倒重来。学法没有沮丧,更没有怨言,而是一头扎进了那位先进人物的家,从生活、学习、劳动等各个方面观察典型的事迹,理解典型的做法,体会典型的意义,终于水到渠成,稿件在《新华日报》一版显著位置刊出。

党的十八大以后,党对新闻宣传的要求更是更严更实。学法已年逾半百,功成名就,按理说可以刀枪入库、马放南山,清闲度日了。但他仍然精神抖擞地战斗在新闻采编的第一线,走村串户,终日不闲,为实践着党对新闻工作的要求废寝忘食,为他深爱着的新闻事业踏石留印、抓铁留痕。或许,这才是张学法每每能掘得新闻富矿的根本原因。

(2016 年 6 月 4 日)

敏锐张学法

贺寿光

1993 年底,射阳县委任命我为刚创办的《射阳日报》的总编辑。随即招贤纳士,一位有点土气但满是灵气的年轻人进入我的视野。这个人就是今天出了五大本书的张学法。说他自学成才,说他勤奋刻苦,说他爱岗敬业,说他有灵气接地气……都对,但都不够完整。面对他的五本著作,我从字里行间读出了五个字:敏、锐、张、学、法。

敏,是学法新闻工作征途上的最大亮点。他似乎有一种特别的新闻敏感性,一句话、一条小道消息、一个突发事件,都能引起他的高度关注,并且千方百计赶赴现场、深入采访,总能在第一时间赶出稿件,发往报社,迅速见报,而且往往引起较大的社会反响。新闻敏感被西方新闻界称为"新闻鼻",它是记者政治素质、业务素质的集中体现。有的人身在宝山不识宝,让好新闻白白失去价值;而新闻敏感力强的记者,却能够从错综复杂的客观事物中,"嗅"出新闻味,从而写出有价值的好新闻。张学法就是一个特别有新闻敏感的民间高人。新闻敏感从哪里来?不是与生俱来的,也不是天上掉下来的,用学法自己的话说:"新闻敏感来自新闻实践。"他还说,记者每天的工作应该是 24 小时。就是说,记者应当保持随时随地观察、调研、思考、发现……这么一来,坐汽车、上饭馆、逛大街、游公园,都可以发现好的新闻线索。20 多年前,他获得江苏省报纸好新闻奖的稿子《种粮大户杨定海的困惑》,就是在办公室走廊里拉家常拉出来的新闻线索。而在近年轰动全国的"联耕联种"系列报道,却是在田间地头,用"脚"写出来的。同样一个"敏"字,有人"敏"思苦想却一无所获,有人嗅觉灵"敏",好稿不断,就是因综合素质的区别,"敏"得不在一个点上。

锐,是每位新闻工作者直面的新闻风格之一。锐新闻、锐话题、锐博客……锐气十足,引人注目。学法的风格就有点"披坚执锐""锐意进取",保持着一位正直的新闻人应有的锐气。1995 年前后,全国许多地方还在大力度组织农民工"出征",就是进城务工。而张学法在农村采访时,却发现了令人忧虑的大问题:许多地方年轻人都被组织去"出征"了,家里留下的只有老人和孩子,成批量的农田被抛荒。他大胆、大声疾呼:"这从根本上动摇了农业的基础地位!"他写了一篇透视性质的评述性新闻《青年农民大流失》,在全国性报刊发表,引起较大反响,有些地方不再动员农民工大"出征",回过头来组织在外打工人员"凤还巢",为巩固农业基础地位做了一次"锐呼吁"。后来,他的这篇稿件获得全国科技报优秀作品二等奖。现在看来,这似乎已不算什么"锐话题",但在 20 年前,绝不是一个轻松的选题。这是需要一个新闻人用"道义、良心、责任、胆量"来做出的"锐回答"。

张,这里表述的意思同新闻人文字风格有关,同新闻人为人性格有关,但同学法的姓氏无关。读过张学法系列文稿,总感到他的笔底风格、身上性格、为人志格,竟都同"张"字相关。其一是"张力"。他的相当一部分作品,特别是人物通讯,写得很有张力。他的笔下,有歌曲《一个真实的故事》的原型、牧鹤姑娘徐秀娟,有闻名全国的农技铁人姜德明,有从大学生村官成长起来的建功立业典型郭碧玉,还有种粮大户、企业家、法律工作者……几乎涵盖了各行各业的优秀人物。这些人物通讯、人物新闻,有一个共同点:质朴、真实、可信,有质感!用评论界的专业术语讲就叫有"张力"。女作家张晓惠认为,面对面的发现,心与心的叩问,这该是所有写作者放在心上的。张学法笔下的人物,从心迹到足迹到事迹,读来可亲可敬可信。学法自己则说,他是在与时代人物同行。《人民日报》社华东分社副总编辑顾勇华建议,阅读学法的作品,应当注意分析作品产生的背景及其意义,而不单是写作技能的欣赏。一部作品,反映一个时代。这就是对学法作品"张力"的一种肯定。其二是"张扬"。中国人历来倾向低调做人,不张扬。但是,当代人已经不怎么认这个古理。有人说:"如果五星红旗含蓄,她怎能迎风飘扬给人以方向和力量呢?!"学法的文字,也是低调同张扬相伴,比如调查报告《关于解决我国城镇居民口粮价格倒挂问题之我见》,被《人民日报》摘发多字编进大内参,供高层领导作为决策参考。张锋先生认为这是学法具有"新闻胆",本人不持异议。但同时也要归纳到作者的性格类型里,本人认为学法是低调而不甘低调,张扬而不事张扬。举例说明:他在书末有个附录,设了两个子栏目,一个叫"部分获奖作品篇目",一个叫《人民日报》用稿篇目,看一下,吓一跳,他不仅是位"获奖专业户",更是位把《人民日报》当成"自留地"耕种的"笔耕者"。一个最基层的新闻工作者,从业 20 年间,发表作品 4000 多篇,其中在《人民日报》发表的稿件就达 63 篇,获奖 100 多次。为人若低调,这些谁知道?就连曾经的老总编,了解也不那么清楚,不张扬一下,行吗?其三是"张弛"。学法写过一批有质量、有分量的重头稿,也写过许多短新闻、超短新闻。他自己说:由于采访和写作时间仓促,大多数是急就章,因此有些作品表现手法单一,思想深度发掘得不够,有些作品缺乏生动的细节。但这些作品都是自己身上掉下来的肉!这就对了。如今是个"微时代",微信、微博、微新闻……快餐文化流行。看书看个皮,看报看个题。况且,新闻是易碎品,手快的打死手慢的,记者必须练就倚马可待的写作基本功,每篇作品都要磨成精品是不可能的。为人为文,都应当张弛有度,一般新闻抢速度,重点稿件谋力度,平凡而不平庸,就是高度。张力是学法的质感,张扬是学法的骨感,而张弛则是他的"肉"感!

学,是所有新闻人"赶考"的必答题。学法对这个字交出的是一份堪称优异的答卷。作为一位土生土长的土记者,能在全国各大报刊不断发表作品并不断获奖,除了热爱家乡、勤奋写作之外,更重要的是学习。他刻苦钻研新闻业务,使自己分析问题的能力不断提高,采写技能不断长进。今天的张学法,文化程度是大学。可他的第一学历只是高中,而且是农村的高中。他被媒体采用的第一篇大作,写了一百多字,亲自乘汽车送往广播电台,回家趴在广播喇叭边收听三天,才在简明新闻里听到他的文章,还剩几十个字。一句话,他当初对新闻的心是很热的,底气是不足的。今天的成功,得益于不忘初心,得益于不断学习。为了提高自己,他自学了大专课程,又接受函授,考到了大学文凭。说他是终身学习的典范也对,说他是自学成才的榜样也不错。他还通过撰写新闻理论稿件,"逼"着自己不断学习新的新闻理论,不断以新的切合实际的新闻理论指导自己的新闻实践,这才有了颇为惊人的写作成果。清代彭端淑在《为学一首示侄》一文中写道:"人之为学有难易乎?学之,则难者亦易矣,不学,则易者亦难矣。"这句话,是张学法三十年新闻工作的写照,也是他走向成功的印证。

法,是各种新闻教科书都有的条文。如"新闻五要素""标题制作 18 法""通讯的 18 种开头方式"……林林总总,至少几百种"法"。这对初学者,是一种写作入门的"路线图",掌握它,可以少走弯路,写出中规中矩的新闻作品来。但如果一直按"图"索骥,依"法"作文,是无法写出好新闻的。古人云:法无定法,贵在得法。学书法的人,一般从临帖开始,叫作"入帖",写到一定程度,就要"出帖",写自己的字,走自己的路。张学法起步时,由于不得"法",多少篇"大作"如"泥牛入海"。实践逼得他"学法",从新闻"五要素"学起,写出了许多符合新闻规律的稿子。当他基本掌握了这些新闻写作法之后,又开始不满足于这些"法"的束缚,探索更能为受众接受、更能扩大传播效果的写作方法。他的通讯作品,打破了体裁限制,工作通讯有人物,人物通讯有事件,事件通讯见风貌,情、理、人、景相互交融,可读性大为增强。他的调查报告,注重典型经验,解剖社会基本情况,在调查新生事物的同时,揭露社会问题……写法灵活,内容厚重,有的编入高层内参,有的被主流媒体摘发、转发。用学法自己的话说,写作法是为写作的人指路的"法",而不是把写作者手脚捆起来的"法"。没有最好的写作法,只有最合适的写作法。是的,从"学法"入师,从"得法"出师,这也是写作成功的一条"基本法"。

敏、锐、张、学、法,五个字读罢学法五部书,敏、锐二字,是学法的新闻风格;张、学、法三字,则是对张学法人物性格及其外延的主观解读。读对的,共勉;误读的,弃之!

(《射阳日报》2016 年 12 月 14 日)

勤奋成就辉煌

邱训龙

我和学法同志熟悉较早,早在 20 世纪 80 年代我在乡镇工作时两人就熟悉了。九十年代我到县委农工部工作后,我们常有工作上的联系,加上我和他都是县政协常委,我们两家又住在一个小区,接触就更多了。我对学法有两点较深的印象:

一是学法是一位高产的记者。我查了一下,1993 年,那时他还不是专职的新闻工作者,只是县粮食局的一个通讯员,这一年他被市以上报纸采用了 22 个头版头条,而大多数是省以上的报纸,同时被采用了 44 个版面头条。这一年他总计发表稿件 246 篇。他从事新闻工作以来,先后在国家、省市媒体上发表 4000 多篇稿件,500 多万字。有些作品在《人民日报》《农民日报》中央人民广播电台等大报大台发表,上百篇新闻作品在全国、省、市好新闻评比中获奖。作为一个草根出身的县级报纸的记者,这不能不说是一个奇迹。

二是学法是一位能沉到底,接地气的记者。记得 1996 年,有一次我看报纸时无意之中发现了他写的《"有一位女孩,她曾经来过……"》,这篇通讯是写驯鹤姑娘徐秀娟烈士殉职九周年纪念活动的。有这样几段文字深深地打动了我:

徐秀娟的妈妈见到当年被徐秀娟从东北带到射阳的丹顶鹤"沙沙"时,哽咽着说:"沙沙,妈妈来看你了……沙沙,你在这里生活了 10 年了,你就永远陪着秀娟吧,沙沙,你来看看我们,明天我们就要回扎龙了,沙沙,你就是我的女儿……"

徐秀娟母亲在女儿墓前的一段话:"娟啊,妈妈好几年没来看你了,家里很好,今天我们就要回去了,爸爸妈妈年纪大了,不知能不能再来看你。今后,小妹和哥哥,还有侄儿、侄女会常来看你的。"

……船载着徐铁林一家人慢慢地离开了墓地,船刚行几十米,一条一尺多长的大青鱼竟从河里跳到了船上,秀娟妹妹怡珊激动地捧着大青鱼说:"是姐姐,是姐姐!"到了岸边,怡珊依依不舍地把青鱼放到了河里。

看到这里,我再也控制不住,眼泪滴落在报纸上。我天天看报纸,看报纸能让我这个七尺男子落泪的罕见加罕见。看完学法这一佳作,我当即就意识到,这样的文章绝不是坐在办公室里想出来的,如果不是身临其境是绝对写不出来的。事后我问他,这一篇催人泪下的通讯是怎么写出来的?他告诉我,他为写这篇文章,在丹顶鹤保护区住了几天,他自始至终参加了整个纪念活动,和徐秀娟的家人一起坐船到墓地,寸步不离地陪着秀娟的亲人。

这件事很有典型意义,它清楚地告诉我们:好新闻是用脚走出来的,是耐着性子"蹲"出来的,只有真实才能打动人。习近平总书记寄语新闻工作者:"基层跑遍,跑深,跑透了,我们的本领就会大起来。""基层干部要接地气,记者调研也要接地气。"学法同志是践行新闻工作者"走、转、改"的典范,他把走基层作为记者的基本功,是一种"修行",这是他能写出诸多精品力作最根本的原因。

正是《"有一位女孩,她曾经来过……"》这一佳作,使我重新认识学法,对他高看一眼。

透过学法新闻人生的成功轨迹,我还有两点感悟:

第一,好新闻不是"大记者"的专利,"小记者"照样可以出大作品。摆在我面前的有学法的三本书,共收录了他的新闻作品353篇,这些作品可算得上是新闻作品的"高原"之作,其中也不乏《"有一位女孩,她曾经来过……"》这样的"高峰"之作。一个县级报纸的记者,能写出这么多的好作品,实在难能可贵。实践证明,"大记者"有"大记者"视野开阔的优势,"小记者"也有贴近基层,贴近百姓,贴近实际的优势。学法以他沉到底采访的踏实作风,以他独特的新闻视角,以平实的百姓语言,写出一篇篇脍炙人口的好作品,这令有些"大记者"也望尘莫及。

第二,学法的成功,除了他的天赋以外,最主要的是他的勤奋。他送我的三本书,有两本书的扉页上有他的照片,照片上的学法英俊潇洒,风度翩翩,可今天的学法,已显苍老,岁月的年轮爬上了他的脸,背也略驼了。他挚爱他的新闻事业,几十年付出的太多,吃的苦太多。用他自己的话说,经历了苦、累、病、穷的折磨。为了事业,他牺牲了许多假日和爱好。前面提到的"高产"记者也好,"沉到底,接地气"的记者也好,这都需要勤奋,需要吃苦。他的30多年的新闻生涯,可算是"撸起袖子加油干"的30多年。今天,记者的工作环境,工作条件已较过去有了很大的变化,很大的改善,特别是互联网的出现,使很多记者"秀才不出门,全知天下事",他们写稿子有很多捷径可走,可科技无论怎样进步,都不能代替记者深入实际,面对面的采访,"嚼别人嚼过的馒头没味道",学法正是这样走过来的,勤奋成就了他的成功。

(2017 年 1 月 22 日)

认识张学法

严虹雷

　　射阳是个好地方，钟灵毓秀，人杰地灵，出了不少能工巧匠、奇才翘楚，尤其在文字编织领域，更是人才济济。在这支文字编织队伍之中，张学法算是其中之一。

　　作为同是以码字而改变命运的我，认识张学法是 1986 年秋天的一个傍晚。当时我在射阳县文化局剧目工作室工作。一天下午，我接到八大家油化厂办公室一个叫张浩杉的人打来电话，说临海镇有个残疾人叫钱亲华，身残志坚，练就了一手剪纸绝活，作品已发上了国内多家大报，有一定的宣传价值，想请我去看看，搞一点宣传。我是搞剧目创作的，弘扬主旋律是剧目创作的主要方向，发现和收集主旋律题材有益于创作，于是就乘班车赶了去。傍晚时分，我来到了八大家油化厂。在工厂门口，一个小青年见了我就迎了过来，说你是文化局的严老师吧？我叫张浩杉。我一看，这个叫张浩杉的是个二十出头的小伙子，从他身上横竖看不出一点书生之气，他怎想起要我来宣传一个残疾人呢？是不是他自己在写作方面也有所爱好，还是这个叫钱亲华的残疾人和他家有什么亲戚关系呢？货到地头死，人已来了，我觉得就无须想这么多了，好歹去采访一下看看吧。当晚，我们草草地吃了碗面条，借着月色听着秋夜的虫鸣赶到了钱亲华的家。通过交谈，我发现钱亲华确实有过人之处，身患高位截瘫，自习剪纸，成绩斐然，而且对人生充满了乐观，还能说一口流利的普通话。就凭这一点，他就是一个不平凡的人。于是我就写了一篇通讯，发在了一本生活类杂志上。这次对张浩杉接触虽然印象不深，但我发现他与钱亲华无亲无故，他请我写钱亲华，纯粹是出于对新闻写作的热爱，对美好生活的向往。

　　让我真正记住张浩杉名字的是 1988 年的秋天，当时他写了一篇有关钱亲华事迹足有3000 字的通讯稿，特地跑到县电影公司后面的文化局宿舍找我看稿。他一脸虔诚，耐心地等我看完后，问我写得怎样，能不能寄出去？我虽然给稿子提了一些修改意见，但从谋篇布局、语言结构上看出，这个已经改名叫张学法的年轻人，虽然还处于新闻写作的学习阶段，但他对新闻写作的追求与历练，已非一朝两日之功了。文字流畅，脉络清晰，这对一个初学者来说，能写成这样已经很不容易了。我当时搞的是文学和戏剧创作，对新闻写作略识之无，但从他的字里行间看出，这个叫张学法的如果有好的写作环境，日后很可能练成一个写新闻的高手。理由有二，一是年轻，二是执着。

　　是金子总会发光，是人才不会被埋没。1994 年《射阳日报》复刊，负责报社工作的贺寿光将张学法"挖"进了报社。在这之前,张学法已在县粮食局受聘了3年,专事宣传方面的码字工作。可以说,贺寿光之所以把张学法"挖"来,是他看到张学法在新闻写作方面已有不菲的成绩,特别是在捕捉新闻线索、挖掘新闻题材方面,有着独到的见解和胆识。特别是一篇《六垛农民大抛荒》,曾引起不小的新闻效应。这篇实事求是的报道,本来事不大,正因为发表的报纸太大了,让张学法在写新闻方面一下子出了名,同时也让张学法看到了新闻的力量。在之后很长一段时间里,尽管张学法没有搁笔,但每当抓笔,他都临深履薄。进了《射阳日报》社,张学法可说是如鱼得水,一直想当记者的夙愿实现了,锻炼展示自己的机会终于来了。他凭借自己对新闻题材敏感的把握度和独到的认知度,打出了一篇又一篇力作。

1993年秋,我调到《盐城晚报》社,负责报社在射阳方面的工作。我的写作才能都是射阳培养的,这一点至今我仍心存感激。就当时而言,尽管晋才楚用,但我人在射阳,自然要为射阳的宣传做一些贡献。我是写小说的家底,写新闻写来写去总是觉得不如张学法。张学法写的新闻稿,除了在本地报纸发发,还经常发上省市报纸以及国家大报,尤其见他经常收到一摞子稿费单,心中总会生出些许自叹弗如之感。细想想,隔行如隔山,我擅长写人,他擅长写事。我能把人写活,他能把事写深,各有所长。我曾一度揣摩他发在大报上的报道,发现他捕捉新闻线索的能力是我所不具备的,加之晚报对稿件的要求与党报存有差异,除写稿而外,还有其他事务,难更仆数,于是也就不再研究了。

张学法并非科班出身,凭借他的刻苦自学和不懈的追求,在语言表达方面已有不小的长进,不少人物报道他已经摆脱单一说事的写作路数,在"写深""写活"方面有了一定的功夫,且语言能够做到"文人化"了。如写书法家唐峥嵘的,说他的书法"五体兼修,初学颜柳,后入二王,尤以行书最长,能将王羲之的《兰亭序》临得几可乱真……多年来他心无旁骛,搦管临池,略无懈怠。其书法融碑铸帖,多元结合……"这看似简单的寥寥几句,没有一定的文化底蕴和笔尖功夫,是写不出这些文字来的。

张学法为人诚实,做事认真。凭着他独到的新闻捕捉能力、成熟的写作技巧和天生的写作天赋,涉猎范围大到县内大事,小到百姓生活,都是他的新闻写作题材,而且频频获奖。他没有别的爱好,唯一的爱好就是做新闻,做好新闻。这对一个新闻工作者来说,确实是难能可贵的。凭着张学法对新闻执着追求的精神,我相信把他放在再大的舞台上,他都会出彩。

这就是我对张学法这个同行的认识。

(2016年8月3日)

张学法,宣传射阳大米第一人

张昌礼

射阳大米,何以从名不见经传到名扬神州,有过多种说项。但一个十分关键、易被忽视的是对射阳大米的宣传。有一个十六年如一日,一直坚持跟踪报道射阳大米品牌建设、产业发展的人,这就是《射阳日报》记者部主任张学法。他是宣传射阳大米的第一人。毫不夸张地说,没有张学法的宣传报道,难有射阳大米今天的辉煌。张学法功不可没。

难说"好酒不怕巷子深"。射阳大米好品质也是有了多年历史,可协会成立前连续遭遇严重"卖难"。说明"好酒也要会吆喝"。随着 2001 年协会成立,坚持实施品牌战略的指导思想,新闻嗅觉异常敏锐的张学法抓住一系列亮点,通过连篇累牍的报道,将射阳大米引出"深巷"。

在我编著的《静待春暖奏华章》《仙鹤舞处稻米香》几本射阳大米创牌实录中,收录了近 200 篇 30 万字的发表在报刊等各类媒体的报道、通讯,绝大部分出自张学法之手。

品牌创建的若干措施中,有一种叫宣传。宣传的方法、途径多种多样。如各种广告、参加会展、举办节庆、参与评价、组织展销等,还有一种通过新闻报道来宣传。花巨资做广告,猛轰滥炸,有一定效果。但大米行业是微利行业,很难像酒类、化妆品、药品类广告那样,通过"高价撇脂"的策略,收回巨额的广告成本。能在央视做大米广告的仅有中粮、益海等企业,因为他们有油脂等其他产业支撑。

而通过新闻媒体报道,公信力强、受众广,是不需付费的宣传方式。通过对举办大米品尝、展销、经贸洽谈等活动,射阳大米产业发展的各项措施,品牌建设、产业发展的成果,进行广泛宣传报道,取得品牌创建成果,射阳大米不失为一个范例。

学法主任《射阳大米新闻报道》专辑,凝聚着一个新闻工作者的心血,显示出如下特点:

一是时间跨度长。从 2001 年 11 月 24 日在《射阳日报》以《县大米协会成立》第一篇报道开始,至今已有 16 个年头,其一直专注射阳大米,连续进行新闻报道。16 年在历史的长河中是短暂的一瞬,但对一个新闻工作者,16 年坚持关注,十分难能可贵!

二是扩散媒体广。2002—2003 年,连续在上海、南京、苏州举办大米品尝会,每次活动张学法都跟踪采访,经常饭也顾不上吃,几个小时内形成新闻样稿,直接或通过各媒体同行们向相关媒体发稿,包括新华社、中央人民广播电台及《人民日报》《经济日报》

《农民日报》《粮油市场报》《解放日报》《新民晚报》《新华日报》《扬子晚报》《盐阜大众报》《中国工商报》《中国消费者报》《射阳日报》等，同时在政府、农业、粮食等相关网站宣传。这些报道宣传，在各地，特别是主销区形成轰动效应。

三是纪实内容全。从《射阳大米新闻报道》专辑可以看出，几乎记录了大米协会的全部足迹，品牌建设、产业发展，各项成果、各种举措……应有全有，堪为协会成长过程的缩影，是一份珍贵的史料，也是一个新闻工作者一份沉甸甸的果实。

四是文稿质量高。关于射阳大米报道不乏好新闻。上海、苏州等大米品尝会，既有现场品尝米饭的生动报道，又有各界人士鲜活的交流、评价，不同凡响。《射阳大米·品牌战略催生产业聚变》，用活生生的事例，聚焦了品牌的力量，在《农民日报》发表，并加了"品牌论道"编后语。该文收入了2015年《射阳年鉴》。

《射阳大米新闻报道》专辑折射出媒体人的优秀品质和敬业精神，为射阳大米产业的发展留下一个记录，也为其人生留下一抹浓墨重彩。这本专辑，显示了这个接地气的新闻工作者的优秀品质，他敬业、勤奋、钻研、执着、廉洁。

他很敬业。他是鹤乡土生土长的新闻工作者，满怀宣传家乡特产的热情，一直关注着射阳大米品牌建设、产业发展的点点滴滴。16年如一日，不离不弃，与产业发展同呼吸，共成长。射阳大米每有一个创新运作、举措，每有一项品牌建设成果，他都将其记录下来，宣扬出去，体现出一种责任感使命感。他为射阳大米鸣锣开道，摇旗呐喊，将其引出深巷，扬名四海，充分体现了一个敬业的新闻工作者的人生价值。

他很勤奋。政府、协会有较大的品牌创建活动，他总会闻风而至，一头扎进来便没日没夜地开展采访，写稿创作。比如在上海召开大米品尝新闻发布会，他不仅了解活动的主要内容，还争分夺秒地向与会各界进行采访，获取海量信息，使报道的新闻鲜活生动、丰富多彩。采访到足够素材，便埋头写稿，甚至连饭也顾不上吃，以最快的速度拿出样稿。不仅重点活动，就在平时，经常与协会联系，发掘新闻，许多我们认为是很平常的举措，他能从中寻找亮点，成为推动品牌建设、产业发展的新闻。他是一个不知疲倦勤奋耕耘的媒体人。

他很钻研。说来也巧，20世纪90年代，学法同志聘任在县粮食局搞通讯报道工作。我在粮食局分管粮食购销、财务等工作，发现他新闻嗅觉很敏锐，十分钻研。我们往往在相关会议讲话的一些观点、设想常被他捕捉。粮食工作的日常运作，他能从中找出具有代表性的问题。发现难点、热点、亮点，并以调研、新闻的形式报道出去，常常见诸《人民日报》等报刊。他有钻研精神不仅在新闻业务方面探索，更表现在对报道对象的研判，从国家相关政策、改革方面的大视角，捕捉新闻，如从品牌促进产业发展，品牌推动供给侧改革切入，升华射阳大米的亮点。

他很执着。他是一个有心人，主动追寻射阳大米品牌建设的脚步、产业发展的脉搏，我们有时候不重视通讯报道宣传，对他执意了解情况往往敷衍了事，甚至不予配合。而他总是不厌其烦，打破砂锅问到底。他的执着精神令我十分感动。有时候很一般的情况、活动,我们不认为有多少新闻价值,而他都能从中发掘新闻。他对事业的执着还表现在千方百计扩大新闻的影响力,主动与各新闻媒体人对接、求教、求助。人民日报社华东新闻部的总编辑顾勇华对学法同志十分赏识,从而对其给予支持、帮助,这也是他对事业执着追求的回报。

他很廉洁。学法主任有一种简洁、高效、清廉的行事风格,协会在外地、本地的种种活动,凡是留餐的他基本不参加,或者简单地用一点便投入到工作中去。在他身上找不到半点有些媒体人之"无冕之王"的影子。他热情地为协会、企业、个人写新闻、通讯,从来不求回报。有朋友找他搞几袋射阳大米,他一定是付费的。他说:"你们协会是非营利社团组织,你们为农民办实事,我给你们写点新闻也是为农民办实事,是应该的。"在我们心目中的形象,他是高大的。

(2018 年 5 月)

接地气　有新意

彭辰阳

作为一个县报记者,张学法先生过去一年发表了 25 万字的新闻作品,数量之多,采访之勤,敬业之深令人叹为观止。粗粗翻阅,印象最深的还是觉得他的这些作品十分接地气,有新意。这里妄评并介绍其中每次发表均被境内外媒体转载的几篇,既作为读报心得,又希望能给基层媒体同仁有些启发。

——发表于 2015 年 3 月 3 日《射阳日报》的通讯《让爱不再缺席》

今年 4 月 6 日,教育部、公安部、农业部等 27 个部委发文,建立留守儿童问题部际之间联席会议制度,组织领导统筹协调关爱留守儿童工作。作者在去年就先人一拍,通过几个小故事,向社会提出"让爱不再缺席"这一全社会关注的问题,尤其是第三个故事,介绍一个幼儿园"接纳留守儿童已经超过 1300 名",树立了一个解决问题的好典型。据了解,作者近十年连续跟踪研究报道留守儿童问题,深知留守儿童及家长之痛。他选择春节这个特殊时段深入采访几位留守儿童及家长,感受留守之痛和分离之苦。与此同时,他重点采访了一家接纳留守儿童 1300 多名的幼儿园,该园老师们给予留守儿童父母般的爱,真挚的情。从这一幼儿园的做法,让人们看到了解决问题的办法。

——发表于 2015 年 5 月 15 日《射阳日报》的消息《志翔公司:让员工实现了体面劳动》

这条消息以翔实的数据、生动的事实,诠释了习总书记"努力让劳动者实现体面劳动、全面发展"的要求,选题准确。去年 5 月,作者赴志翔公司准备拍摄该公司产销两旺的新闻图片。拍完图片和公司董事长闲聊时,董事长始终强调要让员工在家和亲人面前有面子。作者顺藤摸瓜,"聊"出了该公司为实现员工体面劳动的一系列措施。他觉得一个民办企业处处为员工着想,舍得在员工身上花钱,可敬可书,当晚一个小时就写成了这条消息。该文在《射阳日报》和《江苏工人报》发表后,有数十家企业和工会组织来该公司学习取经。该公司在许多企业用工紧缺的形势下,前来应聘的大学生和年轻人络绎不绝。

——发表于 2015 年 7 月 17 日《射阳日报》的消息《"射阳大米"品牌价值飙升至 49.76 亿元》

这条消息短小精悍,却披露出"射阳大米"品牌价值 49.76 亿元,列全国第 11 位,是全国排名最高的大米区域公用品牌,也是江苏入选品牌排名最高的农产品区域公用品牌这一重大信息。末尾一节,"县大米协会要求各成员单位,严格按照国务院关于积极推进'互联网＋'行动的指导意见,不断创新思维,促进产业嬗变,转型升级,将射阳大米产业融进互联网技术,把射阳大米产业建设成环境友好、生态节约、质量安全和技术领先的农业产业。"实际上就是宣传的现在提倡的供给侧改革。射阳大米协会成立已十五个年头,作者一直跟踪报道射阳大米创牌和产业发展的过程。当射阳大米品牌价值升至 49.76 亿元的消息传来时,他第一时间写出这则消息,消息见报次日,射阳大米在长三角地区销售价上涨 10％,出现了排队购买"射阳大米"的景观。

——发表于 2015 年 10 月 8 日《射阳日报》的通讯《头顶梦想摘桂冠》

反映的是一个县级杂技团在第 15 届中国吴桥国际杂技艺术节的两场展演中,以零失误、高质量的完美呈现,艳惊四座,誉满杂坛,荣膺最高奖项——"金狮奖"。这本身就是一条"硬新闻",一个惊心动魄的"中国故事",再加上作者用《头顶梦想摘桂冠》的题目,巧妙概括了杂技的名称《扇舞丹青·头顶技巧》,自然引人入胜。纵观全文,作者把小演员们为夺取"金狮奖"的过程写得步步惊心,读毕不禁惊叹:这是一个全新的创意,这就是"挑战不可能"!原来,作者在获悉《扇舞丹青·头顶技巧》获得中国吴桥国际杂技艺术节"金狮奖"后,电话采访射阳杂技团负责人张正勇,了解获奖现场的盛况,和他交流创作排练节目的过程,同时,采访留守在家的杂技团人员,挖掘他们获奖背后鲜为人知的故事,写成了这篇通讯。该文发表后,凤凰网、新华网、人民网等境内外近百家媒体转载,在国内外产生了强烈反响。许多读者惊叹,在国际艺术节上,一个县级杂技团能获大奖,了不起!射阳杂技文化代表江苏率先走上了"一带一路"!

——发表于 2015 年 10 月 26 日《射阳日报》的消息《人民调解员张林建议被省人大立法》

这条消息反映了一名基层人民调解员贯彻依法治国的新视界,同时也反映出习总书记"全面依法治国"的理念已经深入人心。作者在县司法局采访法律援助这个题材时,偶然得知调解员张林的一条建议被省人大立法采用,他眼前一亮,随即找到了张林详细了解这条建议的起因和上书省人大被采纳的经过,写成了这则消息。该稿发表后,得到了司法界人士的广泛好评,也向广大读者普及了人民调解员的职能和作用等知识,向人们展示了人民调解员的风采。

——发表于 2015 年 11 月 13 日《射阳日报》的消息《凌如文一项发明专利为药农增收亿元》

农民增收问题一直是党和国家领导人高度关注的民生问题,也是全面达小康必须迈过的门槛。一个基层公务员一项发明专利为农民增收 1 亿元,说明我们的基层干部情为民所系,心为民所想,力为民所使,利为民所谋,在用自己的实际行动践行着我们党的宗旨,全心全意为人民服务。同时,又从另一个侧面说明中央提出的万众创新、全民创业的理念已深入人心。作者陪客人到洋马镇旅游时,偶然发现菊花还处在含苞待放阶段,没有成熟,却处处见到花农在采摘胎菊。他十分好奇,询问得知胎菊的价格比菊花高出近一倍。作者探究其原因,找到了洋马镇领办菊花企业的凌如文,深刨细挖,写出了这则消息。该消息发表后,在当地产生了强烈反响。菊花基地的洋马镇加大投入,完善了菊花产供销体系,胎菊的销售更是火爆,该镇当年实现了胎菊零库存的惊人业绩。

——发表于2015年10月30日《射阳日报》的通讯《他在鹤乡树起一座道德丰碑》

通讯不仅叙述了"全国见义勇为好司机"虞鹏救人的经过,而且深入探寻虞鹏的内心世界:"他淡然地说:当时情况紧急,没想那么多,救人要紧……我相信有良知的人都会这么做的"。看似平淡,实质反映了救人英雄的精神内核和力量源泉。"而对于虞鹏做出这样的英雄举动,腾飞出租公司经理并不意外",轻轻一笔,则巧妙介绍了"他在鹤乡树起一座道德丰碑"的"基座",放大了典型效应。2015年5月1日,当作者从县公安局交警队获悉虞鹏奋不顾身,从随时都有爆炸危险的车祸货车上,抢救卡在驾驶位置上无法动弹的司机的消息后,随即赶往现场走访当事人、出现场的交警和现场目击者,迅速写成了动态消息。2015年12月22日,作者获悉虞鹏荣获全国十大见义勇为英雄司机的消息,电话采访虞鹏,又到虞鹏所在的出租车公司采访,写成了《他在鹤乡树起一座道德丰碑》的通讯。稿件发表后,在全县引起了强烈反响,虞鹏的事迹在朋友圈中广泛宣传传播,在射阳交运行业掀起了学习宣传虞鹏的热潮。

——发表于2015年12月23日《射阳日报》的消息《我县社会救助实现全覆盖》

设立社会救助专项资金,将全县孤儿、特困家庭、单亲困难家庭、监护人缺失困难家庭等特殊群体,从出生到大学毕业前的生活、学习费用全部纳入政府托底救助。射阳的这个做法,在江苏全省乃至全国都是领先的,受到中央和省、市领导的高度重视,是这条消息的一大亮点。同时,也从一个侧面回答了精准扶贫扶持谁、如何扶的问题。社会救助是全社会关注的热点和难点,作者在采访中得知射阳的做法独特新颖,特别是救助困难大学生和困境儿童的做法在全国领先。作者采访民政、人社、教育等部门,又深入到受惠的困难大学生和困境儿童家中采访,写成了这则消息。该文在《射阳日报》发表后,中央和省市领导批示,肯定射阳的做法。

在写这篇评述文章时,从江苏省县市新闻中心系统好新闻评比委员会传来消息,张学法采写的通讯《让爱不再缺席》《他在鹤乡树起一座道德丰碑》《头顶梦想摘桂冠》分别获得一、二、三等奖,消息《我县社会救助实现全覆盖》《凌如文一项发明专利为药农增收亿元》分别获得三等奖。

人们常说,踏破铁鞋无觅处,得来全不费工夫。从作者以上这些采写过程看,写得"不费功夫",是因为"踏破铁鞋"深入采访接地气,熟悉采访对象,走进他们的内心世界,占有大量新闻素材;"不费功夫"还因为作者站得高看得远,意在笔先,"胸中有丘壑,笔下有文章"。而要站得高又因为作者有新闻的意识、新闻的眼睛、新闻的思辨、新闻的视角和新闻的切入点。作者名叫张学法,是否可以解释为学习写作得法,纲举目张呢?!

(《盐阜大众报通讯》2016年6月)

出水才看两腿泥

——从抢险救灾一组报道看张学法采访的深度

颜良成

最近,江苏省县市报研究会新闻评奖结果揭晓,《射阳日报》选送的新闻有 7 篇获奖。而这 7 篇作品中,张学法一人就占了 6 篇。在这次评奖中,张学法的获奖篇目和档次在全省名列榜首,就是在历次新闻评奖中也是绝无仅有的。我们不得不对张学法的新闻刮目相看。今年 6 月 23 日,射阳遭遇了特大龙卷风冰雹袭击,给群众的生命财产造成巨大损失。在《射阳日报》大力度报道抢险救灾的新闻中,张学法无论是外宣还是内宣,其新闻报道数量都高居全县之首,质量也堪称上乘。让我们从抢险救灾的一组新闻中,看张学法采访的深度。一斑可窥全豹,也不难探求出张学法之所以成为"获奖专业户"的奥秘。

深入带来的是鲜活的味道

6 月 23 日下午 3 时许,狂风暴雨向陈洋居委会五组袭来,顷刻间,房屋夷为平地,树木连根拔起。陈洋居委会五组老党员彭正兵家五间房子屋顶瓦片瞬间被掀掉。此时彭正兵听到邻居朱志余家传来救命的呼救声。他顶着外面碎石乱飞和狂风暴雨,一头冲了出去。朱志余、杨祥梅两位七旬老人被埋在废墟中。彭正兵徒手扒开砖块和杂物,首先救起了被压在橱柜下的杨祥梅老人。朱志余老人被压在堂屋的废墟里,老彭和邻居扒砖块、抬横梁,用了半个小时才把老人抬出来。被救出的两位老人都受了重伤。彭正兵顾不得自家猪舍倒塌,直到二位老人被救护车接走,才回家抢救财产。

这是张学法写的一篇现场新闻《老党员彭正兵暴风雨中救出七旬老夫妇》。背景交代、场景描写、动作刻画,给人以身临其境之感,这也正是张学法新闻的绝妙之处。

风灾发生时是下午 3 点多钟,张学法闻讯后,半小时就赶到了现场。狂风暴雨肆虐,打得人眼睛睁不开,两腿站不稳,而他全然不顾,一身泥水奔走在龙卷风后的废墟上,把最鲜活的新闻在第一时间见诸报端。深入一线,眼见为实,这是张学法的采访风格。

对记者而言要靠双脚去丈量这片土地,用双眼去检索这个世界。只有深耕基层,才能抓到活鱼,写出贴近生活和民生的新闻作品。"问渠哪得清如许?为有源头活水来。"基层一线是新闻的源头活水,蕴藏着最鲜活、最丰富的新闻资源。只有走下去,以一线群众为主角,注重群众的情感诉求,才能了解人民的所需所盼。真正的好新闻来自基层一线。真正的好记者也出自基层,只要记者肯付出艰辛的努力,就会得到丰厚的回报。

张学法深谙其道,他的新闻总让人感觉新鲜。他在《政府给了我们家的温暖》报道中这样写道:6 月 25 日上午,记者徒步 1 公里来到龙卷风受灾区陈洋居委会四组张正生家探访,只见 5 名瓦匠正在给他家的三间堂屋两间厨房的破损屋顶盖瓦,70 多岁的夫妇张正生和张秀芳老人正在清理庭院。……谈话间,张秀芳的儿子张栋提了两袋盒饭回来了,招呼前来做工的瓦匠吃饭。张栋告诉记者:"这几天每顿都有盒饭,救灾点还为我们送来了矿泉水、面包、八宝粥、电筒、蚊香、卫生纸、被子等生活用品,政府想得真周到啊!在大灾大难面前,政府给了我们家的温暖,我们更要恢复生活生产自救。"

这正是张学法新闻写作成功的自我揭秘。他以第一人称的手法,把需要表达的主题,活灵活现地表现出来。读者不禁为有这样深入现场、扎根一线、立足基层的新闻工作者点赞!

深入带来的是真情感动

贴近实际、贴近生活、贴近群众,是新闻工作者必须遵循的原则,也是新闻报道为人民群众所喜闻乐见,从而达到以正确舆论引导人,牢固占领舆论主阵地、传播社会正能量之目的的根本途径。打开近年来的《射阳日报》,你会发现张学法的会议新闻少之又少,大量的则是深入基层采访的深度报道、重头稿件和人物新闻。在他的笔下,无论是社会新闻、经济报道或人物故事,都会给人们带来一丝惊喜和感动。例如,他在通讯《救援中挺立的钢铁脊梁》中有这样一段话:"经济开发区派出所民警皋德刚第一个赶到受灾现场,休假的射阳籍武警战士徐杰助力公安搜救夜巡,县公安局党委委员、副政委周永生深入灾区疏导交通……他们充分发挥党组织堡垒作用和党员先锋模范作用,为一线受灾群众提供服务。他们是救援中挺立的钢铁脊梁。"在《群众自发为救灾公安干警送来披萨和饮料》消息中这样写道:"群众自发将从县城带来的披萨和热饮送到现场,发给坚守在第一战线的公安民警和其他搜救人员,暖了他们的胃,更暖了他们的心。大家还看到现场让人感动的一幕:一个受灾小女孩自己还未吃披萨,先拿一块送给执勤的交警叔叔。"没有现场亲历,没有亲目所睹,是写不出这样催人泪下的语言,更写不出感人肺腑的故事。

张学法历来都不是泡在会上"听"新闻、点击鼠标"摘"新闻、坐等通讯员"报"新闻,而是迈开双脚,一竿子插到底,在街头巷尾、田间地头"找"新闻。这次龙卷风冰雹灾害中,他坚持到"第一线",采访新闻事件"第一人",获取"第一手"材料,这些"第一"放在一起,就有了吸引读者那新鲜的味道。

在射阳抢险救灾最紧张、最艰苦的时刻,张学法由于成天泡在第一线,浸在风雨中,他生病了,持续的高烧,全身恶寒,报社领导和同事心疼他,劝他回家休息一下,或者睡个整夜觉。然而,总被他婉言谢绝。他没有停下奔忙的脚步,没有离开"战斗的前沿",

每晚熬夜成稿后,还要亲自到微机房操作,直至报样付印,他才放心地休息,常常熬到午夜零点。可第二天一早,在灾区又见到他忙碌的身影。他把心扑在采访上、融入稿件中,在自己感动的同时,带给读者感动。

深入带来的是新闻的深度

张学法已年逾半百,有着 30 多年的新闻职业生涯。在风风雨雨的 30 多年中,磨炼出了一双铁脚板、一颗敏感心、一支硬笔头。尽管如此,他也不敢远离生活、远离一线、远离他的采访对象。他始终坚信,要想离事实真相最近,就得离现场最近。

在射阳抢险救灾的报道中,他须臾没有离开现场,在纷繁复杂的人和事中,在风雨交加的抗灾现场,他不断地挖掘新闻"金矿",发现抢险救灾中的闪光点、感人处。他的《李进勇:在救灾一线光荣入党》通讯,读后让人荡气回肠,深深被抗灾英雄的言行感动。

"我志愿加入中国共产党……"7 月 1 日下午,"6·23"抢险救灾陈洋指挥部临时党支部在经济开发区陈洋办事处洋北大桥西南侧一片废墟上、被龙卷风吹倒的通信危塔前,举行了一场特殊的入党仪式。盐城市安顺起重安装有限公司董事长李进勇在党支部负责人的领誓下,面对鲜红的党旗,紧握右拳,庄严宣誓……铿锵的誓言,把对党和人民的忠诚及战胜灾害的决心镌刻在救灾第一线。

这样一个重大典型的发现,完全是张学法慧眼识珠的结果。其实,在这篇通讯之前,张学法还有一则消息《抢险救灾,我们不能"缺位"》,就是报道了盐城安顺起重安装有限公司董事长李进勇的先进事迹。

灾情牵动着盐城安顺起重设备公司负责人李进勇的心,当天下午,他赶到现场察看了灾情,24 日凌晨两点,就带着两辆大型吊车轰隆隆的开进了洋北大桥灾害现场,清理倒伏的树木和电杆,为救援人员第一时间开展救援扫清了障碍。……通过一天的连续工作,10 多个路障点被一一清除,打通了救援通道。……26 日一大早,他又调动 5 台大型起重机开往阜宁救灾现场。……几天出动的人力和机械支出有近 10 万元。但李进勇说,救灾如救火,我们有责任和义务担起无偿救灾的责任。

正是这篇报道,引起了射阳县抢险救灾指挥部和抗灾临时党支部的注意,也才有了后来救灾一线入党的新闻后延。

有人说,新闻要策划。李进勇的事迹,张学法虽然没有进行精心策划包装,可正因为他的深入采访和敏锐发现,才推出这一特殊典型,才有了后来的重要新闻事件。这一连串的新闻纽带,看似无心插柳,其实也离不开新闻人的敏感,于是,一切发展便在情理之中。

话再回到深入采访问题上,"深入"说来容易,但真正做起来并不那么简单。

当浮躁成为一种社会风气,并表现在部分记者身上时,张学法对自己的要求是沉下去。沉下去,就一定有新闻;沉下去,就能得到百姓的认可。在这次抢险救灾新闻报道中,大到通水通电,小到老百姓住宿吃饭,他都作了详尽报道。一些新入职的记者们往往东奔西跑,结果两手空空;而在张学法的眼里,则处处有新闻,时时出新闻。这就涉及"深入"和"身入"的问题,这两者缺一不可。用张学法自己的话说,只有身体融入抢险救灾一线,才抓到活蹦乱跳的鲜鱼,才能将新闻写深写透,写出老百姓欢迎的新闻作品来。

"闭眼难见三春景,出水才看两腿泥。"这正是张学法 30 多年新闻写作经验的结晶,也是他深入基层一线采访的真实写照。

(2016 年 7 月 10 日)

大地筑梦展芳华

——记《射阳日报》记者部主任、主任记者张学法

徐俊山　朱　剑　董丽君

　　35 年个春夏秋冬,他根植大地,播撒希望;35 个四季轮回,他揣梦而行,逐梦远航;35 个无悔岁月,他情注"三农",筑梦芳华。35 载一路走来,《射阳日报》记者部主任张学法倾心倾情倾力为农民兄弟代言,为农业发展发声,谱写了一曲为农、爱农、兴农的时代赞歌,走出了一条闪光的新闻人生之路。

向往远方　揣梦启航

　　有句名言说得好,"贫困是人生的财富"。一位诗人如是说,"有梦才有远方"。张学法先生的人生正是对"有梦才有远方"这一名言的最好诠释。20 个世纪 70 年代末,张学法高中毕业回乡务农。那个年代,黄海滩头的苏北射阳农村,物质文化生活极其贫乏。人多劳少的张学法家经济更是窘迫。起早摸黑的农田劳作、挨饥受饿的困顿生活,贫困的家境和苦累的农活并没有磨灭他心中的梦想,他始终没有放弃对知识的渴求。白天他下地劳动,夜深人静时,他便捧起书本,在昏暗的煤油灯下遨游知识的海洋,并尝试着把身边发生的新鲜事写成稿件投给县广播站。一篇篇寄托希望、放飞梦想的稿件成了广播喇叭里传出的清脆悦耳的声音,让他对新闻写作产生了浓厚的兴趣。繁重的体力劳动时常让他腰酸背痛,一个个手指上磨出的血泡变成老茧,一条条肩膀上留下的血印让他疼痛难忍,但丝毫没有冲淡他的写作热情。数九寒冬,冻得手指难伸、腿脚发麻,他活动一下,擦擦手掌继续写稿;盛夏酷暑,蚊虫叮咬、闷热难熬,他一边抓痒,一边擦汗,也没停下手中的笔。日复一日,年复一年,他以苦为乐,坚持不懈地把身边的好人新事写成新闻。功夫不负有心人。寒来暑往,经过几年的努力,他采写的新闻稿件先后被《人民日报》《农民日报》等 10 多家报刊采用,从此,他与新闻写作结下了不解之缘,并走上了筑梦人生的新闻从业之路。

慧眼做文　倾情发声

　　如果说辛勤笔耕让回乡青年张学法走上新闻之路,改变了他的人生轨迹,那么潜心敬业与敏锐的慧眼则是他走上新闻人生成功之路的风帆。一路走来,有着浓厚"三农"情结的张学法总是以新闻人特有的敏锐眼光,把新闻的触角伸向"三农"的最"深"层,抓

到问题的最"痒"处。1986年底,走上射阳粮食系统新闻宣传工作岗位后的张学法写作热情更加高涨。

出身农民家庭的他深知农民种地的辛苦。但粮食市场放开后,农民种粮卖粮遇到的问题与困惑让他陷入了沉思。他感到自己肩上沉甸甸的责任,并以高度的责任感和职业使命感投身到宣传"三农"、服务"三农"、为农民代言的新闻实践中去。1992年秋季,他下乡采访,发现因种粮亏损,不少农户秋播时竟然抛荒弃种。经过深入采访调查,他写出的《射阳粮农为何大抛荒》的调查,刊登在《农民日报》头版头条。这引起了盐城市委的高度重视,当即派来调查组实地调研,市县领导及时研究解决问题的办法,采取有效措施,切实减轻农民负担。12月初,射阳农民抛荒问题得到基本解决。他通过深入调查采写的《种粮大户杨定海的困惑》,在《盐阜大众报》一版显著位置加编者按刊发,并在《经济晚报》《经济新闻报》等报刊登。"杨定海现象"得到了中央、省、市有关部门领导的重视,国家商务部专门派员来到射阳调研,并要求各级粮食部门以保护价敞开收购农民的粮食,解决了农民的"卖粮难"问题。

几年里,张学法先后写了《苏北粮食收购大战硝烟四起》《农民为何弃田抛荒》《有钱为啥买不到粮》《粮价猛涨的背后》《粮价放开第一年》等50多篇反映粮食部门诸环节出现的矛盾和问题的稿件,敏锐地捕捉了一个个热点问题,折射出了在新旧体制交替时期,农民对市场经济难以适应的阵痛,提出了在新旧体制转换时期,广大农民更需要政府的信息、技术指导,需要粮食、供销、物资、种子、农机、银行等部门单位协调解决面临的新问题,反映了农民的心声,有效地保护了粮农的利益。

不忘初衷　情注"三农"

1993年底,《射阳日报》复刊后,张学法被选拔到《射阳日报》社工作,成了一名专业记者。应该说他实现了最初的梦想,怀有深厚"三农"情结的张学法不忘初心,以满腔热情投身到"三农"工作的采访调研、宣传报道中。他倾力而为,为做香"一粒米"、做大"一块田"、做成"一个节"呐喊助威,让"射阳大米"华夏飘香,让射阳"联耕联种"模式推向全国,让农民节日走上台前。他以"踏石留印、抓铁有痕"的精神,向社会奉上了一篇篇"带露珠、冒热气、接地气""有温度、有深度、有高度"的力作,为推进区域乃至全国的农业发展发挥了积极作用。

关注农业品牌,全力跟踪"射阳大米"18个春夏秋冬。2003年,射阳县大米协会在上海举行了"射阳大米"品尝会。会上,消费者的啧啧称赞、上海市民的抢购热情,触动了张学法敏感的新闻神经,他眼前一亮,敏锐地意识到"射阳大米"独特的口感食味,或许能为射阳稻米产业拓展广阔的市场。张学法连夜写出了现场特写《大米品尝会》,第二天在《人民日报》见报。不止于此,他三天两头往射阳大米协会跑,一则则关于"射阳大米"生产、销售、打假、创牌的新闻见诸报端,为"射阳大米"品牌创建和市场开拓起了开路先锋的作用。他紧盯"射阳大米"的品牌创建和产业的发展,这一盯就是18年,写出 200 多篇"射阳大米"创牌的新闻,使"射阳大米"品牌在苏沪地区产生了巨大影响。"射阳大米"连续 9 年获评上海食用农产品"十大畅销品牌",被中粮协授予全国"放心米"称号,成为中国粮油榜"十佳粮食地理品牌"。"'射阳大米'从难卖到畅销,从 28 万亩到突破百万亩,形成了 60 万吨产销量、30 亿元产值,成为省产业集群品牌培育基地,实现品牌价值 185 亿,张学法的宣传功不可没。"射阳大米协会原会长张昌礼如是说。

鼓呼农业革命,倾力助推"联耕联种"走上时代前沿。2010 年春,"联耕联种"这个射阳农民的"小创造",土地耕种模式的"大创新"刚刚露出尖尖角,就被张学法敏锐地捕捉到。他感到"联耕联种"这一新型的生产关系形成的重大意义绝不亚于当初的"分田到户",赶紧用手中的笔记录下了这个具有历史意义的新事,很快,射阳推行"联耕联种"的新闻稿出现在《人民日报》《光明日报》《经济日报》以及人民网等全国各大主流媒体上。2013 年岁末,张学法获悉射阳"联耕联种"荣获"2013 年全国小康十大民生决策奖"后,连夜与正在出差途中的县农委负责人取得联系,采访获奖过程,成稿时已是凌晨 3 点。稿件被省市媒体报道后,被多家网站转载。此后,张学法一直坚持进行跟踪报道,助推射阳"联耕联种"模式走上时代前沿。2016 年,射阳创造的"联耕联种"模式写进了中央一号文件。

力推农业节日,竭力倡导"尊农爱农"社会文明新风。20 世纪 80 年代末 90 年代初,张学法在采写大量"三农"新闻报道中,深切地感受到农民创造的财富巨大,所付出的辛劳更多,全国 9 亿农民为社会作出了巨大贡献,理应受到全社会的尊重,享有应有的尊严和地位。他建议为 9 亿农民设立一个"农民节",以此来唤起全社会对亿万农民的尊重。于是他连续花了 3 个晚上,写成了建议设立农民节的读者来信,在《农民日报》一版显著位置刊登。在张学法与《农民日报》记者沈建华等"农民节"的倡导与推动者的不懈努力下,如今这个让 9 亿农民梦寐以求的愿望终得实现。经党中央批准、国务院批复,自 2018 年起,将每年农历秋分设立为"中国农民丰收节"。

以梦为马,不负韶华。35 年来,张学法先后采写的以聚焦"三农"、关注热点为主的新闻稿件 3000 余篇共计 60 多万字,先后有 100 多篇作品获得国家和省市报刊优秀作品奖。2017 年 12 月,他又获得了中国新闻最高荣誉奖——中国新闻奖,2019 年 10 月,经有关部门综合考评,成为全省少有的获得主任记者职称的县报记者。

似水流年,青春无悔。张学法情系"三农",以笔筑梦,谱写了一曲爱农、为农、兴农的大地之歌,用心血与汗水书写了一位新闻工作者的无悔人生。

(获 2019 年度全国城市广播电视报优秀作品一等奖)

"三农"是我永远的情与爱

——访"中国农民丰收节"首倡者张学法

张　伟　邓天文　李　旭

诞生于 2018 年秋的"中国农民丰收节",是一个从国家层面专门为农民设立的节日。在首个"中国农民丰收节"诞生时,《新华日报》交汇点载文称:在"中国农民丰收节"诞生过程中,多位江苏人发挥着他们的作用。其中首个标题为:张学法——向国家媒体投书倡设农民节。9 月 22 日,记者在全省欢庆第三个"中国农民丰收节"5 个重点活动之一的射阳"鹤舞菊海、欢庆小康"活动现场——鹤乡菊海现代农业产业园,遇到了正与农民朋友共庆丰收节日、共享丰收喜悦的射阳县融媒体中心记者张学法。"千年等一节,农民地位大提高,农民能不欢欣?"谈起"中国农民丰收节"的设立,张学法感慨万分。

敬畏农民,他用浓情写出一份神圣的尊农倡导

"我生在农村,长在农村,祖祖辈辈土里刨食。多年的农村生活经历,让我耳濡目染并感同身受农民兄弟'锄禾日当午,汗滴禾下土'之辛劳……"面对记者的采访,快言快语的张学法开宗明义道出了他倡设农民节的初衷与经过。

1991 年 3 月,时在射阳县粮食部门从事新闻宣传工作的张学法,通过深入村组农户调查走访,与农村基层干部和农民兄弟交流,并经过认真思考,花了几个晚上,几易其稿,写成了建议设立"农民节"的读者来信,投书《农民日报》。不久,刊登在该报一版显著位置。他也被"中国江苏网"等媒体称为首个在国家媒体倡导设立"农民节"的读者。

"我在读者来信中写道,我们国家各种节日可谓不少,除了传统节日外,还有诸如'三八妇女节''六一儿童节''护士节''教师节'等节日,对提升职业身份认同、倡导社会文明新风发挥了积极作用。作为有 9 亿农民的农业大国,不妨也设立一个'农民节',以营造重农尊农之风……"张学法侃侃而谈,与记者聊起他倡导设立农民节的心路历程。

"1980 年,我高考落榜,回家务农。1983 年,农村分田到户,我家分得了 20 多亩承包地,只有 18 岁的我自然成了承包地里'顶梁柱'。插秧割稻、挖地除草、挑粪运粮、脱粒扬场样样干,常常是起五更睡半夜。更令人心痛的是当时农民在社会上没有尊严和地位,出门被人看低是常有的事……"

"农村的生活经历让我深刻地领悟到了农民饱尝的酸甜苦辣,我便利用夜晚与阴雨天的劳动之余学写稿件,反映农民心声。几年里,我反映'三农'、报道'三农'的读者来信、新闻稿件相继登上了《人民日报》《农民日报》等报刊。1986年9月,我受聘到县粮食局从事新闻宣传工作,也有了更多的机会接触了解'三农'。在采写大量'三农'新闻报道中,我深切地感受到农民创造的财富巨大,所付出的辛劳更多,为社会作出的贡献巨大,理应受到全社会的尊重,享有应有的尊严和地位……"《农民日报》刊登我的读者来信后,在我与《农民日报》盐城籍高级记者沈建华等多位'农民节'倡导推动者的不懈努力下,如今这个让9亿农民梦寐以求的愿望终得实现了!"张学法充满激情地说。

仗义执言,他用心血交出多份"带泪"的农情报告

张学法认为,农民的利益大如天,作为宣传工作者要敢于担当,敢说真话,为了农民的利益仗义执言。

1986年底,走上射阳粮食系统新闻宣传工作岗位后的张学法倍感自己肩上沉甸甸的责任。粮食市场放开后,农民种粮卖粮遇到的问题与困惑让他陷入了沉思。他以高度的责任感和职业使命感投身到宣传"三农"、服务"三农"、为农民代言的实践中去。1992年秋季,他下乡采访,发现因种粮亏损,不少农户秋播时竟然抛荒弃种。经过深入采访调查,他写出的《射阳粮农为何大抛荒》的调查报告,刊登在《农民日报》头版头条,继而又在《人民日报》《中国财经报》等7家大报刊发,引起了国家有关部门的重视。盐城市委当即派员实地调研,市县领导及时研究解决问题的办法,采取有效措施,切实减轻农民负担。12月初,射阳农民抛荒问题得到基本解决。此后又有10多家新闻单位记者来射阳跟踪报道射阳解决土地抛荒问题的做法。此稿的发表在全国范围内引起了广泛关注。他通过深入调查采写的《种粮大户杨定海的困惑》,在《盐阜大众报》一版显著位置加编者按刊发,并在《经济晚报》《经济新闻报》等报刊登。"杨定海现象"得到了中央、省、市有关部门领导的重视,国家商务部专门派员来射阳调研,并要求各级粮食部门以保护价敞开收购农民的粮食,解决了农民的"卖粮难"问题。几年里,张学法先后写了《苏北粮食收购大战硝烟四起》《有钱为啥买不到粮》等100多篇反映粮食部门诸环节出现的矛盾和问题的稿件,敏锐地捕捉了一个个热点问题,反映了农民的心声,有效地保护了粮农的利益。

逐梦不止,他用汗水浇灌重农兴农之花

"我出身农民家庭,我的根在农村,我的心系着农民。岁月锻造出我一颗感恩的心,我同农民的喜怒哀乐紧密相连。一路走来,感到自己的所有付出很值得。"回忆自己所走过的路,张学法颇感欣慰。

1993年底,《射阳日报》复刊后,张学法成了一名县报专业记者,1998年又当选射阳县政协常委,深感自己肩上的担子更重、责任更大。他不忘初衷,情系"三农",依然把目光聚焦在农村农业农民上。怀有深厚"三农"情结的张学法,以满腔热情投身到"三农"工作的采访调研、宣传报道中。他深入农村调查走访,反映农民的心声,撰写了《进一步

完善"联耕联种"各项措施》等提案 20 多件,得以采纳。他倾力而为,为做香"一粒米"、做大"一块田"呐喊助威,让"射阳大米"华夏飘香,使射阳"联耕联种"模式推向全国,为推进区域乃至全国的农业发展发挥了积极作用。

2003 年,射阳县大米协会在上海举行了"射阳大米"品尝会。会上,消费者的啧啧称赞、上海市民抢购热情,触动了张学法敏感的新闻神经。张学法连夜写出了现场特写《大米品尝会》,第二天在《人民日报》见报。此后,一则则关于"射阳大米"生产、销售、打假、创牌的新闻见诸报端,为"射阳大米"品牌创建和市场开拓起到了开路先锋的作用。他紧盯"射阳大米"的品牌创建和产业的发展,一盯就是 18 年,写出 200 多篇"射阳大米"创牌的新闻,使"射阳大米"品牌在江沪地区乃至全国产生了巨大影响。目前"射阳大米"品牌价值已高达 245.32 亿元。

2010 年春,"联耕联种"这个射阳农民的"小创造",刚刚露出尖尖角就被张学法敏锐地捕捉到。他感到"联耕联种"这一新型的生产关系形成的重大意义绝不亚于当初的"分田到户",赶紧用手中的笔记录下了这个具有历史意义的新事。很快,射阳推行"联耕联种"的新闻稿出现在《农民日报》以及新华网等全国主流媒体上。2013 年岁末,张学法获悉射阳"联耕联种"荣获"2013 年全国小康十大民生决策奖"后,连夜与正在出差途中的县农委负责人取得联系,采访获奖过程,成稿时已是凌晨 3 点。稿件被省市媒体报道后,被多家网站转载。此后,张学法一直坚持进行跟踪报道,助推射阳"联耕联种"模式走上时代前沿。2016 年,射阳创造的"联耕联种"模式写进了中央一号文件。35 年来,张学法先后采写的以聚焦"三农"、关注热点为主新闻稿件 3000 余篇、60 多万字,相继有 10 多篇三农调研文章、新闻报道得到国家、省市领导批示。2017 年 12 月,他获得了中国新闻最高荣誉奖——中国新闻奖。

眼下,年近花甲的张学法,仍在为重农兴农奔波忙碌着,并在积极为把农民丰收节办出区域特色,为建设农村美、农业强、农民富美丽新家园而出谋划策。"农业是我们的'衣食之源',农民是我们的'衣食父母','三农'是我永远的情与爱,我将坚持不懈为重农兴农高歌。"采访结束时,张学法如是说。

(获 2020 年度江苏广播电视报刊新闻与专稿专访类二等奖;2020 年度盐城广播电视报刊新闻与专稿专访类一等奖)

他是村里最出彩的人

杨达儒

我和张学法是临海团洼同村人。他从一个农家子弟、泥腿子,经过40年的拼搏,摸爬滚打,逐渐成长为射阳的知名新闻工作者,《射阳日报》的记者部主任,不得不叫人佩服。

20世纪80年代初,我在临海担任专职新闻报道员。一天晚上,我正在办公室赶写一篇新闻稿,隐约发现窗外路灯底下站着一毛头小伙子,正在打听我的办公室在哪一幢。我出去一看,不是我同村的二良子(他的小名)吗?我随即把他迎进办公室。没等坐下,他就迫不及待地说要跟我学写新闻报道,并说下午就来等我到现在。当时我很感动,我们一直谈到深夜,他才骑着破旧的“二八”自行车往10多里外家中赶去。打那以后,我们经常一起采写新闻,一起研究探讨新闻采访写作中的问题。

当年搞新闻人的艰辛程度是现在年轻新闻工作者难以体会到的,不要谈电脑,一个镇没有一台打字机,白天下乡采访,晚上回来整理稿件,连夜用复写纸复写,一大早再往邮电所赶发稿,有时赶不上邮车,还要骑自行车往几十公里外的县邮局赶,当天稿件当天必须发出去心里才安稳。就这样,张学法在不拿一分钱工资,家庭经济条件十分困难的情况下,执着地和我相处了好几年,撰写出了《家庭植树节》《他有巧手能裁春》《张奶奶穿西装》等100多篇具有较强影响力的新闻稿件,在几十家新闻媒体上发表。

1986年9月,经县委宣传部推荐,他有机会进入八大家油化厂办公室工作,由于他超常的文字功底,杰出的工作表现,三个月后就被粮食局借调到办公室从事文字、宣传工作。1994年《射阳日报》复刊,他被“挖”走。进入报社后,张学法如鱼得水,实现了自己一直想当新闻记者的圆梦之旅。

2000年,我进水利局工作,与张学法有了更多的接触机会,每年防汛期间,在他的努力下,《射阳日报》都开设专版宣传防汛抗灾知识,报道典型先进事迹。2002年,县政府组织到浙江乐清滩涂招商,当时我被分管县长点将参与后勤工作。记得期间放假一天,让大家去游览一下雁荡山,唯有张学法放弃了这次难得的机会,独自深入乐清滩头养殖户中采访。第三天,《射阳到浙江摆摊吆喝》的新闻就在《人民日报》上发表,受到带队县领导的高度赞扬。

有人说,新闻工作是活泼的人从事严谨的事业,炽热的人肩负冷静的使命,浪漫的人从事艰辛的劳作。但张学法始终认为自己所从事的新闻工作是很幸运的,尽管有很多机会改行到其他行政单位另有重用,他毫不动心,始终不改自己"爬格子"的初衷。张学法并非科班出身,就凭着不懈的执着追求精神,在自己心爱的新闻工作岗位上,数十年奉献自己的光和热。

退休后,我时常回老家去走走,每与左邻右舍串门的时候,只要提起当年的"二良子",大家都赞不绝口,很多人家在教育子女要学好,成才走正道的时候,都把张学法立为标杆。

(2016 年 8 月 28 日)

独具慧眼才能发现新问题

陆 泉

今日翻开 2000 年出版的《新闻实践与探索(上)》一书第 67 页,一篇《一家一户不适宜搞"自由种植"》的调查报告令人眼前一亮,这篇调查报告发表于 1993 年 3 月 4 日的《粮油信息报》。作者张学法通过调查发现"自由种植"面临一些自身难以克服的困难。一是什么赚钱种什么,可不知种什么能赚钱;二是种植布局相混,造成农田耕作、排灌、植保、管理困难。文章建议形成规模种植,降低生产成本。

这篇调查报告在当时提倡农民"自由种植"的大背景下,作者通过调查发出了不同的声音,现在看来十分难能可贵。

在 20 年后的 2013 年,射阳县兴桥镇青华村四组农民创造的"联耕联种",解决了种植布局混乱,耕作、排灌、植保、管理的难题,此举激起了作者的心灵火花。是张学法 20 年前关注呼吁的问题得到了成功实践。"联耕联种"好处是增面积、降成本、促还田、添肥力、提单产、升效益。是自小岗村之后的又一场农村变革。

20 年前发现农村出现的新问题,提出的建议,在 20 年后得到了解决。张学法由此就一直追踪关注射阳"联耕联种"的进程。他深入到田间地头,采访挖掘"联耕联种"的做法,首创农民的创造过程,及时关注"联耕联种"的成效。他三次深入到"联耕联种"首创的射阳县兴桥镇青华村农民刘古成家,和刘古成一起干农活,一起做饭,了解到发起"联耕联种"的起因和开始实践历程的许多情节和细节。

2016 年初,中共中央把"联耕联种"作为农村生产经营变革的一项重大举措写进一号文件里。作为首创者的青华村农民刘古成和乡亲们听到这个消息是什么心情?新年有什么新打算呢?带着这些问题,张学法在新年正月初三,冒着严寒赶到兴桥镇青华村,刘古成家里大门紧锁。在等候刘古成的过程中,他和左邻右舍的农民互贺新年,谈了一个多小时,之后他得知刘古成在县城办事,他又赶到县城饭店,采访了刘古成,在第一时间把写好的稿件发往报社和网站。他还到推广"联耕联种"较早的兴桥、四明、海河镇十几个村的田间地点和农民算账对比,感受"联耕联种"对农民种地带来的福利和好处。他连续追踪采访二年多,厚积薄发,写出了《射阳"联耕联种"荣获 2013 中国全面小康十大民生决策奖》《射阳"联耕联种"荣获江苏农业创新十大举措之首》《"联耕联种"省了劳力降了农本》《射阳农民创造的"联耕联种"写进中央一号文件》《"联耕联种"联到坦桑尼亚》等新闻在各大主流媒体刊出,在全国引起了强烈反响。

对于射阳农民创造的"联耕联种"做法，中央农办调研认为，"联耕联种"更适合约占全国耕地近 1/3 的 6.2 亿亩平原宜耕耕地的传统农区。著名三农专家贺雪峰说，"联耕联种"是完善农业基本经营制度和推进农业现代化方面的创新实践，对中国"三农"而言，不是"变革"，而是一场"革命"。

如今射阳"联耕联种"在全国开花，有十多个省的取经团来射阳参观学习。

射阳"联耕联种"这些新闻陆续见诸报端，并在全国推广，凝聚了张学法 20 多年前独具慧眼对农村经营体系问题的关注和深入思考。

（2018 年 2 月）

不忘初心　方得始终

李俊杰

张学法在新闻工作的道路上不懈努力,执着追求,把青春和汗水奉献给新闻事业。自 1994 年到《射阳日报》工作以来,他踏实勤勉、敬业奉献,近五年来,他发表新闻作品 1300 多篇,100 多篇在中央、省、市级媒体发表,有多篇新闻作品获省县市报研究会好新闻奖,采写各类新闻人物典型 300 多名,出版《蝶舞人生》《圆梦之旅》两本新闻人物作品专著,被县委表彰为"宣传思想工作先进个人""射阳县优秀新闻工作者",被县政协表彰为"双好委员"。

他今年 52 岁,长期从事记者工作,落下了关节炎、腰椎间盘突出、肩周炎的毛病,但只要哪里有新闻他就往哪里赶。今年国庆期间,射阳杂技团参加吴桥国际杂技节比赛,他得知这个消息后,到县文广新局、县杂技团采访。假日期间,大家都不在班,他打电话,约好时间,到采访对象家里采访,连续 8 个小时,采访了 6 个人,直到晚上 11 时才回家。第二天他与在河北吴桥的参赛人不停地电话联系,了解最新的比赛动态,在第一时间把射阳杂技团《扇舞丹青》获得金狮奖的消息发出。新华网江苏频道、《新华日报》《盐阜大众报》及时刊发了这则消息,近百家网站转载,使参加国际杂技节唯一的县级杂技团获金狮奖的消息传遍中华。

"联耕联种"是射阳农民群众的发明创造。肖世和、程顺和、党国英等国内一批知名专家、学者一致认为:"联耕联种"门槛低、易组织、可复制、易推广。张学法在"联耕联种"一推行就关注这一新生事物,通过学习和采访,更深刻地理解了"联耕联种"的内涵,时刻关注这一新生事物对全国农业的影响。2013 年岁末,他获知射阳"联耕联种"荣获 2013 年全国小康十大民生决策奖的消息后,连夜与正在外地出差的农委主任戴亚生电话联系,采访获奖的过程,又与在家的农委干部了解这一新闻事件的背景,当他把稿子写好时,已是凌晨三点了。此稿刊登后,被多家网站转载。此稿还在 2014 年度江苏省县市报好新闻评比中获得一等奖。张学法在单位年龄最大,但他采写新闻的热情也最高,采写的稿件质量也倍受大家称赞。

"吃得起苦,更要耐住清苦",这是新闻工作特殊性决定的。多年来,他穿行于雨雪冰冻灾害天气现场,报道社会各界抗灾救险的感人故事,数九寒冬时进村入户、报道新春佳节农村农民的新变化。因为赶稿子,常年的饮食无规律使他患上了胃病,但他克服困难,多次出色地完成了组织交给的任务。

一个记者要有发现的能力，才能写出有价值的新闻。张学法在发现重大新闻和独家新闻有自己独特的敏锐性。2003年，射阳县大米协会在上海举行了"射阳大米"品尝会。"射阳大米"拥有独特的食味口感，是源自"气候环境独特、水土资源丰富、栽培技术先进"。"射阳大米，天、地、人合一，江苏一绝"的宣传语让张学法眼前一亮，他敏锐地意识到"射阳大米"独特的食味口感，品尝会上的啧啧称赞，上海市民抢购"射阳大米"的热情，或许能为射阳的稻米产业提供广阔的市场空间。他现场采访、连夜奋战，写出了现场特写《大米品尝会》，第二天在《人民日报》见报了。一般情况下，一个新闻事件结束了，稿子发表了，也就放手了，但张学法没有这么想，一开始三天两头往大米协会跑，一个个关于"射阳大米"生产、销售、打假、创牌的消息、通讯不断见诸报端，为"射阳大米"品牌的创建和"射阳大米"市场的开拓担起了开路先锋的作用。他紧盯"射阳大米"的品牌创建和产业的发展，这一盯就是十五年，写出二百多篇"射阳大米"创牌的消息和通讯，使射阳大米这个品牌在江沪两地产生了巨大影响。"射阳大米"先后取得江苏名牌产品、中国名牌产品、盐城市知名商标、江苏省著名商标、中国驰名商标称号认定；2014年中国农产品区域公用品牌价值评估射阳大米品牌价值为47.63亿元；在农业部主导的农产品品牌大会取得"2011消费者最喜爱的中国农产品区域公用品牌""2012最具影响力中国农产品区域公用品牌"称号；连续九年获得上海食用农产品"十大畅销品牌"称号；获得首届"江苏品牌紫金奖·25年最具成长力品牌，2010最具品牌保护案例奖"；被中粮协评为全国"放心米"，荣获中国粮油榜"十佳粮食地理品牌"。"射阳大米"从难卖到畅销，从28万亩到突破百万亩，从卖原料到销售，从不赚钱到增收益，形成了60万吨产销量，30亿元产值的群体，成为省产业集群品牌培育基地。用射阳大米协会张昌礼的话说，"射阳大米"品牌价值是47亿元，张学法宣传"射阳大米"的价值至少也值一个亿。

他还撰写了《青春如夏花般灿烂——记合德镇凤凰村舍身救人好青年彭九洲》《她用另一种方式"活着"——6岁重病女童捐献器官救了三个危重病人》《侠义老板高建勇当选"中国好人"》《志翔公司让员工实现了体面劳动》《何汉中百变福床发明在央视播出》《凌如文一项发明专利为药农增收亿元》《沈氏公司：粮企转身新标本》《射阳大米在CCBOT挂牌上市》《虞鹏当选全国十大见义勇为英雄司机》《盐城市首本不动产权证书在射阳县颁出》《知多少、干多少、想多少》等一批独家新闻和重头新闻，为宣传射阳作出了应有的贡献。他采写的新闻作品有一百多篇分别获得中央、省、市好新闻奖。仅2015年他采写的通讯《让爱不再缺席》《他在鹤乡树起一座道德丰碑》《头顶梦想摘桂冠》分别获得江苏省县市报2012年度好新闻一、二、三等奖，消息《我县社会救助实现全覆盖》《凌如文一项发明专利为药农增收亿元》分别获得江苏省县市报2012年度好新闻二等奖、三等奖。

（2015年10月）

春风化雨　润物无声

刘丹琳

　　第一次见到张主任是在实习的第一天,那天我按约定的时间稍提前了一会儿报到。意料之外,主任竟来得比我还早。说起对主任的第一印象,那便是热情。主任很照顾新人,简单了解了一些我的情况后,便亲自领我去了办公座位,并介绍了其他报社同事和同期的实习生。这虽然是个很细微的举动,却让我这个初来乍到的实习生感觉到了不少温暖,周围的人和物也没有想象中的那么严肃了。

　　主任给我的第一个任务是去采访一位创业成功人士,这是我第一次要将采访的内容呈现在报纸上供大众阅读。我大学的专业是汉语言文学,对于新闻这方面缺乏很多专业知识,所以对于这次的采访我难免有些紧张,但其中也不乏些许期待。采访任务下达后,主任先给了两篇范文供我学习,然后将被采访人的简历及创业信息发送到我的邮箱,让我拟定一个采访提纲,提纲确定后,再与被采访人约采访时间。实习第一天下班时在车棚与主任打了个正面,主任很关心采访情况,和我说道:"采访的是位创业人物,重点要放在'如何克服创业困难',最重要的是要写出细节,简单来说,就像写故事一样,有了情节性,人物才能被写活。"

　　第二天采访结束后,我便开始着手写稿子,写之前请教了坐在我左手边的同期实习生小夏。小夏和我都在徐州念大学且学校离得很近,不言自明,我和小夏十分聊得来。"主任很看重细节描写,之前他带我出去采访过一次,很明显能感觉到自己和他之间的差距,主任能挖到很深的故事,经验很足,采访也专业,真的很厉害。"小夏对我点着头讲道。之后,我在近几天的报纸上找到主任发表的采访报道,并对每一篇都进行了观摩。观摩一番后,最让我佩服的是主任能够很自然的切入主题。刚来实习写稿那会儿,我的经验能力不足,万事开头难,每篇稿子最让我头疼的便是开头,对于如何切入人物和主题,每次都要思考很久。观摩了主任写的几篇采访稿后,瞬间觉得豁然开朗。印象最深的两篇是描写河道保洁员孙克权和县路灯管护科副科长顾克明的。这两篇的开头描写方式并不一样:孙克权是用很多的动作描写切入的;而顾克明那篇则言简意赅,一些必要的写作要素加上天气和人物语言的描写,很自然地就切入了,这些写作技巧对我来说受益匪浅。

　　2017年8月18日—23日,是我县第一次举办省级大型活动——江苏省第七届特殊奥林匹克运动会暨省残疾人田径锦标赛的日子。我和小夏负责采写赛事中的花絮,具体说来就是采访一些志愿者、场地工作人员、教练员、运动员和裁判员等等。这样的锻炼机会是很难得的,主任提前将我和小夏叫到办公室,教我们如何发现花絮,如何采写花絮,以及采写时的要点和注意事项。交流过程中,可以明显感觉到主任的经验丰富,对于有价值的新闻能在什么时间地点采访到了若指掌。"怎样把一个人物写好?关键在于细节,比如你们明天要采写运动员,首先他的基本个人信息必须问清楚;其次要挖掘这名运动员背后的故事,越细致越好;最后写稿时以小见大,突出这篇新闻的价值所在。"开幕式的前一天,工作人员以及志愿者会在场地彩排到凌晨,这里面有很多值得采写的花絮新闻,但主任考虑到我和小夏都是女生,担心安全问题,就没让我们去。

赛事期间,每天再迟我们都会和主任交流采集到了什么素材,主任循循善诱,很有耐心地和我们探讨素材的价值意义,采写的不足之处也会提出并指正。在采写过程中我碰了不少壁,比如有些采访对象不愿接受采访,或是接受了采访却不愿细说,我向主任请教了这个问题。主任回答道:"既然是采访,就要打破砂锅问到底,得到你想要的或你觉得有价值的信息,千万不要退缩,和对方多次沟通交流后,总会得到一些有用信息,再顺藤摸瓜,就会了解到更多。"主任的专业和敬业让我心悦诚服。

在报社实习期间,主任不吝赐教,教会我和其他实习生太多的专业知识和写作技巧。我们写完的稿子他会认真修改,告诉我们不足之处该怎样调整,也会鼓励我们继续加油,并没有因为我们是暑期实习生而另眼相待。三周的时间我写出了 17 篇新闻稿,记忆最深的是主任打电话和我说:"发表的文章要收好,最好把它们剪辑下来粘到本子上,这对你以后有很大的帮助。"这虽是句简短朴素的话,却让我感受到了主任的如父之爱。

(2017 年 10 月)

用心去发现新闻

夏　璃

　　短短一个月的实习很快就结束了,在这短暂的时光里,我对记者工作有了进一步的认识。这段时间里,我最想感谢的就是带着我的张学法主任,他教会了我很多,不仅仅是关于记者的专业知识。

　　实习之前,我对记者的认识完全是来自课堂上老师空洞的讲述,无知的连五个 W 加 H 都记得模模糊糊的,以为新闻就像写日记一样,流水账式的记录下要报道的事情。至于采访,也只是很刻板地认为问一些类似于"你对这个事情有什么看法"的问题就行。完全没有任何实践经验,也没有任何实在的概念,刚进入报社的我就是一张白纸,懂得不比其他专业的人多在哪里。

　　张主任面对的就是这样的一个我,跟我聊了几句之后,他便知道我的大概水准,于是先派我跟几个前辈做一些会议新闻的报道。一开始我觉得这有点浪费时间跟精力,毕竟我实习的时间很短,我希望快些掌握技能,好回去写实习报告。直到最后我才懂,之前的这一段安排是为了让我快速进入记者这个角色,同时开始接触一些比较简单的报道稿件,为以后的报道打下基础。

　　跟了大概一个星期的会议新闻报道,张主任开始给我安排一些下乡走访以及采访具体人物事件的任务。第一次人物采访是张主任带着我去的,采访之前,张主任先是给了我一个关于被采访者的简单情况,让我写采访提纲。他告诉我,作为一个新进入这个行业的记者,首先要学会的就是写一个完整而有逻辑的采访提纲,有了采访提纲,即使当场紧张也不会造成大的采访失误。主任一边讲解着一边给我发了一份采访提纲模板供我参考。他说第一次写不会很正常,让我模仿着写看看。

　　张主任改完我的采访提纲之后就带着我去进行采访了。全程主要是主任在问,我负责记述。我发现真正的采访跟我想象的一点也不一样,两个人的对话与其说是采访不如说是在聊天,氛围十分轻松,但是该需要了解的事情一样也没有落下。我从头记录到尾,看着满满的内容,回想了一下刚刚主任采访的经过,明明没有采访提纲,可是采访却一丝不乱,完全就是按着一定的逻辑思维顺序问下来的,不禁对主任佩服得五体投地。这次采访的稿子是我写的,主任知道我没有头绪,于是先给我提了一下大概的写作思路,让我回去整理着写出来。主任的本子上记录的东西虽然很少,但是他很清楚采访出来的信息都是什么。我很怀疑在采访的时候,主任的心里就已经有一篇稿子出来了。

从那之后，主任开始慢慢让我自己独自采访，拿着主任修改之后的采访提纲，我也坐在被采访者对面，有模有样学着主任的聊天式采访，记录下所有问出的信息。

原本以为实习生活就这样在采访各种人物中过去了，结果实习将要结束的时候，江苏省第七届特殊奥林匹克运动会暨2017年江苏省残疾人田径锦标赛在我县举办，运动会的各方面报道宣传都是由我们报社负责的。由于报社的记者很少，所以我们这些实习记者也被迫走上"前线"，采写新闻花絮。

我跟另一位实习记者在听到这个消息的时候，简直就是一脸茫然，花絮新闻是什么？该怎么写？这个任务听上去很重要，给我们来做真的没有问题吗？

正当我们不知所措的时候，张主任把我们喊去，跟我们好好说明了一下新闻花絮的概念，他说，新闻花絮指零碎而饶有风趣的记事报道。撷取体育大赛等重大活动中的一些细小而有趣的场景、事件，加以迅速而生动的报道。文字简短，一般只有二三百字，有的仅几十字。内容新颖，或写名人新秀，或写奇闻轶事，或写趣谈佳话。现场感强，语言活泼明快，没有冗长的叙述和空泛的议论。

说实在的，即使主任跟我们解释了一下，但我们还是有些迷糊，直到那天晚上主任给我发了一个采访对象，是一个暂时停了本职工作自愿为运动会服务的人。主任说，其实这就是一个有价值的新闻点，你不需要把新闻花絮想得多复杂多难找，其实很多事情很多人都隐藏着新闻元素，只要我们有心，不愁没有素材。之后的运动会，我都按照张主任说的，用心在场内寻找着各种新闻花絮，每天只有多出来的素材没有不够用的素材。我惊讶地发现，其实，在这个场馆的每一个角落里，都有新闻可以写，只要有心。

残奥会开幕式的前一天，正巧遇上了一场特大暴雨，场馆各个地方都受到了比较严重的损害，运动场上的各个棚子也全部被掀飞，好几个人拉扯都没有拉住。但是第二天当我们来到场地时，一切都已经恢复如初，完全没有前一天晚上朋友圈里描述的那般惨烈。看到这个场馆的我立刻有了一丝想法，正好采访到了当时负责场馆的城建集团的工作人员，于是我就顺便深入问了问，得知他们的人为重建场馆忙了一夜都没有休息。根据采访到的情况，我写出了一篇《城建集团：冒雨抢修写精彩》，发表在《射阳日报》当天残奥会专版上。

在场中四处游走的时候，我发现了一位手上打着石膏的看上去很有气质的女士，看上去不是工作人员，我立刻就好奇起来，上前进行采访。通过询问得知，这是一位聋哑学校的艺术指导老师，这次聋哑学校排练了一个舞蹈节目参加开幕式。虽然这些孩子无法听到音乐，但是在老师们手语的指挥下，依旧可以跟上节拍。采访结束后，我写出了一篇《特殊演员：演绎多彩梦想》，发表在《射阳日报》当天残奥会专版上。

运动会结束之后，我的实习也结束了。实习期间，我一共写了19篇稿件，全部被录用。忍不住再次感谢张主任，是他让我知道，一个好的记者不仅仅是在工作期间会采访会写稿，还应该把这些融入自己的生活中，成为一种习惯，他让我感受了不一样的记者精神。

（2017年10月）

卷四·获奖作品

文学照亮人生

——访紫金山文学奖获得者张晓惠

2021 年 12 月 14 日上午,中国作家协会第十次全国代表大会在北京召开。中国作家协会会员张晓惠成为盐城市作家代表首次参加全国作代会。对此,国家一级作家、盐城市作协名誉主席、射阳籍作家张晓惠告诉记者,作为一名加入中国作协 18 年的会员,本次与会感到兴奋、激动,更感到任重道远。

张晓惠凭借作品《北上海,这片飞地上的爱恨情愁》,摘得江苏文学界最高奖——紫金山文学奖,这是盐城市当年唯一获得江苏省第六届紫金山文学奖殊荣的作家。

紫金山文学奖是江苏省文学的最高奖项,三年评一次,这次有 400 多部文学作品申报。张晓惠申报的作品《北上海,这片飞地上的爱恨情愁》书写的是盐城这块土地上的故事,笔触从 1950 年开始,时间跨度了 60 多年。

第六届紫金山文学奖给予《北上海》的评语:《北上海》是一本好读耐读的报告文学。作者从生活的废物箱中发现了被弃的可称为"文物"的家书,以女性作家的细腻和温情,智慧处理了这个带有浓重盐碱质地的粗犷题材,在不失原汁原味的前提下,写出了一部带有别样审美情趣的"爱恨情愁"的纪实力作。作品有思想深度,有情感温度,有历史厚度,有现实高度。

日前,张晓惠接受了记者的专访。

记者:您怎么想到写《北上海,这片飞地上的爱恨情愁》这本书的?

张晓惠:这本书的写作源于市作协到大丰上海知青纪念馆的一次采访。那次采访中,纪念馆里一张黑白照片引起我的注意,即本书"引子"里写到的主人公田崇志的那张照片。2012 年酷暑,我从盐城不停地往那片土地上跑,为寻访田老,我前后找他不下 20 次。还去寻访了于斯、朱贻生……到上海农场,寻找场史场志,翻找摘录拍照,一一走过看过那些旧址,如草洋房、"人之初"石块等。总之,为了这本书的写作,我做了很多非同寻常的功课。这些人和这些资料,成了我再现北上海 60 多年跨越时空的真实状态的丰富素材。我尽可能地去把握真材实据且展开合理想象,以虔诚的心态还原那段历史。

据史料记载,1949 年 12 月,为了保证新上海的长治久安,上海相关部门动用警民武装力量,突击收容了上海市区各类游民、难民约 8000 人。这批人于 1950 年被集中收容整编,送到距离上海本土约 300 公里之外的荒无人烟的江苏大丰滩涂垦区,实现改造与建设的双重任务。到了 1952 年,垦区人数增加到 13432 人。《北上海》根本和真正的立意,是为更多"北上海"的建设者、拓荒者、积极改造者树碑立传。因为在初期的 13432 北上海人中,无刑期游民达 9270 人。对于大多数无以为生的旧上海城市游民来说,这些被后人定义的"北上海人"更多地承受了时代的阵痛,以汗水与血泪为伟大的新中国献祭。对坚守在这块土地上的人们,我保持着敬意。希望通过我的笔触,能让读者感受到那许多岁月中的至诚至愚、至真至悲,感受到生命轨迹中的欲望与希冀,认识到"世界上,只有一种英雄主义,那就是认清生活真相后,依然热爱生活"。

记者:您站在历史的肩膀之上,以热泪、深情与包容,感喟"北上海人"的脱胎换骨、生离死别,感喟他们的豁达、宽宥以及对北上海热土绵长的爱恋。北上海式的拓荒和改造,是新中国时代的记忆,是飞地式时空的跨越,具有特有的美学价值与文学史意义。沉寂了 60 多年的北上海,终以其纪实文学样貌,面呈读者,产生了什么样的反响?

张晓惠:与北上海密切相关的人物专题片《日记人生》已经开播,《北上海》书评也时见于报刊,《北上海》专题片拍摄完成并已播放。

记者:今天我想提到您的处女作——《鹤也依依,人也依依》当中的养鹤姑娘徐秀娟。我们读了您的作品以后,对于这个人物的形象,应该是永远不会忘记的。

张晓惠:我印象很深的是 1986 年,当时我们到滩涂去,听说滩涂上有丹顶鹤了,我们就去看,我就和徐秀娟有了短暂的交流。她从东北来,对于我们盐城地方话不太熟悉,但是我说的是普通话,我们两人交流得很投机。那是深秋的一天,她在驯七只丹顶鹤。她正在吹口哨,两个手指头放在嘴中间,吹出的口哨声很锐利很响亮。在茫茫的芦苇荡里面,戴着红色的毛线帽、穿着白色的工作服的她,吹着口哨在前面跑,丹顶鹤跟随着她翩翩起舞。现在想起来那场景就像一幅油画一样。1987 年秋季的一天,我出差回来听说,徐秀娟为救天鹅因公殉职了。当时我的心里就承受不了这种突如其来的变故:那么鲜活的美丽的姑娘,那个远离家乡和亲人、来到荒凉的滩涂上建了江苏第一个鹤类饲养场的姑娘,怎么说没了就没了呢?我心里面特别难受,晚上提笔就写下了《鹤也依依,人也依依》,一边写着,我一边掉着眼泪。第二天,我就把这个稿子寄到《盐阜大众报》。星期六,这篇文章就在报纸的文学版面登出来了,这应该是我的处女作。保护区工作人员后来告诉我,徐秀娟的父亲徐铁林来到我们丹顶鹤保护区,将女儿埋在了滩涂,捧走了女儿坟前的一把盐碱土,又要了《鹤也依依,人也依依》的复印件带回了东北。当时我心里百感交集,这是一位可尊敬的老人,将女儿就留在了我们这黄海滩涂了。同时我也想这个写作对自己也好,对别人也好,对这个社会也好,有意义。

记者:您的作品当中有一种类型的作品特别接地气的,也特别打动我,就是您写了很多的普通人。由于时间关系,我就选出了两篇,有一篇叫《麻石老巷豆花香》,有个老人在卖豆花。这个故事是您无意中遇到的吗?

张晓惠:这还是十多年前的事了。2006 年,我们一家三口开车去溱潼古镇,当时在青石板路上就发现一个个儿不高的老爷子在卖豆花,当时我们坐在摊子边吃豆花。老爷子特别健谈,他说的一句话让我很心动。他说,我在这几十年了,什么都变了,只有那边一个粮站还有一个青石板路,还有我这个老头子的豆腐花摊,没变。我当时就觉得这是一个有故事的老人,而且他对卖豆花的热爱也打动了我。他七十来岁,脸上紫红的,一点皱纹都没有,就是那种伴着月亮走、早上太阳还没出来就去忙活的这么一位老人的形象。这篇文章是在《扬子晚报》发表的,后来《泰州日报》社编辑说这是讲的泰州的故事,就将这篇文章放到了名家专递,在《泰州日报》的头条发布。后来,又被放到中考高考的现代文阅读题上。前不久,又收纳到安徽的《百家美文话豆腐》上去,所说是安徽省作协向我们省作协收集描写豆腐这种元素的散文,省作协就把这个推荐过去。

记者:我是在《与你共舞》的这个文字里看到,其实这个里面还有很多打动我的,比如有一篇写到有位警察在监狱里办了一份报纸。

张晓惠:他叫余彦成,应该说是让我很感动的一个人,我写了《一个人一张报》。作为一名普通的公安干警,他并没有责任要去做这样一个报纸。当时由于一个偶然的原因,我发现了这张报纸,我就在看,这个报纸竟然有一个版面是发表犯人的稿子。后来,我就忍不住想,一定要见到办报的编辑,我要去看看是哪几个人办的这个报纸。结果我找到他,他也很高兴,他也是一个文学爱好者。我就问他是几个人办的这个报纸,他说就一个人,我一愣。他说这个报纸真的不好办,犯人的文化水平是参差不齐的,交上来的纸片,字都认不出,但是报纸第三版上专门有一个栏目叫《心语》,哪怕这个纸片里面有七八个字能用,我就把它用上去。我说,那你不容易。他说你不知道支撑着我把这个报一直办下去的原因是什么。到了报纸出来的那一天,这些犯人都迅速地把那些折纸盒、包装的工作提前做完,坐在小板凳上,就那么眼巴巴地等着这张报纸出来。后来他又给我讲了几个故事:有个死刑犯,他知道自己判了死刑了,而且女儿都恨他,最后他临走的遗物,他的一包衣服上有三张发表了他写了几句话的报纸,他当作是他生命中的荣耀……这一篇文章让人感到:人不管怎么样,由于种种原因走到生命的最后,他心里面还有一丝对于美好东西的眷念、向往,还有或多或少的一些人性的东西,就像我们这个主题说——点亮心灯。余彦成办的那个报纸也是起到这样一个作用。

记者:您读书应该读得很早,当初都读了哪些作品?

张晓惠:读的书很多很杂。我十几岁的时候是没有书读的日子,那时我父亲在地委宣传部工作。

记者:那您的文学启蒙应该就是从那个时候开始的?

张晓惠:是的。那个时候我爸看我喜欢读书,也挺高兴的。放假的时候,他上班我就跟去,带个杯子,在我爸办公室倒杯水带过去,我一个人在那。我现在常常想起那段日子,一个小女生,在那看书,而且慢慢地天黑下来,就移到窗口,窗户外面有个路灯,借着路灯光在那看书。后来我去学芭蕾舞,出去演出的时候,不可能带很多书,我爸给我买了1975年版的一本小词典,我就随身带着小词典。那个小词典被我翻烂了。有时我睡着了,那些词典上面的文字就化作五颜六色的文字符号漫天遍野在我脑子里飞舞。我学组词的时候,词典只有一个词,比如风,就是风度、风尚、风光几个词,我后来就慢慢组词、找词,风格、风流、风清气正、风度翩翩,还有很多成语,就在词典上记,上面字密密麻麻的,每个页码都卷了。我前不久也看到陈义海老师写了他英汉词典的故事,我写的词典的故事,是 2003 年在《扬子晚报》上发表的,应该也收在某本集子里面。

记者:我们身边的很多人都知道,您有一个特别的爱好,是芭蕾。我特别想听一听,您是怎么去诠释芭蕾的?

张晓惠:芭蕾和文学比较远,但也是相通的。我在十几岁的时候学过 5 年的芭蕾舞,而且还上台演出过。我十几岁学芭蕾舞,当时很苦,但对我在艺术、气质和理解能力方面的熏陶来说是终身受益的。我是在盐城文工团学习的,现在叫歌舞剧院,我们一批老师都是前线话剧团的,还有南京大学、南京师范大学、南京艺术学院的一些教师,一共20 多位,都是一些知识分子。在文工团,这批人的生存状态,他们的气质修养,他们对艺术的一些追求,对我们这些十几岁的小姑娘,应该说影响是非常大的。我曾经写过一篇作品《芭蕾的精魂》,在全国得过奖。我写的是,跳舞是用我的肢体语言、舞蹈语汇将我对人生、对生命的追求和爱传递给观众,和我现在用我的文字、用我的思想、用我的笔把我对社会的、对生命的一些想法传递给读者,是一回事。因为舞蹈,因为练芭蕾的那段岁月,我也深深地感悟到,芭蕾舞是靠一个足尖支撑起人整个躯体,在这个苍茫尘世里面,你还要做出很多很多动作,腾空,飞跃,旋转,那么它和写文字也好,和人生也好,异曲同工。一个人只要你坚韧不拔,只要有一块供你脚尖插下的土地,那么你可以让你的灵魂、让你的精气神在城市中间腾空飞跃,去飞腾、去超越、去追求。每经过一段岁月,我们对人生的感悟和积淀,都是我们人生——只有一次生命的不可或缺的宝贵财富。

记者:现在这些财富都成为您本人的一个独特气质了。

张晓惠:应该说对我的生命有影响,不管是跳芭蕾舞也好,还是在教育局工作,后来从事妇女儿童的工作也好,一路走来,就像我答辩的时候说的,写作的花朵永远绽放在生活的枝蔓上,这些都是生活给我的养分。

记者:您开设了"人文素养的修炼与提升""读书与人生""散文写作""永远的雨花魂""礼仪修养"等讲座二百余场,受到广泛欢迎。在您这么多讲座中有没有特别打动您的地方,或者是很难忘的一场讲座。

张晓惠:其实有很多难忘的。但让我感到震撼的那次,是在亭湖公安局。他们政委介绍过我之后,下面 300 多名干警全部起立、敬礼,让我很震撼!我当时就站了起来,我很激动。我说,谢谢你们,应该我向你们致意,向你们致敬,我深深地鞠了一躬。我说为什么这样说,因为我昨天晚上才在网上查了发现,去年一年 365 天,我们公安干警牺牲了 378 位,下面"啪"地一下全鼓掌了。盐中是我的母校,盐中搞了文化墙,当时就请我写,要求是把盐中上百年的历史包括对未来的一种愿景、对中学生的一些要求,都要放进去,我写了《我是盐中人》,就雕刻在文化墙的一大面墙上。后来盐中请我去开讲座,一千多个人在大礼堂里面。学校工作做得特别细,开始就把《我是盐中人》每个学生一张,到我讲到这个的时候,主持的副校长跟我说,让孩子们一起读一下,一千多个人在大礼堂里共同朗读,我当时心里很感慨、很激动,看到这些少年好像一株株小白杨,一朵朵早晨带露的小花一样,很有朝气,特别感动。

记者:您创作、发表文学作品三十年,前二十来年写作以散文、随笔为主,近十年散文、随笔、纪实文学、小说都在写。那么接下来您有什么创作计划?

张晓惠:这两年参加省委宣传部省作协重大题材写作,《碧血雨花飞》《热血荐轩辕》《文锋剑气耀苍穹》三部都已出版。其实在写《北上海》的时候,在写别人故事的时候,有朋友总问我,为何不能写写"我的青春我的团"。那时,我的心里就总在想,那段岁月,对我一生来讲,起着不可估量的奠基的一个作用,对艺术的敏感,对文学功底的夯实,舞蹈演员的岁月,是我的很独特的经历。应该说,这个是我的心里的一个芽,芽长了这么多年了,什么时候这个芽能长成一棵树,这棵树什么时候能结出一个果实来,我一直放在心里面。我常常想,生活,永远是我们写作创作不尽的源头,我走过了,我经历过了,我用心用情感受到了,那我用文字把它表达出来,再告诉读者,我觉得是很值得做的一件事情;人生有很多的梦,一个梦实现了,下面还有梦会再来,在不停地实现梦之中,我觉得我自己的生命也不停地丰富和丰满,也得到提升。

记者:中国文联第十一次全国代表大会、中国作协第十次全国代表大会于2021年12月14日上午在北京人民大会堂开幕。习近平总书记出席大会并发表重要讲话。讲话深刻阐明了社会主义文艺的规律,明确指出了新时代、新征程是当代中国文艺的历史方位。讲话对广大文艺工作者提出了五点希望,为新时代文艺工作指明了方向、明确了任务,是新时代文艺事业发展的根本遵循。您聆听了习近平总书记的讲话后,有何感想?

张晓惠:习近平总书记站在中华民族伟大复兴战略高度,为我国文艺发展,擘画蓝图、把舵定向,感受尤为深刻的是总书记要求我们用心用情讲好中国故事,展现可信、可爱、可敬的中国形象。在艰苦卓绝的奋斗中,中国人民以一往无前的决心和意志,以前所未有的智慧和力量,开辟了中国特色社会主义道路,这里面有着多少可歌可泣、有着多少苦难辉煌,值得挖掘、思考、呈现!总书记要求我们要立足中国大地,以更为自信的态度、更为深邃的视野、更为博大的胸怀,用心用情讲好中国故事,我愿意做这样的一个写作者。

(人物简介:张晓惠,江苏射阳人,中国作家协会会员,国家一级作家,《读者》签约作家,"书香盐城形象大使"。发表散文、随笔、报告(纪实)文学500多万字,出版作品集《心中长对翅膀》《寻找你的七色花》《坐看云起》《风行水上》《残痕若花》《维纳斯密码》《与你共舞》《北上海》《碧血雨花飞》《热血荐轩辕》等,其中《坐看云起》(2003年)入围第二届中国女性文学奖,《残痕若花》(2009年)获盐城精神文明建设"五个一"工程奖,《与你共舞》《北上海》先后获市政府文艺奖一等奖(2014年、2015年),多篇作品在全国、华东地区、江苏省文学作品评比中获奖,并被选入部分省、市高考、中考试卷。)

(获2022年度江苏省优秀广播电视报刊新闻与专稿作品一等奖)

全省首单"碳配额保险"落地江苏射阳

9月19日,江苏恒泰新能源有限公司拿到发电行业碳超额排放费用损失保险单。这是江苏省落地的首笔发电行业碳超额排放费用损失保险,为能源企业在碳配额清缴等方面提供创新保险保障。

据介绍,发电企业在达成既定生产经营目标的过程中,自然灾害、意外事故、工人操作错误等因素造成的发电设施或相关节能减排设备损失,可能会导致发电企业节碳减排能力下降。发电行业碳配额保险项目将为由此产生的额外碳排放配额交易费用提供风险保障。

为规避碳排放超配额风险,给企业碳配额这类资产提供保障,人保财险射阳支公司联合射阳县地方金融监管局,在深入研究碳配额管理上的需求和发电企业在参与碳市场中所面临的风险的基础上,推行了发电行业碳超额排放费用损失保险。"碳配额保险"是射阳县匠心打造"双碳县",以金融护航绿色低碳发展的首次尝试。这笔保单由江苏省恒泰新能源投保,人保财险盐城射阳支公司提供保险保障。

江苏恒泰新能源有限公司主要从事生产和销售蒸汽、电力,现有3台75吨循环流化床锅炉和1台1.2万千瓦抽凝式汽轮发电机组和1台7000千瓦背压机组,主要担负射阳经济开发区内企业的供热任务,也是全国首批纳入碳排放权交易配额管理的企业之一,共持有碳排放配额13万吨。

"该保险为企业碳排放超配额产生的额外碳排放配额交易费用提供风险保障,降低企业实施碳减排项目风险,帮助企业推进'双碳'工作。"人保财险射阳支公司相关负责人说,通过碳配额保险助力发电企业有效利用市场机制控制和减少温室气体排放,这是助力碳达峰、碳中和的一次大胆创新探索,在江苏全省尚属首创。

射阳县地方金融监管局负责人表示,"碳配额保险"的成功落地,是主动策应射阳推进减污降碳协同治理,打造"双碳县"的目标定位,深入调研而量身打造的保险方案,将为射阳打造沿海绿色能源示范基地提供的重要绿色金融创新。

(获 2022 年度江苏省县级融媒好新闻三等奖)

成功探索"土地经营权流转合同网签"

"射阳实践"被写进中央一号文件

2月21日，21世纪以来第18个指导"三农"工作的中央一号文件由新华社受权发布。这份文件题为《中共中央国务院关于全面推进乡村振兴加快农业农村现代化的意见》，全文共5个部分，在第4部分第21条中指出："加强农村产权流转交易和管理信息网络平台建设，提供综合性交易服务。"其中"农村产权流转交易和管理信息网络平台建设"就是我县首创。在此之前，我县成功探索的"土地经营权流转合同网签"被写进了农业农村部发布的2021年第1号令《农村土地经营权流转管理办法》。

从2020年3月起，我县农村产权交易中心承担了农业农村部农村土地流转合同网签试点工作任务。针对疫情影响，该中心采用农村产权线上交易加"云直播"模式，全力推行"不见面交易"，确保农村产权交易工作在疫情防控期间有序开展。

全国首笔农村土地流转合同"云签约"于2020年5月7日在我县举行。当天，流出方射阳县长荡镇中沙村村民委员会、流入方射阳国投农业科技发展有限公司、鉴证方射阳县农村产权交易中心在各自办公地，分别通过江苏省农村产权交易信息服务平台网站或手机App，完成合同网上签署。这是我国首次在农村产权交易领域引入区块链技术开展的电子合同签署及存证应用。

2020年9月25日，我县又一宗成交金额为285.824万元的农村土地产权交易流转合同在省农业农村厅、蚂蚁链和南大尚诚软件共同鉴证下，于上海外滩大会现场完成线上签约。自试点工作开展以来，我县累计完成各类农村土地流转合同网签6批18笔。

我县率先探索区块链技术的土地流转"云签约"，创新网签模式，具有较强的实用性、前瞻性，"射阳实践"受到农业农村部充分肯定。农业农村部政策与改革司巡视员赵鲲表示，射阳初步探索形成了一套合法合规、便民高效的网签办法，对于推动农村产权供需双方在更大范围、通过更便捷方式进行有效对接，进一步盘活农村集体资产、助力乡村振兴具有重要意义。

（获全省县市新闻中心系统2021年度好新闻一等奖，合作者张伟）

爱琴海协助指挥并带队下海营救难民

救人英雄徐锦文当选"天津好人"

1月26日,天津市文明办发布"天津好人"2021年1月榜单,总部位于天津的中国华洋海事中心有限公司OCEANANG号散货船船员、射阳籍大副、好事做到爱琴海的见义勇为英雄徐锦文入选。去年,徐锦文经盐城市和射阳县两级文明办推荐,已光荣当选"江苏好人"。目前,他是我省唯一一个同时获得两省市表彰的省级"双料好人"。

当地时间2020年8月25日下午4时50分,希腊爱琴海海域发生难民船沉没事件。OCEANANG号散货船途经此处前往俄罗斯时,大副徐锦文收到求救信息,立即报告船长张辉,在与希腊联合搜救中心沟通后,OCEANANG号立即朝沉船位置转向,5分钟后,在右前方3海里远的地方发现沉船。

徐锦文带领同事操作救生艇和救助艇,顶着海浪,实施营救。天色越来越暗,海况复杂,险象环生,徐锦文和同事咬牙坚持,不放弃一个遇险难民。来来回回,徐锦文他们将附近所有落水人员救起,并送到OCEAN ANG号散货船上。最终,他们救起41人。

获救人员对船员开心地说:"我们还活着!""非常感谢!"有人在登上大船舷梯前,给了徐锦文一个大大的拥抱,流着眼泪对他道了一声"谢谢"。"那场面真的挺感人。"徐锦文动情地说。他至今难忘当时的情景。

有获救者听说他们来自中国时,还用英语说"谢谢中国人"。"那一刻,我们的自豪感油然而生!"徐锦文说。

"生命面前不分国籍和种族,在这紧急时刻,我们理当挺身而出。"徐锦文表示,"乐善好施、救人急难是中华民族的优良传统,我们要发扬光大。"

船长张辉对徐锦文在这次搜救中的表现非常满意,称赞徐锦文:"协助指挥并带队下海营救,沉着冷静,操作规范,技术娴熟,为救援成功发挥了积极作用。"

徐锦文和同事在爱琴海英勇搜救落水国际难民的事,经中央电视台、《人民日报》微信公众号、《新华每日电讯》、《中希时报》等国内国际新闻媒体报道后,产生广泛影响。希腊国际救援组织发来感谢信,充分肯定他们在搜救行动中的出色表现。世界各地网友纷纷点赞,其中一条评论说"大爱无疆"。也有网友留言:有没有国际见义勇为奖?他们配得上这个荣誉!

(获全省县市新闻中心系统2021年度好新闻二等奖,合作者张伟)

我县完成国内首个海上风电调频实验

日前,龙源电力江苏射阳海上风电场配合省调控中心自动化处,完成405兆瓦海上风机一次调频动态试验,成为国内首个具备一次调频功能的海上风电场。

龙源射阳400 MW海上风电项目位于射阳河口东南侧海域,辐射沙洲最北端。龙源振华承接57根单桩基础施工及57台4.5 MW风电机组安装任务,范围涵盖基础管桩施工,附属套笼构件安装以及风机(含塔筒和内部设施设备等)部件的装卸、组拼装、海上安装、风机调试等工作。4月12日,龙源射阳400 MW海上风电项目全部吊装完成,首批风机顺利并网。

一次调频功能是发电机组并网安全评价的一项重要内容,可以在一定程度上保障风机更安全、更优质、更经济地接入电网,从而实现电能资源的优化配置。相比陆上风电场机组,该风电场机组距离陆上集控中心70公里以上,在一定程度上造成了集控中心与海上风机通讯延时较长的问题。初始试验结果表明,海上风机一次调频响应滞后时间较长,难以达到电网要求。对此,龙源电力与风机厂家等各方交流沟通,多次制定应对策略,最终在对一次调频控制策略和风机间的网络带宽进行优化后,提升了设备间的信息传输速率,减少了海上风机一次调频响应时间。多次试验结果均表明,该风电场一次调频性能优异,各项性能指标皆可满足江苏电网新能源场站一次调频技术要求。

此次成功完成该项试验,为我国制定海上风电一次调频相关行业标准提供了全面准确的参考依据。

据了解,射阳龙源海上风电项目预计年上网电量约100000万千瓦时,销售额约8.5亿元,年利税约1亿元,必将有力带动我县新能源产业的快速发展。

我县拥有得天独厚的"风光"资源,拥有海域面积5100平方公里,沿海及近海70米高度风速超过7米/秒,近远海有超千万千瓦级可开发资源,是国内海上风能潜力最大、风场质量最好的县份之一。近年来,我县充分利用海上风电可开发空间较大的资源优势,高起点规划新能源产业,高站位集聚全球资源,新能源产业全面起势。2020年,全县新能源企业实现产值180亿元、税收7.55亿元,连续三年创历史新高。

(获全省县市新闻中心系统2021年度好新闻三等奖)

打造全球风电技术高地

——江苏射阳港风电产业研究院投运侧记

半实物仿真平台,在国内仿真系统中是最先进的。

射阳港风电研究院是世界第一个±30千伏兆瓦级直流变换器装备,并且建立世界第一个全直流发电技术示范工程。

亨通单根电缆最高做到±500千伏,这是世界最高的电压等级的海缆,可以一次成型、一次拉出去100公里。

……

9月27日,市高质量发展观摩推进会与会代表来到刚刚投运的射阳港风电产业研究院实地观摩。射阳港风电产业研究院展示的成果令与会者赞不绝口。

江苏射阳港风电产业研究院成立于2021年4月,由中国科学院电工研究所牵头,依托国家风电设备质量监督检验中心、西门子数字化工业软件、道达尔能源等6家行业龙头支撑,围绕大兆瓦级风机、漂浮式装备、海上牧场等"三个方向",建有可再生能源技术研发、质量检测、试验认证等"三个中心",突破大兆瓦级风机、漂浮式光伏及风电、柔性直流输电等"三大核心"技术,承担"创新使命"海上可再生能源实证示范基地建设任务,致力打造风电产业先进的技术研发平台、权威的公共服务平台、高端的人才培养平台。

经过各方的努力,射阳港风电产业研究院从筹建到投运,仅用了半年的时间。

射阳港风电产业研究院的每一位成员都是风电行业领域的顶级高手。院长王一波研究员是国家"十四五"可再生能源技术专项专家组组长、"创新使命"电力使命工作组组长,近5年承担国家项目20项,发明专利30多项;副院长窦伟博士是我国第一台光伏逆变器的牵头研制人;研究员胡书举是国际能源署风能项目中方首席专家;刘海涛研究员是国际能源署光伏系统项目中方首席专家。

我县坐拥102公里海岸线,海域面积5100平方公里,全年日照时间达2200小时,风力平均功率密度每平方米110瓦至140瓦,形成了发展风电产业的得天独厚条件,是盐城乃至江苏海上风能潜力最大的县份。为充分利用这一资源,推动高质量发展,近年来,县委、县政府将目光聚焦在风电产业上,按照"精准、系统、定向"的要求,瞄准国际顶尖企业、行业龙头企业,强化招商引资,突出风电产业招商、风电产业政策等相关内容,着力引进产业链上下游关联企业,形成从智慧风场建设到工程运维、科技研发、检验检测、人才培训、跨境电商的完备产业生态体系。目前,射阳港入驻新能源企业 22 家,涵盖了风电整机及零部件全产业链。

射阳港风电产业研究院近期重点任务就是集合中科院、地方政府和产业的力量,实现三项重大技术突破,研制出 15 兆瓦级风电机组、建立世界首个海上全直流发电示范工程、世界最大的近海漂浮式光伏实证平台,形成具有国际影响力的科技创新平台和产品测试平台,为盐城争取国家创新平台、国家级重大产业化项目奠定基础。

在中科院海上风电装备质量检测中心实验展示区,一台电子万能试验机已试验完成,另一台电子万能试验机正在对 ZF 齿轮箱螺栓进行拉伸试验,加载载荷为 100 千牛,完全满足国家标准中的受力要求,测试结果为合格品,目前 5 兆瓦的风机螺栓承受的载荷为 20 千牛,设备能完全适用不同类型风机不同环境下的力学测试。

据王一波介绍,中心单个零部件切片样品测试价格为每小时 700~1000 元,在价格上也极具市场竞争优势。目前服务于中车、远景、ZF、东方电机等国内外大型风电企业的材料及零部件测试,为各个风电企业提供检测认证和技术支持。

海上风电智慧控制技术实验室聚焦海上风电控制核心技术研究攻关,致力于解决"卡脖子"技术问题。实验室主控是实物的,但风况、海况是通过计算机模拟,主控与仿真系统连在一起,形成半实物仿真平台,这在国内仿真系统中是最先进的。目前,实验室正在和已落地射阳的远景、华能等整机和业主单位合作开展大功率海上风电机组全国产化主控装置的研发,预计 3~5 年实现产业化和推广应用。

风电光伏全直流发电技术,对于海上风电来说,节省三分之一的输电成本,提高 6% 系统效率。射阳港风电研究院是世界第一个 ±30 千伏兆瓦级直流变换器装备,并且建立世界第一个全直流发电技术示范工程,下一步将在产业研究院开展全直流发电技术成果转化和应用示范。

王一波表示,研究院加大风电行业的前沿关键技术研发,争取 5 年内突破世界最大的 15 兆瓦级风电机组关键技术,建立世界首个海上全直流输电系统示范工程和世界最大的 5 兆瓦近海漂浮式光伏系统实证平台。

(获全省县市新闻中心系统 2021 年度好新闻三等奖)

240 万字淮剧丛书是怎样诞生的

——记《淮剧艺术丛书》编著者陆连仑

12 月 1 日,《盐城市淮剧保护条例》正式实施,这对于 8 年不分昼夜常常熬通宵、出版了《淮剧艺术丛书》的我县退休干部陆连仑来说,更是意义非凡。

陆连仑编著的 240 万字《淮剧艺术丛书》,全书共六册,分《淮剧知识 300 问》《淮剧曲调总汇与欣赏》《淮剧名家及唱腔赏析》《淮剧经典生腔 100 段》《淮剧经典旦腔 100 段》《淮剧经典对唱 100 段》。省委宣传部、省新闻出版局、江苏凤凰传媒集团联合发文,把《淮剧艺术丛书》列入全省农家书屋增书计划目录,《淮剧艺术丛书》获得市政府文艺奖,市社科联奖,县五个一工程奖,被省淮剧博物馆、诸多高等院校图书馆、盐城市及 9 个县(市、区)图书馆收藏。

陆连仑说,实施《盐城市淮剧保护条例》,对于淮剧的传承和发展有了法律的保证,让我们对于国家非物质文化遗产淮剧的研究和保护更加坚定了信心。

淮剧,是江苏省的地方剧种之一,诞生于苏北平原盐淮地区。今年正值《盐城市淮剧保护条例》实施之际,11 月 29 日,我们登门拜访了陆连仑,话题就从淮剧开始。陆连仑说,记得小学二、三年级的时候,下午二节课后,当时的音乐老师就让他参加兴趣小组学唱淮剧。上中学后,他逢淮剧必看,不管是哪家剧团,也不管是演什么剧目。他常常到几十里以外的城里剧场去看淮戏。在此期间,了解了一些淮剧名人轶事,如筱文艳、何叫天、刘少峰、高春林、陈德林、裔小萍、戴建明、王志豪等。20 世纪 70 年代以后,时常参加一些县域内文艺汇演,更多接触到淮剧,并为淮剧作伴奏。90 年代前后,在县文化主管部门当过几年领导,直接参与了同淮剧相关的一些专业性活动,从而加深了对淮剧多方面知识的了解。尤其是 2010 年底退居二线以后,整天和淮剧的专业、业余爱好者们在一起学习和研究淮剧。可以说,他已酷爱淮剧,一发而不可收。

"这几年中,我接触了一些淮剧业余爱好者和专业工作者,发现有些爱好者为了寻求一两段喜欢学唱的淮剧唱段曲谱,东奔西跑,托人寻找,有时还不能如愿;有些爱好者虽然会唱上几段,但分不清是淮剧的什么曲调;有些专业从事淮剧的人员,对淮剧的历史渊源、演变发展过程等可谓一知半解,甚至有些基本常识都说不清楚。于是,我便开始收集、挖掘、编著以淮剧知识和淮剧人物及唱腔为主的淮剧综合性资料,旨在更好地弘扬、传承、推广和发展淮剧事业。"陆连仑说到淮剧滔滔不绝。

2010 年底陆连仑退居二线,"我就想,趁现在还有精力,也有时间,做一件有意义的事。想来想去，正逢淮剧被批准为国家非物质文化遗产之际，最后决定为家乡地方戏淮剧编写一本传承和发展并有实用指导价值的书。"陆连仓的想法也得到了家人的支持。说起来容易做起来难。"如此宏大计划，起初不敢和别人说，会让人以为是在吹牛皮。"前三年，陆连仓就搜集各种淮剧资料，全国14家淮剧团他都去过，还尽量上门拜访淮剧名家、老艺人，也去北京、上海、南京等地书店寻找过有关淮剧书籍。有一次，在一家旧书店里他发现一本淮剧小册子，原价3.6元，他却花了150元买到手。为收集资料，他三次去上海，四次去省淮剧研究会（淮博馆），也曾拜见过数十位淮剧专业工作者和老艺人，请教和交流有关丛书的相关内容。

淮剧名家唱段、唱词、曲谱的记录、整理、校对，至少将每段录音或视频听校30遍以上。整理的书稿、材料，至少150公斤以上。初稿出来后，他经常背着15公斤的书稿，请专家、名角和专业老师指导。8年中，他从来没有睡过一个午觉，夜间经常弄到后半夜三四点钟。"其中的艰辛，三天三夜也说不完！"陆连仓苦笑着说。8年中，为编写这套《淮剧艺术丛书》，从策划立项、收集资料、辑录内容、拟定提纲、编撰书稿、统筹平衡、修改校对、打印成册、出版发行等，他花费了大量的心血。

陆连仓十分欣慰地说，此套《淮剧艺术丛书》编写过程中，得到江苏省淮剧研究会、上海市淮剧团、江苏省淮剧团等20家相关单位的无私帮助和支持，得到国家一级作曲家、戏曲音乐理论家张铨先生的无私指点；得到著名戏曲剧作家、江苏省淮剧团编剧袁连成，中国音乐家协会会员王震扬老师和江苏省音乐家协会会员徐良君的关心和帮助，得到张必文、陈金德等老师根据录音录像中的记谱支持，得到吴庭勇、陈旺泉等老师在曲谱整理、打印曲谱和校对修改上的帮助。

"地方戏诸多剧种中，与淮剧艺术相关的出版物还真不算少。但没有一种是能够让人通过一册（套）在手便可完整了解这个剧种，并可依此来欣赏和学习淮剧艺术的，而且完全是由个人来完成的。也就是这套《淮剧艺术丛书》，让人颇多感慨。"中国戏曲音乐学会副会长、中国大百科全书戏曲卷音乐分支主编、江苏省戏剧家协会名誉主席汪人元说。

中国戏剧梅花奖、白玉兰奖获得者、国家一级演员、江苏省淮剧团团长陈明矿，对陆连仓先生的"壮举"赞叹不已。他说，今日苏北大地，淮剧私营剧团、淮剧广场、淮剧庭院、淮剧票友团比比皆是，老百姓对淮剧的念想空前强烈与壮观。陆连仓先生这套《淮剧艺术丛书》，把苏北百姓对淮剧的念想，表达得"石破天惊"！"丛书"收录了淮剧自有文字记载以来的许多名家名段，这基本代表了淮剧观众对百年淮剧的审视和选择。陆先生的"丛书"，不光搜集了许多既在当时流行又在以后流传的名家名段，更重要的是他挖掘和搜集了淮剧产生、发展历史过程中诸多方面有很高价值的资料，对淮剧未来的发展和传承作出了贡献。

（获全省县市新闻中心系统2021年度好新闻三等奖）

全球分片塔筒最大风轮风机落户射阳

12月20日,两台全球首个17x级别风轮、160米大直径分片式全钢塔筒智能风机在远景能源江苏射阳智慧陆上风场吊装完成。据介绍,这是目前全球分片塔筒的最大风轮风机。

"17x级别风轮、160米大直径分片式全钢塔筒智能风机每小时发电5000多度,每台造价2000多万元,相比其他风机发电效率更高。"设备供应商远景能源东南公司开发经理孙浩介绍,随着风机功率、叶轮直径和塔筒高度不断增加,塔筒受到的载荷越来越大,技术进步靠增加塔筒直径,但传统的整体圆锥钢管塔直径很难突破4.5~5米,能负荷的载荷和高度有限。

为此,研发人员探索"大风轮+高塔筒",使用远景伽利略超感知系统,通过数字孪生模型使机群增强对机位运行工况、各部件运行状态、系统运行趋势的洞察力,让每一台风机均可根据特定工况,做到最优的协同载荷分配;可以做到不受季节与地域限制,根据机位载荷灵活定制,在陆上中低风速区域和未来更大风轮的高风速区域,都有更加广阔的应用前景。

据了解,远景是全球率先提出智能风机概念的公司,通过运用自主研发的高科技智能技术,设计制造出"能感知、会思考、自学习、可判断和决策"的智能风机产品,包括格林尼治云平台、智慧风场Wind OS平台、阿波罗光伏云平台等,目前管理着包括北美、欧洲、中国等在内的超过2000万千瓦的全球新能源资产,年销售额可达50亿元。

孙浩说,这次全球首个17x级别风轮、160米大直径分片式全钢塔筒智能风机在射阳金港大厦附近共安装6台,目前已完成吊装两台。

截至目前,远景能源140米及以上高塔的业绩已近4000台,总容量超11吉瓦。在高塔领域,远景能源不仅以数量占优,技术能力也一直遥遥领先。

自2017年落户射阳以来,远景能源射阳基地始终以"智慧"为引领,聚焦产业前沿,突破关键环节、技术,具备1.5吉瓦大型海上风电机组生产能力,已成为业内单位面积海上风机可制造性效率最高的制造基地。

(获全省县市新闻中心系统2021年度好新闻三等奖)

全国首笔农地流转合同在射阳县"云签约"

9月25日，江苏射阳县一宗成交金额为285.824万元的农村土地产权交易流转合同在江苏省农业农村厅、蚂蚁链和南大尚诚软件共同鉴证下，于上海外滩大会现场完成线上签约。这是继今年5月江苏完成国内首笔农地流转"云签约"之后，首次将区块链技术与农村产权交易进行深度融合，亦是全国首笔农村产权全链上交易项目，还是全国首笔接入最高院司法链的农村产权交易项目。

此次签约项目流出方为射阳县合德镇新曙村村民委员会，流入方为射阳乃军水产养殖有限公司，鉴证方为射阳县农村产权交易中心，项目主体为280亩养殖水面，主要用于大棚养殖南美白对虾，流转期限8年，经过线上报名、线上审核、线上缴费、线上竞价等，由射阳乃军水产养殖有限公司以每年每亩1276元的价格一举中标，合同总金额285.824万元。整个项目的基本信息、产权信息、公告信息、报名信息、交易过程已经全部在区块链上记录，三方分别通过江苏省农村产权交易App顺利完成合同网上签署，并将合同登记至最高院司法链。

在此之前，全国首笔农村土地流转合同"云签约"，今年5月7日上午在江苏省唯一的全国土地流转合同网签试点射阳县举行。当天，流出方射阳县长荡镇中沙村村民委员会、流入方射阳国投农业科技发展有限公司、鉴证方射阳县农村产权交易中心，三方在各自办公地，分别通过江苏省农村产权交易信息服务平台网站或手机App完成合同网上签署。

射阳县承担了农业农村部农村土地流转合同网签试点工作任务。在"江苏省农村产权交易信息服务平台"基础上，积极探索区块链技术与农村产权交易相融合，开展农村产权交易全流程上链和合同"云签约"，实现全程"不见面交易"，并接入最高院司法链，有力地推动农村产权供需双方在更大范围、通过更便捷的方式进行有效对接，进一步盘活农村集体资产、助力乡村振兴。

江苏省农村合作经济经营管理站站长李明表示，这是最"洋气"的科技与最"土气"的农业牵手走入了"婚姻殿堂"，有助于进一步促进农村更多的"绿水青山"变为"金山银山"。

"县级以上地方人民政府农业农村主管（农村经营管理）部门应当按照统一标准和技术规范建立国家、省、市、县等互联互通的农村土地承包信息应用平台，健全土地经营权流转合同网签制度，提升土地经营权流转规范化、信息化管理水平。"射阳县成功探索的"土地经营权流转合同网签"被写进了农业农村部发布的2021年第1号令《农村土地经营权流转管理办法》。新办法对 2005 年颁布实施的《农村土地承包经营权流转管理办法》进行了修订,自 2021 年 3 月 1 日起施行。

2 月 6 日,省委农办主任、省农业农村厅厅长杨时云作出批示指出,射阳县以部试点为契机,率先探索区块链技术的土地流转"云签约",创新网签模式,具有较强的实用性、前瞻性,是江苏"三农"工作"争当表率、争做示范、走在前列"的生动体现,相关经验值得总结推广。

2020 年 3 月起,射阳县农村产权交易中心承担了农业农村部农村土地流转合同网签试点工作任务。针对新冠肺炎疫情,该中心多措并举,采用农村产权线上交易加"云直播"模式,全力推行"不见面交易",确保农村产权交易工作在疫情期间有序开展,为农业农村部"探索建立土地流转合同网签制度"项目试点打下坚实基础。

2020 年 5 月 7 日,全国首笔农村土地流转合同"云签约"在射阳县举行。这是我国首次在农村产权交易领域引入区块链技术开展的电子合同签署及存证应用。

射阳县自试点工作开展以来,累计完成各类农村土地流转合同网签 6 批 18 笔。

"射阳实践"受到农业农村部充分肯定。农业农村部政策与改革司巡视员赵鲲表示,射阳初步探索形成了一套合法合规、便民高效、安全可靠的网签办法,对于推动农村产权供需双方在更大范围、通过更便捷的方式进行有效对接,进一步盘活农村集体资产、助力乡村振兴具有重要意义。

（获 2020 年度赵超构新闻奖一等奖）

用声音"点亮"盲童世界

"白日不到处,青春恰自来。苔花如米小,也学牡丹开……"安静的教室里,稚嫩的童声缓缓入耳。倘若未亲眼所见,我们也无法想象这样如天籁般的声音,出自一群被上帝在眼前遮住帘却忘记掀开的孩子——盲童。12月25日下午,记者来到射阳县特殊教育学校,去感受盛文助学爱心协会和大洋湾读书社志愿者们用声音给予孩子们生命的特殊力量。

"让我来找找我的'小老乡'在哪里?""大家还记得我的声音吗?我是谁?"这已经是盛文助学爱心协会志愿者们无数次来到特殊教育学校的盲童班。对于他们的声音,孩子们无比熟悉,即便是一声轻微的咳嗽,也能清晰地辨认出是"羌哥"还是"九老师"。

"如果我的声音能够改变孩子们原本生活,为他们增添一些色彩,这就很值得了!"被孩子们亲切地称为"九老师"本名秦九红,有着广播电视行业30多年的从业经历。用她自己的话来说,就是这辈子只做了一件事——练习如何使用声音,从用气发声到吐字诵读,只求"最美的呈现"。

秦九红很欣赏盛文助学爱心协会口号:尽己所能,快乐公益。那么加入公益组织自己能做些什么?对于盲童而言,声音是最能缩短他们与世界交流的距离,也是打开心灵大门的钥匙。于是,便有了"我的声音,你的世界"为盲童诵读活动。"这或许只是件很小的事情,但如果能够持续做下去,就有了不一样的意义。"

两年来,志愿者坚持到射阳县特殊教育学校盲班,为20个盲童开展志愿服务活动,用声音"点亮"孩子们世界。

盐城电视台、盐城广播电台播音员踊跃参加,用他们的声音帮助孩子们看到更广阔的世界。现任盐城师范学院特聘教授的秦九红,把播音主持音乐专业的大学生们也带到了这个志愿组织里。

活动中,盐城师范学院播音主持专业的大学生志愿者们登台"亮相",为孩子们送上精彩节目。"九老师"还与志愿者们合诵《祖国啊,我亲爱的祖国》《乡愁》等诗歌名篇,抑扬顿挫且富有磁性的声音令人陶醉。

"哪位同学愿意为大家诵读《游子吟》?""九老师"话音未落,孩子们纷纷举起小手来。"慈母手中线,游子身上衣。临行密密缝,意恐迟迟归。谁言寸草心,报得三春晖!"朗诵时,孩子们的表情是那么自信。

用心吐字,用爱发声。两年来,每月一次的诵读活动,让盲童孩子们愿意敞开心扉,不再惧怕陌生人;每月一次的贴心交流,让大家在"声音的国度"里,不断产生心与心的碰撞、交流……

"第一次来盲童班时,孩子们都很安静地坐着,除去礼节性的鼓掌外,始终沉默不语。两个小时的诵读活动,气氛一度很尴尬。但是现在真的完全不一样了!""羌哥"本名陈羌,是大洋湾读书社志愿者。看到如今孩子们更加阳光快乐,他心中便涌起无限感动。

"听到他们一起唱歌,我的眼泪溢满了眼眶,那是多么干净空灵的声音。当听到他们朗诵'九老师'教给他们的作品,让我想到热爱可以抵挡一切,他们是坚强的,对这个世间的一切都有美好憧憬。'乐器家''新闻主播''钢琴家''发明家',让我觉得他们每个人的梦想都在熠熠闪光。"大学生志愿者汪燕旋说。

志愿者刘俊诚是盐城师范学院播音系的学生,在帮助这些盲童孩子的同时,他也获得了许多人生感悟。"上次来的时候,孩子们创作了绘画和折纸作品。让我感受到他们虽然看不见,但丝毫不影响有一颗热爱生活的心!"

"两年的爱心公益活动,孩子们的变化太显著了。"射阳县特殊教育学校少先队辅导员、盲班老师王成秀老师说,通过诵读公益活动,丰富了孩子们的知识积累,孩子们更善于和别人交流了,变得自信、乐观、阳光。诵读的能力有很大的进步和提高。两年期间,盲班的孩子们参加全县中小学校园文化艺术节诵读比赛获得一等奖,还应邀参加了"声动盐城"阅读比赛特邀表演和盐城市广场公益活动的表演。

上次活动,志愿者们让孩子写出自己的微心愿。今天,当孩子们从志愿者手里接过磁力棒积木、棉睡衣、保温杯、蓝牙耳机、棉鞋、冬衣冬裤的时候,幸福的脸庞露出灿烂的笑容。参加活动的志愿者们把参加公益年会的钱变成一份爱,虽然没有了聚餐,但有了一片浓浓的暖阳,给孩子也是给自己一份新年礼物。

耳中回响着志愿者们的美妙声音,手里是爱心人士送来的"新年礼物",相信这个冬天,盲童孩子们将不再畏惧寒冷与黑暗。

(获 2020 年度江苏报纸文化好新闻三等奖,2019 年盐城市优秀广播电视节目奖二等奖)

中国货船爱琴海勇救 41 名难民

3 名江苏籍船员回忆救人时刻

2020 年，一艘难民船在希腊爱琴海沉没，中国货船勇救 41 人的事迹被广泛传播，全世界的网友都在给中国船员点赞。记者了解到，当时救人的中国货船上，有 4 人是江苏籍船员，其中 3 人来自盐城，他们也全程参与了救人。

"中国人，我们是中国人！"参与指挥并带队下海营救的大副徐锦文是盐城籍船员，当他们救起第一批落水人员后，获救者感激地问他们是哪里人，徐锦文用不怎么流利的英语大声地回答。

紧急！接到求助电话海上施救

当地时间 8 月 25 日下午 4 时 50 分，中国华洋海事中心有限公司 OCEANANG 号散货船，前往俄罗斯的航程中，途经爱琴海时，收到希腊海岸警卫队紧急呼叫，请求帮助搜救附近海域遇险难民船。

"请注意，这不是演习，我轮要对一艘失事的游艇进行救援，请所有人员立即到位！"据货船电机员陈茂文回忆。当时他们正在上班，突然广播里传来紧急通知。他们穿好救生衣就赶到甲板上，"远远地能看到海面上有一条小船，已经沉了一半，上面密密麻麻站满了人，海面上也漂了很多人"。

陈茂文说，海里有人没有穿救生衣，他们就努力向海里扔，可是太远，根本够不到。"很紧张，很揪心，恨不得自己跳下去救他们。"25 岁的陈茂文是盐城市亭湖区新兴镇人，2016 年从南通航运职业技术学校毕业，学的专业是船舶电子电器，当年 8 月从事远洋船员工作。

"我是电机员，所有的设备都是我负责，检查好电子设备，就开始放救助艇。"陈茂文告诉现代快报记者，因为救助艇只能坐 8 个人，他和同事又赶紧去放救生艇，因为能坐30 人左右，"能多救一个是一个！"

此时，货船上的 21 名船员神经紧绷，大家第一次遇到这样的事情。"我是在船舱里，负责轮机部设备的安全和预防，保证所有救生设备的正常使用，不能离开岗位去海里救援。"货船的大管轮金龙维，33 岁的他有着丰富的工作经验。他与陈茂文是盐城老乡，老家在射阳县特庸镇王村，"我们所有人是一个整体，分工不同，有人要保持船的位置、有人要维持电器的运行，缺一个都不行！"

惊险！一个小时救起 41 人

很快,货船的大副徐锦文带领船员操作救生艇和救助艇,前往正在沉没的船只附近开展施救。来回两趟,徐锦文他们将附近所有落水人员救起并送到 OCEANANG 号散货船上。一个小时里,他们共救起 41 人。"救援过程中,天渐渐地黑了,涌浪也增多,说实话我们当时的确很危险,现在回想起来也有些后怕,但接到求助电话时没有人想过不去救。"徐锦文回忆说。"我们还活着!""非常感谢!"获救人员激动地对救援的船员说。还有人在登上大船舷梯前,给了徐锦文一个拥抱,流着眼泪对他道了一声"谢谢"。

"那场面真的挺感人!"9 月 5 日上午,徐锦文所在的货船正在俄罗斯一码头卸货,谈起当时的情景,他动情地对现代快报记者说。上船后,陈茂文负责安顿好获救的难民,帮助他们用毛巾擦拭身体,再用毛毯裹上,再为他们测量体温,登记姓名等基本信息。

37 岁的徐锦文是盐城市射阳县海河镇人。"我们救人的行为获得各方肯定,以后遇到类似的情况,我们还会毫不犹豫地伸出援手。"徐锦文告诉记者,希腊国际救援组织给他们发来了感谢信。《中希时报》等国际媒体做了报道,为他们见义勇为的行为点赞。船主奖励他们救援人员 1 万元美金。

据报道,希腊海岸警卫队发言人尼科斯·拉加迪亚诺斯在新闻发布会上表示,这起救援行动是爱琴海海域最大规模和最为成功的救援行动之一,事故涉及难民和非法移民人数较多,大多数人没有救生设备,而且夜间救援难度大。

感动！大副曾为村里捐资修路

据了解,OCEANANG 号散货船上共有 4 名江苏籍船员。"还有一名是南通的实习水手,下海救人时,他的腿部和胸部被救生艇挤压受了伤,已经下船,准备回国接受治疗。"金龙维说,后来经过检查,没有大碍。

"灾难无情人有情,生命面前不分国籍和种族。"金龙维告诉现代快报记者,工作 10 年时间,他走过许多国家和地区,第一次参与这样大规模的海上救援,当看到获救难民感激的眼神和竖起的大拇指,他觉得很开心。

参与指挥并带队下海营救的大副徐锦文说,当他们救起第一批落水人员后,获救者感激地问他们是哪里人,徐锦文大声地回答:"中国人,我们是中国人!"采访中记者得知,徐锦文 21 岁就登上远洋货轮,一直到现在都从事此工作。

"儿子从小就肯学习,爱帮助人。在国外时更是严于律己,因为知道自己的一言一行都代表着中国。"徐锦文的父亲徐为富是退伍军人,他为徐锦文在海上参与救人的事情感到自豪,"疫情期间为保障安全,船员们不得休假、不能下船,儿子在船上待了 8 个多月了"。

（获 2020 年度江苏广播电视报刊新闻与专稿奖二等奖）

射阳大米推出专用"芯片"

"射阳大米三个新品口感非常好,具有香味浓郁、软绵甜糯润滑的特点,很多年吃不到这么可口的大米了。"南京东郊国宾馆总厨陈清宁品尝新品射阳大米后赞不绝口。

2020年12月15日下午,亚夫科技服务专项"江苏省优良食味水稻产业技术推广与服务体系建设"项目启动暨江苏射阳大米产业研究院新品种食味品鉴会在南京东郊国宾馆举行。专家和消费者通过对射阳大米集团研发的系列"射阳大米"核心新品种进行食味品鉴,鹤香粳系列3个新品种食味品尝分值超过目前生产的主打品种南粳9108,且生育期较南粳9108明显缩短,较好地解决了淮北地区稻米产业发展缺乏香型优质品种的问题,标志着射阳大米集团产业发展史上专用"芯片"正式诞生。经销商及大客户现场与射阳大米集团签约6万吨"射阳大米"供销合同,销售额近5亿元。

2019年,射阳大米集团与江苏省农科院等科研院所携手成立"江苏射阳大米产业研究院",射阳大米集团每年拿出专项资金支持研究院建设发展,从品种研发、种源培植、粮食种植、稻渔复合种养等方面进行全方位技术合作。

水稻新品种筛选示范基地位于海河镇革新村,总占地面积103亩,以品质保优配套技术为支撑,实施高品质大米专用新品系选育与鉴定、优良食味水稻新品种示范、稻米食味品质保优栽培技术展示和射阳县水稻新品种筛选,是射阳大米集团与省农科院合作建设的百亩水稻种子"育、繁、推"一体示范基地。今年水稻新品种筛选由省农科院提供品种26个,邀请省农科院首席专家王才林以及当地农技专家组成专业团队,在实验田培育种植、比较筛选新品种。

"射阳大米产业研究院通过两年努力,已经筛选出射阳大米的专有品种鹤香粳一号,这个品种的成熟期要比南粳9108早,品相和口感也好,出米率高,平均亩产650公斤以上,比普通稻田一亩多收入300元。鹤香粳系列品种抗条纹叶枯病和白叶枯病,中抗稻瘟病和纹枯病。射阳大米产业研究院取得的阶段性研究成果,为下一步全省推广优良食味品种,推进苏米品牌建设奠定了良好基础。"省农科院粮食作物研究所研究员王才林说。

活动现场,我县与省农科院签订的亚夫科技服务专项"江苏省优良食味水稻产业技术推广与服务体系建设"项目宣布启动。通过建立亚夫科技服务工作站,开展农技骨干人员和种植大户技术培训、科技对接等服务,着力促进先进种植技术及优良品种应用。亚夫科技服务项目将在射阳大米集团的优质稻米基地内建设亚夫工作站和面积300亩的种子试验示范基地。依托省农科院的先进农业技术,着力加快新品种、新技术、新装备、新产品、新模式的推广,促进先进种植技术及优良品种在射阳应用,助力提升射阳大米集团的市场竞争力。

射阳国投集团负责人说:"射阳大米专用'芯片'的诞生,开启了射阳大米集团发展新征程,我们将进一步加强与省农科院的合作,提高大米科技含量,加大射阳大米新品种研发力度,进一步做大做强射阳大米集团,为乡村振兴作出应有的贡献。"

(获 2020 年江苏广播电视报刊新闻与专稿奖三等奖)

16 年无偿放流海蜇苗 4 亿多尾

陈立飞公益之举为修复海洋生态作出贡献

截至 2020 年,盐城金洋水产原种场总经理陈立飞连续 16 年无偿放流海蜇苗 4 亿多尾,价值近千万元,对修复海洋渔业资源,增殖近海海蜇资源量,渔业增效、渔民增收,改善海域生态环境作出了积极的贡献。这是记者昨天从射阳县农业农村局获悉的消息。

20 世纪 90 年代,陈立飞涉足滩涂养殖,当时接手濒临倒闭的"对虾养殖公司",后破产改制成立盐城金洋水产原种场,走上专业海水养殖之路。为掌握海蜇养殖专业技术,他走访院校,聘请专家,刻苦钻研,成功繁育出海蜇苗,并申报注册"金洋苏海红"商标。

2005 年,我国建立增殖放流海洋生态补偿机制,但凡在沿海围垦建设等,必须经过海洋监控环评,评估确定企业承担放流补偿经费,用于每年采购当地海洋资源品种放流。为促使行业规范发展,陈立飞用积累的实践经验参加起草制定了江苏省《海蜇人工繁育技术规程》地方标准,申报两项海蜇育苗技术国家发明专利,2017 年和中国水产科学研究院黄海水产研究所合作完成的产学研项目——"海蜇轮放轮捕高效养殖技术"获中国产学研合作创新优秀成果奖。

陈立飞从 2005 年开始承担农业农村部和省、市海洋增殖放流任务。除承接大型企业海洋生态补偿放流业务外,他致富不忘反哺社会,积极参加公益无偿放流海蜇苗活动,为修复海洋生态贡献力量。

2020 年 6 月 25 日上午,又一次无偿公益海蜇苗放流在射阳港口进行,盐城金洋水产原种场作为此次活动的主体,总经理陈立飞无偿公益放流海蜇苗 2500 余万尾。

投放大海前,射阳县农业农村局工作人员对此次放流的海蜇幼苗进行随机抽样计数和规格查验,以确保海蜇幼苗数量和规格均符合放流要求。经过一个小时的检测,合格的 2500 余万尾苗种被装船运送至指定海域进行了放流。

陈立飞介绍,在此之前今年原种场还参加了两次公益无偿放流,5 月 9 日、6 月 5 日分别在大丰港和射阳港公益放流海蜇苗,累计近 2000 万尾。16 年来,陈立飞公益无偿放流海蜇苗 4 亿多尾,价值近千万元。

盐城金洋水产原种场是我市唯一的省和国家级水产原种场,主要从事海蜇苗繁育,年产海蜇苗 4 亿尾。"公益无偿放流,我会一直坚持做下去。"陈立飞说。

(获江苏省县市新闻中心系统 2020 年好新闻二等奖)

我县一宗农村产权交易创三个"全国之首"

9月25日,我县一宗成交金额为285.824万元的农村土地产权交易流转合同在省农业农村厅、蚂蚁链和南大尚诚软件共同鉴证下,于上海外滩大会现场完成线上签约。这是继2020年5月江苏完成国内首笔农地流转"云签约"之后,首次将区块链技术与农村产权交易进行深度融合,亦是全国首笔农村产权全链上交易项目,还是全国首笔接入最高院司法链的农村产权交易项目。

此次签约项目流出方为合德镇新曙村村民委员会,流入方为射阳乃军水产养殖有限公司,鉴证方为县农村产权交易中心,项目主体为280亩养殖水面,主要用于大棚养殖南美白对虾,流转期限8年。经过线上报名、线上审核、线上缴费、线上竞价等,由射阳乃军水产养殖有限公司以每年每亩1276元的价格一举中标,合同总金额285.824万元。整个项目的基本信息、产权信息、公告信息、报名信息、交易过程已经全部在区块链上记录,三方分别通过江苏省农村产权交易App,顺利完成合同网上签署,并将合同登记至最高院司法链。

在此之前,全国首笔农村土地流转合同"云签约"于2020年5月7日上午在全省唯一的全国土地流转合同网签试点县射阳县举行。当天,流出方长荡镇中沙村村民委员会、流入方射阳国投农业科技发展有限公司、鉴证方县农村产权交易中心在各自办公地,分别通过省农村产权交易信息服务平台网站或手机App,完成合同网上签署。

我县承担了农业农村部农村土地流转合同网签试点工作任务。在"江苏省农村产权交易信息服务平台"的基础上,积极探索区块链技术与农村产权交易相融合,开展农村产权交易全流程上链和合同"云签约",实现全程"不见面交易",并接入最高院司法链,推动了农村产权供需双方在更大范围通过更便捷的方式进行有效对接,将进一步盘活农村集体资产、助力乡村振兴。

省农村合作经济经营管理站站长李明表示,这是最"洋气"的科技与最"土气"的农业牵手走入了"婚姻殿堂",有助于进一步促进将农村更多的"绿水青山"变为"金山银山"。

(获江苏省县市新闻中心系统2020年好新闻三等奖)

绽放在黄海滩头的"白玉兰"

——记摘得29届上海白玉兰戏剧表演艺术主角奖射阳淮剧团团长翟学凡

上海白玉兰戏剧表演艺术奖领奖典礼已经成功举办29年个头。每次从广播电视中听到看到白玉兰戏剧奖颁奖典礼,我就有些许激动,如果能亲临现场,那该是多么神圣的一件事情。

2019年3月22日晚,第29届"上海白玉兰戏剧表演艺术奖主题之夜"在上海大剧院拉开了帷幕。此时此刻我激动无比,射阳县淮剧团团长翟学凡凭借在淮剧《金杯·白刃》中扮演朱元璋一角荣获29届上海白玉兰戏剧表演艺术奖主角奖。

一位风雅小生行的演员,却因首次改演老生行的明朝开国皇帝朱元璋而获得"上海白玉兰戏剧表演艺术奖"主角奖;一位县级剧团的三级演员,能与国内53个参赛剧团60个剧目121位参评演员同台竞技,且脱颖而出一举成名。包括翟学凡自己,至今都不敢相信获得了这个"对标国际"的表演艺术奖。

一

大型新编历史淮剧《金杯·白刃》2014年获得盐城市新剧本一等奖,后经10次较大修改,于2018年由射阳县淮剧团付排。此剧特邀江苏戏曲界著名导演王友理执导,由知名剧作家贺寿光任编剧。

全剧以正史为经,野史为纬,两条线索交织而行,"金杯"代表人治,"白刃"体现法制,激烈的人物冲突推动戏剧不断向前发展,叩问家与国、人情与法理的关系,弘扬孝老爱亲、为官清廉、守法遵法的精神。

在射阳县,全县全年有近1500场的送戏下镇村,极大程度地培肥了地域文化土壤。老百姓在不断增强文化自信的同时,希望文化艺术界能出更多更好的文艺精品力作和文艺高端人才。接轨上海,文化先行。射阳县淮剧团立志要"跳起来摘桃子",报名冲击上海白玉兰戏剧表演艺术奖。

不止一次把"角儿"送上白玉兰领奖台的名导王友理告诉大家,白玉兰戏剧奖坚持鼓励和支持原创,老戏老演、老演老戏是不可能获得成功的。选新编剧目、原创剧本就成了"冲奖"的"起步走"。翟学凡拿出一本封面有点发黄的打印稿,十场淮剧《尚方剑》,想排这部新编历史剧。该戏2014年就获得了我市新剧本评奖一等奖,编剧是射阳人,30年前主创剧本《奇婚记》获全国一等奖的剧作家贺寿光。听说县淮剧团想排《尚方剑》,贺寿光明确表示不同意,理由是这个团排不了。人财物三不够,特别是主角朱元璋,谁能演?翟学凡嘿嘿笑着说:"我想试试!"贺寿光一脸惊诧:"你? 演红生?"王友理哈哈一笑:"他是什么人? 翟不凡、翟大胆,没有角色他不敢演!"

他们请来专家对剧本反复论证统一思想:要接轨上海,就必须坚持艺术创新,人物要突出与众不同的"这一个"。主创人员努力做到"本土化",剧目生产力求"低成本"。这绝对是道大题目、难题目,射阳淮剧团却以非凡的勇气把该剧强推上马了。主创队伍力争做到强强联手,编剧同导演反复研究,一个月内连改七稿提升剧本,《尚方剑》七次蜕变成了《金杯·白刃》。面对全新的剧本和行当不全的队伍,总导演半开玩笑地说:"我把本子带走找个合适的团演,前期费用加倍偿付。"翟学凡欲言又止,说什么呢? 这就是鞭策,要得本子不带走,加倍努力是关键。他一直演风雅小生,这次突然演老生,唱念做工都不同怎么办? 总导演特请两位艺龄60年以上的资深助导给"下小操",一位主攻表演,一位主攻道白唱腔,就是"急用先学",别当他是团长,排练场上就是小学生,一遍两遍十遍……直至导演认可。

闻过则喜。听到好的意见,主创队伍认可了便适时修改。为了一段词曲,导演带上作曲,晚上从外县打的赶到射阳,晚上10点钟开工,次日凌晨3点在主演哼唱声中收工。戏比天大。团里几位老演员责任心特强,随团追到盐城、上海随时挑刺。老演员王立珍,在饭桌上还下位给翟学凡做示范。功夫在戏外。全团研读剧本,请编剧、导演讲明史,读懂时代背景,深入人物内心,讲好中国历史故事,齐心合力壮阵容。演员不足,把戏校的学员全部调回以排练代教学。单从人数上看,该戏出演者学员比老师多。

二

2018年11月28日,作为接轨上海的文化使者,《金杯·白刃》赴上海云峰剧院演出。翟学凡饰演朱元璋,准确理解和表现人物,唱腔颇具魅力,吐音清晰,没有声嘶力竭,却如波涛汹涌,特别是最后一段"咏叹"的自由调,节奏铿锵,情感真切,获得好评。

2018年11月29号,射阳县淮剧团假座上海淮剧团,邀请上海有关专家学者,就射淮11月28号晚在上海云峰剧场演出的淮剧《金杯·白刃》进行了座谈。对剧团的整体艺术呈现,专家们也给予点赞。他们连用三个词"吃惊""感动""好看"。

上海京剧院前院长、戏剧中心前总裁孙重亮在演出后座谈时发言:"演出的水准超出了我的想象,舞台上很霸气。让我看到了一个和以往不同的朱元璋。有很多艺术作品反映朱元璋反贪霹雳手段,昨天看到的是一个非常儒雅的朱元璋。我一开始觉得像唐明皇,但随着剧情推进我慢慢地相信他了。因为特定的情节、各种矛盾纠结在他身上,所以需要一个独特的朱元璋展现给我们,演员从唱、念、表演、身段来讲非常称职。"孙先生的评价确实代表了很多专家和观众的看法。这也足以证明,艺术规律是应该遵循的,但也是可以创新的、突破的。这也是一种"艺无止境"。

翟学凡是射阳淮剧团团长、挑梁小生,曾主演过传统戏《珍珠塔》中的方卿,《牙痕记》中的安寿保,《秦雪梅吊孝》中的商林;现代戏《良心》《小小村官》等剧的男主角。多次在全国、省、市会演、比赛中获奖,并数次亮相中央电视台戏曲频道。在《金杯·白刃》

一剧中,他是首次担纲主演 70 岁时的明朝洪武皇帝朱元璋。翟学凡根据自身条件,在导演支持下,以俊扮、戴五绺黪满髯口、安工老生应工。

翟学凡嗓音天赋条件好,感情把握准,唱腔沉稳有味,发人深思。最高潮的压轴唱段《叹贪》,五十多句一韵到底,不仅是要演唱技巧,而且要加重情感烘托,身段展示,手眼身法步,全面铺陈。唱腔则以大悲调为主体,将对"贪"的愤恨紧扣在悲情之中,从究到问,从怨到愤,如控诉,如天问,句句扣人心弦。煞尾一句"再莫要死到临头才悔贪"如同黄钟大吕,振聋发聩。观众听"贪"而恨贪,也有人闻"贪"而畏贪,识"贪"而惧贪,可谓一首警世曲,一席喻世言,一曲醒世歌!

翟学凡把朱元璋的内心世界准确地展现在观众面前,从而让大家认可了"这一个"朱元璋的艺术形象,也认可了翟学凡在该剧中对这一人物的精准把握和另辟蹊径的舞台呈现。

三

没有对获奖的企求,就是为接轨上海先行。剧团演完就回县送戏下乡,直到 2019 年 3 月 1 日才意外获悉,这一个"朱元璋"已经跻身主角奖提名行列。

3 月 22 日晚,组委会正式发布获奖名单,翟学凡最终在与国际国内 53 个参赛剧团 60 个剧目 121 位参评演员同台竞技中脱颖而出,名列主角奖榜单,而且是 10 位主角奖获得者中唯一的江苏演员,成为射阳获白玉兰戏剧表演艺术奖第一人。射阳县淮剧团也成为江苏省有演员获本届白玉兰戏剧表演艺术奖的唯一县级剧团、唯一淮剧团。

颁奖盛典一结束,上海媒体记者纷至沓来。"我们苏北滩涂上的盐蒿草,终于攀上了大上海这枝'白玉兰'!"翟学凡激动无比。对于一个全团无高级职称、只有一位三级演员的县级基层院团来说,"对于上海这座文化大码头、对于白玉兰奖,从来都只有仰望"。去年他们"小马拉大车",举全团之力排演历史大戏,为的就是来上海闯一闯码头,接受上海观众的检验。没想到一亮相,意外地赢得奖项的认可。翟学凡表示,"白玉兰"是一种激励也是一种鞭策,"我们要继续保持艺术品质不变,继续在苏北的街头巷尾、田间地头服务百姓。"

白玉兰戏剧表演艺术奖是上海市文艺类正式奖项,每年在上海评选并颁奖一次,2018 年度为第 29 届。本届白玉兰戏剧奖共有 60 台剧目参评,121 名参评演员分别来自 53 个剧团的 60 台剧目,涵盖了京剧、昆剧、越剧、沪剧、淮剧、话剧、音乐剧、舞剧、舞台剧、黄梅戏、秦腔、锡剧、河北梆子等 24 个剧种,其中新昌调腔、满族新城戏等稀有剧种均为首次申报参评。

如此丰富的艺术样式与覆盖范围,彰显了"白玉兰"的国际视野与多元性。最终,许翠、埃琳娜·莱姆泽(俄罗斯)、刘子枫、翟学凡共 10 人获得"主角奖"。如今,翟学凡摘得素来严苛的"白玉兰",真可谓是"盐蒿草"长成"白玉兰",未来令人期待。

(获 2019 年盐城市优秀广播电视节目奖二等奖)

庆祝澳门回归祖国 20 周年

射阳籍歌手海生一曲《中国澳门》响彻濠江

2019 年 12 月 19 日晚，庆祝澳门回归祖国 20 周年《濠江情·中国心》大型文艺晚会成功举办，盐城音乐人海生受邀与韩磊及澳门歌手杜俊玮以对唱形式呈现歌曲《中国澳门》，与《七子之歌》组曲拉开了整场晚会的序幕。而《中国澳门》的歌曲创作人正是盐城音乐人海生。

海生创作《中国澳门》的灵感来自濠江边的海浪声。有一次来澳门时，与友人晚饭后漫步濠江之畔，灵感就来了，于是花了近一年时间完成创作。曲成之后，传给澳门特别行政区政府，反响非常好。后来，这首歌曲被推荐给庆祝澳门回归祖国 20 周年庆典组委会，经过多个部门的审核，最终成功入选。

2019 年 9 月初，在澳门举行的澳门江苏联谊会庆双庆、成立五周年暨江苏文化嘉年华庆功晚宴上，应邀来澳的内地创作型歌手海生（原名张海生），首次演唱了特别为庆祝澳门回归祖国 20 周年而创作的歌曲《中国澳门》，为全球公开首唱。

海生出生盐城射阳，他的成长经历坎坷。高二的时候，由于家里搞农业养殖不仅赔了全部家当，还负了债，海生到艺术高校深造的梦想因此而破灭，便辍学打工贴补家用。还清债务后，为了实现自己的音乐梦想，他只身一人外出闯荡。2008 年，他与一家唱片公司签约，发行了自己的第一张原创单曲《我不是你的玩偶》，深受广大歌迷的喜爱。此后，他连续发行歌曲，《现在的他对你好吗》获得了中国流行音乐"金唱片"奖的提名，《不必流泪》《好好爱》《真的不是不爱你》《宝贝我来给你爱》等歌曲传唱大街小巷。两年后，海生终于如愿以偿，考入上海戏剧学院，专攻戏剧及影视表演，为涉猎戏剧影视行业做好准备。他在内地多个大中城市尤其广东地区举办过多场演唱会，凝聚了一批乐迷。2015 年，海生荣获中国第九届音乐盛典咪咕汇年度"最佳销量"音乐人奖。

眼下，在内地上传《中国澳门》试听版，备受年轻歌迷的青睐。更为可喜的是，此歌已成为小视频 App 抖音的网红热歌，并作为背景音乐受到内地与澳门歌迷的热捧。

（获 2019 年盐城市优秀广播电视节目奖三等奖）

射阳县淮剧团团长翟学凡被提名
"上海白玉兰"戏剧表演艺术奖主角奖

3月1日下午,第29届上海白玉兰戏剧表演艺术奖各奖项提名名单正式向媒体公布:"主角奖"提名演员17名,"配角奖"提名演员9名,"新人主角奖"提名演员5名,"新人配角奖"提名演员5名。射阳县当红淮剧名角、淮剧团团长翟学凡,因饰演大型古装淮剧《金杯·白刃》中朱元璋一角位列"主角奖"提名演员名单中。据悉:3月22日,第29届"白玉兰戏剧奖"各奖项将在上海揭晓。该剧由知名剧作家贺寿光创作,知名导演王友理执导。剧情是明朝洪武三十年间,西北地震,朝廷举荐,洪武帝封驸马欧阳伦为钦差大臣,授予尚方宝剑,前往西北赈灾,一并查禁茶马走私。金杯御酒送行。不料欧阳伦一到西北,竟经不住儿时的东人贾德仁之诱惑,相互勾结,批量走私茶叶。朱元璋密调西北茶马司大使冯尚银述职,察出其中隐情,再赐欧阳伦金杯御酒。欧阳伦仰天悲啸:金杯还是那个金杯,御酒不是那个御酒啦!

朱元璋的扮演者翟学凡从艺30多年,他主演过的《良心》《和顺村的那些事》《世界名犬》等先后荣获"长江流域戏曲奖小戏小品"第一名、"中华颂"第六届全国小戏小品曲艺大赛金奖,并获得国家艺术基金扶持项目。

曾在上海从事文艺工作、现已72岁的秦荣富老先生在观看射阳县淮剧团的演出后,十分激动地说,《金杯·白刃》征服了全场观众,舞台上每个演员尤其是几位主要演员把这个故事表现得淋漓尽致,让全场观众全身心沉浸在那个场景(境)之中,主要演员翟学凡每一场戏文的演唱都让全场观众一次接一次地热烈鼓掌叫好。一个县级淮剧团演出这样喜闻乐见接地气的好戏,实在是出人意料!

上海白玉兰戏剧表演艺术奖自1989年创设至今,历经29届,共吸收海内外参评演员3700余人次,涉及剧目2000余台、剧种60余个,其中700余人次获得主角、配角、新人主配角等各奖次。据统计,第29届白玉兰戏剧表演艺术奖参评剧目60台。其中,参评主角奖55人,参评配角奖36人,参评新人主角奖13人,参评新人配角奖17人,其中不乏"两新"组织的戏剧从业者,还有多名优秀演员此次力争二度三度"白玉兰"。

本届121名参评演员,分别来自53个剧团的60台剧目,涵盖了京剧、昆剧、越剧、沪剧、淮剧、话剧、音乐剧、舞剧、舞台剧、黄梅戏、秦腔、锡剧、河北梆子、梨园戏、花鼓戏、婺剧、苏剧、赣剧、上党梆子等24个剧种。翟学凡是第29届白玉兰戏剧表演艺术奖评选中,唯一一位县级剧团被提名"上海白玉兰戏剧表演艺术奖主角奖"的演员。

(获2019年盐城市优秀广播电视节目奖三等奖)

陈晓平荣获全国无偿捐献造血干细胞奖特别奖

2019 年 2 月 14 日上午，射阳大润发超市员工陈晓平收到国家卫生健康委员会、中国红十字会总会、中央军委后备保障部卫生局联合颁发的荣誉证书。陈晓平荣获 2016—2017 年度全国无偿捐献造血干细胞奖特别奖。

2012 年，陈晓平在参加一次无偿献血时得知，捐献造血干细胞可以在关键时候救助白血病患者。无偿献血是在救人，造血干细胞捐献同样也是在救人，她什么也没多想，毫不犹豫地在志愿捐献书上签了字，参加了造血干细胞的采集，成为中华骨髓库中的一员。

陈晓平和丈夫唯一的儿子今年已经 18 岁了。在他 3 岁时，有一次发烧抽搐，因为用药不当，导致听力下降。因为家庭经济原因，一直没有得到有效治疗。直到两年前，经省人民医院的专家诊断，这种用药失当导致的神经性耳聋无法手术复原，只能靠助听器增强听力。她和丈夫商量着，趁着还年轻，准备再生一个孩子。那一阵子，夫妻开始甜蜜地规划着迎接第二个孩子。

第一次挽救了一名素不相识的患者的性命，陈晓平从内心里感受到了红十字精神的博爱与伟大。她和丈夫也憧憬着他们美好的未来，希望早一天把她们第二个孩子带到这个美丽的世界。

2016 年 8 月 22 日，陈晓平接到县红十字会的通知，她与一名 29 岁急性白血病患者初次配型吻合，问她是不是愿意捐献造血干细胞，她当时想都没想就答应了。此时的陈晓平夫妇正在努力地保养身体，迎接二胎，这样一来，他们再要一个孩子的计划必须推迟。既然配型成功，还是先救人要紧。11 月 21 日，陈晓平在东南大学附属中大医院为这名素昧平生的白血病患者捐献了 270 毫升的造血干细胞混悬液，成功地将他从死亡线上拉了回来。

2017 年 5 月初，陈晓平又一次接到了红十字会的电话。移植后三个月的检查结果显示，她救助的那名白血病患者体内原有的恶性细胞仍然在生长，需要她的淋巴细胞来帮助他抑制体内恶性细胞的生长。怎么办？救还是不救？不救，一个鲜活的生命很可能就此消失于这个世界；救，他们的二孩计划再次变得遥遥无期。"救人救到底"，她和丈夫商议后，毅然决然地答应了捐献淋巴细胞的请求。5 月 18 日，她再次来到东南大学附属医院，为这名素不相识的白血病患者进行第二次捐献。省红十字会的领导介绍，像陈晓平这样两次捐献的在江苏省是第 4 例，而作为女性两次捐献的，她是江苏第一人。

陈晓平热心无偿献血公益事业，11 年来累计献血 3100 毫升。生活并不富足的陈晓平还经常帮助特殊困难人群,至今已资助困难群众 21 人,金额累计达 3 万元。她先后被授予"江苏省优秀红十字志愿者"荣誉称号、盐城市红十字会捐献造血干细胞"爱心大使",2017 年荣获"博爱奖章"。2018 年 3 月,她还被表彰为"江苏好人"。

2 月 14 日上午,刚刚接到荣誉证书的陈晓平,欣慰地告诉记者,她怀二胎已经六个月了,目前身体健康。

(获江苏省市县新闻中心系统 2019 年好新闻三等奖)

"射阳大米"获评中国十大区域
公共品牌和十大好米饭

2018年10月9日,2018中国·首届国际大米节在黑龙江哈尔滨拉开帷幕,来自日本、韩国、印度、泰国、菲律宾等5个国家的知名专家和国内稻米品评专家,组成品鉴评审委员会,评出2018年全国十大区域公用品牌以及2018中国十大好吃米饭,"射阳大米"荣获中国十大区域公用品牌和2018"中国十大好吃米饭"称号。

"射阳大米"地理标志产品强势的竞争力,吸引了县内外公司以及个人来我县投资大米加工业,目前我国已拥有加工企业65家,年生产能力达250万吨,射阳大米知名度不断提升,产品附加值逐步显现,溢价效应带动稻农和企业增收。

本次大米品监评审活动由农业农村部市场与信息司主办,邀请国外5名水稻知名专家及中国科学院作物科学研究所、中国水稻研究所等国内资深稻米专家组成专家评审团。委任中国农业科学院作物科学研究所针对大米农药残留直链淀粉、食味等要素进行检测,并出具第三方检测报告。

（获江苏省市县新闻中心系统2018年好新闻二等奖）

破茧成蝶舞翩跹

——射阳县杂技团走向成功探秘

金秋十月,在喜迎祖国69华诞、举国欢庆的日子里,正在深圳参加第十届中国杂技金菊奖全国魔术比赛决赛暨深圳欢乐谷第十九届国际魔术艺术节的射阳杂技团传来喜讯,参赛节目魔术《羽》问鼎"金菊奖"。这是射阳杂技继9月获第六届俄罗斯"偶像"国际马戏艺术节金奖后再获大奖。

射阳杂技团六十多载栉风沐雨,在面临市场萎缩、资金短缺、人才缺少的情况下,坚持克难求进、主动作为,精品迭出、成绩斐然。小剧团在国际、国内重大赛事摘得一个个重大奖项。其积淀着深厚的精神追求,包含着根本的精神基因,代表着独特的精神标识。

艰苦创业主动作为

魔术《羽》是由射阳县杂技团编排,节目全国首创利用鸟的羽毛,配合充满节奏感的音乐、炫幻的舞台灯光和演员精湛的表演手法,将人、鸟、羽毛巧妙地融为一体。

节目问世后,在国际国内舞台先后斩获多项大奖,荣获2013年第六届江苏省魔术比赛金奖,2014年第五届长三角地区"金手杖奖"魔术比赛精英舞台组金奖,2015年第三十届美国夏季国际艺术节银奖。

取得如此华丽奖项和业绩的背后,是射阳县杂技团艰苦创业、主动作为的精神。射阳县杂技团始建于1957年,是国家专业艺术表演团体之一,曾赴北京人民大会堂参加由中国文联主办的"百花迎春"春节联欢晚会演出,受到党和国家领导人的亲切接见。

作为县财政差额补助的事业单位,杂技团1999年招收的一批28名学员,因编制、"五金"等问题得不到解决,先后已有18人离团。2000年毕业的15名演员,由于工资福利待遇低,付出的辛苦程度与回报不成正比,虽然进编但仍全部跳槽或转行。特别是2001年参加江苏省杂技比赛获金奖的节目《头顶技巧》剧组于2002年因奖金没有兑现、不能进编等原因,集体跳槽去了浙江省曲艺杂技总团。2007年招收的10名学员随着他们的年龄增长,学员思想也处在动荡不安之中,已有多人提出离团另谋出路。杂技团面临着人才严重断层,新生力量尚未崛起,老一辈却已经步入中年,中坚力量十分短缺的局面。

目前,杂技团的日常生活全部在一个20世纪90年代初建成的200平方米的场地进行,训练、吃饭、睡觉……条件十分艰辛。夏天训练室像蒸笼一般,演员训练室挥汗如雨,而冬天的训练室又像个冰窖,演员们经常冻得手脚僵直。但杂技团的人恪守不怕苦不怕累、永不言弃的信念,克服困难,积极创业,主动作为。

由于资金的问题,团里节目的道具也都来之不易。"建湖杂技团一个走钢丝的节目,道具费就要三十几万,当时我们根本拿不出钱来。"说起这段往事,射阳县杂技团团长张正勇脸上流露出苦涩的笑容。经过十多天的研究,张团长与各个教练决定自己动手做道具。因为没有样品,只能从网上找一些图片,集思广益,打磨加工。"魔术《羽》的道具,我们做了一个多月,只花了几千块钱,虽然不如买的那么华丽,但是舞台效果也是很不错的。"说到自己做的道具,团长一脸自豪。

开拓进取克难求进

进入 20 世纪 80 年代以后,商品经济大潮兴起,文化市场丰富多彩。射阳县杂技团虽然困难重重、步履维艰,但剧团从自身求生存求发展的角度出发,正确面对演出市场的客观因素,认识到杂技属于地地道道的大众文艺,深入基层乡镇还有一定的演出市场,艺术要随形势发展的变化而变化,不能让观众抛弃了杂技。因为杂技不受语言文字的影响,在国际文化交流中没有语言障碍,杂技团决定向国际市场拓展,使这朵中华艺术瑰宝更加艳丽。

射阳杂技团先后有 180 多人次分赴韩国、新加坡、泰国、日本、马来西亚、俄罗斯、美国等国演出。2012 年元月,受文化部委派赴荷兰、马耳他等国家进行"欢乐春节"文化交流活动。2016 年随江苏省政府、省文化厅赴西班牙、葡萄牙、古巴、苏里南等国家访问演出,受到热烈欢迎。

台上一分钟,台下十年功,演员们在台上的精彩表演一定在台下训练时有过百倍的付出。14 周岁的小男孩黄逸凡,身材瘦小,体重五六十斤,却已经是《扇舞丹青·头顶技巧》的主演,先后获得 4 枚国际国内金奖。用行话说,他是节目里的"尖子"。小时候父母把他送进了杂技团,此后的 10 年基本上都是在团里度过的。前两年练习杂技基本功,后八年至今,都在为了《扇舞丹青》这个节目努力着。"平时的训练很紧凑,还要上学读书,闲下来了和团里的小伙伴一起玩耍。生活上有老师照顾,爸妈也会定期来看我。我觉得待在团里挺好的。"交谈中,他不时挠头,显得十分羞涩。除了练习基本功,黄逸凡每天还需要到附近的射阳县实验小学上学,行程十分紧凑,从早晨 6 点开始,连节假日也很少休息。

团里像这样刻苦勤奋、几年如一日的演员不胜枚举。俗话说,有作为才会有地位。射阳县杂技团全体演职员工正是在极其艰苦的训练条件下,积极进取、顽强拼搏、克难求进,才能取得喜人的成绩。

不懈追求　精品迭出

好的节目绝不是一蹴而就，而是经过多次修改、润色、提高才能完美展现在观众眼前。而如何摆脱旧的模式，进行创新，吸引观众的眼球，则成为杂技团编排过程中的一大难题。

"以前是两组人员，一组是学员，一组是演员，2013 年我们打算把这两组人员全部组合起来，合成一组，打造一个精品节目。"团长张正勇如是说。杂技表演追求四个字：高、难、新、美。如何设计人无我有、人有我新的动作，教练们纷纷开动脑筋。"脚蹬三角顶，再上头，再接，小男孩在楼梯上面用头蹦上楼梯，最后是两个单杆，不仅要跳上去还要旋转，这些动作都是我们创新的，在全国乃至世界都是绝无仅有的。"说到创新后的《扇舞丹青·头顶技巧》，团长及教练们一脸的自豪。《扇舞丹青·头顶技巧》历时六年，期间无数次改稿，无数次重排，最终将完美的效果呈现在观众面前。

从杂技团近年来的历程看，创精品的意识是一贯的，如获奖节目《双蹬技》《三层咬花》《手技》《头顶技巧》等常演不衰，所到之处受到观众的热烈欢迎。

为了推陈出新，杂技团聘请了原山东省杂技团国家一级演员李东明、国家一级编导卢立新夫妇来团执教、编排节目，返聘本团退休人员张军、王翠红两位老师执教《头顶技巧》。魔术演员孙秀芝继续学习深造，先后师从于本团魔术演员王翠红，全国"金菊奖"魔术比赛金奖得主汪其魔和浙江省曲艺杂技总团"金牌奖"国际魔术比赛冠军蒋亚平老师。在老师们的悉心指导和演员自身的不懈努力下，先后获得了江苏省第六届魔术大赛金奖、长三角地区"金手杖"魔术比赛精英舞台组金奖和美国第三十届夏季国际艺术节银奖；《手技·激情飞扬》获得了首届江苏省文华奖比赛编导奖和精品节目展演奖，并参加了第九届全国杂技比赛。由中国杂技家协会副主席、国家一级编导、成都军区战旗文工团团长李西宁执导的杂技《扇舞丹青·头顶技巧》，将我国两大传统文化杂技和太极有机结合，表现了流动的头顶倒立技巧，和中国太极所蕴藏的有无相生、难易相成，结合黑白相融的服装和道具，营造出无极而太极、万物始化生的无限空间。该节目获第十五届中国吴桥国际杂技艺术节比赛最高奖金狮奖、第五届西班牙菲格拉斯国际杂技艺术节金像奖和评委特别奖、第二届俄罗斯年度国际马戏艺术节年度最佳节目编导奖、第六届俄罗斯"偶像"国际马戏艺术节金奖。艺术家的无私奉献让射阳杂技团全体演员的技艺登上新的台阶。

（获 2018 年射阳县"文化让生活更美好·纪念改革开放 40 周年征文"一等奖）

全省首例二次捐献造血干细胞和淋巴细胞的女性

射阳陈晓平当选"江苏好人"

【导读】据江苏省红十字会的领导介绍,像陈晓平这样两次捐献的在江苏省是第四例,而作为女性两次捐献的,她是江苏第一人。

4月2日,江苏省文明办发布了2018年3月的"江苏好人榜"。全省首例二次捐献造血干细胞和淋巴细胞的江苏省射阳县合德镇城南社区居民陈晓平当选"江苏好人"。

陈晓平是射阳大润发超市一名普通员工。2012年,陈晓平在参加一次无偿献血时得知,捐献造血干细胞可以在关键时刻救助白血病患者。无偿献血是在救人,造血干细胞捐献同样也是在救人。她什么也没多想,毫不犹豫地在志愿捐献书上签了字,参加了造血干细胞的采集,成为中华骨髓库中的一员。

陈晓平和丈夫唯一的儿子今年已经18岁了。在孩子3岁时,有一次发烧抽搐,因为用药不当,导致听力下降。因为家庭经济原因,一直没有得到有效治疗。直到两年前,经省人民医院的专家诊断,这种用药失当导致的神经性耳聋无法手术复原,只能靠助听器增强听力。她和丈夫商量,趁着还年轻,准备再生一个孩子。那一阵子,夫妻开始甜蜜地规划着迎接第二个孩子。

2016年8月22日,陈晓平接到县红十字会的通知,她与一名29岁急性白血病患者初次配型吻合,问她是否愿意捐献造血干细胞,她当时想都没想就答应了。彼时的陈晓平夫妇,正在努力地保养身体,迎接二胎,这样一来,他们再要一个孩子的计划必然推迟。既然配型成功,还是先救人要紧。夫妻俩把这一想法告诉了双方父母,没想到遭到老人们的一致反对。夫妻两人通过耐心解释,打消了老人们的顾虑。在经过一系列捐献前期的准备工作后,2017年11月21日,陈晓平在东南大学附属中大医院为这名素昧平生的白血病患者捐献了270毫升的造血干细胞混悬液,成功地将他从死亡线上拉了回来。

第一次挽救了一名素不相识的患者的性命,陈晓平从内心里感受到了红十字精神的博爱与伟大。她和丈夫也憧憬着他们美好的未来,希望早一天把他们第二个孩子带到这个美丽的世界。

2017年5月,陈晓平又一次接到了红十字会的电话。移植后三个月的检查结果显示,她救助的那名白血病患者体内原有的恶性细胞仍然在生长,需要她的淋巴细胞来帮助他抑制体内恶性细胞的生长。怎么办?救还是不救?不救,一个鲜活的生命很可能就此消失于这个世界;救,他们的二孩计划再次变得遥遥无期。救人救到底,她和丈夫商议后,毅然决然地答应了捐献淋巴细胞的请求。5 月 18 日,她再次来到东南大学附属中大医院,为这名白血病患者进行第二次捐献。省红会的领导介绍,像陈晓平这样两次捐献的在江苏省是第 4 例,而作为女性两次捐献的,她是江苏第一人。

(获江苏省(2018 年)第六届"博爱杯"红十字好新闻三等奖)

共同的心愿是奉献

——射阳县志愿者服务江苏省第七届特奥会纪实

江苏省第七届特殊奥林匹克运动会暨2017年江苏省残疾人田径锦标赛开幕前后，身着蓝衫的志愿者成为最温馨的风景。他们以真诚的微笑、优质的服务赢得各界好评。鹤乡的微笑，射阳的表情。百万人微笑着面对世界，世界也微笑着面对我们。

一

2017年8月22日下午5时，江苏省第七届特殊奥林匹克运动会暨2017年江苏省残疾人田径锦标赛，历经3天的紧张赛程，在射阳县全民健身中心落下帷幕。本次赛事，来自全省13个市代表队的299名运动员以及领队、裁判员、教练员、志愿者等共727人参与。

运动员们在三天的时间里进行了田径、乒乓球、羽毛球、篮球等四个大项比赛的激烈角逐，共诞生了166枚金牌，其中田径142枚、乒乓球12枚、羽毛球11枚、篮球1枚。盐城市代表队共获得19金15银4铜的优异成绩，位居奖牌榜前列，其中射阳县4名运动员获得2金5银的良好成绩。

参加这次赛事的领队、教练员、裁判员、工作人员，特别是许多残疾人运动员向省残联领导反映，射阳的志愿者服务做得非常好，让他们感受到关心关爱，也让他们十分感动。

8月25日上午，省残联领导在南京致电我县副县长戴翠芳，对射阳志愿者为这次赛事所做的服务工作给予充分肯定和高度赞扬。

常州市残疾人联合会宣文处处长吴斐在返程前留下感谢信："在22日上午的比赛中，我队一名特奥运动员在跑完800米后体力不支，外加中暑，晕倒在地，简单救治后被救护车送至县人民医院。得知情况后，我和领队在志愿者吕振寰的协助下，第一时间坐上应急保障车赶至医院，小吕在途中不停地打电话联系了在医院工作的亲戚，请他们到急诊室了解运动员情况。到医院后，我队在射阳的联络员洪军也迅速赶来，帮助联系医生了解运动员救治情况并一直在现场陪同。到午饭时间，有两名志愿者从附近的迎宾馆驻地为我们送来快餐，这些举动，让我们都很感动。"

在这次残奥会颁奖仪式上，组委会安排志愿者为获奖运动员颁奖，这一幕十分罕见。这样的安排是对射阳志愿者辛勤的付出给予的充分肯定和高度褒奖。

二

残奥会是残疾人的盛会,由于服务对象的特殊性,在服务理念和技术上向志愿者提出了更高的要求。作为射阳的残奥会志愿者,他们在为大会服务奉献的同时,更用爱心抚慰着每一位运动员的心灵。

江苏省第七届特殊奥林匹克运动会暨2017年江苏省残疾人田径锦标赛,是我县第一次举办的全省大型运动会,对我县体育工作跨越发展、残疾人事业全面进步、展示射阳整体形象都起到积极的推动作用。县委、县政府高度重视,于7月24日成立江苏省第七届特奥会暨残疾人田径锦标赛射阳县筹备委员会。

7月25日,团县委面向学校、社会等多渠道发布青年志愿者招募信息,利用微信、《射阳日报》专版刊登江苏特奥会青年志愿者相关招募公告。

7月29日,团县委联合射阳中学共同组织开展了志愿者面试工作,从中筛选服务经验丰富、形象气质佳、责任心强和应变反应能力比较好的30位青年志愿者参加赛会服务。招募的青年志愿者多数是在校本科生,且部分具有国家"一带一路"安保、重特大赛事志愿服务、校园社团组织负责人等经历,且经过初步考察责任心和服务意愿都比较强烈。

8月3日,团县委于残联四楼会议室召集后勤服务志愿者进行初步分工,并将招募选拔的30名志愿者与残联的助残志愿服务队相结合,建立微信群。此后,通过微信群及时发布相关要求和活动,及时部署相关工作,细化分工,组织安排志愿者到点到位熟悉场地,展开一系列的志愿服务培训演练,包括残疾人心理研究、服务礼仪、服务沟通技巧、基本手语等内容,为运动员提供最贴心的服务。

8月12日,团县委于县行政中心一楼西会议室组织全体后勤服务志愿者举行动员大会,志愿服务队队长董彪带领青年志愿者进行了集体宣誓,全体参会人员集中参观了射阳近年来经济、人文、旅游等方面的专题片,并就城市认同感进行了相关业务培训。

8月15日下午,省特奥会服务工作部署会议在县行政中心一楼会议室召开,县委常委、常务副县长田国举出席会议并讲话,全县14名抽调服务赛会的科级干部、75名青年志愿者参加会议,全体志愿者在现场签署了志愿服务安全自律公约。

此后,团县委先后三次组织全体特奥会会场志愿者,赴县全民健身中心体育馆进行开幕式现场彩排,各驻点服务志愿者于服务处开展踩点演练工作。

三

团县委组织志愿者开展的工作有条不紊,如期推进。

而志愿者队长董彪和他的伙伴们为了这次残奥会,他们的行动已在2017年4月就自发行动了起来。在残疾人联合会的建议下,他们到"张林村大走访"。全面了解残疾人的现实状况,力求点对点、面对面地解决实际困难,为残疾儿童送去关爱和温暖。5月

13 日,他们组成了"牵手助残志愿服务队",通过选举和自荐的方式选出了会长、秘书长、监事长,每个人都分工明确,各司其职。不仅如此,还建立了规章制度,对志愿者进行文明和礼仪、手语、亲情交流培训以及在特殊环境下的救护培训等。5 月 21 日是助残日,助残队对残疾少年儿童心理健康做了一份调查,了解残疾儿童的心理,以便更亲近地走进他们。今年"六一"儿童节,服务队志愿者们采购了大量的玩具,陪伴孩子们跳舞、做游戏,一起和残疾儿童过了一个开心的儿童节。

到了 7 月,助残志愿服务队接到了上级的通知,要求志愿队协助残疾人联合会做好本次特奥会准备工作。他们做的第一件事是进行了为期一个星期的无障碍设施排查。那一个星期基本都是高温 39 ℃、40 ℃左右,但是志愿者团队里没有一个人叫苦叫累。这个团队里年轻人居多,而且家庭条件也都很优越,但是孩子们表现真的很棒。他们把县城划分为 10 个片区,每个片区 5 个人负责。对主要道路盲区,酒店、银行、超市、大型商场、公共厕所等无障碍设施还存在哪些安全隐患、有哪些设施没有到位,整理成书面材料,向县政府部门呈报。很快有关部门只用了 20 天时间,把无障碍设施全部建设到位。

在礼仪培训过程中,志愿者们付出的最多。志愿者们需要学习手语交流、仪容仪表。董彪力求尽善尽美,要求志愿者们嘴里咬着筷子进行微笑训练,包括引导员上场、走位走点、颁奖。每一次排练、每一次走场,董彪都是全程陪同练习指点,几乎不给自己留下休息时间。

志愿者要做的工作很多,队里将志愿者们分为 13 个组,13 个代表队 13 个组,另外还有饮水组、无障碍服务小组。为了统一着装,志愿者们也是费尽心思,在选购时,跑了几十家商店才选中款式、颜色都满意的志愿者服。

做好接待服务工作,关键是注重细节。和董彪一起做公益多年的董彪爱人在采访中告诉记者:"我们射阳真的是好不容易才争取到这次特奥会举办的机会,其实相比较来说,射阳的硬件设施是比不过其他城市的,所以我们一定在服务方面做到极致,维护好射阳有爱小城志愿者的形象,让运动员们感受到我们的贴心、用心和爱心。"

拿出完美的接待方案,这是最烦琐也是最需要耐心的一个过程,每一个细节都不能放过。像迎接每个代表团队的温馨短信发送,入住酒店拿房卡拿行李,运动员的吃饭,每天早上的问候语,还有天气预报以及赛事提醒,还有对于运动员比赛成绩的祝贺。

为了能够做到最好,他们开了一次又一次的大小会议,同时为了调动大家的积极性,董彪队长和鲍宁秘书长要求每个小组都拿出方案,每个人都去思考,想办法,并且要一个一个组,一个一个人去过目,确保每个人都清楚明确自己的任务和职责所在。群策群力,前后用了 15 天时间,拿出一个最完美的方案交给上级领导。

8 月 12 日开始,志愿者们按照之前的方案开始进行正规训练。从礼仪、颁奖到综合走场,都要求标准化规范化,酒店的模拟实战演习前前后后一共走了六遍,每一个环节需要注意的细节,需要修改的地方,在体育场馆、迎宾馆和富建酒店,都有相应的住店负责人,负责指导、监督和考评。在接待上,要求每个组的负责人都提前到达射阳高速入口去迎接各地代表团,将各地代表团队井然有序地带到酒店房间,带到各个楼层区域,对于流程志愿者们排练到早就烂熟于心,真正接待时各个环节都没有出现任何的混乱滞留。

各地代表团于 8 月 19 日到达射阳,那天晚上下大暴雨,原本政府派送的车辆已经不够,但助残队的志愿者提前就预备了 5 辆候补车辆,一点都没有耽误代表团到酒店休息的时间。这样到位的服务赢得了各地代表团的交口称赞。

在 3 天的田径赛里,每一场比赛哪怕只有一个运动员上场参加,都有一位志愿者全程负责。每一位志愿者都把比完赛的运动员先送到酒店吃饭,再送到房间休息,然后自己才去匆匆吃口饭。考虑到部分肢体有残疾的运动员洗澡不方便,志愿者就找来了助浴椅送到他们房间。

四

在这次特奥会志愿者里,有太多太多充满爱的故事。

在这里必须要提到一个人,就是牵手助残志愿服务队的秘书长鲍宁。鲍宁是射阳县辰宇商贸有限公司的总经理,5 月 17 日公司有为期 4 天的重要会议在成都召开,会议进行到第三天的时候,基本任务就结束了,第四天的活动实质上就是安排游玩。为了能够参加 5 月 21 日助残日组织的活动,在 5 月 20 日晚上,鲍宁果断决定从成都飞回,当天夜里 11 点才到达徐州观音国际机场。随后,自费叫了出租车赶回射阳,光打车费就有1400 多元,到家的时候,已经是凌晨 3 点半,第二天一早就参加了活动。

鲍宁因为这次特奥会,一个多月没有打理过公司,没有过问家里的事情,一时引来家人的不理解。要说"最过分"的一件事,大概就是把 6 岁的小儿子一个人扔在家里。鲍宁说:"我是负责迎宾馆酒店这一驻点负责人,每天早上六 6 点半就必须到酒店点名集合,到房间去带各个运动员吃早餐,7 点钟准时把运动员带上车,人手本来就不够,我根本没有办法走得开。我的夫人带着大女儿到北京去参加演讲比赛决赛了,小儿子怎么办呢? 于是,我在前一天晚上把小儿子拉到身边说:'宝宝,爸爸明天有很重要的事情要去做,你自己一个人乖乖在家好不好啊? 爸爸跟你说,你不能够爬窗户知道吗? 不能够玩火,也不许玩水,爸爸把电视打开,你就自己乖乖看动画片,好吗?'"第二天早上,鲍宁五点半钟就起来把早饭弄好,煮了一碗面。可是小儿子还在熟睡,又不能把他叫起来,小儿子起来的时候实际上吃的就是凉面。鲍宁说到这里,眼眶里的泪水就止不住了。

"在外面做事的时候,心里就不停在祈祷,小儿子千万不要在家里出什么事。因为自己家里住的小高层,一旦儿子爬窗户跌下去,后果不堪设想,我想到这里心都提着。"等到夫人回来,可爱的小儿子跑去向妈妈告状:"妈妈,你可算回来了,爸爸这两天都把我关在家里,不管我,不让我出去。"

这一次特奥会负责镇江队的志愿者叫邓兵,是一名心理咨询师。队里一名盲人运动员让他印象深刻。这个孩子的眼睛高度近视,几乎都看不见,一天学都没有上过,父母都是农民,镇江那里的条件还不错,好多残疾人都不出门,靠家里养着。但是这个孩子不,他有着很强烈的欲望想要成功。

他知道邓老师是心理咨询师后,立马就问了邓老师一个问题:一个人很想成功,他很努力了但是没有成功,是什么样的心理?邓老师知道他说的就是自己,于是问他,如果是你,你怎么想的,不如把你的想法说出来?他说:"我努力,失败,失望,我不服,再努力,然后再失败,就陷入了死循环。我有时候也没有办法融入其他运动员的生活中去,因为我觉得他们的想法都太幼稚,很难进入集体中去。可是有时候又在意别人的看法,我觉得自己过得很累。"

邓老师听了他的故事后,对他进行了开导,邓老师说:"我觉得你非常的棒,并且你要告诉自己,你真的很棒。之所以总是没有成功,其实是因为你用错了方法。让自己的心态平衡,认为对的事情就去做,失败了就分析为什么失败,这样每一次你都是成功者!"听了邓老师的话,孩子开心地笑了,堆积在心底许久的失望和落寞,终于一扫而空,如释重负。

这个盲童标枪训练的时候最好成绩是 12 米,比赛的时候是 16 米,虽然没有拿到名次,但是他也满足了。在铅球比赛中,两人比赛,人家第五次掷出 7 米 11,他第五次掷出 5 米 24,人家运动员吃定他了,认为他第六次不掷了。可是他说,我还是要掷,哪怕输也要输得不后悔。特奥会结束后,他就回去上班了,现在在做盲人按摩师,他希望自己能够养活自己,不给父母添负担。

还有一位志愿者是个小伙子,名叫郭永清,是城建集团的员工,自己家里又开了一个私房菜馆。为了特奥会这段时间能够抽出身来,他提前和别人协商调班,熬夜把所有的班都加完。私房菜馆在这段时间全部停业,生意也不做了。

五

在特奥会比赛过程中,也发生了一些意外情况。连云港有两位运动员下午就要比赛,发现自己照片没带,志愿者二话没说自己打车送运动员去拍照片。

有一位徐州运动员在比赛的时候,脸上出现大面积过敏,又疼又痒,并且呼吸急促。送到医务组也看不出来到底什么原因。志愿者孙迪一立马把运动员送去医院,好在医院有无障碍绿色通道,没有耽误运动员的救治时间,挂了水以后病情明显好转,并且如期参加了比赛。后来了解到,这位运动员还获得了金牌。这件事情让领队的理事长十分感动。

志愿者周庆娟在特奥会服务中全身心投入工作,兢兢业业、无私奉献,在前期筹备、讲演方案、联系沟通、协调布置等多方面、多环节表现优异。

盐城接待组志愿者季一凡全程陪伴并安慰遭受雷暴惊吓的运动员,将其及时送上车,并时刻与志愿队保持联系,最终将代表团安全送达酒店。

连云港接待组志愿者严霞,为淋雨的运动员准备姜茶。部分接待组主动联系各领队是否需要感冒药;志愿者曹阳、吕振寰夫妇提前从北欧赶回射阳,只为投入到特奥会志愿服务中去。

六

特奥会期间涌现出太多的感人事迹,诸如此类的例子还有很多。

8月21日上午,南京队一名白化病运动员比赛时被太阳晒伤。白化病人被太阳晒伤后皮肤会非常难受,若不及时采取救护措施就会加重病情,于是由一位运动员陪护回到酒店。志愿者顾利生看到后,主动上前询问情况,先安排运动员到房间休息,立刻下楼去餐厅找冰块,可是运动员房卡又丢失了,无法进入房间。顾利生立刻联系酒店人员打开房门,将运动员送至房间休息。随后运动员又要求用塑料袋包裹冰块冷敷,顾利生又到楼下找塑料袋。最终这名运动员的问题得到了很好的解决。

今年20岁的志愿者王丰,正在无锡读大学,他在这次赛事中接待的也是无锡代表队,负责接待和引导运动员。王丰说:"接待运动员最重要的是礼貌、热情和耐心,我们之前的志愿者培训中会教一些基本的礼仪和手语,比如对脊椎损伤坐在轮椅上的运动员说话时要蹲下和他平视,让他感觉到被尊重;再例如,我们用手伸出拇指和小拇指,做出六的样子,并附于另一手掌心上就代表'在'的意思;一只手的食指直立,指尖朝太阳穴处敲两下就是'知道'的意思。"

连日来,王丰在富建酒店7楼的电梯门口处为运动员们指引入住房间。每当有运动员走出电梯门口,他都会先看运动员的房间号,然后说:"您好,这里是富建酒店7楼,您的房间是往这个方向走。"很多运动员不止一次地询问房间在哪里,王丰也不厌其烦地为他们一一指明。他说:"我们要多帮助残疾人士,让他们感觉到被关爱,做一些力所能及的事情去给予他们温暖。这些运动员都很拼,这种拼搏精神也是值得我去学习。"

今年22岁的石红梅,是即将上大四的大学生,她说自己作为射阳的一分子,有义务证明射阳的实力,提高射阳的对外形象。石红梅主要负责饮水队,同时哪里需要做事就去哪里帮忙。"射阳这次各方面都安排得很好,我不能拖后腿,下一次如果有类似的活动在射阳举办,我一定还会做志愿者。"

七

无数个像王丰、顾利生、石红梅一样的志愿者们,在各个场地的各个角落默默地奉献着。

"参加T37级男子组1500米决赛的运动员,请抓紧时间到检录处检录。"正在播音的是一个个头不高、看着很消瘦的小姑娘。姑娘的眼睛又黑又亮,鼻子也很挺拔,五官十分清秀。她叫王金欣,今年15岁,是射阳县少年体育学校学生。

15 岁的她在特奥会志愿者当中算是很小的了。王金欣每天早晨六点就起床,上午下午都在赛前一个小时到达田径场检录处,工作到当天比赛结束为止。王金欣虽是场地的播音人员,但在田径跑道上也可以看见她的身影。跑步比赛开始前,她会帮着其他志愿者递一些助跑器之类的运动器械,整理现场的桌椅。"这不仅仅是一场比赛,更是我们向外地人员展现射阳人精神风貌的好时机。我们在这里代表不是一个人,而是整个射阳的形象。这几天听到各市代表队说我们志愿者服务非常到位,当时就觉得再苦再累都值了。"王金欣点着头开心地说。

这是心的呼唤

这是爱的奉献

这是人间的春风

这是生命的源泉

再没有心的沙漠

再没有爱的荒原

死神也望而却步

幸福之花处处开遍

只要人人都献出一点爱

世界将变成美好的人间

……

这首韦唯的《爱的奉献》,唱出了所有残奥会期间从事志愿服务的青年志愿者的心声,成了他们耳熟能详的"志愿者之歌"。

(获 2017 年江苏体育优秀新闻作品三等奖)

心中的歌儿唱给爸妈听

2017 年 1 月 27 日,阳光明媚的冬日午后,江苏省射阳县合德镇兴东社区务工返乡的孙城君家,大女儿孙思的古筝和小女儿孙子碧的二胡,演奏出一曲曲欢快的乐章。还未消退旅途疲惫的爸妈,沉浸在欢快的音乐旋律里,欣慰和喜悦写在脸上。

孙思 22 岁,是一名在校大三学生。妹妹孙子碧 11 岁,正在读小学五年级。爸妈常年在外打工,孙子碧平日里一直跟着爷爷奶奶一起生活,一家四口分四处,只有在寒暑假才能团聚。

"知道爸爸妈妈过几天就要回来,我每天都早早起来,把屋子里里外外收拾干净——爸妈都特别爱干净,我就想让他们一回来就看到一个温馨整洁的家。他们回家前的那个晚上,我都不想睡觉,就想一直等着第一时间见到他们。"孙子碧抢着说,"从我记事起,就很少跟爸爸妈妈见面。上学后,每当看到别的同学上学放学都有爸妈接送,我鼻子总是酸酸的,真的特别羡慕他们,我也希望有机会爸爸妈妈能够接我一次。我知道爸妈为了赚钱供我跟姐姐读书,不得不离家在外打工,他们那么辛苦,就是希望我跟姐姐的生活能够更好一点。所以我在学校努力学习,成绩一直在班里名列前茅,我只是希望爸爸妈妈不要为我操心。但是他们不在身边的日子,我真的很想念他们。"

姐姐孙思回忆说:"去年国庆放假回家那天,我到了家乡县城车站,左顾右盼,就是找不到来接我的爸妈那熟悉的身影。哪知道爸爸在去车站的路上被三轮车撞断腿。我赶到医院时,爸爸正被推出手术室。我当即跑到他身前不停地叫他,当时他的麻药劲儿还没完全过,听到我的声音,便努力紧紧攥着我的手,一直不愿松开……"说到这儿,孙思的声音哽咽了。

常年聚少离多,妈妈彭雅说:"两个孩子现在都在上学,各项开支都需要钱,每年都要好几万。不出去打工实在承担不了。好在两个孩子都很争气,大的古筝考到了专业五级,还当上了学校文艺部部长。小的学习成绩一直不错,作文经常得到老师的夸赞,还在报刊上发表了好几篇,二胡也马上要考到九级了。"讲到这儿,妈妈的脸上露出欣慰的笑容。

记者看到孙子碧在少儿报刊上发表的一篇作文《留守娃的愿望》,文中写道:"爸爸妈妈,你们知道吗?我很想很想你们,每当想到你们,我的眼泪就情不自禁地流下来。你们放心,我在家很听话,学习很好,不用担心。如果可以,我希望你们能回家创业,或者把我接到你们那里去读书,我真的想跟你们在一起。"

记者离开她们家时,远远地还听到姐妹俩在弹唱给爸妈听的歌《世上只有妈妈好》。

可是,她们唱的歌词却改了:"世上只有爸妈好……"

记 者 手 记

"有爸妈的孩子是个宝!"歌曲中,姐妹们一字之改,快乐中透出辛酸,道出多少留守儿童对远离身边的父母无尽的思念!

和留守儿童接触多了,孩子们感情世界的孤寂、缺失和不健全,不仅常常拨动记者的心弦,也引起记者深刻的思考:中国经济社会的发展,工业化、城镇化、现代化步伐的加快,不能继续以我们广大的农村留守儿童付出亲情缺失、感情缺憾为代价。孩子们已经发出让父母亲在身边生产生活的呼唤,我们的发展新理念,也已经在加快推动农民在家门口就业、在健康家庭生活中创业的进程。相信孩子们弹唱的歌曲,会在这个进程中,赋予更新的内容、更快乐的旋律!

(获 2017 年第二十七届中国新闻奖报纸系列报道类三等奖)

二次夺刀斗歹徒　戏里戏外正能量

陈明矿见义勇为受表彰

2017 年 4 月 27 日，二次夺刀斗歹徒的射阳籍淮剧演员、省淮剧团团长陈明矿被南京市公安局表彰为见义勇为先进个人。

3 月 9 日，陈明矿在南京接受针灸治疗。下午 3 点回到宾馆，只见大堂里一名女子突然掏出一把水果刀，向女客服人员划去，伤口从额头一直拉到嘴角。陈明矿冲上前去大吼一声，持刀者一惊，盯着他看。陈明矿把伤者拉到自己身后，喝令持刀者把刀放下，让人赶快打 110。第一把刀放下了。

大家闻声围过来，持刀者很恼火，又掏出第二把刀，冲向保洁阿姨。陈明矿一把拦住她，一手夺下刀，另一只手按住她的脸说："听叔叔的，你现在还有救，再这样下去，你就没救了，是要后悔一辈子的。"周围有人拍照，陈明矿制止了他们，劝持刀者打电话自首。持刀者听进了他的话。

为表谢意，受害人周小姐委托家人给陈明矿发了一封感谢信，陈明矿英勇救人的消息才不胫而走。

陈明矿出生于海河镇宏丰村，2016 年，他主演的淮剧《小镇》荣获第十一届中国艺术节第十五届文华大奖。同时，他也是上海白玉兰戏剧表演艺术奖和中国戏剧奖·梅花表演奖的双料得主。勇斗歹徒、刀下救人，现实中发生的这一幕和《小镇》这篇戏文里演的是如此相似。《小镇》创排期间，陈明矿常常对大家说："我们江苏省淮剧团所有演职人员从现在开始，就要树立精神标杆，演好《小镇》就是一场修行，无论台上台下，无论社会还是家里，都不做坏事，真真正正去做个好人。"

（获江苏省市县新闻中心系统 2017 年好新闻三等奖）

大走访贵在办实事解难题

县交通运输局干部职工在大走访活动中,注重排查矛盾纠纷,解决群众实际困难。截至 10 月下旬,该局共走访群众上千人(次),排查化解各类矛盾 350 多起,受到广大走访对象的好评。该局干部职工在大走访活动中,带着真情,带着责任和担当,真心实意地为基层办实事、做好事、解难题,值得点赞。

大走访,走的是基层,访的是民心,办的是实事。办实事是我们党员干部大走访的出发点和落脚点,必须始终坚持这一原则。群众反映的问题可能会很多,甚至还会很复杂,但真正静下心来认真去做,为民办事、为民解难其实并不难。

大走访,要办实事,就需我们党员干部能下基层,经常走下去。民情民意不是一封信、一个电话能完全了解的,"纸上得来终觉浅,绝知此事要躬行"。积极主动去敲门入户走访,撸起袖子,放下身子,说民话、聊家常,寻问题、谋对策,既要观察群众的柴米油盐,又要了解群众的衣食住行。拉近与群众之间的距离,设身处地考虑群众的需要,才能真切体察到群众的困难,获得更为翔实的资料,才能有的放矢地解决问题。否则,难免会出现"拍脑子决策",不能解决真问题。

大走访,要办实事,就需我们党员干部要抓问题的重点,把脉群众难题。群众的难题一个不同于一个,但是牵牛要牵牛鼻子,解决重点问题,其余衍生的问题就迎刃而解。在大走访过程中,遇到家庭贫困的对象,就要分析为什么贫困,是由于好吃懒做,还是由于患疾变故。是前者,扶贫就要先扶志、扶智;是后者,就要考虑我县"四个托底"政策和社会救助等措施。善于透过各种问题的表面现象,寻找问题的本质,从根本源头上解决问题,避免出现"按下葫芦浮起瓢",这可以减轻党员干部的工作量,又能真正为民办实事解难题。

大走访,要办实事,就需我们党员干部经常大回访,常回去再看看。大走访不是一场运动,而是一场长久战。群众的问题不是一天两天就能完全解决的,需要分阶段、分层次,逐步解决,并且还会出现新的问题,需要新的解决办法,这就要我们把大走访作为党员干部的一项经常性事务。经常性地回访,时刻把群众放在心上,不做样子、不走形式,查看措施落实的情况,不断寻找解决新问题的好办法。真正而持久地为民办实事解难题,自然就会赢得民心。

"上下同欲者胜",何愁大走访工作的满意度不会是百分之一百呢?

(获江苏省市县新闻中心系统 2017 年好新闻三等奖)

我县农民创造的"联耕联种"被写进中央一号文件

改革开放以来,指导"三农"工作的第 18 份中央一号文件 2016 年 1 月 27 日由新华社受权发布。这份文件题为《关于落实发展新理念加快农业现代化实现全面小康目标的若干意见》,全文约 15000 字,共分 6 个部分 30 条。文件在第 1 部分第 5 条中指出,支持多种类型的新型农业服务主体开展代耕代种、"联耕联种"、土地托管等专业化规模化服务。而其中"联耕联种"就是由我县创造的。在此之前,"联耕联种"模式曾荣获"2013 中国全面小康十大民生决策"和"江苏农业创新十大举措"之首等荣誉,并写入 2014 年江苏省委一号文件。

为提高零散土地使用资源利用率,促进土地规模化经营,2013 年,我县转变农业生产方式,大力推广"联耕联种"。"联耕联种"最明显特征是经营主体、受益者仍是原有的一家一户;无须流转土地,推掉田埂即可规模生产;破除田埂后联种、联管、联营一切按照农民意愿。当年,我县"联耕联种"面积达到 8.4 万亩。

两年的实践赢得了当地农民的真心喝彩,"增面积、降农本,促还田、添肥力,提单产、升效益",得到参与农民的普遍欢迎。去年我县秋播"联耕联种"面积达 70 万亩,还出现了一批万亩片,最大一匡面积达 3.2 万亩。盐城市已全面推广,总面积突破 400 万亩,全国多地也开始实践推广。

"联耕联种"实现了分散农户的联合与合作,利于向更高水平的规模化平滑过渡。中央农办调研认为,"联耕联种"更适合约占全国耕地近 1/3 的 6.2 亿亩平原宜耕耕地的传统农区。汪洋副总理、江苏省委省政府主要领导都专门作出批示。央视新闻联播、《人民日报》等媒体聚焦报道。党国英、肖世和等众多"三农"专家一致认为,此举符合政策走向、保护了农民利益、保障了粮食安全,门槛低、可复制、易推广。著名三农专家贺雪峰、农业部农研中心、中国农业大学等 6 所高校 14 名博士分 6 个小组到海河、新坍等 4 镇 13 村,进行 9 天的驻村入户调研,每晚集中交流讨论,分 3 次召开村组干部、农技人员、合作组织牵头人座谈会。贺雪峰说,"联耕联种"是完善农业基本经营制度和推进农业现代化的创新实践,对中国"三农"而言,不是"变革",而是一场"革命"。

(获 2016 年江苏省县市报研究会、江苏省县市新闻中心工委好新闻一等奖)

江苏射阳生态蟹苗产量占全国70％以上

蟹苗也住"托儿所"

滩涂五月天,蟹苗上市时。

这段日子,江苏省射阳县沿海滩涂上的"蟹苗托儿所",迎来了一拨拨的省内外客商。安徽省宣城市水阳镇后兵蟹苗合作社的李后兵,一次就订购了5000公斤。问及老李为何如此青睐射阳的蟹苗,他说,"托儿所"里培育出的蟹苗,不仅规格齐整,成活率也高。

射阳县沿海滩涂南北纵向100公里,分布着98家育苗企业。在最北端临海镇境内滩涂上,一家蟹苗基地挂着扬州市宝应祁本林育苗场的牌子。经理祁本林说,他之所以远道而来承包滩涂育蟹苗,就是看中了这里的土方法。

祁本林说,过去在老家培育蟹苗采用的是工厂化方法,建厂房、水泥池、烧锅炉,每天要多次引排更换水体,麻烦不说,成本还高。射阳将滩涂开挖成土池塘,直接利用消过毒的海水培育蟹苗,成本大幅下降。"我今年培育出来的蟹苗,价格低的每公斤只有四五百元。种苗价格低,客户赚钱容易,几天工夫我这1万多公斤蟹苗就全部卖完,净赚了80万元。"

老祁边说边带我们到"蟹苗托儿所"一探究竟。原来,别看河蟹的名字中有个"河"字,其实,蟹苗的发育生长还是在海水中完成的。过去用水泥池引海水培育,面积小,蟹苗密度高,水质很快恶化,存活率自然不高。射阳的蟹苗场建在土池塘中,蟹苗不仅生活在天然海水里,还有充足的氧气和食物,住得好,吃得好,就像娃娃住在托儿所。

据介绍,目前射阳沿海生态育苗面积已达3.5万亩,年产生态蟹苗65万公斤,占全国生态育苗的70％以上,已成为全国最大的河蟹种苗生产基地。

(获2016年江苏省县市报研究会、江苏省县市新闻中心工委好新闻一等奖)

特别晒谷场

2016 年 6 月 14 日上午,骄阳似火,温度达到 30 ℃,在江苏省射阳县临海镇兴盛村境内的射阳县百顺驾校广场上,没有学员练车,没有车辆进出,记者看到的是另一番情景。

偌大的广场上,到处是摊晒小麦的村民,有男有女、有老有少,大家忙着翻晒刚刚收割登场的小麦。

团洼村四组的徐秀英,不停地翻着场地上的小麦,不时用毛巾擦拭着脸上的汗水。"亏得有这块水泥场,两个太阳下来,麦子就干了。前几天连续下着小雨,前天刚刚收下来的 5 亩麦子,如果不及时晒干,那就霉了。驾校徐校长帮了我们的大忙!"徐秀英感激之情溢于言表。

"今天这个广场上晒麦子的人家有 20 多户,麦子总量将近 10 万斤,我们周围没晒场的人家都轮着在这里晒大小麦,今年夏季从收大麦到收小麦,在这里晒麦子不下 100 户。在水泥场上晒麦子又干净又安全,就是影响了驾校的生意。"说到驾校为大伙的付出,团洼六组周怀银显得有些内疚。

百顺驾校是 2012 年冬天利用兴盛村废弃的校园改建的,当时浇筑水泥场地近 20 亩,耗资 90 万元。

"2013 年夏收,大小麦登场,周围有几户村民跟我借场地晒麦子,我一口答应下来,反正就这几天。不曾想周围其他村民一个传一个,都来找我。麦收期间这驾校就变成了晒谷场。晒麦期间,我把学员全领到路上练习。"百顺驾校校长徐寿考说起练车场变成晒谷场的经历,显得很自豪和兴奋。

"我家就在农村,我知道大伙种粮食不容易,特别是分田到户以后,集体的晒谷场都被分了,一家一户晒粮食就是个难题。我让大家晒粮食,虽然对生意有些影响,但救了大伙的急,我还是有成就感的。"

有人做了个统计,百顺驾校到兴盛村已经历了 4 个夏收、3 个秋收,无偿提供场地给周围兴盛、团洼、金华三个村的农民晒的粮食加起来有 1000 万斤。他们没收一分报酬,还免费负责看护、打扫卫生。

"徐校长,我家有 15 亩麦子刚收下来,跟你借个场地晒晒。"

"好,就放在第三教练区南边吧。"

说话间,来了个火急火燎、满脸汗水的中年妇女,她是团洼九队杨爱丰的爱人。见徐校长一口答应,她来不及道谢,就消失在我们的视野中。

徐校长说,夏收救急如救火,这个忙一定要帮!

【采访手记】每到夏收,农民们最担心的就是下雨,更怕连续阴雨。怕归怕,该来的还得来。这不,今年夏收我县就偏逢连续阴雨,农民们只能在雨隙中抢收。

遭了雨的麦子一收下来需迅速晒干,不然就得霉变。麦子霉变后生成的黄曲霉素有着很强的毒性,既不能吃,也不能喂牲口,当然就更不好卖了。

政府号召农民利用雨隙抢收抢晒到手的麦子,却因为缺晒场而常常使愿望落空。百顺驾校的善举解了众多农户的燃眉之急,实为好事一桩。不过,对驾校来说,训练受影响,收入也会受影响。但徐校长说,他家在农村,知道自己的这一举动对急需晒场的农户意味着半年的辛苦没有白费。

夏收中农民遇到的不仅是晒场问题,还有许多需要全社会共同关注支持和帮助解决的问题。百顺驾校这一善举之所以值得点赞,就是因为他在农民迫切需要有人站出来帮一把时,他们及时地站了出来。不知百顺的善举能不能给我们以启发,季节不等人啊!

(获 2016 年江苏省县市报研究会、江苏省县市新闻中心工委好新闻二等奖)

刘卫丰钱塘江勇救落水母女牺牲

杭州见义勇为基金会追授其为"杭州市见义勇为勇士",发放奖励基金 30 万元

2016 年 11 月 14 日下午,杭州市见义勇为基金会在杭州市公安局交通治安(水上)分局钱江水上派出所举行表彰仪式,追授奋不顾身跳入钱塘江救人而英勇牺牲的盐城籍船员刘卫丰为"杭州市见义勇为勇士"荣誉称号。杭州市见义勇为基金会理事长娄延安向刘卫丰父亲颁发了荣誉证书和 30 万元奖励金。

刘卫丰,男,1974 年 11 月 8 日出生,家住四明镇维新村五组 67 号,原为浙江绍兴嵊州市海港船务有限公司"浙嵊州货 0222 号"船驾驶员。

2016 年 10 月 31 日晚,刘卫丰所在的浙嵊州货 0222 号船与另外 6 艘"浙上虞货"的船只,一起并排锚泊在钱塘江的锚泊地。晚饭后 19 时许,"浙上虞货 0511 号"的船员李燕(女)抱着 3 岁女儿,在过二船之间的滑梯时不慎跌入江中。这时在"浙上虞货 0639"船上串门的刘卫丰听到有落水的声音后,立即和该船船员王东冲出船舱跑到船尾观察,当发现是有人落水,刘卫丰毫不犹豫地脱掉衣服跳入冰冷的江中,游到落水者旁。因江水湍急,无法带落水者靠近船只。等听到呼救的其他船员赶到现场,将落水的李燕母女救起后,无情的江水已经把刘卫丰吞没。

刘卫丰在群众落水的危急关头,奋不顾身地跳入冰冷的江水中救人,英勇牺牲。他以自己的实际行动彰显了见义勇为、舍身忘己的崇高精神。根据《杭州市见义勇为基金会章程》的有关规定,经杭州市见义勇为基金会研究决定:追授刘卫丰同志为"杭州市见义勇为勇士"荣誉称号,并奖励人民币 30 万元。

在追授仪式上,四明镇党委书记苏广军受县委、县政府委托来到杭州看望慰问刘卫丰家人。苏广军告诉记者,回去以后将在全镇大力宣传刘卫丰见义勇为舍己救人的壮举,照顾好他的家人,对其儿女学习和生活费用全部托底救助,对其父母全部纳入低保。

(获 2016 年江苏省县市报研究会、江苏省县市新闻中心工委好新闻三等奖)

小月庭用另一种方式"活着"

2015年11月7日晚,当射阳县红十字会负责人介绍了患脑干胶质瘤的6岁小女孩庄月庭离开人世,她的父母将小月庭的两只肾脏和一只肝脏捐献出去,成功移植给3名重症患者的事迹时,专程从北京赶来采访的中央电视台三名记者个个泪流满面,他们被小月庭父母的大爱深深地感动了。

小月庭2007年11月23日出生于射阳县,生前在县城小星星幼儿园上大班。病魔来得突然,以致她即将到来的6周岁生日也没来得及过。今年8月初,父母发现她的视力急剧下降、走路重心不稳,经常摔跟头,开始怀疑是近视,但经CT诊断,她患的是脑干胶质瘤。

经盐城和上海的专家确认,这种病目前世界上没有有效的治疗办法,更不能开刀。10月12日,孩子被带回老家安排在县中医院治疗。之后的日子里,孩子虽然还有些意识,但已经不能开口说话。

孩子没有多少天可活了,小月庭的父母虽然心痛如绞,但还是考虑如何处理女儿的后事。后来听医院的领导讲,可以用捐献器官的方式获得新生。38岁的小月庭爸爸动了心,于是做通妻子及其亲属的思想工作,决定捐献。10月25日深夜,孩子的生命体征逐渐消逝,夫妇俩在《人体器官捐赠协议》上签下了自己的名字。10月26日凌晨零时零一秒,躺在病床上的小月庭停止了呼吸和心跳,经专家确认已经脑死亡。医生取出了她的肝脏和两只肾脏,并连夜送往南京,植入3名患者体内。经省红会确认,手术很成功。据了解,小月庭的两个肾脏分别救了一名10岁和一名15岁的孩子,而肝脏救了一名40岁的成年人。

在父母的眼中,小月庭乖巧懂事。"我去上班时,她都要送我看着我离开。"小月庭的妈妈哭着说。小月庭的妈妈在阜宁县城的一个中石油加油站上班,因为工作地点距离家里有100多里,所以并不是早出晚归,一个月只能和孩子见上两三面,她觉得特别亏欠孩子。每次去上班的前一天晚上,女儿总是对她说,第二天早上要送妈妈。"明天下雨呢,你就不要起那么早了。""不,下雨我送到楼下也行啊!"

教了小月庭三年的小星星幼儿园老师陈晶晶,说起小月庭满眼泪花。"得知小月庭的病情后,我们去看望了她。老师们的心情无比沉重,眼前浮现出了平日那个乖巧可爱、和小朋友友好相处、在每次活动中认真努力的小月庭的点点滴滴。"

小星星幼儿园老师、副园长刘朝霞在接受中央电视台记者采访时说:"小月庭的离去,让我们与她朝夕相处了三年的老师们感到无比的痛心,同时也被她父母的大爱举动而震撼。器官捐献完全是无偿、自愿的行为,所以能在人走后做出这样痛苦决定的家庭,本身就具备高尚的节操和人格,他们值得所有人尊重。真诚地希望月庭的父母能够好好保重,开始新的生活。"

11月6日上午10时,我县在县政府七楼会议室举行了一场特别而又隆重的仪式,向用大爱延续他人生命的庄月庭小朋友致敬,并向她的父母颁发了盖有中国红十字会总会公章的《人体器官捐献荣誉证书》。小月庭也由此成为我县首例、盐城市第3例、江苏省第40例人体器官捐献者。

(获市红十字会、市新闻工作者协会联合举办的(2015年)第三届"博爱杯"红十字好新闻二等奖)

让爱不缺席

——新春探访农村留守儿童侧记

春节的到来,没有谁比留守儿童更开心了。因为,平常里电话那头的爸爸妈妈终于回到身边了。据北京的一家咨询机构数据显示:中国现在与农民工父母分开居住的儿童总共约有 6100 万,约占全中国儿童总数的 22%、中国农村儿童总数的 38%。新春时节,农村留守儿童与家人团聚,他们是如何过春节的?正月初七,带着这个问题,记者前往江苏省射阳县几个村庄的留守儿童家庭进行探访。

"我对不起他们"

31 岁的戴靓回到射阳县海通镇射北村的老家快半个月了,这半个月是女儿戴小雅脸上欢笑最多的时候。

8 岁的戴小雅在幼儿园上学前班,她特别喜欢跳舞。家里的墙壁上贴满了奖励戴小雅"红花幼儿"的奖状。戴小雅说:"我在幼儿园里天天努力学习,我得了奖状,辛苦一年的爸爸回来过年肯定会很开心!"在爸爸回来之前,戴小雅专门准备了一段小舞想跳给爸爸看。

"全家的负担都在我身上,我一年到头都在海轮上工作,难得回家。女儿出生之后就缺少父爱,妻子一个人带孩子非常辛苦。有时候女儿生病感冒都是妻子一个人送她到医院,我恨不得立马辞掉工作回来,我对不起他们!"戴靓感到非常愧疚。

"正月初一初二爸爸带我上街玩的,我们一起逛了太阳城,爸爸还给我买了我最爱吃的浪味仙!"戴小雅对这个春节感到非常满意。

"爸爸,你可不可以不要去上班了啊?"戴小雅一边撒娇地问着,一边低头摆弄自己的小手。"爸爸要上班赚钱,这样妈妈和你才能过上好日子。"戴靓的神色一下子黯淡起来。

还有几天又要上船了,戴靓决定推掉所有的应酬,好好陪陪女儿。他明白,平日里,他不是一个合格的父亲。

"我要你在家陪我"

在射阳县千秋镇滨东村的一座农家小屋里,记者见到了围成一桌吃饭的陈东一家。酱红色的肉圆冒着腾腾的热气,笑容洋溢在全家人的脸上。陈尚泉正在欢快地扒着碗里的米饭,陈尚泉的爷爷告诉记者:"自从他爸爸回来后,7 岁的陈尚泉的饭量从平常的小半碗变成了一大碗。"

陈尚泉的爸爸陈东常年在无锡打工,陈尚泉的妈妈前几年与陈东离婚后去了广东。陈尚泉平时就和爷爷奶奶生活在一起。爸爸不在家的时候,陈尚泉最盼望每个星期的星期五,因为星期五幼儿园放假之后可以打电话给爸爸。

"新年爸爸给你带了什么礼物啊?"记者问道。但陈尚泉望着桌脚并不说话,饭桌脚下放着一个未拆封的遥控小汽车,很明显陈尚泉并不感兴趣。

"快把小汽车包装拆开跑给爸爸看看!"陈东催促着说。

"我不要小汽车,我只要你一直在家陪我。"陈尚泉的情绪一下子变了。原来陈尚泉班上的小朋友都是爸爸妈妈带着一起去报名的,而报名那天,陈东已经该去无锡上班了。

"要不是为了生计,谁愿意背井离乡离开孩子呢?"陈东无奈地说。片刻之后,陈东决定推迟几天去无锡,满足孩子一起去幼儿园报名的愿望。

"爸爸今年就在家陪你"

"两三年前,我和朋友去外地承包浴室,当时的承包期就是三年,每年只能回家 3~5 次。每次我回家,孩子都高兴得不得了。不过我从他妈妈那得知,我不在家的时间里,孩子回家后都比较沉闷,看电视的时间比较多,所以我感觉长期不在家令孩子失望了。这么长时间以来,我发现自己对孩子照顾得真是不够。所以虽然承包的浴室期限到了后还能续约,但我还是决定今年回家了,陪在孩子身边。"家住海河镇的吴先生说。

在上海工作的吴先生今年春节期间回家与儿子吴迪团聚。春节这几天可以说是儿子近几个月来最开心的时候,除了刚看到爸爸时"发愣"了一会儿,其他时候都高高兴兴地拉着爸爸聊天,而且仿佛有使不完的劲。爸爸的出现固然令吴迪小朋友欣喜,不过最让他开心的是爸爸的一句话:"今年我就回来了。"

吴先生还表示,他在近三年里得到了很多育儿启发,他认为,孩子的教育不能光靠学校,而是需要学校和家庭相辅相成式的教育。虽然学校的教育可能是比较完善的,但家庭、亲情的因素是不可代替的。"希望我回来得不晚。"吴先生说。

不过,也许和吴先生有同样想法的家长并不少,但现实的无奈让他们不得不将这份想法埋在心底,还是有不少留守儿童需要大家来共同关爱。

"给留守孩子家的温暖"

戴小雅、吴迪和陈尚泉小朋友都在射阳县小星星幼儿园就读,像他们这样的留守儿童,在该幼儿园里还有很多。

园长蔡青云告诉记者,射阳县小星星幼儿园是江苏省最大的留守儿童幼儿园,14 年来接纳的留守儿童已经超过 1300 多名,最多的时候在园留守儿童有 286 名。目前幼儿园已经成为射阳县关爱留守儿童的"儿童快乐家园"。

蔡青云说,这些留守儿童其实最需要的就是关爱。我们幼儿园特别制定了"小星星快乐家园"关爱留守儿童工作计划,用制度来保障留守儿童的健康成长。安排每个教职工结对帮扶留守儿童,基本上每个班级老师都重点结对四五个留守儿童,经常谈心,定期家访、关心生活、指导学习,引导他们健康成长,给留守孩子家的温暖。

"为了留守儿童也能像普通孩子一样健康成长,丰富他们的生活,在每周五的上午,我们安排幼儿学习珠心算、电子琴、舞蹈等特色活动。我们对孩子们进行全面的定期身体检查,及时了解孩子的身体发育情况和健康情况,做到有病早发现,及时治疗,彻底排除他们因病失学等的隐患。同时我们加强与留守儿童父母或监护人的交流与沟通,不定期召开研讨会、座谈会,交流关爱留守儿童的经验。"蔡青云说,"我们正在探索关爱幼儿阶段留守儿童的途径,任重道远。令人欣慰的是,我们关爱留守儿童的行动得到了中央新闻媒体和当地党委政府的重视和支持。"

在《农民日报》社领导和当地党委政府的关心帮助下,专门划出一宗地给幼儿园,建了一幢教学楼,大大地改善了留守儿童的生活学习条件。

《农民日报》报道小星星幼儿园关爱留守儿童的事迹后,社会反响强烈,社会各界向留守儿童伸出了温暖的双手。南京农业大学、江苏艾津农化有限责任公司、盐城工学院、盐城泰康保险公司、南京浦口区幼儿园、盐城高速公路青年志愿者等,纷纷给留守儿童捐款捐物。无锡十多家新闻媒体联合举办了"我们的爱献给留守儿童"大型公益行动,动员全社会向小星星幼儿园留守儿童献爱。

蔡青云相信,只要人人献出一点爱,留守儿童的明天定会更美好!

（获 2015 年江苏省县市报研究会、江苏省县市新闻中心工委好新闻一等奖）

他在鹤乡树起一座道德丰碑

——记 2016"最美射阳人"候选人虞鹏

射阳县出租车司机虞鹏冒着随时都有爆炸的危险，迅速从变形的事故车窗口钻入车内，不顾手臂多处划伤，帮助驾驶员解开安全带，将伤者抬到安全地带，事故车上两人由于得到及时抢救，最终转危为安。虞鹏先后被评为"全国见义勇为英雄司机""盐城好人"。10 月 27 日，他入选 2016"最美射阳人"候选人。

2015 年 5 月 1 日下午 1 点左右，射阳县腾飞出租汽车公司驾驶员虞鹏送客到县临海镇双洋村。就在他返回行至该村的一交叉路口时，突然见一辆厢式货车翻入路旁的沟中，他想都没想，立即将车停下来施救。发现副驾驶员被摔出车外，正在地上痛苦地呻吟着。驾驶员左手腕筋断裂，被卡在正驾驶位置上无法动弹，一双痛苦无助又强烈求生的眼神，让虞鹏内心更加着急。卡车油箱正在漏油，车上又有烟雾，随时都有爆炸的可能，路上站着 10 多个村民都吓得不敢上前。救人要紧！虞鹏不顾自身危险，一边安慰车内受伤驾驶员，一边迅速从变形的车窗口钻入车内，不顾手臂多处划伤，帮助驾驶员解开安全带，使劲推开车门，并招呼围观的群众将手上香烟明火熄灭，前来帮忙。在大家的帮助下，两人被抬至安全地带。虞鹏又及时向 110 报警和 120 求助，使事故车上两人得到及时抢救，转危为安。待一切得到妥善处理后，虞鹏悄无声息地开着出租车走了。虞鹏见义勇为的善举，博得在场群众的一致好评。

事后得知，此车是山东省烟台市莱阳县山东龙大肉食品有限公司驾驶员宫傲、张宝喜驾驶的厢式货车，在上海返回山东途中，从临海高等级公路途经射阳县临海镇境内，因避让一辆横穿公路的轿车不慎翻入路沟。宫傲、张宝喜出院后，多方打听救命恩人，终于得知是射阳县腾飞出租车公司的驾驶员虞鹏，他们特地将一面写有"见义勇为、救死扶伤"字样的锦旗送到射阳县腾飞出租汽车公司驾驶员虞鹏手中。当人们问虞鹏当时为什么会冒着生命危险去救人时，虞鹏淡然地说："当时情况紧急，没想那么多，救人要紧。只想着在救护车赶到之前，保护伤者不受二次伤害，有良知的人都会这么做的。"

当虞鹏"见义勇为"的英勇事迹在盐阜大地广为传颂之时，大家纷纷说着他的点点滴滴。射阳县腾飞汽车出租公司刘经理说："虞鹏同志从事出租车驾驶工作有 10 多个年头，给我的印象是平时非常严格要求自己，能够立足本职，对每一个乘客做到礼貌接待、平安送达。平时捡到乘客的遗失物都主动上交到公司和有关部门，十多年来从未有过被乘客投诉的记录。"同事徐崇健说："虞鹏这个人平时为人很仗义，乐于助人。我有一次开车行至兴桥街的时候,不知道什么原因,车子打不响不能启动,停在路边束手无策。这时正好虞鹏开车路过这里,立即停车下来问我怎么回事?我说不知道什么原因,车子就是打不响。虞鹏立即对出租车故障进行检查,并打电话给修理工咨询,最后确定是汽油泵出故障了。兴桥离合德修理门市尚有 20 公里的路程,虞鹏二话没说,直接开车到修理部把修理工接过来。我心里想,耽误虞鹏两个小时时间了,应该给他一点汽油费。然而他却执意不要,并且说同事之间有困难就应该要互相帮助,这是应该做的。通过这件事情,我认为虞鹏同志是个乐于助人的人,我非常愿意和他做朋友。"虞鹏的邻居周勇说:"我和虞鹏是邻居,从小到大,他一直就是个好孩子。他这个人性格开朗,在学校时与同学相处得都非常好,一直就喜欢帮助别人,同学中谁有了困难,他就主动帮忙。自从虞鹏开了出租车以后,我们村里谁家有事需要用出租车的,打电话给虞鹏,他都不收一分钱。虞鹏家里被村里评为'五好家庭',他们家与邻居都处得很好。虞鹏之所以这样,归根结底是他们家的人都热情好客,乐于助人。"虞鹏的同事徐迎春说:"我开出租车时间并不太长,刚进入出租车行业时,经常摸不着路,打电话给虞鹏问路,他都不厌其烦地告诉我怎么走。他经常告诉我如何处理好和顾客的关系,如何开好出租车等等。在虞鹏的帮助下,我很快地适应了开出租车生活。我在开车的时候经常看到虞鹏主动下车帮助乘客提放行李、抱小孩、搀扶老年人。特别在刮风下雨的时候,主动替顾客打伞等。我认为虞鹏是个很称职的出租车驾驶员。他内心善良、乐于助人。"

虞鹏是一名出租车司机,他驾驶的出租车,承载的是"平安",体现的是"服务",奉献的是"爱心",彰显是"道义"。他,就像一团燃烧的火,平凡之中见真情,危难之际显本色,美名传遍盐阜大地。

（获 2015 年江苏省县市报研究会、江苏省县市新闻中心工委好新闻三等奖）

志翔公司让员工实现体面劳动

当前经济下行,企业招工难、经营难、融资难、效益低,尤其是纺织服装行业更难。而江苏志翔服饰有限公司却是另一番情景,产销两旺,今年的服装订单已排到年底。

5月13日下午,笔者来到坐落在射阳县海通镇的志翔公司,恰逢员工下班进餐,人人脸上洋溢着欢笑。志翔公司能有这样良好的发展势头,得益于科学的管理、良好的信誉、大力度的技术设备投入和独特的营销策略,而公司老总时时处处想着为员工谋福利的真心,调动了全体员工的积极性和创造性。

从去年元月1日开始,公司员工家里有60岁以上老人的,享受100元一个月的生活补助,这在全省乃至全国都是少见的。公司董事长傅士翔说,我们这里的员工大部分是农民,他们为了工作,很难照顾到年迈的父母,为老人发补贴,虽然一年要多花10多万,但员工们安心了,老人经济上又宽裕了,把家里也照应好了,一举三得。

走进成衣车间,机声沙沙响。问起他们的收入,女工胡芹说:"我每个月平均可以拿到4000多元工资,如果自己努力最高可以拿到5000元。"公司像她这样的熟练工,平均年收入能达5万多元的比比皆是,这还不含厂里替每个职工缴纳的"五险"。

为了让老员工有盼头,公司规定工作满10年的员工发1万元,工作满15年的员工再发1万元;对购买小汽车的员工发购车款1万元;工作满8年的员工安排旅游一次,费用全部报销。此外,员工在公司吃住全部免费,公司设立了幼儿园,员工子女就近入托。

服装企业基本都是按件计酬,志翔公司也不例外,但志翔公司还有一个特别的规定,所有的员工一年都享受到13个月的工资,这在全国的企业中或许是唯一的,仅这一笔费用要多支出250万元左右。"员工付出了劳动,创造了财富,企业有了利润,我们通过这13个月的工资与大家分享企业发展的红利,发这些钱,我很开心!"傅士翔满脸的欣慰。

2002年创办之初,志翔公司只是一个拥有十几台缝纫机的小作坊,白手起家发展到今天,拥有智能吊挂缝纫生产线、电脑绣花、自动印花、自动裁剪等800多台套成衣生产设备,形成从裁剪、印花、绣花、缝制、整烫、包装为一体的服装生产现代化加工流水线,去年实现开票收入超亿元,完成税收500万元。

据了解,虽然一季度是服装生产淡季,但由于一直以来志翔公司认真负责、精益求精,加工的服装交货及时、质量优良,公司创办十多年来,外贸订单源源不断,今年的外贸服装订单已排到年底。今年前四个月,志翔公司加工服装200多万件,实现产值2200万元,比去年同期增长35%。

（获2015年江苏省市县报研究会、江苏省市县新闻中心工委好新闻二等奖）

凌如文一项发明专利为花农增收亿元

11月12日,记者从江苏射阳县洋马镇药材办了解到,洋马镇今年2.8万亩菊花,亩产值平均达到6500元,最高的亩产值达到9000元,与往年不同的是,今年销售的胎菊占到了菊花销量的70%。而销售胎菊比销售菊花亩增纯效益1200元左右。仅此一项,今年花农增收3300万元。

胎菊发明人叫凌如文,射阳县天马菊花专业合作社理事长。自2005年发明胎菊10年来,洋马花农已增加纯效益1亿多元,他也被花农们称之为"活财神"。

2002年,洋马镇为了解决菊花产业化的难题,号召机关干部带头领办菊花企业,为洋马菊花发展闯出新路子。凌如文是镇公务员,他积极响应镇政府号召,主动深入农村领办菊花企业,这一坚持就是十年。

2002年秋天,凌如文在广州见到一道烤乳猪的特色菜。他很好奇。朋友向他介绍说,这是刚产下的小猪烤制的,味道特别香。说者无意,听者有心。凌如文想,乳猪能在刚产下时烹调成美味佳肴,菊花在含苞时采摘制茶味道也应该很独特。他决心试一试。说干就干,2003年工厂建成后,凌如文在自己种的菊花田里,采摘了含苞欲放的鲜花蕾加工了300公斤胎菊,采用一条香烟盒形状的木盒包装,当年搞了1000盒,每盒100元。使他意想不到的是,仅仅两个月就销售一空,产品深受市场欢迎。于是,凌如文于2003—2004年与农业部南京农机化研究所进行深层合作,研发出了史无前例的苞菊(胎菊)花茶,并与专家们一起解决了加工工艺的关键难题。2005年申报了国家发明专利:苞菊(胎菊)茶及其加工方法。2008年4月6日获得国家专利局授权,这项专利填补了国内空白。

该发明的特点是,采用含苞欲放的苞菊(胎菊)制作花茶。其加工方法是采摘花蕾开口时的菊花,清水洗净,经微波杀青,再经热风气流烘干后包装。胎菊果实鲜嫩,营养成分高,口感优于花瓣完全开放时的菊花。而且加工时其花瓣不易脱落,经加工后的花形完整率高,能达到色、香、味俱佳的效果。胎菊很少受灰尘及有害的化学成分污染,是上乘的菊花饮品。

为带动农民致富,凌如文把这项专利无偿向射阳菊花产区农民和企业推广,给射阳菊花产业化撑起了半壁江山。射阳苞菊近几年以每吨8万元左右的价格销售,每年给全县几万户农民带来近1.5亿~2亿元的直接销售收入,近三年平均亩效益在5000~8000元,今年亩均收入近万元。南方超市终端销售价每公斤在400元左右,苞菊深加工产品每公斤在1000元左右,每年我县近2000吨左右的胎菊全部销售一空。

　　十年来,凌如文为创新研发菊花深加工产品,呕心沥血,先后研发了菊竹茶、枸菊冰茶,开发出菊花麦片、菊花芝麻糊、菊花豆奶粉,研制出菊花酒、菊花枕,并与上海药材大学合作研发了使菊花不生虫、不霉不蛀的保健中药材配方枕。与南农大合作,研发了"富硒苞菊(胎菊)"。他先后获得了十多项发明专利。

　　凌如文创办的江苏天马菊花制品有限公司先后被评为江苏省创新型企业、江苏省民营科技型企业,荣获江苏省科技创新二等奖。公司舒悦牌菊花被评为江苏省名牌农产品、盐城名牌产品、盐城八珍、盐城十大绿色品牌。射阳县天马菊花专业合作社被表彰为江苏省五好示范合作社,凌如文被表彰为江苏省民间优秀发明人。

　　　　(获 2015 年江苏省市县报研究会、江苏省市县新闻中心工委好新闻三等奖)

头顶梦想摘桂冠

——县杂技团《扇舞丹青·头顶技巧》荣膺"金狮奖"纪实

在第 15 届中国吴桥国际杂技艺术节上,射阳杂技团的《扇舞丹青·头顶技巧》在 10 月 2 日、3 日两场展演中,以零失误、高质量的完美呈现,艳惊四座,誉满杂坛,节目荣膺最高奖项"金狮奖"。

本届吴桥杂技节由文化部和河北省政府共同主办,河北省文化厅、石家庄市政府和沧州市政府共同承办,来自 20 个国家和地区的 30 个节目参加演出,其中比赛节目 27 个。《扇舞丹青·头顶技巧》是江苏省唯一一个入选本届艺术节节目,射阳杂技团也成为本届艺术节参赛的全国唯一一家县级文艺团体。

《扇舞丹青·头顶技巧》以黑白两色组成主色调,配合着屏幕上水乡背景,使人宛如置身江南。此节目将杂技的高难新美,太极的刚柔并济,舞蹈的飘逸潇洒,融入中国水墨的画风中。动静相宜的意境,优美灵巧的造型,表达了中国太极所蕴藏的似水之柔和似刚弥坚的内涵。

射阳杂技团团长张正勇告诉记者,《扇舞丹青·头顶技巧》能够得到评委青睐,是"全新"创意,奠定精品基础。《扇舞丹青·头顶技巧》节目在最初策划时,射阳杂技团的主创班子就考虑到节目的形式定位,本着"人无我有,人有我新"的创作理念,决定着手训练以头顶倒立为主要技巧的杂技节目,通过头顶头、手顶头、翻小翻、连续头顶跳跃等高难度表演形式,淋漓尽致表现杂技艺术魅力。

《扇舞丹青·头顶技巧》节目从开始训练到最后作品成型,经历了痛并快乐着的历程。为了训练演员头顶倒立的基本功,先从双手倒立开始练起,后来练头顶倒立,头顶倒立从平地开始,再到在凳子上、到桌子上、最后再到定制的道具上,一步一个脚印,精心打磨。2015 年以头顶技术为主的《顶·梦》,经过两年集训,获得了江苏省第二届文华奖的最高奖项——优秀节目奖。这是该节目首次在省内赛事中小试牛刀,锋芒初露。为了备战第十五届中国吴桥国际杂技艺术节,主创人员利用四个月的时间,对整个节目的音乐、服装、动作难度和技巧等方面进行了颠覆性的改造,重新赋予作品新的生命。县文广新局副局长周克明说。

记者在采访中了解到,《扇舞丹青·头顶技巧》节目由 8 名男孩共同协调完成,其中最大的 25 岁,最小的只有 11 岁。在三年多的创作中,教练员和演员们同吃同住,克服各种困难,不断磨合。无论是在内蒙古和苏州商演,还是在县内文化惠民演出中,只要有空闲时间,全体人员全力以赴,坚持每天训练。由于长期训练,最小的演员黄逸凡头皮上都磨出了厚厚的一层老茧。虽然他年纪小,却从不叫苦。由于先天条件好,再加上刻苦训练,成为这次节目的主要角色。在世界级的杂技舞台上,小逸凡给大家带来的不仅仅是精彩头顶表演,而且还传递着一帮中国男孩子不怕苦、不怕累、挚爱杂技艺术的正能量,使得整个节目充满新、奇、美、难的艺术魅力。

《扇舞丹青·头顶技巧》节目除了在节目构思、编排上推陈出新,还在服装、音乐等方面下了不少功夫。演员服装经过了重新设计,全部由黑白二色构成,干净分明的色调与"太极"形成呼应。设计师还特地选择丝绸作为制作材料,以凸显动作的飘逸感和演员的形体美。除此之外,表演中最重要的道具——扇子也是订制而成,展开时"太极"二字在扇面上龙飞凤舞,与表演动作相得益彰。节目中并无宏大场面和复杂道具,却营造出了小而美的空灵意境。

以中国著名"杂技之乡"吴桥命名的中国吴桥国际杂技艺术节创办于1987年,由文化部和河北省政府共同主办,每两年一届。它与摩纳哥蒙特卡洛国际马戏节、法国"明日与未来"国际马戏节并称世界杂技三大赛。

(获 2015 年江苏省市县报研究会、江苏省市县新闻中心工委好新闻三等奖)

我县社会救助实现全覆盖

兴桥镇的小刘和她的妈妈都是重度残疾人,生活不能自理,民政部门得知后,将她们都纳入了低保,解决了基本生活问题。小刘的姐姐说:"如果不是民政部门救助,我家就没法生活了。"今年以来,我县以改善民生为重点,建立健全了以城乡低保制度为基础,以困难群众救助和医疗救助为辅助,以教育、养老、住房、突发事件等专项救助为补充的城乡全覆盖社会救助体系。

射阳县委县政府始终把做好困难群体托底救助工作摆在重要位置,不断加快完善社会救助体系建设,规范社会救助行为,提高社会救助服务水平。今年以来,对城乡低保对象、特困供养人员、受灾群众、孤儿、困境儿童和困难家庭儿童、大重病患者、特困职工、低保边缘家庭、城乡生活无着落的流浪乞讨人员等社会困难群体,在医疗、自然灾害、教育、住房、就业等方面开展常态化日常救助。我县对城乡低保及时提标,实行低保动态管理,低保人员上网公示。至目前,农村低保对象 13719 户,22649 人低保标准由去年的每人每月 295 元提高至现在的每人每月 340 元,城市低保对象 1106 户、2153 人低保由去年的每人每月 410 元提高至现在的每人每月 450 元。我县设立社会救助专项资金,将全县孤儿、特困家庭、单亲困难家庭、监护人缺失困难家庭等特殊群体,从出生到大学毕业前的生活、学习费用全部纳入政府托底救助。全县实现孤儿网上动态审核,对孤儿生活保障标准及时提高到位。截至 2015 年 10 月,孤儿生活保障费提高到每人每月 1000 元,孤儿在校大学生每人每月 1300 元。困境儿童和困境在校大学生按孤儿(孤儿在校大学生)的标准分类执行,并保障到位。

全县五保供养标准得到保证,共有敬老院 17 所,五保对象 1797 人,农村五保集中供养对象由 7000 元/年增加到 7800 元/年,分散供养对象由 5900 元/年增加到 6600 元/年。在大力实施安老、助孤、扶贫、助学、助医等常规慈善救助项目的基础上,稳步推进大病救助项目。目前开展"尿毒症患者首次困难救助项目",共有 58 名患者每人获得 2000 元的救助。全县流浪乞讨人员及未成年人保护救助能力增强,接收社会求助 562 人次,接收各类救助 236 人次,其中未成年人 11 人,精神病人 58 人,残疾人 35 人,老年痴呆 31 人,其他一般受助人员 101 人。

我县还依靠基层组织网络,建立主动发现机制,做到早发现、早救助、早干预,提高社会救助效率。为方便困难群众办理各项救助业务,切实解决求助有门、救助及时问题,我县已建立镇(区)社会救助中心,正在组建县社会救助中心、村(居)社会救助站,以形成县、镇(区)、村(居)三级联动救助网络。

(获 2015 年江苏省市县报研究会、江苏省市县新闻中心工委好新闻三等奖)

我县推行"联耕联种"荣获
"2013 中国全面小康十大民生决策"奖

12 月 28 日,国家有关部门在京举行"2013 中国全面小康十大民生决策"奖颁奖典礼,我县创新农业经营方式推行"联耕联种"荣获"2013 中国全面小康十大民生决策"奖。

"中国全面小康十大民生决策"奖由中共中央求是杂志社《小康》杂志,联合中宣部、中央农村工作领导小组办公室等中央有关部委共同组织评选,每年在全国范围内评选出十个对我国实现全面建设小康社会具有重大促进作用的地方决策,向全国广泛宣传推广,为我国全面小康建设树立标杆、榜样和典型示范。迄今已成功评选了八届。

经本届评审委员会认真遴选,无记名投票,我县创新农业经营方式推行"联耕联种"高票当选为"2013 中国全面小康十大民生决策"。与我县同时获奖的还有浙江省残疾人联合会"人人共享小康工程"、重庆市武隆县全力打造旅游产业打通山民迅速致富路等民生决策。

为提高零散土地使用资源利用率,促进土地规模化经营,去年,我县转变农业生产方式,大力推广"联耕联种",出台《关于实行"联耕联种"、整村推进秸秆综合利用工作的意见》,组织 13 个镇的 200 多个涉农村居约 500 人参加业务培训,对 180 名县镇农技人员、85 名大学生村官进行专题培训,作为派驻各村推广"联耕联种"的技术指导员,现场答疑解惑,并印发"联耕联种"技术资料 3 万份(套)。目前,全县 80% 的村已经启动,"联耕联种"面积已达到 8.4 万亩。《农民日报》、新华网、省农委《农业调查与研究》、盐阜大众报对我县"联耕联种"工作进行了系列报道。

据悉,对获得"2013 中国全面小康十大民生决策奖"的地方,主办方将邀请《人民日报》、中央电视台、《光明日报》《经济日报》《中国青年报》《第一财经》《中国财经报》《中国经营报》《中国经济导报》《经济观察报》《21 世纪经济报》、人民网、新华网、中国网、新浪网、腾讯网等各大主流媒体进行集中采访报道。

(获 2014 年江苏省县市报研究会、江苏省县市新闻中心工委好新闻一等奖)

青春如夏花般灿烂

——记合德镇凤凰村舍身救人好青年彭九洲

他 21 岁,大学毕业,刚走上工作岗位,青春年华,朝气勃发,如夏花般灿烂。

8 月 8 日下午 4 时许,射阳明湖。在看到落水者全力挣扎、呼喊救命的一刹那,他毫不犹豫地迅速潜水搜寻,与众人齐心努力,把落水者成功救上岸,而他却因体力不支,年轻的生命不幸殒殁水中……

他,就是合德镇凤凰村青年彭九洲。

这几天,英雄的名字迅速传遍盐阜大地。

没有迟疑的救人之举

连日高温,不少人来射阳明湖水库游泳,寻觅难得的清凉。8 月 8 日下午,高中毕业生尹海涛和小侄儿一起去县城东边的明湖水库游玩,因为不会游泳,他们只是在靠近岸边的地方戏水。不经意间,小尹突然滑进了一个深坑,他惊慌失措地拍打着水面呼喊救命。彭九洲此时正陪两个不会游泳的同学在几十米外的浅水区游玩,听到呼救,转身就向溺水者方向游去,潜水搜寻、择机相救。后在众人的救援下,小尹被成功救上了岸。水性并不是很好的彭九洲,因体力不支,沉入水底……

事后,被救者回忆说:"滑进深水塘后我拼命挣扎,呛了很多水,后来感觉有人在水下用力顶了我一把,随后又有几个人拉着我往岸边游。"

惊魂未定的尹海涛上岸以后,脑子一片空白。这时,有人过来询问他:"有一个人去救你的,怎么没有上岸啊?"尹海涛这才意识到有个救他的人没有上岸。"当时,我心里急死了,请周围的人快点把他找上来,可是很多人不会游泳,他们不敢贸然到深水区。"随后小尹便拨打了 110 报警电话。

县公安消防大队的官兵接警赶到现场,立即组织搜救打捞,但因水库水面宽达 500 米左右,水深 3~5 米左右,多次打捞无果。直到次日上午 10 点半,彭九洲的遗体才被发现。

彭九洲的姑爹李振明介绍说,彭九洲平时非常乐于助人,是明达职业技术学院 08 级旅游管理专业的学生,今年刚毕业,目前在射阳某公司做房产销售工作。最近回来学驾驶,没想到为了救落水者自己却不幸遇难。

不能承受的丧子之痛

彭九洲的爸爸是位长途货车司机,妈妈是县农业银行的保安,家庭和睦温馨。彭九洲和妈妈的感情特别深,每次放学回来,离家还很远就开始喊妈妈了;而妈妈每次下班,也是先将手机掏出来询问儿子回家了没有。爸爸虽然因为工作的原因不能长时间地待在家里,但每次回家都会跟儿子好好谈谈、聚聚,吃吃饭,其乐融融。

彭九洲舍身救人,彰显了大道,但对家庭来说如同晴天霹雳。爸爸作为家里的顶梁柱虽然已经非常克制自己的情绪,站在门口接待来慰问的客人,但表情木然,动作僵硬。而妈妈不断诉说起彭九洲的生活点滴,整个房间里哭声一片,空气中弥漫着悲伤。

8月10日下午,一位小伙子快步走进彭家,"扑通"一声跪在彭妈妈面前泣不成声:"你以后就是我的妈妈,我就是你的儿子,以后我一定会经常来看你! 妈妈,你就认我这个儿子吧!"

这个小伙子,就是彭九洲救起的小尹。小尹的父母和姐姐都来了,小尹的父亲哭着对彭妈妈说:"谢谢你们养了个好儿子!"他不知道怎样用语言表达心中的那份谢意和歉意,只是蹲在地上默默流泪。

彭妈妈抱着小尹的头,低声地哭道:"我眼泪已经哭干了,没有办法了,儿子死得太突然啊,我接受不了啊! 儿子是救人才走的,是英雄。现在你们都来了,我没有遗憾了!"

据了解,彭九洲已经有女朋友了,原本过几天就要定亲的。彭九洲的外婆在楼梯下老泪纵横,指着楼上那个房间说,那个就是给九洲准备的婚房,而现在却是人去房空,冷冷清清。

难以忘却的深切怀念

8月10日凌晨2时,彭九洲的遗体在射阳殡仪馆火化。

在得知彭九洲牺牲的消息后,彭九洲的四十几位好同学、好朋友从各地赶来射阳,为其守灵,送他最后一程。

"九洲,我的好兄弟,一路走好,我们都是你爸妈的好儿女……"追悼会上,彭九洲的同学难掩悲伤,声泪俱下。在墓碑前,他们迟迟不愿离去,都想再多看一眼他们的好兄弟、好同学、好朋友!

"彭九洲与父母感情特别好,每次回家将车子一放,就喊'妈妈我回来了';还特别懂事乖巧,对人很有礼貌。"彭九洲的舅妈陆从兰说,自己是看着他长大的,心地很善良,看到有小孩子跌倒在地上,他都会过去扶起来。凤凰村村主任李正齐对记者说,彭九洲十多岁时,一次看到小区的路坑坑洼洼,他就自己找把铁锹将路平整好。村里的人听说彭九洲出事后,几百位村民赶到明湖水库为他祈祷。

同学陈炳先回忆说,在学校餐厅打饭,经常有陌生的同学忘带饭卡,彭九洲知道后主动请别人刷他的卡,当对方迟疑时,他总会说:"我请你吃顿饭吧,下次你请我。"他每次上街看到乞讨都会施舍,我们说很多乞丐是假的。他说:"总有真乞丐吧,这样我就能帮到人家的。"

同学吴昌盛说:"九洲为人特别好,在学校他虽然不是班干部,但很多活动都是由他组织的,本来这个月的 10 号我们还有个同学聚会,也是由他组织的,但没想到……"泪水在他的眼角打转,再也说不下去了。

为了纪念彭九洲,同学们还在网上自发地创建了"江苏射阳合德救人英雄彭九洲纪念馆",以告慰他的在天之灵。

"生命有限,当如夏花般灿烂,不凋不败,妖冶如火。"鉴于彭九洲舍身救人的行为,县公安局准备为其申报见义勇为称号,使他的事迹能够被广泛传播,让大家感受正能量,传递正能量,并激励更多的人积极向善,踏实前行。

(获 2013 年度江苏省县市报研究会、江苏省县市新闻中心工委好新闻三等奖)

"粮工"垒"山"

——全国第一种粮大户张正权春耕纪事

人物简介:张正权,上海南汇人,今年 57 岁,荣获"全国种粮售粮大户"称号,被评为全国基本农田保护先进个人。

2004 年 10 月至 2008 年 8 月,张正权在射阳和南汇的海边分别租下了 4.42 万亩和 5 万亩滩涂。2006 年,张正权在江苏射阳一次性试种 5000 亩水稻并获得成功,被省内外很多从事滩涂复垦研究的专家称为"奇迹"。2007、2008 年又连续两年种植 2 万亩获得成功,上海南汇区的主要领导实地调研后,决定将南汇海边的 5 万亩滩涂也交给他复垦,并将这个工程定为全区的"一号工程",要求把这块地建成"长江三角洲最漂亮的农田"。

位于黄海之滨的江苏省射阳县东沙港的盐城汇星农业发展有限公司所属的 45000 亩滩涂上,成片的麦苗在轻风中翻起绿波。4 月 9 日上午,阳光明媚,记者行进在机耕道上,看到的是整齐的道路一排排,宽敞的河道一条条,碧绿的麦苗一片片,犹如来到了世外桃源。

这块土地的主人就是全国第一种粮大户,现任上海沧海桑田生态农业发展有限公司董事长、盐城汇星生态农业发展有限公司董事长张正权。四月正是春耕时节,记者一行驱车来到江苏射阳县,探访张正权的春耕之作。

"三年内全用上高位灌溉系统"

在汇星公司三大队的排灌站旁,记者见到了正在测量水渠的张正权。"今年先在这里建高水位灌溉系统,请设计单位和公司技术人员现场勘察,先期投入 1000 万元,高位灌溉系统节水、节电、省人工,要迅速推广,争取三年内这里全用上高位灌溉系统。"

张正权和公司总经理陈华一边测量,一边规划高位灌溉系统的建设规模。

高位灌溉系统究竟好在哪里? 张正权打开了话匣子。

现有的农田灌溉系统由于供水被动,资源浪费严重,在滩涂淋盐洗碱中这种灌溉系统的缺点更加显现,不适合用于对耗水巨大的滩涂进行改造。如何解决这一难题呢? 2008 年 8 月在上海滨海东滩进行复垦整理时,张正权把解决这一难题的希望寄托在为东滩进行规划和设计的单位。但设计单位的规划方案还是让张正权大失所望,这个设计方案和他的设计理念和要求相差甚远,依旧是传统的灌溉模式,不能解决滩涂洗碱和灌溉。

张正权是个善于思考、勇于实践、勤于总结的人。他仔细分析了现有农田灌溉的不足与缺点,认真对比了普通农田和盐碱滩田所存在的差异,经过潜心钻研,亲自设计出了高低水位农田灌溉系统,该系统利用自然落差实现灌溉水源的流动,能有效减少电力资源的消耗,具有省水、省电、省人工的优点。由于高低水位农田灌溉系统是一种全新的灌溉模式,这种新模式曾经遭到无数水利专家的反对,但倔强和不服输的张正权始终坚持自己的设计思路,在重重重压下还是保住了高低水位灌溉系统的设计方案。

在实际运用中,高低水位灌溉系统省水、省电、省人工的优越性得到了很好的体现,同时该系统极大地提高了滩涂土地的淋盐洗碱效率,对上海滨海东滩的快速淋盐洗碱奠定了扎实的硬件基础。上海市领导视察滨海东滩时,对这套高低水位灌溉系统印象深刻,高度赞扬了该系统设计的科学性、合理性和实用性;相关水利专家看了后也不得不被这种灌溉模式所折服,对张正权更是刮目相看。

张正权给记者算了一笔账,高位灌溉虽然投入大,但一次投资,受益多年,不但节约了电力人力,更重要的是节约了宝贵的淡水资源,一举多得。

淋盐技术创造神话

滩涂复垦一般要经过多年的淡水养殖才能逐渐降低盐分,适宜水稻生长。由于滩涂复垦周期长、见效慢等特点,所以沿海大片滩涂少人问津。

那么张正权每年复垦滩涂几千亩,如何解决这个难题呢?

总经理陈华道出了其中的秘诀。

他告诉记者,2004年,当听说江苏射阳有一片滩涂在转让使用权时,年过半百的张正权按捺不住内心的激动,马上奔赴江苏射阳进行考察,购买了这片共计4.6万亩滩涂50年的使用权,打算将这片杂草丛生的盐板地进行农业综合开发,在滩涂上建造现代农业综合基地。

一石激起千层浪。张正权要花大价钱购买荒滩的消息一传开,马上在亲戚朋友间炸开了锅。毫无疑问,这一举动遭到了亲戚朋友们的坚决反对,一致认为这是"疯子"行为,放着好端端的生意不做,放着舒舒服服的日子不过,何苦非要花大价钱不远千里跑到偏远的射阳购买没多少价值的荒滩野地呢?但对土地和农业热爱的他还是铁了心,在一片不解和反对声中毅然决然地把半辈子的积蓄陆续投入到这片滩涂的复垦整理和农业生产中,正式与滩涂开发和农业生产结下了不解之缘,开始了漫长的滩涂复垦整理和综合改良的艰辛之路。

为了找到快速进行滩涂复垦、降低土壤盐分的方法,张正权日思夜想、废寝忘食、仔细琢磨,认真分析滩涂土壤的特性,反复研究降低盐碱含量的关键技术,寻找盐碱地改良的突破口,最后张正权根据"盐随水来,盐随水去"的原理,想到了用淡水洗盐的方法对滩涂进行淋盐洗碱,以达到降低盐分的目的。但这又谈何容易啊?离滩涂最近的淡水可在 27 公里之外啊！但这没有为难住张正权，做事不服输、有着一股子倔劲的他说干就干，自工程开工到水稻种植成功的 300 多个日日夜夜里，张正权吃在现场，住在工地，从开河到修桥，从挖沟到修渠，从铺路到建闸，从土地平整到淋盐洗碱，从机械育秧到机械插秧……每一件工作他都亲自参与，亲自指挥。

大群的人员日夜忙碌，隆隆的机械声响彻滩涂，那个壮观的场面让人们误以为这是一个国家重大的工程呢。有耕耘，便会有收获。经过夜以继日的努力，由张正权带领的团队开挖的一条长 27 千米、宽 30 多米的大河顺利完工，成功引进了淡水进行洗盐。看着汩汩流淌的淡水，张正权心里乐开了花。

有了淡水，张正权又为提高淋盐洗碱效果琢磨开了，由他亲自探索出来的"盐碱滩涂淋盐洗碱技术"，能快速降低滩涂的盐碱含量。2006 年，他在江苏射阳第一年进行水稻试种便大获成功，创造了"当年海水退去，当年水稻种植成功"的神话，在别人眼里没有多少价值的盐碱荒滩，经过张正权的妙手回春，已经成为亩产 900 多斤粮食的"高产宝地"。当时一直不看好他的人看到他所创造的奇迹终于心服口服了，许多研究滩涂复垦的专家看了也都赞扬有加。

"今年五千亩复垦淋盐技术更先进、更科学，时间上更早，现在翻耕机都开机作业了，只等插秧。"

张正权时常琢磨，只要在技术创新下功夫，难题总能克服。

清除互花米草不是难题

每年春耕开始，张正权第一件事是落实互花米草的清除措施。

在田头的晒谷场上，张正权听了各个大队负责人的汇报，又提出了翻田一寸不留、灌水处处到的新要求，确保一次性清除互花米草。

互花米草属于禾本科米草属植物，由于具有耐水淹、耐盐碱、繁殖能力强等特性，具有极强的入侵能力，所到之处都严重影响了其他植物的生存和生长，素有"食人草"和"绿色杀手"之称。

互花米草的清除一直都是困扰世界的难题，尽管全世界许多国家和地区都花巨资积极开展互花米草综合治理的研究，但收效甚微、进展不大，互花米草还是在很多地方泛滥成灾，给当地经济发展和物种保护带来了极大的影响。

互花米草肆意作乱，张正权看在眼里，急在心里。他特意请来了专家对互花米草进行号脉诊断，专家视察现场后，得出的结论是"互花米草在滨海东滩已泛滥，水稻种植将颗粒无收"。这简单的话语无疑给张正权的开滩复垦判了死刑。听到专家的结论，张正权整颗心都凉透了，他陷入了深深的沉思和痛苦的挣扎之中，连续多晚都不能入眠。

开弓没有回头箭。没有后路可退的张正权最后还是选择了坚强，选择了坚持。于是，不是科学家出身的张正权日思夜想，一猛子扎进了互花米草清除和治理的研究中。张正权一直认为，任何植物都有适合其生存和生长的外在条件，如果加大干扰力度，人为阻断其生长所需的条件,假以时日,最后将必死无疑。于是,张正权带领技术人员采取物理、化学以及生物等综合方法进行干扰试验,经过了无数次的尝试,做了无数的实验,也遭遇了无数次的失败,但对江苏射阳县东沙港进行成功复垦的信念坚若磐石,接二连三的失败也始终不能动摇这种信念。功夫不负有心人。张正权终于找到了快速解决互花米草这个世界性难题的办法,互花米草这只挡在上海滨海东滩复垦道路上的拦路虎终于被"擒获",取得了江苏射阳县东沙港农业综合开发的巨大进展。张正权顶住了重重压力,克服了一个又一个难题,在当地政府的大力支持下,江苏射阳县东沙港第一期1.5万亩土地于当年顺利插上秧苗。有了江苏射阳县东沙港的成功经验,2009年,张正权在家乡上海滨海东滩取得了5万亩滩涂开发权。张正权怀揣着攻克滩涂复垦的三大秘诀,开始了进军山东东营开滩种粮的新征程。

张正权告诉记者,去年冬天与山东东营市签订了20万亩滩涂复垦种粮的合同。4月11日,张正权从上海飞东营,开始了新的荒滩复垦大业。他向当地政府承诺,明年在荒滩上插秧10万亩。

(获 2012 年江苏省县市报研究会好新闻二等奖)

当面锣对面鼓说清群众安危冷暖

——射阳县党代表质询党委工作会议侧记

　　"中尖村有 5000 亩耕地,每年汛期庄稼都受淹。邓书记你到受淹现场去过两次,表态要建新排灌站,到现在也没动作,请问你说话算不算数?"江苏省射阳县海通镇中尖村党代表陈友忠的提问开门见山,毫不留情。

　　"中尖村一雨就涝,我当时在现场向群众表态要建排灌站,去年 9 月,镇里就列入了今年主要工作计划,上级有关部门也很重视,今年年底可开工建设,明年汛期前可交付使用。请你向中尖村群众说明情况,事不过三,这次表态一定算数。对各位受淹农户,我向他们表示歉意!"海通镇党委书记邓成新的回答引来一片掌声。

　　11 月 1 日下午,由射阳县海通镇无职党代表监督小组组织召开的党代表询问、质询党委工作会议在镇四楼会议室举行,这是海通镇无职党代表监督小组组织的第 11 次党代表询问、质询党活动。

　　2003 年,江苏省委组织部确定射阳县为全省党代表大会常任制试点县。为进一步发挥党代表的监督作用,依据《中国共产党党内监督条例》的有关规定,该县出台了《关于进一步发挥党代表监督作用的意见》。2004 年初,海通镇党代表会议又决定实行党代表任期制,并出台了《关于保障党代表监督权利,深入推进党内监督工作的实施意见》,意见中明确规定,党代表有权对党代表会议议题、选举办法草案、工作报告、上级党组织决定、党代会决议、决定执行中存在问题、其他重大事项和领导干部廉洁从政等方面情况提出质询和询问。11 月 1 日组织的这次询问、质询是围绕民生问题展开的。

　　海通小学副校长、党代表蔡银霞问镇卫生院党支部委员、防保所所长刘训达:"目前全镇村级卫生工作做得怎样? 防保所是怎么监督的?"

　　"我们镇防保所自 2000 年成立以来,积极履行职责,对村卫生所实行一体化管理,做到业务人员统一调配、财务统一报账、药品统一调度、制度统一执行,运行良好。"

　　刘训达刚刚放下话筒,党代表薛耀岭接着发问:"成绩不讲跑不了,问题不说不得了。9 月和 10 月,我们党代表在镇纪委的协助下两次巡查了村卫生所,发现存在以下几个问题:一是环境卫生差,一些村卫生室内外脏、乱现象严重,还发现医疗废弃物乱倒乱扔现象;二是药品管理不严,发现个别过期药品仍放在货架上;三是值班制度不严,如团塘村卫生室在 10 月 29 日下午我们去检查时无人在班。"

　　刘训达说:"这些问题我负有主要责任,反映了我们管理、督查还不到位,辜负了广大群众的期望。我向大家保证,在近期内彻底改变面貌,让群众满意。"

党代表薛耀岭又拿起话筒,继续说:"话再说回来,村级卫生工作也不是都差。像射北村卫生室内外环境清爽,药品、器械摆放整齐,医护人员服务周到,让人看了舒服,防保所要推广他们的经验做法。"

惠民医疗政策是广大群众关注的热点。镇妇联主任、党代表顾成平问镇医院党支部书记、院长朱建华:"惠民政策有哪些规定?"回答:"主要是不开大处方,不乱检查,不收红包、回扣,为群众提供安全、有效、方便、价廉的医疗服务。"

听到这里,党代表梁克平拿起话筒提问:"目前看病贵现象很突出,群众反响大,医院个别医生有开大处方、乱检查、不合理用药的现象,你们打算采取什么措施?"

朱建华回答说:"一方面我们提高医护人员医技,进一步加强对医护人员的医德医风教育;另一方面加强督查和考核,发现一起查处一起,决不手软,努力为群众创造良好的就医环境。"

代表们都作了充分准备,发问接连不断。水产品运销道路建设、中小学校教学质量和学生伙食标准、惠民医院政策落实等方面存在的问题,一个个抛向相关单位负责人,并都得到了较为满意的答复。

海通镇纪委书记郑永根告诉记者,从 2004 年开始,在市、县纪委的指导下,海通镇充分运用询问、质询方式,尤其是召开询问、质询会方式来不断推进党代表监督工作。询问、质询会会前由无职党代表监督小组组织党代表搜集人大代表、政协委员、村居民代表、职工代表及其他广大党员群众的意见,突击性巡查视察或审计被询问、质询(或对象所在)单位,要求有关党组织协助调查核实有关事项,使询问、质询有的放矢;询问、质询会都有记录,要求双方签字确认,来不及要发询问、质询通知单,约定时间书面答复;询问、质询会后进行跟踪督查,对整改不力的提出处分、罢免或撤换要求,直至问题全部解决。去年年初以来,对党代表提出的涉及人事调整、党员发展、违纪违规人员处理、工程建设等方面事项,海通镇党委、纪委及时组织人员进行调查处理并纠正到位,镇纪委据此查处了 6 名违纪党员干部。

来海通镇检查工作的盐城市委书记赵鹏专门参加了本次询问、质询活动。他说:"党代表询问、质询的问题,都是群众最关心的现实利益问题,应该引起各级党委、政府的高度重视,并采取切实有效措施认真加以解决。扩大党内民主,加强党内监督,让党委、政府的工作接受党代表的询问和质询,使得各级党员干部时刻将群众的安危冷暖放在心上,一刻也不敢懈怠,海通镇党代表询问、质询党委工作这个做法好,值得在全市推广。"

(获 2007 年江苏省县市报研究会好新闻三等奖)

射阳县农家女薛子君 24 首歌词入选奥运征歌

江苏省射阳县黄尖镇洋尖村 37 岁的自由撰稿人薛子君女士,继有 24 首原创歌词入围"第四届北京 2008 年奥林匹克运动会歌曲征集评选曲目"之后,11 月 21 日又传来喜讯,薛子君收到北京 2008 年奥组委寄来的奥运会贵宾入场券,她将以贵宾身份观看奥运会比赛。

薛子君是学纺织质量检验专业出身,1990 年毕业后在县丝绸公司从事质检工作。工作之余,她总爱看看书,写点东西。2006 年年底,她辞职下海经商遭遇失败,于是,便把精力放在写作创作上,并在网上建立了自己的博客,还参加了腾讯网第二届作家杯原创作文大赛,获得了二等奖。一次偶然的机会,央视一著名主持人在网上看到了薛子君博客上的诗歌散文,觉得她写的歌词很有意境,就给薛子君留言:建议向歌词创作方面发展。薛子君说:"她的建议坚定了我创作歌词的决心,也给了我歌词创作的动力。"

薛子君告诉记者:"今年 7 月初,我为浙江某养生馆写了一首歌,当词写出来之后,广西北海一位著名的作曲家帮我谱了曲。在去送歌的过程中恰巧遇到了北京奥运会歌曲征集评选活动的一位副裁判,以及奥运举重冠军占旭刚,能够见到两位名人真的很兴奋。更让我高兴的是,这位副裁判看到我的作品之后大加赞赏,并建议我参加北京奥运会歌曲征集活动。参加奥运歌曲征集,这是每个人的心愿,我的作品能够得到专家的肯定,也让我坚定了写奥运歌曲的决心。"

"我是 7 月 3 日才开始创作的,但是,歌词创作活动截止日期是 8 月 20 日。对我来说只有一个半月的时间。创作的过程挺苦的,有时候是通宵达旦,但是我不后悔。我认为只要在我的作品中把我对奥运的一种情感抒发出来就行了。因此,当时创作的灵感来得比较快,创作的效率比较高。最终有《神圣的橄榄树》《感恩的心》《相约 8 字一家亲》等 24 首歌词入围。这是我没想到的,这也算是对自己能力的一种肯定吧。除了兴奋、激动,也希望更多的人能够在奥运会中尽自己的一份力吧。至于能不能最终成为奥运的歌曲,我觉得这个并不重要,能够入围对于自己来说,已经是成功了。"薛子君谈起创作奥运歌曲十分激动。

据了解,本届奥运歌曲征集活动是面向全世界征集七大类北京奥运会和北京残奥会音乐作品,活动于今年 1 月 22 日开始,于明年 3 月 10 日截止,歌曲征集最终结果将在北京奥运会倒计时 100 天和北京残奥会倒计时 100 天时公布。

薛子君 24 首奥运歌曲入围的消息传出后,北京、重庆等多家影视公司与她洽谈,准备将她创作的网络小说《玫瑰泪》搬上荧屏。

(获 2007 年江苏省县市报研究会好新闻一等奖)

依靠科技进步　致富千家万户

"苏棉9号"6年创社会效益56亿元

时下,离明年棉花播种期还有几个月,但在盐城市新洋农业试验站销售窗口,前来购买"苏棉9号"棉种的农民和经销商络绎不绝。试验站站长、党委书记孙明告诉我们,10月份以来,站里已销售苏棉9号棉种125万公斤,占可供种子总量的70%,销往江苏、河南、安徽、山东等16个省。"苏棉9号"自1995年4月定名并被确认为长江、黄河流域的推广品种以来,累计推广近4000万亩次,产生社会效益56亿元。"节本增效,要种'苏棉9号'",已成为广大棉农的共识。今年,种"苏棉9号"的农民亩均收益达到1200元,比种常规棉高200元。

盐城市新洋农业试验站技术力量雄厚,是江苏沿海重点农业科研单位,1978年以来,共获得国家、省、院、市厅科技成果奖83项。由副研究员郭长佐选育的"苏棉9号"为高抗枯萎病、兼抗黄萎病的中熟抗病棉,商品性好,生长发育快,开花成铃集中,吐絮畅,霜前花率高,纤维柔软,整齐度好,棉结少,花色洁白,不孕籽率和短绒率低,适宜纺制中支纱和细支纱。今年棉花上市以后,射阳有几家涉棉企业,低价卖掉其他品种的皮棉,以每吨高出5000元的价格求购"苏棉9号"皮棉。"苏棉9号"1995年被农业部列为全国"九五"棉花后备品种,被国家科委列为"九五"科技成果重点项目,1999年获江苏省科技进步一等奖。1998年起成为江苏省棉花当家品种,并受到广大棉农的青睐。为了把这一成果全面推开,新洋试验站组织精兵强将,在选育新品种的同时,扎扎实实做好"苏棉9号"的提纯复壮工作,确保种子纯真。今年春天,该站果断决定,将25万公斤略低于国家规定的发芽率标准的棉种作为油料处理,仅此一项减少收入100多万元。凡购买"苏棉9号"棉种的棉农纷纷称赞,该品种发芽率高。在推进良种棉产业化的进程中,新洋试验站与附近乡镇组建我省第一个良种棉合作社,扩大良繁能力。为了提高棉种的加工技术,试验站先后投入600多万元,成立了盐城市新利良种棉加工厂,目前已具备加工皮棉8万担、优质棉种150多万公斤的生产能力,产品质量也提升到一流档次,在国家技术监督等部门的全国统一抽检中,获得了第一名。目前该站已成为盐城市农业产业化的8个龙头企业之一。

（获2001年度江苏省县市报好新闻三等奖）

特庸 9 名党员办起"农业科技示范园"

里面正中位置的那一棵桑就是共产党员、科技示范园领头人仇海山老人培育的中国湖桑之王——"特山一号"的一代标本,年产桑叶 100 公斤,生产枝条 150 根以上。周围这些"日本金十""特引一号""川 582"等系列 50 多个科研新品种,来源于 10 多家科研院所……8 月 3 日上午,盐城市党员"双带"现场会的近百名代表来到特庸镇,参观了 9 名党员兴办的"农业科技新品种"后,感慨地说,党员"农业科技示范园"为农民办了件实事。

素有"华夏桑苗生产第一镇"之称的射阳县特庸镇,也是全国无病菌优质桑苗生产基地。目前全镇有 3 万亩桑园,年产鲜茧 5 万担左右,年生产白厂丝 150 吨,年生产嫁接苗 3 亿株左右,人工嫁接体达 4.5 亿株。这些优质苗、茧、丝远销宁夏、四川、甘肃、陕西、云南等省市。

培育出"特山一号"桑苗的仇海山,与江苏省蚕桑第一村的特庸镇王村村党员王正芳、金文奎、何建国、熊加富等 9 人意识到,全镇虽然桑蚕发展形势良好,但全镇有 1.5 万亩老桑园要更新品种。哪种新品适宜在特庸种植,哪种新品品质好,产量更高? 9 名党员决定合股建立"农业科技示范园"。今年 3 月 18 日,9 名党员经过权衡,合股筹资50 万元,创建农业科技示范园。

科技示范园占地 50 亩,仅种苗一项就投入 36 万元,园内划分为蚕桑、果树、花卉、蔬菜六个示范小区,已培育引进 5 个系列 146 个新品种,仅湖桑一项,就汇聚了国内外56 个新品种。科技园湖桑等新品种的依托单位是农业部国际合作司,技术依托单位是中国农科院、江苏农学院、国家镇江蚕业研究所。科技园创办 3 个多月来,吸引了四川、山东、湖南、陕西等 2000 多人前来参观,订购新品种桑苗的就有 200 多家。四川省广元市、山西省阳泉市、南京市蔬菜研究所和盐城市蚕桑技术总站等科研单位主动上门寻求合作。科技示范园的兴办,促进了全镇 800 多户党员带头实施湖桑品种的更新换代,带出了 7200 多个蚕桑专业大户进行科学栽桑、省力化养蚕。今冬明春,9 名党员计划扩大示范园规模 100 亩,大面积引种国内外农业科技新品种。

(获 2001 年度全国县市报新闻二等奖)

东南村的"三级跳"

日前,我们来到江苏省射阳县新洋乡东南村采访,走在村中心大道上,见到村工业园区的私营企业一个连着一个,连片的鸡舍内不时传来阵阵鸡鸣声,成块连片的棉田里绿油油的棉苗在轻风中起伏。新洋乡党委书记葛启发告诉我们,东南村的产业结构格局是,农业占 30%,工业占 40%,多种经营占 30%。1998 年全村三业总产值 8000 多万元,今年可望突破亿元。东南村没有什么特殊的优势,他们的成功之处在于转变观念,实现了"三级跳"。

跳 出 农 门

东南村耕地面积 6400 亩,人口 3464 人,过去全村的人都扑在土地上一门心思种棉花,全村的各业总产值始终在 500 万元左右徘徊。1992 年春,村干部到苏南出差,发现那里的村办工业和多种经营搞得红红火火,虽然田少,但收入要比东南村高几倍。回来后,村干部脑筋急转弯,决定发展主体经济——工业。在七组曾氏兄弟办的小型通用机械厂的基础上,一方面村里投股办厂,另一方面鼓励私人办厂。村里为农户提供场地,协调组织资金。经过多年的发展,至今年 6 月中旬,全村已有工业企业 11 家,生产纺织品、纺织机械、汽车配件、水泵等产品,今年已实现产值 2000 万元,利和税分别超过 100 万元。1984 年,该村大规模养蛋鸡的只有一两户,通过村里引导和扶持,到了 1989 年就辐射到全村,目前全村 998 户就有近 700 户养鸡,全村养蛋鸡 50 万只。现在全村 30% 的劳力从事农业生产,另外的 70% 从事第二、三产业。

跳 出 家 门

有了好的项目只是个开头,产品有销路才能实现其价值。该村养鸡大户赵正明是全村养鸡最早、最多的户,他在解决了养殖技术后,只身到上海、南京、苏州等地为鸡蛋找销路,多次的失败和挫折之后,终于在上海站稳了脚跟。他自己买了一辆货车,三天就去上海一次。在他的带动下,全村养鸡形成了规模,销售鸡蛋的经纪人有近百人。为了让村民走出家门,参与大市场、大流通,村里投入 60 万元建了六座桥、修了公路,还投入数十万元,为农民安装电话。现在全村有 310 门程控电话,村里还在南京、上海等大中城市设立了 10 多个鸡蛋销售窗口,全村有 20 多辆大中型货车运送鸡蛋,有近百名经纪人经营鸡饲料、鸡蛋、鸡药等。现在村里养鸡户在家"坐享其成",鸡饲料、鸡药有人送上门,鸡蛋、肉鸡、鸡粪有人上门收。

跳 出 国 门

东南村的村办工业在全乡乃至全县颇有名气,他们不仅发展快,规模大,更重要的是把产品销到了国外。该村最大的工业企业——射阳县第二纺机厂,主要生产纺织机械,一方面为国产有梳织机生产配套装置,另一方面生产出口纺织机械。厂长曾志宏是该村七组的农民,他说参与国际市场竞争,才能提高企业产品的档次和质量。他已多次参加全国纺织总会组织的考察活动,到过 10 多个国家。今年他们已有 6 批产品出口,6 月份还派出技术人员到尼日尔搞技术输出。

（获中国县市报协会 1999 年度好新闻一等奖）

陈林为农民致富铺路搭桥

12月21日,在江苏省射阳县千秋乡三区村农民、经纪人陈林承租的保鲜库前,三辆10吨货车满载蒜薹徐徐驶出大门,驶向沈阳。陈林告诉记者,今年入冬以来,销往沈阳、齐齐哈尔、广州等地的蒜产品已超过1200吨。至此,陈林从事农副产品购销、加工、出口工作13年来,共为当地农民销售农产品5万多吨,农民净增加经济效益1000多万元。

20世纪80年代初,陈林通过亲戚关系,将本地产的刺槐树运到山东蓬莱销售,在那里得知山东人有吃大蒜的习惯,并且市场行情看好。回来后,他不但自己带头在自留田里种植,还把周围的农民也带动起来,并主动组织蒜种赊欠给群众种植,待蒜薹销后结账,从而激发了农民种植大蒜的热情。1986年,随着大蒜种植面积的逐步扩展,产品销路问题日趋突出,于是他跑了20多家凑齐500元,北上山东考察市场,登门推销,并进行批量贩运。在陈林的带动下,到1988年,三区村大蒜种植面积发展到800亩。蒜薹上市时,陈林联合顾洪生、陈旭等6名经纪人,把当年所产蒜薹全部销售完。到1997年全乡大蒜种植面积达到4万亩,陈林先后受山东蓬莱、辽宁西平、临沂八湖、江西丰城、淮阴等地的10多名客商委托,担任蒜产品收购总代理。陈林又把收购任务分别落实到经纪人手中,仅当年由他们经销的蒜产品就占到该乡蒜产品总量的70%。1997年初,陈林开始拓展经营领域,从单一的蒜产品经销,发展为经销、冷藏、加工一体化。当年他到淮阴果品保鲜库进行竞标租赁,承租了400吨级的保鲜库。近三年来,陈林先后投入300多万元,承租了山东、淮阴和本县8座保鲜库,加工销售蒜薹。陈林还积极探索蒜产品出口创汇的路子,自1993年以来先后为上海、浙江、山东、吉林等地外贸部门组织出口蒜薹、蒜头1万多吨。陈林先后被盐城市委市政府表彰为"十佳经纪人明星""市劳动模范"。

(获2000年江苏省县市报"艾兰得"杯好新闻竞赛三等奖)

合理核定职数　　推行交叉兼职

射阳县 4 年精简村组干部近 2900 名

今年我县又精简村组干部 970 人,使村组干部职数控制到"组数＋2.9"。至此,4 年来,我县累计精简村组干部近 2900 名,减轻农民负担近千万元。

为切实减轻农民负担,提高村组干部工作的积极性,县委出台了《村组干部规范化管理办法》,县委组织部还出台了四个配套文件。文件规定,村组干部的职数主要根据村的人口、耕地面积、村民小组数和经济规模来确定,一般村组干部总职数为"组数＋3",规模较大的村(2000 人以上)为"组数＋4"。在定编过程中,重点清理村用干部和群众反映大、工作不胜任的村组干部。一些镇乡还将精简优化工作与村组干部竞争上岗结合起来,对非民选岗位实行公开选拔,竞争上岗。今年全县公开选拔了 108 名村党支部书记。精简优化村组干部,关键在于推行交叉兼职。兼职的方法主要有:纵向兼职,除村主要干部外,其他村党支部委员、村委会成员全部兼任村部门干部或村民组长。平行兼职,即村部门干部之间相互兼职、村民组长之间通过村民小组会议同意相互兼职。逆向兼职,即村部门干部由村民组长兼任。目前全县核定的 5896 名村组干部编制中,兼职干部有 4308 名,占 73％。为保证精简优化、交叉兼职落到实处,各镇乡推行了村组干部总额包干,结构工资制,村组干部增人不增资,减人不减资,兼职多薪。耦耕乡 1999年村组干部平均工资为 2200 元,推行交叉兼职后,提高到 3300 元,人均增加 1100 元,村组干部工作热情高涨。与此同时,各镇乡妥善安置清退人员,对担任村干部时间较长、年龄较大的,享受退职村干部生活补贴,对年龄轻、素质好的,作为后备干部培养。

(2000 年度盐城市好新闻评比三等奖)

何汉中两年资助 130 名特困生

12 月 8 日下午 4 时许,射阳县幸运实业有限公司经理何汉中,向射阳中学 33 名品学兼优的特困生每人颁发 300 元的扶困奖学金。接过这 300 元,许多同学的眼里盈满了泪水。特困生代表陈晓娟在发言中说,我们将永远记住这一天,今后更加好好学习,将来报效祖国,让帮助过我们的人感到有意义。何汉中、张阜霞夫妇从 1999 年 3 月至今,共拿出 2.5 万元资助了 113 名特困生,他们在射阳中学设立了"汉中奖学金",每年拿出 1 万元资助学校推选的品学兼优的特困生。1999 年何汉中资助的射阳中学高三年级 10 多名特困生,都考进了一类本科大学。1999 年春学期,何汉中又拿出 5000 元资助海河镇数十名特困生就读。

何汉中原来从事教学工作,曾先后有 10 多项发明获国家专利。1994 年,他东借西凑几十万元将自己发明的"专用标准化考试涂卡笔"投入生产,经过几年的经营,公司已拥有百万资产,年创利税 20 多万元。

何汉中平时很节俭,出差住小旅馆,经常吃盒饭,穿的、住的、用的都很简朴,资助学生的这些钱都是他和爱人平时省吃俭用省下来的。何汉中说:"我读书也曾经历过经济困难,现在我办企业赚了一点钱,帮助一些生活贫困的学生完成学业是应该的。我不图回报,只希望这些受资助的特困生将来成为国家有用的人,有益于人民的人。"

受资助的射阳中学高一(10)班的孙晶晶是山东威海市人,因父母离异,家庭贫困而失学。家在射阳的姨父把他从山东威海接过来,资助他读书上学。孙晶晶说:"以前常听说好心人资助学生读书的事,今天亲身经历了,何经理真了不起。我一定好好学习,不辜负何经理的期望。"

(获 2000 年度《盐阜大众报》社会生活新闻竞赛三等奖)

射阳县农村涌现 300 多个家庭科研点

如今,科技兴农,依靠科技发家致富奔小康,已成为江苏射阳县农民的自觉行动。近年来,该县悄然兴起 300 多户农民自己创办的家庭科研点,积极研究、开发和推广种养新技术和农业新品种 60 多个。目前,该县通过家庭科研点辐射带起的科技示范户 5000 多户。4 月末,该县科技局将日本紫阳甘蓝、日本南瓜示范种植、棉花特经作物套种等 5 个科研课题,落实到全县 10 多个农村家庭科研点。

射阳县农村家庭科研点促进了农业持续稳定的发展。长荡乡甲侯村农民王立东,先后在南京农科院实验场、江苏农学院打工。回来后,他搞起了长毛兔人工授精的研究,终于解决了长毛兔配种难的难题,使全村长毛兔的饲养量迅速攀升,并向周边乡镇村组辐射。大兴乡射兴村五组傅文亮,针对本地种植的甜椒易感病毒、产量低、品种差的情况,引进"牟农一号甜椒"试种获得成功,目前,全县推广面积达 3 万亩。合兴乡庆北五组倪守飞,于 1993 年春从天津市蔬菜研究所引进脱毒马铃薯,推广面积已占全县马铃薯总面积的 55%。近年来,该县有一部分家庭科研点,还承担了县科研部门下达的科研课题 20 多个。六垛乡李为华承担的"河蟹生态养殖"、洋马乡王长春承担的"50 种抗癌中药材引进和种植",都取得了显著的经济效益和社会效益。其中茄子连续再生种植等科研课题还填补了省市空白。

(获 1999 年江苏省县市报"隆力奇"杯好新闻三等奖)

一篇报道唤起人们的环保意识

17 年来,我被《盐阜大众报》采用的稿件近 400 篇,还有数十篇稿件获奖,多次被报社评为先进通讯员。但最令我难忘的是,在《盐阜大众报》采用稿件中,影响最大的当数现场侧记《"有一位女孩,她曾经来过……"》,此稿产生的广泛影响及作用是我始料不及的。

那是 1996 年 9 月 16 日上午,我参加了在盐城珍禽自然保护区举行的徐秀娟烈士殉职 9 周年纪念活动。纪念仪式在国家自然保护区管理处广场上举行,仪式结束后,徐秀娟的家人还到养鹤场、望鹤楼、徐秀娟生前遇难的小河边以及墓地,我自始至终参与了活动的全过程。在现场,我三次流泪,用心记录下一组组珍贵的镜头:徐秀娟当年追寻过的那只白天鹅若有所失的神态;徐秀娟母亲呼唤秀娟生前驯养的丹顶鹤沙沙,沙沙引颈应和;徐怡珊在姐姐当年落水时走过的石板码头上唱歌;一名叫孙云红女孩赶来在会上唱《一个真实的故事》;徐铁林夫妇在秀娟墓前的呼唤;妹妹徐怡珊献上的雨花石、家乡泥土和芦苇,以及离开时一条大青鱼跳上船,怡珊动情地把它当成姐姐放回等细节。文章发表后,在全市,特别是在事情发生地新洋港镇以及射阳县产生了强烈的反响,许多人是流着泪看完这篇文章的,此稿也得到了《盐阜大众报》领导和编辑记者的好评。

文章见报后,盐城珍禽自然保护区管理处把这篇文章介绍给前来参观旅游的世界各地及国内的客人,让他们从文章中了解烈士徐秀娟的事迹,增强自己的环保意识。新洋港镇有关部门和单位认真阅读学习这篇文章,进一步深刻理解了烈士为了环保事业献身的博大胸怀;保护区附近的 10 多所中小学,还把这篇文章作为环保教育的教材,用烈士献身环保事业的精神,激励学生为保护环境作贡献。当地中小学校组织中小学生在保护区植树、植草皮。去年春天,保护区有一批鸵鸟脱栏跑进海滩,海洋小学环保小分队利用双休日,主动参加寻找。

此文的发表进一步唤起人们对烈士献身环保事业的敬仰和怀念,增强了环境保护的意识。4 月 6 日,笔者再次来到盐城珍禽自然保护区管理处,听到的是一件件令人兴奋、令人激动的事情。保护区管理处环境管理大队的负责同志介绍,近两年来,保护区周围的群众环保意识越来越强,在保护区狩猎的、到滩头小取的少了。每年都有 10 多人次将受伤的丹顶鹤送到保护区养鹤场,使丹顶鹤得到及时救治。保护区周围的农民还改掉了随便向地里倒药液、撒药饵等坏习惯;当地的渔民在收汛期也不向河里排放废油、不乱倒腐臭鱼虾了……在徐秀娟烈士精神的感召下,扬州大学、南京师范大学的 5

名大学生自愿来到保护区工作,来保护区实习的全国各地的本科生、研究生达 600 多人次,有几十所大中小学校把保护区作为环保教育基地。1998 年,国际雷励行动队员在保护区的鹤笼、麋鹿园和小木桥都留下了他们的足迹和汗水。

(获 1999 年江动杯"盐阜大众报与我"征文竞赛三等奖)

一头挑着农户一头挑着市场

射阳龙头企业当"扁担"

今年,江苏省射阳县大蒜种植面积达 15 万亩,仅此一项,全县蒜农每亩地的销售收入就达 3500 元,纯收入近 2000 元。取得如此好的效益,一个重要因素是该县有 9 座千吨级冷冻保鲜库和 3 家速冻保鲜企业。这些龙头企业发挥了一头挑着基地和农户、一头挑着市场的"扁担"作用。

1992 年,射阳河北的大蒜获得了大丰收,但蒜薹价格一落千丈。蒜农们无可奈何地将大蒜倒进河里;同年,洋马乡种植的菊花获得大丰收,可就是卖不出去,药农们一怒之下,竟把中药材当柴烧了。面对这一切,农民们普遍感到迷茫和困惑。1993 年 4 月,县委、县政府领导提出了实施股份化、外向化、转换政府职能的"两化一转"战略,鼓励全社会以参股、投股形式创办农副产品加工龙头企业,募集资金 8000 多万元,办起了一批龙头企业。次年,又实施产加销一体化、外向化的"两化联动"战略,进一步突出农业利用外资和开拓国际市场、构建起市场农业的基本框架。县委书记潘惟齐说,这个基本框架就是"市场＋农户","＋"的一竖是转换政府职能,一横则是连接市场和农户的"扁担"——龙头企业。

奇迹很快出现了。原先 3000 亩大蒜还卖不出,如今白蒜扩大到 15 万亩,产品供不应求,而且价格看涨。今年射阳的蒜薹比邻县市场价每公斤还高出 0.40 元。菊花原先只有几百亩,如今已发展到 3 万亩,产品全部销售一空。

龙头企业与广大农户结成了利益共同体,向农户提供信息、提供技术、良种等项服务,并对农产品采取保护价收购,极大地调动了农户的生产积极性。临海镇投入 650 万元创办了江苏星海食品有限公司,创办两年,就带动了本镇 1.5 万亩黄瓜、大根萝卜基地的建设。

龙头企业注意从三个层次上开拓市场,一是当地市场,二是国内市场,三是国际市场。现在,该县已建成了农副产品加工龙头企业 138 个,其中中外合资的就有 68 个。1996 年,中外合资的龙头企业销售额达 18 亿元,利税达 4100 万元,创汇 300 万美元。该县还与 20 多个国家和地区的 50 多家大公司、1000 多客户保持着良好的合作关系,开设境外窗口 10 多个。这既保证了中方的国际市场份额,又有效提高了农业产业化的整体质量。

（获 1997 年江苏省报纸优秀作品三等奖）

感谢政府为失业职工办了件好事

1月24日上午9时28分,在一阵震耳的鞭炮声中,兴北副食品市场正式开业,我县解困市场正式启动。

射阳县解困市场位于兴北副食品市场内,目前拥有营业摊位600个。步入市场,只见一排排摊位上新鲜蔬菜、鸡蛋、鲜鱼及海产品琳琅满目,顾客人来人往。县劳动局局长丁雨坤告诉记者,射阳解困市场是县劳动局筹集资金310万元,为解决失业职工就业困难而兴建的,已安置了全县11个系统45个单位的450名富余失业职工,是现在全省规模最大的解困市场。凡进场营业的职工,摊位费减半,工商管理费也暂不收取。在第52排7号摊位,我们和县土产公司富余职工茆德明拉起了家常。茆德明说:"单位效益差,每月只发140元生活费。这次到解困市场卖菜也算是找到了一条就业出路,感谢政府为失业职工办了件好事。"在64排11号摊位卖菜的李德兰是县丝绸厂女工,尽管招呼顾客的声音还不那么放得开,称菜的动作还并不老练,但那专注的神情表明她已进入了"角色"。李德兰说,这两年丝绸行业不景气,她有时连基本生活费都拿不全。现在厂里停产,她就报名到解困市场卖蔬菜。她有点不好意思地笑着说:"刚做生意还不习惯,再加上市场刚开业,人流量还不大,试卖了几天,几乎没赚头。"在一旁的县劳动局劳动就业管理处的陈文高科长对记者说:"解困市场刚启动,还存在着一些问题。劳动局已成立解困市场办公室,加强对市场的管理和指导。目前一方面要将收费优惠政策提请县领导会办解决,一方面要加强对入场营业职工的业务指导,为他们提供市场信息,帮助组织紧俏货源。总之扶上马再送一程,尽快帮他们渡过难关。"

(获1997年中国县市报好新闻三等奖)

永 恒 的 爱

段金芳走了。她二十多年如一日,让百余位渔家儿女寄住就读,将毕生心血化作永恒的爱。

7月18日下午,天阴沉沉的,不时飘着小雨。江苏省射阳县洋河乡洋中村的男女老少,成群结队地向村民陈振华家涌去,参加她母亲段金芳的遗体告别仪式。下午4时整,陈振华家门前聚集了近千人。哀乐回荡,人们缓缓地走近段金芳的遗体,深情地向她鞠躬道别,泪水模糊了众人的眼睛……

段金芳是洋中村第一任妇女主任。20多年前,她看到本乡许多渔民的孩子因父母常要出海作业,以致不能上学,便主动担当起照料他们的重任。20多年里,她共接受100多名孩子在家寄住就读。近两年来,段金芳患肺心病常年咳喘,但不顾亲友劝阻,仍然收留了5个学生。

7月17日凌晨,段金芳因肺心病发作,抢救无效去世。

当天一大早,正在海上作业的海通镇窑湾村陈宝为夫妻得知段金芳去世消息,立刻带着10岁的女儿陈珊珊赶来。今年上半年在段金芳家借读的陈珊珊,一下子扑到她的遗体上,哭喊着:"奶奶,奶奶,您醒醒,我们不能没有您啊!"

洋中二组的陈大成在上海崇明岛作业,接到电报后连夜赶回。他永远忘不了15年前在段金芳家借读时,患了严重的皮肤病,是段金芳起早摸黑背着他到5公里外的医院治疗了半个多月。

9岁到段金芳家借读、今年已20岁的陈小马,跪在遗体前久久不起。他12岁时母亲去世,段金芳像对待自己的儿子一样,一直照料他到初中毕业。

今年40多岁的洋中村4组徐国珍,在段金芳的遗体前眼睛都哭肿了。她的两个女儿都曾寄住在段金芳家,从幼儿园读到小学毕业。她哽咽着对笔者说:"段大姐善待别人的孩子胜过对自己的孩子,吃饭先盛给别人的孩子。"说到这里,徐国珍放声大哭。

洋河中心小学校长张良带领师生来向段金芳告别,最后看一眼他们十分尊敬的大姐。张良说,每逢学校活动,她都去参加。在段金芳家借读的100多名学生,思想品德好,学习成绩都在中上游,大家都说她管教有方。今年6月,寄读的一个学生拿了别人的铅笔,段金芳一咳一喘地拉着这个孩子把铅笔交给老师,并和老师一起讲道理给他听。

段金芳的大女儿陈茂花、二女儿陈振华的泪水浸透了衣襟。她们深知母亲的为人,深知什么是对母亲最好的纪念:"在家寄读的5个孩子,下学期由我们来照料。我们会尽最大的努力,管好他们的学习和生活……"

(获1997年度江苏县市报"张酿杯"精神文明建设好新闻竞赛二等奖)

通向全国双料"亚军"之路

——射阳县供销社工业规模、效益双列全国同行第二的启示

去年底,在全国供销合作总社召开的工作会议上,射阳县供销合作总社被确认为"1995 年全国供销社工业'国家队'成员单位",全国县级供销社中排名第二;同时被确认为"1995 年度全国供销社工业经济效益前 100 名县社第二位"。这个成绩的取得,给人们什么启迪?

突破·扩张·发展

射阳县供销合作总社 1994 年实现工业产值 1 亿元,1995 年实现工业产值 2 亿元,1996 年实现工业产值 3 亿元。

1994 年全系统投入技改资金 4000 万元,1995 年投入 5930 万元,1996 年投入 6100 万元。

1996 年在棉纺工业不景气的情况下,该社工业利税达到 3550 万元,比上年增长 10%。

上述一组数字,记录了供办工业从突破到扩张到发展的道路。

射阳县供办企业过去主要以轧花加工为主,然而,农村产业结构的调整和棉花替代品的不断涌现,给单一依赖棉花的产业结构敲响了警钟。社领导班子清醒地看到,供办工业要有发展,必须突破原有的产业结构,从单一向多元发展,从内资向中外合资发展,从初加工向"一条龙"发展,从小打小闹向规模经济发展。经过几年的努力,逐步形成棉纺、化纤、电子、建材四大工业板块。在棉纺工业上,坚持高起点改造,走花、纱、布、衣一条龙的发展路子,新建了 4 万锭规模的县第三纺织厂,新上了 2.5 万锭的精纺项目以及具有 16 台大圆盘机的针织坯布项目。在化纤工业上,以轻绒项目为基础,开发了涤纶短纤、毛绒玩具、轻绒药物保健枕以及不倒绒等产品。在电子工业上,以黄海电控厂的主导产品 DT 系列脱扣器为龙头,开发了智能化脱扣器、HM15 开关、KM 开关系列等电子工业产品。在建材工业上,开发了以棉秆为主要原料的高中密度的植物复合板项目。

为了确保投入的效益,不成熟的项目不上,科技含量低的不上,低水平重复的不上,产品无市场的不上,所有项目由国家权威部门协助调研论证,决策时请专家评估。县总社参与企业项目全过程调研论证的监督、把关,确保所上项目的经济效益。三年来,县

供销总社投入技改资金 1.6 亿多元,上项目 14 个,新增利税近 6000 万元。

挺进·竞争·占领

射阳县供办工业规模和经济效益跻身全国二强,其关键因素之一就是强化营销,开拓市场,使产品迅速占领市场制高点。例如,县精制棉厂生产的"比耐牌"精制棉,产品价格可以左右华东市场的同类产品价格;县黄海电控厂的智能化脱扣器、HM15 开关、KM 开关系列产品,占全国市场份额的 70%;县第三纺织厂生产的精梳纱产销率达到 100%,资金回笼率 95%。

随着工业结构的调整,经营项目的拓展,经营方式随之转变。为了适应这种转变,该社党委首先是转变领导班子成员及企业法人的观念,尽快从生产经营为主向销售经营为主转变。聘请了中国人民大学、南京大学、淮海工学院的教授为企业负责人传授市场营销理论和专业知识,开阔了视野。该社开办了三个市场营销大专班,用三年时间使全系统工业企业中层以上人员全部接受了专业培训。在转变干部职工经营思想的同时,在广州、上海、成都、深圳、北京、沈阳等 20 个大中城市设立了产品销售窗口,通过窗口在各地建立了稳定的产品销售网络。县黄海电控厂生产的电子脱扣器系列产品,就是通过各地销售窗口使产品占领了国内市场 70% 的份额。销售窗口还把各地的产品需求信息不断地传回各企业,使生产厂按市场需求及时更新和调整产品结构,迅速占领市场新的制高点。

县精制棉厂从建厂至 1994 年连续亏损 8 年。1995—1996 年,该厂在提高质量和扩大规模的同时,狠抓产品销售,提出了宁让利润不让市场的经营策略,创利超百万元。去年,在无锡、上海分别召开了产品供货订货会,1997 年的货单全部列满。全国厂家大型硝化棉生产厂中,有三家使用该厂的产品,"比耐"牌精制棉,被全国供销合作总社认定为首批名牌产品。

育才·引才·兴业

谁能识才用才,谁就能在市场竞争中赢得主动。该社领导在育才、引才上不惜花费精力和财力。根据各企业的特点,按照市场的需要选配好企业的领导班子。原新坍轧花厂厂长陈彪开拓市场能力强,被调到县棉麻公司任经理。县社原工业办公室吴必连市场意识和工作能力强,任县精制棉厂厂长后当年摘掉了亏损的帽子。近两年来,全系统被撤换下来的厂级干部 10 人。

人才工程是县社的重点工程。该社每年都安排企业中层以上干部到苏南大企业挂职锻炼,让他们见大世面,结识大客商,学习企业的管理、营销方式。三年来,已有 27 名干部到苏南挂职锻炼。同时,还选送 120 多人到大专院校学习。八大家轧花厂用 10 万元在中国纺织大学建立了培训基地,已选送 12 名工人进行学习培训。新坍轧花厂、县棉麻公司、海鸿集团分别联办或自办了纺织、针织服装设计、化纤大中专班。三年来,全系统职教投入 300 多万元,办中专班四个、大专班两个,参加学习的职工有 500 多人。目前,全系统有各类技术人员 2000 人,大、中专毕业生占职工总数的 20% 左右。他们还选拔重用各类人才 200 多人。为了培养高素质的生产一线人员,供销系统还正常开展岗位练兵活动,并树立 10 个生产标兵,使职工学有榜样、赶有方向。

引才不惜重金。县黄海电控厂在上海出资 60 万元聘请了三名高级工程师,开发研制出高附加值的 KM 智能化脱扣器,产品一上市就供不应求。县第三纺织厂、蓝波望公司、洋马复合板厂都高薪聘请专业人才,保证了新项目的顺利投产。

管理 · 质量 · 效益

1996 年,射阳县供销系统的 7 家工业企业有 6 家成为市管理优秀、优良企业,5 家企业成为市星级企业,7 家企业全部成为现场管理一级达标企业。

7 家企业近三年创利税共计 1 亿元,成为射阳县工业的支柱。他们为何能取得这样好的经济效益? 关键是管理。

县社领导班子认定这样一个道理:管理能出优良的产品,管理能创造辉煌的效益。自 1994 年成立了强化企业管理领导小组以来,每月召开一次企管例会和会办会。各企业也相应成立了以厂长为第一责任人的企业管理领导小组,有 5~10 人从事专职管理工作,围绕营销、成本、质量、现场四大管理求效益。近年来,有些企业受市场冲击后出现两项资金占用过高,生产陷入困境。对此,各企业建立和完善了大包干销售责任制,并制定了严格的考核办法和奖惩措施,降低了营销成本,促进了产品销售。针对各项增本减利因素增多的实际,及时推行目标成本管理。八大家轧花厂把产、销、利、投目标及总成本中的各项费用层层分解到车间班组及个人,去年全厂仅加强设备管理就减少物耗 38 万元。蓝波望公司过去生产不景气,去年推行目标成本管理,创利 72 万元,比1995 年翻了 5.5 倍。新坍轧花厂在质量管理上狠下功夫,对各个工序建立质量控制图,在关键工序设立了 23 个质控点。该厂的精梳纱主要指标达到国家优秀水平,条干 VC值单项指标达到国际标准。县社 7 家企业仅去年因企业管理的改善而降本增效就达到1000 多万元,有 3 个产品上报参与国家名牌产品评比。

(获 1997 年盐城市好新闻二等奖)

丹顶鹤的天堂

11月1日,江苏省盐城国家珍禽自然保护区核心区内迎来了久违的客人——丹顶鹤。登上保护区的望鹤亭,放眼远眺:丹顶鹤有的单腿独立,温文尔雅;有的安闲漫步,自由觅食;有的翩翩起舞,调情戏耍;有的引颈高歌,鹤唳声声;有的搏击长空,翱翔蓝天……构成了一幅巨型的活生生的仙鹤争艳立体图。

丹顶鹤又称白鹤、仙鹤,是我国一级保护珍禽,世界二级稀有濒危动物。目前世界仅存1100余只。每年10月下旬11月初,丹顶鹤飞来盐城滩涂越冬。第二年春再飞向黑龙江等地。近年来,来此越冬的丹顶鹤最多时达870多只,占世界总量的80%左右。

盐城自然保护区位于我国东部沿海中部,含盐城市东台、大丰、射阳、滨海和响水五个县(市)的沿海滩涂。标准海岸线为582公里,总面积45万多公顷,是目前世界上较大的海涂湿地型自然保护区。该保护区创建于1983年,1992年被国务院批准为国家级自然保护区,同年11月9日被联合国教科文组织接纳为国际生物圈保护区网络成员。

盐城保护区广阔的滩涂、丰富的动植物资源、安宁适宜的环境,吸引了众多仙鹤展翅飞来。盐城滩涂面积占全省滩涂面积的60%,占全国的19%,有着众多的水洼、港汊,是一片广袤的沼泽草地,属于珍禽类的丹顶鹤可在此大显身手。且区内冬季温度在0℃以上,雨水充足,600多种天然植被是丹顶鹤的美味佳肴。加之保护区远离人居,污染少,自然环境幽静,是丹顶鹤起居的理想天堂。

建区伊始,在保护区越冬的丹顶鹤只有48只,而如今已多达870只,最大的丹顶鹤群达280多只。能有如此奇观,扎实的人工保护措施功不可没。盐城市政府于1985年制定了《关于划分盐城地区沿海滩涂珍禽自然保护区管理办法》,1988年颁布了《盐城地区沿海滩涂珍禽自然保护区管理办法》,1990年向保护区颁发了国有土地使用证。目前保护区已取得了核心区1.74万公顷及海涂负海水3米范围内的土地使用权,取缔了区内所有的单位,迁出了所有居民。每年鹤来初始,盐城市政府都要召开由保护区内市、县政府及有关部门负责人参加的护鹤会议,层层落实责任制,并聘请了80多名义务护鹤监督员,建立了保护区公安派出所和渔政管理分站。为迎接丹顶鹤的到来,今年8月份以来,他们刷新宣传标语50处,派出管理人员查处三起非法狩猎案件,查缴土枪三支;10月份开始,核心区实施封滩管理,管理站和观察点看护人员全部进驻观察哨;保护区还购买了3000多公斤玉米,以便在冰天雪地时给丹顶鹤人工补施口粮……

盐城自然保护区出色的工作,得到了国家有关部门的肯定。今年10月22日,第二次中国人与生物圈保护区网络大会在盐城自然保护区召开,大会对盐城生物保护区进行了考察评估和研讨。全国 37 个保护区的代表和专家学者 100 多人出席大会。专家们一致认为,盐城自然保护区是飞禽的天堂,走兽的福地。

(获 1996 年度林德叉车杯报告文学征文三等奖)

"粮王"的新华章

7月18日下午,笔者采访了全国劳模、种粮大户杨定海。

在白墙红瓦的办公大楼前,杨定海告诉笔者:"这幢办公大楼是今年3月份动工兴建的,大楼后边还建了6幢猪舍,苗猪已派人采购。"杨定海指着东北方一幢仓库说:"这幢仓库可储存粮食1500吨,仓库后边10000多平方米的水泥晒场刚浇筑好,这几项加起来总投入198万元。"

杨定海把笔者带到了他的种子繁殖试验田,只见一块6亩的秧田里,长着各种各样的秧苗,大的一二分地,小的只有1平方米。杨定海对笔者说:"今年我以1.5万元的年薪聘请了四川万州区农业局的高级农艺师杨银谱,还聘请了两名南京农业大学的毕业生,请他们协助我搞良种试种。我从上百家农科院和大专院校引进了170多个品种稻子。"杨定海指着已抽穗的一个新品种说,"这个品种提前一个半月成熟,产量可达750公斤。如果在我们这里推广,稻谷可提前上场,腾出茬口及早搞秋播。"杨定海去年试种成功的9522和9516两个品种今年扩种了1500亩,亩产可增收200公斤,仅此一项可增收40万元。如果作为种子出售,可使社会增产稻子1000万公斤。

杨定海满怀信心地说:"我今年长粮3100亩,国家以保护价敞开收粮,让我们这些种粮大户吃下定心丸。下个月良种研究所在我这里挂牌,明年要发展大规模适应本地种植的良种,为农民兄弟多产粮尽份力。"

(获1996年中国县市报好新闻一等奖)

钻研 13 载改进百余次

农民张祖斌发明简易高效沼气池

江苏省射阳县海河镇农民张祖斌钻研 13 载、改进百余次，发明成功的户用高效沼气池，于 11 月上旬获得国家授予的专利。这种新型沼气池较之常规池，具有造价低、寿命长、产气快、气力足、效果好、易修理、工艺简单、出料方便、搬迁损失小等优点，被专家誉为"农村沼气技术的一次飞跃"。

张祖斌是海河镇官滩村一组农民，70 年代末 80 年代初曾在当时的公社"沼气办"当技术员。当时海河镇曾建起 3000 多个常规沼气池，但是存在密封难、故障多、难修理等弊端，使用不久即全部废弃。"沼气办"随之偃旗息鼓，张祖斌也回村劳动。他为办沼气花费了大量的人力财力而痛心，决心针对常规池的弊病，研究改进措施。13 年中，他改了建、建了改，经受了几十次失败的痛苦，先后投入积蓄 5 万多元，修改图纸 100 多次，在旧池的基础上，改整体式为组合式、改小口出料为大口出料、改自动沉浮为强迫压沉、改沼渣沉底为沼渣浮上、改常温发酵为增温发酵，终于研究成功户用简易高效沼气池。

现在一个新池年产沼气可抵 8～10 瓶液化气的使用效果，不但节电省草，而且对减轻劳动负担、改良土壤、改善环境卫生等都有很大好处。江苏省科委组织的鉴定认为，新池达到国内先进水平，建议广泛推广使用。鉴定委员会主任委员、东南大学副教授王天光称赞户用简易沼气池的研制成功，是农村沼气技术的一次飞跃，其经济效益和社会效益不可估量。

11 月 9 日，记者在海河镇采访。镇科技助理刘艾和介绍说，去年至今全镇新建改造了 60 多个新池，家家反映方便好用，成功率达百分之百。烈士村 6 组农民顾正国一边点沼气灶、沼气灯给我们看，一边高兴地说，他家的沼气池是请张祖斌在旧池基础上改建的，投料不到两小时就产气了，可供正常烧饭照明。过去的"人人恨"现在成了"人人爱"。

（获 1996 年江苏省县市报好新闻三等奖）

环环分解降本指标　人人肩挑增利重担

双山集团推行倒成本控制法

　　江苏双山集团向管理要效益,在生产经营管理中,实行倒成本控制,在纺织行业普遍亏损的情况下,今年一季度实现产值 5700 万元、销售 7900 万元、利润 49 万元。

　　年初以来,纺织行业增本减利因素大幅度上升,绝大部分企业效益严重滑坡。面对这种情况,双山集团进一步完善近几年推行的"倒成本控制法",即产品随行就市,在保本保税微利的前提下,由产品销售价格向生产过程反馈,控制各个环节的生产成本和经营费用,做到分解指标、人人挑担子、项项有奖惩、环环降成本,以严格的管理,一点一滴消化增本减利因素。为降低原料成本,该公司委任 3 名工程师为责任人,实行一条龙控制,道道严格把关,结果吨纱棉耗比部颁标准下降 7 公斤,仅此一项一季度节约成本 40 多万元。在用工上,他们科学安排,合理调度,减少非生产性用工 180 人。在财务管理上,集团对下属 12 个独立核算单位采取了财务人员委派制,资金由集团统一集中调度使用,并通过加快外欠资金回笼、扩大产品销售的办法,降低两项资金占用,每月减少利息开支 10 万元。

　　(获 1996 年江苏省县市报研究会主办的"京澄杯"加速两个转变经济新闻竞赛三等奖)

"有一位女孩,她曾经来过……"

——驯鹤姑娘徐秀娟烈士殉职 9 周年纪念活动侧记

"走过那条小河,你可曾听说,有一位女孩,她曾经来过。走过这片芦苇滩,你可曾听说,有一位女孩她再也没来过。为何片片白云悄悄落泪,为何阵阵风儿轻轻诉说……"

《一个真实的故事》,这首流行全国的歌曲,在今年 9 月 16 日这个特殊的日子,又回荡在盐城国家级珍禽自然保护区管理处的广场上。

徐秀娟烈士塑像前,摆满了国家、省、市、县环保局以及射阳县人民政府等单位送来的花圈。海洋小学、海洋初中的少先队员、青年团员数百人肃立在塑像四周,还有远从数千里外赶来的徐秀娟的父亲、母亲、妹妹和侄女,以及国家、省、市、县环保局领导和黑龙江电视台、江苏电视台摄制组的记者。

盐城珍禽自然保护区主任王万金说:"来宾们,同志们,同学们,今天是徐秀娟烈士殉职 9 周年纪念日,我们怀着无比沉重心情,聚在这里,隆重举行徐秀娟烈士殉职 9 周年纪念活动。"

徐秀娟烈士 1964 年 10 月出生于黑龙江省齐齐哈尔市一个满族渔民家庭。1981 年 8 月随父亲参加驯鹤工作,与鹤结下了不解之缘。1985 年初,自费到东北林业大学进修,靠咸菜、馒头和献血维持生活,完成了学业。

1986 年 4 月,22 岁的秀娟姑娘辞别了双亲,告别了故乡,从遥远的北疆来到了人烟稀少、杂草丛生的黄海滩涂,进行越冬地丹顶鹤、白枕鹤人工孵化、育雏、饲养和驯化试验。她克服了水土不适、环境恶劣、工作条件艰苦等常人难以想象的困难,在短短几个月时间,就创下了低纬度丹顶鹤在越冬区孵化饲养成功这一轰动野生动物界的成果。

1987 年 9 月 16 日,徐秀娟为寻找飞失的丹顶鹤,在涉水渡河时因极度疲劳和饥饿,不幸沉入河底,以身殉职。纪念仪式上,黄尖镇 81 岁的老人王道生和黄尖镇离休老干部朱墨专程赶来,为徐秀娟的双亲献上自己创作书写的诗,表示对徐秀娟烈士的怀念。"驾鹤乘风万里长,爱禽如命两梳妆。天鹅声断无寻处,永把他乡作故乡。"

闻名省内外的黄尖镇牡丹园主人朱斌,向徐铁林夫妻赠送了一棵适宜在东北生长的耐寒牡丹,表达自己的心愿。

下午 4 时许,徐秀娟的双亲、妹妹和侄女来到了徐秀娟生前创办的养鹤场。享誉国际养鹤界、与丹顶鹤打了一辈子交道的徐铁林,看了鹤场周围的环境,高兴地说:"原来我担心驯养的鹤吃不到淡水,粪便处理不当引发传染病,现在这些问题都解决了。鹤场这几年变化太大了。我女儿秀娟地下有知,一定会感到欣慰的。"

是的,当年徐秀娟一心扑在养鹤事业上,就是盼望保护区不断发展壮大。昔日烈士的遗愿已经变成今天的现实。

9年来,保护区的干部职工在烈士精神的激励下,辛勤劳动,建成了3000亩人工水禽湖和2万亩芦苇湿地,为鸟类提供了理想的栖息觅食场所。丹顶鹤由建区时的286只增加到877只,约占世界野生鹤种群的65%,初具规模的鹤场成为丹顶鹤等世界珍禽最重要的越冬地,保护区升级为国家级珍禽自然保护区,被联合国教科文组织接纳为生物圈保护区网络成员。

鹤场场长吕士成指着前面一只白天鹅说:"这只白天鹅就是秀娟寻找的那一只,现在长得又肥又壮。"放养员把天鹅从笼中放出,天鹅翩翩而行,不时引颈长鸣。

在鹤场最南边一个小岛上,徐铁林一家人见到了秀娟当年从家乡黑龙江扎龙自然保护区带到盐城自然保护区驯养的"沙沙"。当年徐秀娟乘火车带来的两只幼鹤,还有一只叫"龙龙",不幸因病死了。为此,她伤心得大病一场。现在"沙沙"已经繁育了一只幼鹤。徐秀娟的妈妈呼唤着"沙沙"的名字。"沙沙"像看到亲人一样,仰天长鸣,翩翩起舞。徐秀娟的妈妈哽咽着说:"沙沙,妈妈来看你了,妹妹来看你啦,小侄女也来啦。"

"沙沙,你在这里生活了10年了,你就永远陪伴着秀娟吧。沙沙,你来看看我们,明天我们就要回扎龙了。沙沙,你就是我的女儿……"

一声声,一句句,使在场的人个个都流下了热泪。

下午5时左右,徐秀娟的妹妹徐怡珊,来到了姐姐为寻天鹅遇难的小河边。今年27岁的徐怡珊,现在化工部北京化工研究院环保所工作,为了继承姐姐事业,徐怡珊当年高考时报考了哈尔滨工业大学环保工程系。徐怡珊站在姐姐落水时走过的石板码头上,凝视着河水,深情地唱起了她不知唱了多少遍的歌:"走过那条小河,你可曾听说,有一位女孩,她曾经来过……"

当晚,保护区所在地射阳县新洋港镇人民政府盛情宴请了徐铁林一家人和黑龙江、江苏电视台摄制组的全体工作人员。宴会上,有一位名叫孙云红的女孩听说徐秀娟的家人来了,闻讯特地赶来,为大家献上了她最喜爱的歌《一个真实的故事》。姑娘流着泪唱完了这首歌。她对记者说:"我家离这不远,秀娟刚来时我就认识她。她殉职以后,《一个真实的故事》传唱大江南北,我特别爱唱歌,但我更爱唱《一个真实的故事》。"

9月17日早晨5时20分,徐铁林一家从保护区管理处出发,赶往徐秀娟的墓地。徐秀娟的墓地坐落在望鹤楼鹤场北边的一个小岛上,丹顶鹤不锈钢雕塑与墓地隔河相望。

上了渡船,墓地一步步近了,近了。占地约2亩的墓地,被绿色环绕着。林中的小鸟"喳喳"地欢叫着,似在迎接亲人。

墓地上摆满了花圈,四周松柏青青,墓碑上写着:徐秀娟烈士之墓。在墓碑的右上方还有一块碑,"无私奉献"几个大字鲜红夺目。这是原国家环保局局长、现任全国人大环境保护资源委员会主任曲格平1988年清明节题写的。

徐怡珊为姐姐献上了花篮,花篮的飘带上写着:为仙鹤驰骋南北,洒热血虽死犹存。徐铁林和妻子缓缓地捧出一扎香,一支支地点上。秀娟妈呼唤着女儿:"秀娟,爸爸、妈妈、妹妹和侄女来看你了。"

徐怡姗从包里拿着特地从南京买来的雨花石,一个一个摆放在墓上。然后拿起一包泥土慢慢地、轻轻地洒在墓地的四周。怡姗说:"姐姐,这是家乡扎龙保护区的泥土,让家乡的泥土永远陪伴着你。"徐铁林把一把芦苇放在墓前,对女儿说:"秀娟,这是扎龙家乡的芦苇,让它永远守着你吧!"怡姗把用纸折成的9只鹤轻轻地放在墓前。徐铁林这个东北大汉,再也控制不住自己的感情,眼泪夺眶而出。

哭成泪人的徐秀娟母亲说:"娟啊,妈妈好几年没来看你了,家里很好,今天我们就要回去了,不知能不能再来看你,今后小妹和哥哥,还有侄儿、侄女会常来看你的。"

此时,静静的墓地上泣声一片,一同来的摄制组记者和保护区的工作人员都哭了。徐铁林说:"我的女儿为大自然献出了生命,值得!秀娟是我的女儿,但她更属于大自然的!我为有这么个女儿骄傲!"

4岁的小侄女徐雨晴跪在大姑的墓前哭着说:"大姑,我们要回家了,再见!"

船载着徐铁林一家人慢慢地离开了墓地。船刚行几十米,一条一尺多长的大青鱼竟从河里跳到了船上,怡姗激动地捧着大青鱼说:"是姐姐!是姐姐!"到了岸边,怡姗依依不舍地把青鱼放到了河里……

"为何片片白云悄悄落泪,为何阵阵风儿轻轻诉说,丹顶鹤轻轻地、轻轻地飞过……"

(获1996年《中国社会报》好新闻二等奖)

"粮王"杨定海今年产粮 100 万公斤

全国劳模、种粮大户杨定海今年种植的 1600 亩水稻喜获丰收。截至 10 月 16 日,水稻全部收割登场,产量达 80 多万公斤,加上今夏大、小麦 20 万公斤,杨定海今年累计产粮 100 万公斤以上。

1985 年,家住江苏省射阳县海通镇窑湾村的杨定海,在全县率先承包荒地 50 多亩,垦荒种粮,当年亩平收获粮食 400 多公斤。之后,他又跨村承包荒地 300 多亩,每年向国家交售粮食 25 万多公斤。

1989 年初冬,杨定海又来到百里外的洋河乡,签订了承包 1500 亩荒滩垦荒种粮协议。这块荒滩紧靠海堤,盐碱重,渍气大,且高低不平。杨定海拿出自己积攒的 7 万元,又向亲友借了 4 万元,向银行贷款 10 万元,动手开发这块处女地。

1991 年,这块土地已经由荒变熟,1500 亩水稻丰收在望,谁知竟被特大洪水淹没,结果严重减产。1992 年,15 号强台风连刮了三天三夜,尚未成熟的稻子全瘫了,亩产只有 250 多公斤,减产五成多,稻谷价格又直往下跌,杨定海欠农行的 23 万元贷款无法按期归还。一时间债主踏破门槛。

杨定海的境遇经新闻媒体报道后,引起了市、县、乡领导和农行、粮食部门的高度重视,县粮食部门上门收购了他的粮食,县农行又贷款给他 40 万元,支持他继续种粮。

1994 年杨定海承包到期。他又与洋河乡签订了合同,再承包 1600 亩荒滩垦荒种粮。今春杨定海在每亩田中还草 10 担,投入饼肥 50 公斤,新开沟渠计挖土 1.7 万多方。大投入换来了高效益,年产粮首次突破百万公斤。

10 年来,杨定海投入 140 多万元,专门开发荒滩,经他开发的 3500 亩荒滩全部变成良田,沟、渠、河、路配套成网。他还花了 25 万元购置了收割机、弥雾机、手扶运输机、扬场机、水泵、电灌站。目前,除插秧是手工外,农田作业全部机械化。

杨定海丰收不忘国家,10 年间他累计向国家交粮近 400 万公斤,许多粮贩登门高价求购,他颗粒不售,为此减少收入近 20 万元。

1988 年杨定海被江苏省政府授予"售粮模范"称号。

1989 年杨定海被国务院、江苏省政府分别授予"全国劳动模范""省劳动模范"称号,受到邓小平、江泽民等中央领导人的接见。

1994 年扬定海又被评选为"江苏十大杰出青年"。

（获 1995 年江苏省县市报好新闻三等奖）

青年农民大流失

农民当以农为本。可大量的青年农民义无反顾地抛弃了生养他们的黄土地,纷纷涌向城里打工经商,农村的田野留下了无人耕种的抛荒田。中国当代农业发展面临着一个新问题:青年农民大流失。

农业是国民经济的基础

农民是农业基础的基础。而青年农民则是保障我国农业经济长足发展的奠基石。

然而,目前农村的现状不能不令人担忧。

在一片片田野中,你会看到务农的劳力多是 45 岁以上的妇女和 60 岁左右的老人,还有不少是病弱者。

在无垠沃野中不时会出现大一块、小一块无人耕种的抛荒田。

近几年,每年新春刚过,从农村进城打工的青年男女从四面八方涌向了大小车站、码头。报刊上常有南方及沿海城市的火车站滞留民工超百万的消息。

令人忧虑的现状

某产粮大乡新渠村,有粮田 3720 亩,全村有青壮劳力 1000 余人,但在家种地的不足 100 人,地里大部分农活多是 45 岁以上的妇女和 60 岁左右的老人,以及 15 岁左右的孩子干的。去年秋收,由于收割时连续阴雨,加之耕种粗糙,管理不善,水稻亩产仅 250 公斤,秋播时,全村出现了 1000 多亩抛荒田。

自恢复高考制度以来,高新村每年都有 3 名以上高中毕业生考取高等院校。近几年,每年的初高中毕业生都在 40 名上下,但令人遗憾的是没有一个留在家里务农,考不上大学的,有的进了工厂,有的当了木工、瓦工、油漆工。该村在家务农的大多是文盲和半文盲。

在银河村二组的田头,碰到一位叫李树九的老汉,他告诉笔者:"我有两个儿子,两个女儿,共 11 亩土地。儿子一过年就上东北挣钱了,女儿也随女婿到了大连,眼下这么多地只靠我一个人,能种好吗?"

据对一农业县的调查,全县人口不到 80 万,强壮劳力仅 30 万人,外出打工经商的就有 20 多万,其中 18～35 岁的青年农民就占了 86％以上。

值得深思的负效应

大批的青年农民走出黄土地流向城市,产生了种种值得人们深思的负效应。

由于大量的青年农民流失,使农村劳动力的总体数量减少,留下来的多是五六十岁的老人和体弱病残者。但目前,我国的农业生产仍主要以体力劳动为主。在这样一个前提下,我国农业的发展,主要靠青壮劳力,而大批青年农民的流失,导致整个劳动力的质量下降。目前,农村收种期间因缺劳力常常出现烂场和栽插、播种误时,造成粮棉减产歉收。

农村知识青年是我国农业经济发展的希望所在。而目前的青年农民大流失,使农村中接受和应用农业科学技术所需的有文化的人出现断层。据典型抽样调查,现在务农中文盲、半文盲约占 45％,小学文化程度占 31％,高中以上文化程度不足 3.5％。近几年来,我国农业出现徘徊不前的局面,与农村劳动力文化程度低、农业实用科学技术的应用乏力不无关系。

发展农业生产最关键的因素是人。青年农民大量流失,严重影响了我国今后 10～20 年农业经济发展的进程。

每年春季,大量的农民从田野涌向城里,使本来就紧张的公路、铁路运输更加紧张。火车、汽车、轮船严重超员,交通运输秩序受到严重影响。由于信息不畅,盲目进城,大量的民工找不到工作,滞留在车站和城市。

离乡离土的背后

做啥都比种田强。张莘高中一毕业,就拿起了锄头,一门心思和父母、兄妹认认真真地耕耘自己的责任田。可这两年农药、化肥、薄膜、柴油价格没一样不再呼呼地往上涨,而大麦、小麦、稻子、棉花的价格涨幅很小。小张算来划去,种了 5 亩的水稻,除去各种开支,几乎不赚钱,自己辛辛苦苦一年种出来的稻子,比市场卖的还要贵,张莘一颗热乎乎的心凉了下来。种田要贴钱,不如不种田,于是他不顾家中田多劳力少的现实,毅然决然地汇入了进城打工的人潮。

城里的世界真精彩。尹舒亭初中毕业就回家拿起了锄头。一个偶然的机会,她随父亲到城里一个远房亲戚家待了一星期,走在宽敞的水泥马路上,看到一幢幢高耸的楼房、流水般的大小车辆,她感到自己仿佛到了另一个世界。想想家里每当夜幕降临,死沉而漆黑的夜,想到了自己在炎炎烈日下劳作的艰辛,想到了收种大忙季节通宵的苦战。她突然萌发了一个念头,何不到城里来享受享受。

不能再让孩子拿锄头了。李艳虽然是一个女孩子,但生得结结实实的,天生是种田的料,在家里把几亩地种得有模有样,可她父亲总认为做农民低人一等,祖祖辈辈在土地上滚,在土地上爬,干不出什么名堂来。过去吃大锅饭谁也别想出去,现在终于有机会了,老李不顾李艳的反对,横下心四处托人弄到了一个到中外合资企业打工的名额,东拼西凑 3000 元把李艳送进了城。

解决问题的现实途径

青年农民的大量流失,严重影响了当前乃至今后我国农业的发展,削弱了农业生产发展的后劲。那么,如何才能留住青年农民?

（一）理顺价格关系,减轻农民负担

青年农民的大量流失,是因为如今种地赚不到钱。一方面,农民种田所需的化肥、农药、薄膜等农用物资不断地涨价;另一方面,农副产品价格过低。因此必须理顺农副产品和农业生产资料价格的关系,使农民种地有利可图。

（二）发展第三产业,繁荣农村经济

各级政府要在保持现有政策稳定性的基础上,抓住当前的良好机遇,大力发展农村的第三产业,以繁荣壮大农村经济。农村经济条件好了,可提高农村的社会福利待遇,改善文化教育设施。当城乡差别越来越小时,青年农民就不会外流了。

（三）有计划、有秩序地安排农村剩余劳力外出务工经商

各地在保证不影响安排剩余劳力到外地务工经商时,最大限度地减少盲目外出,以保证农业生产的质量和效益。

（获《党的生活》1995 年好稿一等奖）

离任审计与审计离任

　　李厂长出任乡食品厂厂长已 4 年,此间上报的承包指标年年完成,职工收入年年增长,4 年累计创利 300 多万元。今年年初,李厂长因政绩突出被提升为乡工业公司经理。离任审计却令人吃惊,4 年亏损 200 多万元。原盈利的 300 多万元是李厂长在账上做手脚所致。

　　离任审计是对离任领导人在任期内的经济工作业绩作客观的鉴定与评价,已成为考核领导干部业绩的重要手段之一。令人遗憾的是,离任审计是待离任领导调离后的审计,因此,有些企业领导在任期内企业亏损则采取弄虚作假、虚报浮夸等手段来维持较好的经营业绩,以达到个人的目的,可受损害的是国家的资产和广大职工的长远利益。离任审计中发现的问题新的领导无须负责,也不应负责,而离任领导也无法负责、也不需负责,使离任审计成为两任领导人一种例行交接手续,失去了审计的价值。

　　如何使审计真正成为考核领导干部业绩的重要手段,笔者之见,变"离任审计"为"审计离任",就是在离任领导接受新的任务之前进行。通过审计,对该任领导过去的工作业绩作出实事求是、恰如其分的评价,以此来作为任命和奖惩的必要依据。这样既对个人负责,更重要的是对企业负责。实行审计离任还可促进企业领导人在任期内脚踏实地、认认真真地工作,为企业的振兴、发展做出自己的贡献。

　　(获 1995 年江苏省市报研究会举办的"环溪·三泰杯"言论竞赛二等奖)

爱是永恒的

段金芳27年如一日,省吃俭用,照料94个渔民子弟读书,在江苏射阳海滨传为美谈。

27年前,21岁的段金芳建立了小家庭,丈夫陈金文是个老实巴交的渔民。新春刚过,段金芳所在地江苏射阳县洋河乡洋中村,大大小小的渔船驶向大海,村里只剩下少数妇女、老人和没有固定住所的小学生。这些孩子饥一顿饱一顿,东家待一天西家住一夜,有的小孩无处吃住,只好中途退学。看到这一切,段金芳掂量了一下,自家紧靠小学校边,应该把这些孩子带到家里抚养照料,让他们好好念书。段金芳把想法跟丈夫陈金文一说,陈金文直点头。

段金芳说干就干,卖掉家中唯一的大家当——三门橱,又向亲戚借了些钱,请来木工打了两张桌子、四张床。在本来就很拥挤的小屋里,迎来了陈桂成等8名小学生。冷冷清清的段金芳家,一下子涌来要上学、要吃饭、要穿衣、生活习惯各异的8个孩子,这可不是闹着玩的,用段金芳的话说叫"日做老子夜做娘"。

一年、两年、十年、二十年,段金芳收养读书的孩子越来越多,最多的一年达16个。小屋里住不下了,段金芳东借西凑和丈夫又搭了一间房子,添了三张床。有一年刮台风,风大雨大,段金芳的几间旧房子不停地漏雨,只有后盖的一间房子不漏。深夜,段金芳把七八个孩子抱到不漏雨的屋子,自己带着两个女儿坐在漏雨的屋子挨到天亮。

1991年7月,射阳县遭受了百年罕见的特大洪涝灾害。就在这时,寄住在段金芳家读书的曹军患了急性阑尾炎,屋外夜黑风大雨猛,段金芳背上曹军向卫生院奔去。可卫生院条件差,必须转到6公里外的盐场医院。大雨淹没了公路,自行车也不能骑,段金芳一咬牙,蹚着水背着孩子直奔盐场医院,曹军得到了及时医治。

如今已48岁的段金芳,大女儿已工作,二女儿已成人,两个女儿也忙里偷闲地帮助母亲为寄宿读书的孩子做饭、洗衣,辅导孩子们做作业。

有人劝说段金芳:"你27年来已照顾了94名孩子,现在也该享享清福了,何况又患有哮喘病。"段金芳说:"只要我还能动,就要让有困难的孩子读上书。"

(获1995年第十届中国地市报好新闻二等奖)

谨防"子富母穷"

时下,一种异常现象正形成一股暗流在一些企业中滋生,这就是"子富母穷"现象。

一家大型针织厂在不到两年时间内,先后成立了几家分公司,企业年年被评为"明星企业",厂长荣获"优秀企业家"称号,职工收入也高于同行业。可经审计部门审计,潜亏达千余万元。原来这些子公司或一手接单进来,加价交母公司加工,或低价买母公司产品,加价出货,两头赚的都是母公司的钱,有亏损则"照例"做账,转到母公司头上。

缘何会出现"子富母穷"的现象,其原因较复杂。一些主管部门对企业有明确考核办法,盈利则是一路顺风,而只要账上打一天的赤字,职工的工资就一天不能加,连奖励、福利资金都不能提。而搞子公司,到年终还能给大家发点福利,这样既安定人心,又平安无事。对此,主管部门也睁一眼,闭一眼。有的企业厂长认为,企业一直亏损终无出头之日,与其背着个大"包袱"还不如搞全新的企业或许能闯出一片新天地……

"子富母穷"这种非常规的经济行为,就是从母公司身上"转嫁利润"的"魔方"。同时也成为母公司逃避税收、转移利税的"地下渠道",造成了国有集体资产的流失,极可能出现中饱私囊等现象。

越来越多的企业开始尝试"母子公司",因此有关部门要帮助企业积极地面对市场,加快企业的内部改革,使企业尽快扭亏增盈,同时对企业加强财会监督。

(获 1995 年徐州市报纸好新闻三等奖)

既开花又结果　化资源为效益

我县棉纱布一条龙撑起"半壁江山"

近年来,我县大力发展纺织行业,把资源优势转化成效益优势,实现了农业主体经济向工业主体经济的转变。棉纺织业年产值已占工业产值的50%以上,成为全县工业经济的"半壁江山"。

我县是全国优质棉生产基地。1988年、1989年、1991年三次摘取了全国棉花总产量的桂冠。棉花生产成为全县农业经济的主体。然而我县的纺织业起步晚,几年前,全县只有1.5万纱锭、百台布机、百台缝纫机。产值几千万元,利润几十万元。从1992年开始,县委县政府着手狠抓棉花生产—纺纱—织布—服装加工的一条龙体系的建设,逐步实现农业主体经济向工业主体经济的转变。特别是近年以来,我县进一步强化纺织设备的全过程改造。投入资金引进德国气流纺纱机、自动落筒机,使生产规模达到10多万锭。年纱产量1.5万吨,销售收入5亿元,创利税4000多万元。同时采取县属、乡镇一起上的办法,在短短的两年内全县织布机达到2500台,年产棉布6000万米,销售收入达3亿元,创利税2000多万元。

服装加工业是实现棉纱增值的关键。全县先后兴办各类服装厂14个,年产服装500万件,创产值1.5亿元,创利税1000多万元。

纺纱、织布、服装加工一条龙能尽快形成规模,关键是全县纺织行业苦练内功,开辟了国内外市场。近两年先后开发出省级以上新产品50多种,新品产值率达32%,产品适销率始终保持在90%以上,并在全国十几个大中城市的大中商场设立销售窗口,产品畅销不衰。

我县在发展花、纱、布一条龙的过程中,把外向型经济作为加快纺织业发展的根本途径。目前,全行业累计创办中外合资企业23个,实际利用外资342.37万美元,去年合资企业实现产值1.3亿元、利润2058万元,创汇2006万美元。

（获1994年中国县市报好新闻二等奖）

昂龙头　强龙身　扬龙尾

我县蒜产品尽占市场风流

近年来,我县注重发展果蔬加工保鲜的龙头企业,带动大蒜生产的发展和效益的成倍增长。目前,全县大蒜的生产、加工、销售已构成产值过亿元、利税超 4000 万元的一条"钱龙"。

我县的蒜头个大皮白,蒜薹质脆味甜,色质透明,有"天下第一蒜"的美誉。然而,就在大蒜丰收的去年,不识"水性"的蒜农,却被市场经济的大海猛灌了一顿"苦水",市场价格被外地客商垄断,价钱一压再压,结果倒贴了老本。痛定思痛,射阳人悟出了一个道理,要抓龙头企业,用自己有形的手,捉住市场这只无形的手。

几个月内,有关乡镇采取内引、外联、投资入股等办法筹集资金 3600 万元,先后建起总库容为 4500 吨的 5 座保鲜库。保鲜库的建设,给蒜农吃下了定心丸,极大地调动了他们的生产积极性,稳定了 8 万亩种蒜基地,以保证蒜产品数量。临海、千秋等乡镇还成立了"白蒜生产研究所",从选种、施肥、防治病害、正确采苗等各个环节对蒜农进行全程指导服务,以保证蒜产品质量。数质并举,建起了强壮的龙身,保证龙头更加高昂。与此同时,有关单位与大中城市经营部门签订销售合同,使龙头与龙身、龙尾互相衔接。

今年蒜薹初上市,邻县产区价格每公斤在 0.80 元左右徘徊,本县零售价每公斤也只有 1.10 元上下。外地客商轻车熟路,涌入射阳,准备有组织、有计划地杀价收购。

关键时刻,各保鲜库全部挂出每公斤 1.10 元左右的价格组织大批量收购。外地客商杀价无望,只得以每公斤 1.20 元的价格参与收购竞争。

竞争使蒜农得益。仅此一项,蒜农就多获益 2240 万元。而蒜薹通过保鲜加工,由原值每公斤 1.20 元上升到 3.60 元,企业又增值 1080 万元。

昂龙头、强龙身,使广大蒜农尝到了贸工农一体化的甜头。继而,我县又让龙尾外扬,朝外向化迈步。一方面,引进资金,把保鲜库建成合资企业,千秋保鲜库引进港商投资 100 多万元,耦耕的盐城祥胜果蔬保鲜加工有限公司引来台资 50 多万元。另一方面,积极扩大产品出口,临海保鲜库已同美国全球商务公司签订了合同,每年向美国出口蒜米 1000 吨。耦耕乡耦民大蒜油加工厂与有关方面签订合同,产品全部外销,且供不应求。

(获 1994 年江苏县市报春风杯"在市场经济大潮中"专题新闻竞赛三等奖)

三个女人"下海"记

面对这两万元实绩,所领导竖起了大拇指,职工们投来赞许、羡慕的目光。然而蔡萍、蒋爱玲、倪学萍三个人的心里像打翻了调味瓶,酸、甜、苦、辣、咸五味俱全。这短短的 180 天完成了她们一年的利润承包指标。可这 180 天对她们三个人来说,又是那么漫长、艰辛。

(一)

今年 4 月 1 日,国家调整了粮食销售价格,放开了粮油市场,这一来,粮油销售量急剧下降,大部分职工的工资、奖金、福利不再由国家拨款……

临海粮管所和所有的粮食企业一样面临着危机:300 万元的亏损挂账,50 多人只有 20 个人由国家发工资。还有 30 个人怎么办? 所务会上所长向大家寻求答案。有人说,发展养殖业;有人说,开商店;还有的人说,搞粮油经营。人人在想办法,个个在出主意。

当所领导宣布全所划出 26 人搞综合经营时,会场上顿时寂静无声,谁也不吭气。尽管所长不厌其烦地做解释宣传工作,但还是没有一个人愿意去搞经营。

说来也难怪,1986、1987 年粮管所养鸡亏损 10 多万元,五交化经营门市又亏损 7 万多元,再说,以往一直是拿国家的工资,干的是舒适的工作,而今搞经营钱难挣、又吃苦、风险大,谁敢出这个风头,冒这个险?

时间一过就是两天,所里经过认真研究,宣布了 26 名职工搞经营,全年承包指标也一一公布了。其中就有记账员蒋爱玲、保管员蔡萍、司磅员倪学萍。一时间所长办公室里哭的、闹的、说情的、打招呼的都来了。

蔡萍、蒋爱玲、倪学萍都找所长说过情,请人打过招呼,但面对粮管所的现实,她们决心为粮管所分忧。她们认为,搞经营总得有人去,不但男同志要去,女同志也不能落后。她们三人决定承包综合经营部,于是就与所里签订了年上交所利润 1.8 万元的协议书。

在组合上岗中,别人都挑精明、业务能力强、有门路的,可她们三人主动把老同志张学俊组合到她们组,徒工姚书明、黄红霞等三人刚参加工作,组合时没人要,还是她们三个人把三个徒工要了过来。

她们的举动感动了老同志和三个徒工,也使所内外熟悉她们的人感到震惊和佩服。

她们兴办的综合经营部分冷饮小吃、服务、粮油兑换三个门市。

（二）

4月1日开张这天,她们穿着一新,里里外外给顾客送茶,端饭端菜,热情迎送。这般举动委实又使一些亲朋好友吃惊。蔡萍丈夫在千秋米厂当生产科长,蒋爱玲丈夫在八大家轧花厂任办公室主任,倪学萍的丈夫在八大油厂任副厂长。她们的家庭条件不比别人差,丈夫都是有头有脸的人物,且自己都是国营企业的正式职工,干啥去干那份"低人一等"的活儿,有人难免想不通。

她们说得好:以前收粮保粮是为国家作贡献,现在搞经营做买卖同样是为国家作贡献。

如果说她们开几个门市只是端饭菜、送茶水,那倒也轻松。可是她们很清楚,不搞多种经营,单单这几个门市是完不成指标的。开张不到几日,所里有一批棉饼急需销售,可没有人伸这个手,她们三人一商量,决定干。她们先跑了几个村找村书记、村主任请他们帮助销售,可现在都是一家一户种地,村干部无能为力。她们一狠心,一家一户推销。三人兵分三路,骑着自行车,挨家挨户地问哪家要多少棉饼,一一记在本上,第二天用拖拉机送到农户门上。

蒋爱玲在太兴村推销时,被一条狼狗追了半里多路,摔了几个跟头,吓得一夜未睡好觉。她们跑了一家又一家,跑了一村又一村,跑遍了临海镇的每个村组,又到30多里外的六垛、千秋、鲍墩和滨海的五汛推销。10多天时间,她们三人推销棉饼315吨。

好多农民激动不已,他们说:"多少年没有见过粮站的职工上门销售棉饼,我们真有福气。"

收购蒜苗的季节到了,她们商量打算收蒜苗,可又有些为难,收蒜苗时间性很强,不能久放,价格波动幅度大,有风险,而且都是晚上收购。

可干什么都有风险都有困难,三人一咬牙:试试看。白天她们分头摸行情,找销路,学习蒜苗收购质量标准,晚上开着拖拉机挨家挨户地收购。

一天晚上十点多钟,蔡萍收满一拖拉机蒜苗往家里赶,这时天上雷电交加,下起了大雨。因天黑路滑,拖蒜苗的手扶机一头倒向路边的小沟,一车蒜苗全翻到了沟里。蔡萍冒着大雨和司机一把泥一把水地把蒜苗捞上岸,又一把一把地捆好搬上车,到家时已凌晨二时,可此时她们饭还未吃。

第二天,她的胃病发作,疼痛难忍,大家劝她到医院治疗。白天在医院打针、输液,晚上她坚持着到收购点收购。收蒜苗期间,倪学萍的丈夫出差北京,小孩放学一人在家,倪学萍收蒜苗每天晚上都要到十一二点才回家。孩子一个人待在家里,有时趴在桌上就睡着了,有时等妈妈回来吃晚饭,吃着吃着就倒在倪学萍的怀里进入了梦乡。

倪学萍望着熟睡的孩子,心里十分内疚。说实在的,为了工作,自己没有尽到一个妻子和母亲的责任。

六天时间,她们收蒜苗50多吨,等卖完了最后一批蒜苗时,她们都想趴在办公桌上睡一睡,因为实在太困了。

7月份收购蚕豆时,她们遇到了麻烦。

在耦耕代收点上,给代购点货款,却不见货发来。几经交涉,不见效果。

所领导决定由蒋爱玲前去处理这笔业务。偏偏凑巧,蒋爱玲的丈夫出差东北,孩子又放暑假,没人照看。没办法,蒋爱玲将孩子安排在邻居家里,她早上赶到代收点,坐镇收,晚上七八点钟再赶回临海。就这样她坚持了一个星期,终于将30多吨蚕豆收购发运出去,为经营部创利两千多元。

今年,夏粮丰收,农民有许多余粮需要出售,等钱买化肥、农药。蔡萍她们看到粮管所收购力量单薄,一合计准备收购小麦。

在所领导的支持下,她们利用粮管所的露天粮囤进行收购。没有资金,她们就分头到盐城、东台等地引进资金30多万元,同时动员门市部每个人集资5000元,又向亲友借5万多元。

收购时,她们一天工作16小时。收购中她们服务热情,价格合理,仅十天时间,收购小麦七百吨,缓解了临海镇农民的卖粮难。

（获1993年《工人日报》情系改革征文二等奖）

粮价放开第一年

公元 1993 年 4 月 1 日。

这一天对于 11 亿中国人来说,是极不寻常的日子。

这一天,全国粮价放开的政策正式出台。城镇居民的粮油不再按人头凭计划供应,其价格将随着"计划供应"的结束而彻底放开。种粮的农民不再按国家的指令性计划种植,一部分地区也取消了粮食合同定购任务,粮油销售自由进入市场。

民以食为天,在中国城镇市民传统的思维定式中,粮价的放开,无疑是一个颇具划时代的重大突破!

让我们把时间推移到 40 年前。1953 年 10 月 16 日,中共中央作出《关于实行粮食的计划收购与计划供应的决议》。决议提出,在全国范围内实行粮油统购统销,由国家严格控制粮食市场,对私营粮食工商业,实行严格管制,并严禁私商自由经营粮食的政策。毋庸置疑,统购统销,定量供应,这在一定的历史条件下,曾起到稳定市场物价、保障人民生活、促进社会安定的作用。

30 多年后的今天,我们国家发生了巨大的变化,国力增强,政局稳定,仓廪充实,初步具备了放开粮价的物质条件。1993 年 4 月,全国大部分地区市民的定量粮票退出流通领域而停止使用。

粮价放开第一年,粮食生产、粮食市场、粮食收购、粮食消费、粮食部门的现状如何呢?本文和读者探讨这个问题。

城镇居民处处称便

粮食价格放开对亿万城镇居民来说是一次"大解放"。以前为了买粮排队,一等就是一两个小时,为了能买点好米,多买几斤绿豆,四处托人找关系走后门……

而现在不再见到粮店门前排起长队,更没有人为多买几斤面粉和几斤平价绿豆托人开后门,居民不必每月去排队领粮本粮票,不必到指定的粮店买粮,在任何一个粮油交易市场都有大小包装的粮食出售,而且摊主服务热情,价格可以商量,甚至在菜市场你可以随手拎回需用的泰国香米、饺子粉和玉米面。

粮食市场价格的放开,方便了居民,但城镇中一些低收入者、缺粮地区的农民、灾区的灾民都会因粮价的提高影响他们的基本生活水准。这一点应当引起有关部门的重视。

国营粮店门前冷落

在许多地方,细心的人会发现,国营粮店门可罗雀,冷冷清清,与往日那种门庭若市、应接不暇的场面形成了强烈的对比。据对某市国有粮店经营状况的调查,今年1～10月,全市粮店实现利润99.1万元,比去年同期下降74.03%,亏损粮店占总数的85%。随着粮油商品购销价格的全部放开,粮食企业被无情地推向市场。市场的放开,使各地非粮食系统的粮店猛增,一方面,一大批进城农民的沿街叫卖,以及各地粮贸市场的纷纷兴起,使国有粮店的市场占有率大大降低;另一方面,一些用粮大户自由选择进货渠道,与产地直接挂钩,有的专门设立了经营部。

粮食价格的放开,一方面要求粮店积极参与"大市场、大流通、大商业"的激烈竞争,而另一方面又给粮店套上了承担社会供应责任的"紧箍咒"。粮价如上涨,个体、集体粮店无利可图或无处采购,只好停业。而国营粮店此时要不惜人力、物力、财力四处组织粮源,以保证社会粮食市场价格的稳定,即使贴本也得干。

粮食市场的放开,使国营粮店由计划体制带来的弊端日益表现出来,比如门点的偏僻、品种的单一、米质不新鲜、服务态度恶劣,难以提高的服务质量等,都使不少居民将"米袋子"提向集体、个体粮行;再就是国营粮店,过去供应粮食量大,现在供应量越来越少,人员过多的矛盾就显现出来。利润少,甚至亏损,人员负担重,再加上离退休人员包袱越背越重,无法轻装上阵。

交易市场顾客盈门

国营粮店一统天下独家经营的格局,随着粮食市场放开被打破。于是在流通领域,除粮食部门之外,遍及大街小巷的零售店、交易市场应运而生,在许多地方出现了国有粮店的萎缩,又出现了许许多多、大大小小的粮油销售网点。这些网点纵横交错,遍及城乡。

粮食交易市场的出现比起国营粮店一个价、几个品种的经营方式来说要高出一大截,且许许多多交易市场门庭若市足以说明一切。

大量的买主为什么纷至沓来,涌向粮油交易市场呢?其原因有三:一是货源充足、品种多样。市场上抢手的粳米、特二杂交米,充足供应。粗粮、细粮,成品、半成品,应有尽有。二是米质新鲜。有当年产的大米,更新的是刚加工出来的新米。对居民来说,新米对他们更具吸引力。三是中转环节少,价格公道,一般交易市场的米价都比粮店低。由于批量少,快进快出,费用少,所以价格易被居民接受。

粮食收购大战四起

近10年来,我国粮食连年丰收,各地新闻媒介普遍反映的农民"卖粮难",收购打"白条",成为各地政府领导一个棘手而头痛的问题。可是仅仅几个月的时间(去年秋粮收购到今年的夏粮收购)却出现了极大的反差:粮食部门有钱收不到粮。以往每年收购季节,粮食收购点农民踊跃交粮的沸腾场面历历在目,而今已今非昔比。

今年是粮价放开第一年,全国各地收购困难重重,其中重要的一条是粮食市场放开后,出现了多家抢购的局面。

今年夏、秋粮收购季节,在农民收获的粮食尚未来得及整晒的情况下,各地乡镇一些集体、个体以及用粮单位纷纷挂牌收购。有的地方一个乡除当地粮管所外至少有 10 家,最多的达 40 多家,这些单位有供销、农机、运输、种子等部门,还有用粮单位,即面粉厂、米厂、啤酒厂、粉丝厂等,直接来人收购,个体粮贩也占有相当的比例。

众多的收购单位为了争夺粮源,相互抬高收购价格,以今年秋粮收购为例,杂交稻收购价从初开始的每公斤 0.64 元,相互抬到 0.66 元、0.68 元,最高达 0.74 元。有的个体粮贩,开着拖拉机到场头,把农民刚刚脱净的粮食就地收走,根本不管粮食水分大、杂质高。他们左手进右手出,收购时,玩"秤杆子"坑害农民,想方设法,逃避税收和工商管理费,以哄抬价格,拉大与粮食部门收购价的差距。

尽管各地政府想方设法筹足了收购资金,粮食部门仓容、人员占有一定的优势,服务态度、服务方式改变了,但由于多家抢购,扰乱了市场秩序,粮食部门粮食收购面临严重的危机。

种粮农民喜忧参半

粮食购销价格的全面放开,种粮农民喜忧参半。喜的是喊了多年的农民自主种植得到了落实。农民根据市场需求,可自主选择种植,再就是合同订购粮,变平价收购为随行就市加保护价收购,农民们可以多得实惠。

农民忧的是如今种粮不赚钱。一是国家放开粮价,农民虽然得到好处,但这个好处大部分被生产资料价格上涨抵消了。经统计测算,如今种一亩稻子,基本上不赚钱,有的还要倒贴钱。二是自由种植不知种啥能赚钱。以前种什么国家收什么,如今,种什么要按市场行情来确定。可种地周期长,风险大,今年种的大麦赚钱了,到明年谁能保证还赚钱?三是担忧负担重。粮油价格放开后,乡镇干部办经济实体,削弱了为农服务的功能,增加收费,加重负担,扶农资金、物资被挤占。四是合同签订迟于生产,价款的兑现迟于收购,不便于安排种植。

存在问题不容忽视

粮食价格放开后,总的来说市场比较稳定,但出现一些不容忽视的问题,有些问题如不及时地予以调整解决,后果不堪设想,具体表现在以下几个方面。

(一)粮食总量下降,粮价不断看涨

在经济利益的驱使下,农民看到种粮赚不到钱,纷纷改种经济作物。据有关部门统计,全国今年早稻播种面积为 1.19 亿亩,比去年减少 1217 万亩,总产量为 4226.4 万吨,比上年减少 519 万吨。全国秋粮种植面积有所减少,全年粮食播种面积减少 2000 万亩以上,总产量将减少近 100 亿公斤。由于粮食面积减少,产量下降,使本来就紧张的粮食供求关系更加紧张,导致市场粮油价格不断看涨。

(二)收购秩序混乱,粮食储备剧降

国营粮食部门收购粮食是保证国家军需民食的一个重要措施;个体、集体收购,为了各自的利益,与国营粮食部门抢购粮源,使国家粮食收购面临重重困难。据报道:至 10 月 5 日湖北省入库粮食 22.63 亿公斤,比去年同期少购 3.93 亿公斤,而全年收购粮食计划为 60 亿公斤,现只完成 20 多亿公斤,只占年计划的 33.3%。

(三)个体经营作假,居民深受其害

粮油价格放开,粮油市场呈现出国有、集体、个体多家竞争的繁荣景象。然而,由于各种配套措施尚未健全,特别是没有统一的质检部门检测粮油质量,一些个体经营者唯利是图,掺杂使假,损害消费者利益。据《中国商报》报道,去年山西孝义市一经营单位从某省购进 6 万公斤面粉,顾客食用后上吐下泻,于是将样品送到太原市粮油质量监督检查站检验,结果国家规定的九项质量指标中有七项不合格,更严重的是灰分超出国家规定的 36 倍,含有大量的石膏粉。

(四)粮店步履维艰,前景不容乐观

由于受计划经济制约,粮食行业经营利润一直用于弥补政策亏损,企业没有积累,一切经营活动都靠银行贷款,加之新老挂账居高不下,企业负担的银行利息逐年递增,包袱越背越重。另外,粮食企业老职工居多,有些城区离退休粮食职工与在岗职工的比例,已达到 1:1 左右。由于粮油放开后,经营收入减少,而企业负担沉重,部分单位连职工基本生活都难以维持。

(获 1993 年盐城市广播电视优秀节目一等奖)

话说"企业潜力在厂长身上"

近日陪一工会干部到某市基层企业了解"企业潜力在哪里"大讨论情况,在亏损超百万的 A 厂座谈时,一位工人说了这样一句发人深思的话:企业的潜力在厂长身上!

在 A 厂我们得知,该厂内部管理混乱,物料经常被盗,而工人一个月很难在车间见到厂长的影子;科室人员多于一线工人,奖金工资比一线工人多,而这些人大多数是厂长的亲朋好友;外欠货款 400 多万元,企业因缺少资金无法运转,多是厂长批条子或厂长关系户欠下的;企业亏损超百万,工人工资发不出,而厂长坐的是豪华轿车;销售产品,厂长一人说了算,把产品以低于市场 10% 左右的价格批条子卖了,拿工厂利益送人情,捞回扣等等,严重挫伤了职工的生产积极性。工人们说,我们干得再好,工作再认真,也经不住厂长的瞎折腾。

而在 B 厂听到见到的却是另一番情景:厂长虽年过半百,但厂里哪里有困难,哪里就有他;粮食收购季节人手不够,厂长冒着酷暑顶磅收粮和职工打成一片;厂里生产经营等重大问题开职代会与工人一起商量;每季度搞一次民主理财,把账目开诚布公,接受大家监督;工厂开业仅半年就盈利 25 万元。工人们说到厂长个个竖起大拇指:有这样的厂长,我们再苦再累也心甘。

众所周知,企业的潜力表现在多方面。诸如加强企业内部管理,增收节支,提高产品质量,等等。但所有这些都要靠人来实现,所以,企业的潜力关键是调动人的积极性。显然厂长是挖掘企业潜力的核心,因此,厂长的责任就是挖掘和调动全厂职工的积极性。

那么,如何调动企业职工的积极性,挖掘企业的内部潜力? 作为企业的厂长,重要的是要注重自身的思想和作风建设,作风要民主,经营要廉洁,分配要公平,管理要严格,时时处处想着国家的利益、集体的利益、职工的利益,以身作则,严于律己,只有这样才能真正把企业职工的积极性调动起来,把企业搞好、搞活。

(获 1993 年《山东企业管理》杂志"新厦杯经济论坛"征文三等奖)

种粮大户杨定海的困惑

江苏省射阳县种粮大户、全国劳动模范杨定海,面对满场金灿灿的稻谷一筹莫展。去年他种植的 1470 亩水稻,因遭灾减产 3 万公斤,除了已销售 5 万公斤外,其余近 40 万公斤的稻谷还卖不出去,已到期的银行贷款无法归还。

杨定海从 1983 年开始承包村里荒地,垦荒种粮。由开始的 50 亩扩大到 300 亩。几年来,他丰收不忘国家,把生产的粮食全部交售给国家,成为射阳县向国家交售粮食最多的农户。

1990 年,杨定海来到射阳县洋河乡承包了 1470 亩荒滩,投资 10 多万元开沟挖河,垦荒种粮,连续两年都获得了大丰收,亩产均超过千斤。

去年,杨定海 1470 亩粮田全部种植的是优质粳稻。孕穗前长势喜人,不料收获前连续遭受了 14 号、16 号台风,加之"穗颈瘟"病害的袭击,亩产仅 300 公斤。去年年初,杨定海向银行贷款 32 万元,购买种子、薄膜、化肥、农药以及农机具,总投入达 35 万元。稻子总产 44 万公斤,按市场价每市斤 0.32 元计算,总收入为 28 万元,亏损 7 万元。稻子一登场,杨定海就外出推销粮食,粮食经营单位不是不收,就是没有现款兑现。

杨定海的种粮贷款已到期,粮食卖不出去,拿什么来还贷款呢?

(获 1992 年徐州市报纸好新闻二等奖)

射阳粮农为何大抛荒？

江苏省射阳县一些村组的农户,由于种粮吃亏,今年秋播不再耕种粮田。于是在一片片葱绿的麦田中,出现了一块块未耕种的稻茬田。

1992年11月3日,我们来到六垛乡六垛村。该村1992年秋播稻茬面积2760亩,全村共种大麦100亩、小麦600亩,还有1560亩没有耕种。为此,村里立即采取措施,一是对大块抛荒田块用招标办法让外地人承包;二是每亩地"两上交"由过去的105元,降为60～70元;三是动员村组干部带头,每人多种5亩地。尽管采取了这些措施,该村仍有500亩耕地无人认种,搁在那里抛荒。

该县陈洋镇岱范村有近百户农民秋播时,弃200多亩粮田抛荒而不愿再耕种。村里只好削减部分上交款动员其他农户耕种,据村支书介绍,明年全村粮食面积可能还要减少200多亩。

合兴乡地处县城西郊,那里从事第三产业的农民较多。今年秋播该乡有个别村三分之一的农户不愿再种植。据不完全统计,目前全乡已有近2000亩粮田无人耕种。

通洋乡是全县产粮大乡之一。今年秋播有20％的农民纷纷退田,乡里及时做宣传、教育、疏导工作,减少一些不合理的负担,抛田势头才有所减弱。有的乡村针对农民大抛荒的局面,土法规定,不种田者要上交各种税金和费用,无奈之下农民只好继续种下去。

大面积、大范围的抛荒现象,是该县实行家庭联产承包责任制以来所未有过的。笔者调查发现,今年出现的抛荒现象,主要原因有以下几点:

一是粮食价格过低。今年稻谷的市场价格跌至近10年来的最低点。议购价与定购价自1986年以来第一次出现逆差。每50公斤(稻谷,下同)价格1990年为41.60元,1991年降为31元,1992年稻谷市场价格仅为22元,而且粮食部门收购下来,销售也很困难。农民种一亩稻谷,各种摊派费用,加上农本和"两上交",每亩地支出要240元。按照1992年稻谷平均亩产400公斤计算,亩收入不足180元。农民辛辛苦苦种一亩稻谷,不仅不赚钱,每亩地还要亏本60元。农民说,种田要贴钱,不如不种田。

二是农资价格上涨。农民种粮所需的种子、薄膜、化肥、农药价格一年比一年高。50公斤碳酸氢铵1988年仅为9元,而1992年秋播时达到18.5元。农药敌敌畏1985年0.5公斤只有6元,现在0.5公斤涨到16元。用于抽水的电费,1987年每度只有0.23元,目前每度已提高到0.53元。

三是各种负担过重。1985年期间,农民每种一亩地上交各种费用仅30～40元。而目前,有的乡镇每亩上交费用最少也要 90 元,多的达到 120~130 元。上交费用的项目在原来的农业税、农林特产、副业税等十几种的基础上,扩大到现在的包括卫生防疫、文化体育、宅基地征集、绿化统筹、义务工、捐款等 40 多种。同时规定,不管你粮食丰收不丰收,也不管你是盈利还是亏本,这些费用必须上交。而且粮食一卖掉,钱还没到农民手中,就被截去了。

四是自然灾害频繁。1991 年夏发生的特大洪涝,使低洼地区的乡镇粮食大面积减产。秋冬严重干旱,大小麦出苗不齐,严重影响了今年的夏季产量。1992 年,稻谷成熟期间接连遭受了 14、16 号强台风的袭击,水稻普遍减产。绝大部分乡镇稻谷亩产仅为 400 公斤。另外多种病虫害的袭击不但使粮食产量减少,而且粮质下降。频繁的自然灾害,使粮食生产受到严重影响,农民收益明显减少。

(获 1992 年华东 17 家经济信息报热点新闻竞赛三等奖)

关于解决我国城镇居民口粮价格倒挂问题的意见

自 50 年代初以来,我国城镇居民的口粮销售价格尽管远远低于国家粮食征购价格,但一直未做调整,其差价和加工费均由国家财政补贴。显然,这个几十年一直让利于民的办法,日益成为国家财政难以负荷的沉重"包袱"。本文试就此问题做如下初步探讨。

问题的提出

毋庸置疑,对城镇居民口粮供应实行价格补贴,这在一定的历史条件下,曾起到稳定市场物价、保障人民生活、促进社会安定的作用。1979 年后,农业生产成本上升,粮食收购价偏低的不合理情况日益突出。国家为了增加粮农收入,决定从 1979 年夏粮上市起,粮食统购价提高 20％,超购加价幅度由原来按统购价加 30％改为按新统购价加50％。与此同时,为了保持市场物价稳定,不增加城镇居民人口的经济负担,国家采取了粮食销售价格一律不动的方针。这就产生了粮食购销价格倒挂的现象。据统计,1979 年,国家每销售 1 斤粮食的补贴是 0.13 元,这一年国家财政对物价的补贴金额为373 亿元,占当年财政收入的 25.2％。其中粮食净补贴 209 亿元,占国家物价补贴总金额的一半还多。近几年,国家进一步提高了粮食收购价格,国家对粮食购销差价补贴数额更大。

这在国家财政困难的情况下,是不利于国家经济建设的,也不是经济生活中的正常现象。现在是解决粮食购销价格倒挂问题的时候了。

提出这一问题的依据

人口多,耕地少,是我国的基本国情之一。粮食的人均占有量即使在全国上下喊"卖粮难"的 1984 年,也不过 396 公斤,远远低于发达国家。但由于长期对城镇居民实行粮食价格补贴政策,致使我国城镇在粮食问题上出现了种种令人难以理解的现象。

一是普遍的浪费。城镇居民中,尤其是一些青少年浪费糟蹋粮食现象严重。一份反映某大学情况的材料说,有的学生洗碗怕油腻,买二两热稀饭或白面馒头擦洗;该校三个学生食堂,每天约有 100 公斤的大米饭白白倒掉;每天从学生宿舍里清扫出来的剩饭、糕点屑等达几百公斤。粗略计算,这个学校的学生每年扔掉粮食达 10 多万公斤。城镇的一个青年工人说,买 1 斤苹果的钱可买 10 斤大米,浪费一点粮食算什么!

二是过多的积余。近几年来,城镇居民的食物结构发生很大变化,余粮增多。每年一般人家少则积余三五百斤,多则上千斤。成千上万的家庭积余粮加在一起,是一个十分可观的数字。据江苏省统计局对 2165 户城镇居民的抽样调查:1988 年人均购买粮食 134.8 公斤,而供应量为 180 公斤左右。按当年全省城镇人口 1140 万人计算,即积余平价粮约 51.53 万吨。余粮如此之多的原因:第一,城镇居民的收入提高,人们的食物结构发生了变化。膳食结构从单一的主食型改为主副食并重型,副食品消费剧增。第二,人们的生活方式有了很大改变,多数居民已从一日三餐围着锅灶转的传统习惯转为购买较多的熟食、方便面或其他熟食品。而目前大多数饭馆和食品商店出售的方便面、糕点都不收粮票,居民的余粮愈来愈多。

三是粮票大量流失。城镇居民手中积存的大量平价粮粮票的出路,一是到农贸市场上兑换农副产品,再就是卖给粮贩子。仍以江苏省为例,居民手中结余的平价粮有 1/10 流到粮贩子或其他居民手中(以进城务工、经商者为多)。以此计算,该省 1988 年财政用于粮食补贴 16 亿元,其中相当一部分流到了粮贩子的手里。

综上所述,现在供给城镇居民的粮食定价过低、定量偏高,造成了巨大的浪费;居民手中的余粮剩余过多,导致粮贩倒卖,使国家遭受重大经济损失。

解决这一问题的途径

一是适当减少城市居民口粮供应量。统计表明,去年城镇居民平均每人每月余粮 2.5 公斤。也就是说,城镇居民现在每人每月降低 2 公斤的供应标准,不会给人们的生活带来影响。

二是适当提高粮食销售价。粮价历来起到稳定市场物价的作用。提高粮价,虽然会有副作用,但只要掌握适度,不会超越人们的心理和经济承受能力。比如将每斤粮食提高 2 分钱,对于一个 3 口之家来说,若以一个月按人均 25 斤粮食计算,每月仅多付 1.5 元钱。但从全国来看则是一个惊人的数字。如果全国城镇居民人口为 3 亿,一年国家就少补贴近 20 亿元。

三是改单一的国家财政补贴为国家、集体共同负担,也就是采取负担分流的办法。财政补贴部分,一方面由国家负担,一方面由集体负担。如采取收缴粮食调节基金等,以减少国家财政的巨大压力。

四是提高定购价格,用于粮食生产投入。近两年来,粮食生产所需的化肥、农药、柴油等农用生产资料价格成倍增长。农民种粮的成本大幅度上升,粮食合同定购价格虽有所提高,但仍不合理。若把降低口粮标准和提高价格所得的资金用来适当提高合同定购粮食价格,可增加农民的经济收入,调动广大农民增产粮食和交售余粮的积极性。这有利于促进粮农对粮食生产的投入,提高粮食生产的后劲。

(获盐城市粮食局 1990 年度优秀论文三等奖)

农民自留粮浪费严重

江苏省射阳县不少农户自留粮损失浪费严重。通过对 24 户的调查,每年每户平均损失浪费掉的粮食达 96 公斤。照此推算,全县每年损失浪费的粮食达 2700 万公斤,应引起重视。

调查中发现,鼠害损失最为严重。近年来,农户饲养的家猫愈来愈少,市场上出售的鼠药多有假冒,调查中无一户幸免鼠害,损失最严重的农户 1 年达 300 多公斤粮食,最少的也有 65 公斤。

缺乏储粮知识,虫蛀、霉变时有发生,也是粮食浪费的一个主要现象。实行责任制后,不少农户,特别是粮田面积多的农户,缺乏大数量粮食保管知识,再加上储存条件差,即使发现虫害也无法熏蒸,因而发生虫蛀、霉变。这部分损失占农户自留粮的 2%～2.5%。

农民节约粮食观念也很淡薄,致使粮食浪费惊人,不少农户认为反正口粮够吃,把节约粮食不当回事。在收割登场时,田里割不净,路上到处可见散撒的稻麦穗,装运晾晒也撒漏严重.还有的农户将煮剩下来的白花花的米粥、米饭倒给猪、鸡、鸭吃。这部分浪费掉的粮食占自留粮的 4%～5%。

俗话说,民以食为天。目前我们的粮食并不充裕,建议每个农户珍惜自己用汗水换来的果实,储存好粮食,节约每一粒粮食。

(获 1989 年江苏省首届"信息杯"经济新闻大赛三等奖)

我有一位好妈妈

今年《红旗》杂志第一期刊登了一幅生动的剪纸作品《晚年福》。它出自一个比张海迪截位还高的残疾人钱亲华之手。钱亲华的成功,除自身的努力外,正如他自己所说——我有一个好妈妈。

钱亲华是江苏省射阳县临海镇团北村人。他的母亲柏玉芳,今年 70 岁。古稀之年,手脚还灵便,裱糊剪纸异常麻利。但谁也不会想到,老人这一辈子流了多少辛酸的泪,那满头的银丝,那脸上刀刻般的皱纹,哪一根、哪一道不是泪水冲刷出来的!

1968 年春,钱亲华刚满 12 岁,因帮父亲放牛受寒得了风湿性关节炎,发作起来揪心的疼。柏玉芳把积了两个月的鸡蛋卖了给儿子治病。翌年冬,小钱病情恶化,腿渐渐不能走动了。柏玉芳带儿子到大丰小海一家医院治疗,娘俩共带了 30 元钱。母亲几乎每顿都饿着肚子,省下钱来让儿子吃饱,期盼儿子两条腿能走路。

可柏玉芳怎么也没想到,儿子成了高位截瘫,两臂向下全部僵死,头只能朝一个方向活动。柏玉芳的心碎了。

瘫痪了的钱亲华头不能抬,手不能动。柏玉芳望着骨瘦如柴的儿子,常常哭得像泪人一样。吃饭用汤匙一口一口地喂,小便要她管,大便也要她管,用一张塑料纸垫在屁股上,用柴棒慢慢地掏,然后用布擦洗屁股。穿衣服,洗澡,洗脚,翻身……样样都离不开她。

她怎么也不相信,儿子就这么永远地躺着。听人说,枸杞根和西瓜藤能治关节炎,柏玉芳跑到离家 40 多里的地方去采摘。腿跑肿了,脚磨破了,可儿子的病依然没有好转。最小的女儿这时也得了关节炎。柏玉芳害怕极了,她怕小女儿也像儿子一样瘫了。一位老人告诉她,苍耳子熬水喝可治关节炎。柏玉芳像得了仙丹一样,一下子采了几十斤,熬了一锅水,让他们兄妹喝下。可谁想到,小女儿因喝得太多中毒死亡,儿子经过全力抢救才保住了性命。

这致命的打击使柏玉芳无法承受,她欲哭无泪。她绝望了。但看到床上的儿子,硬是咬着牙,挺了过来。

病痛的折磨,精神上的创伤,钱亲华想到了死。他绝食,他恳求妈妈让他去死。儿子是妈妈的心头肉啊!柏玉芳强忍着悲痛,坚强地劝导儿子:"孩子,你不能这样,妈妈还指望你干点事情呢。你不是还有两只手吗?"

她找来了小竹片,跑到 80 里外的东坎镇买回五色纸和铁丝,指点儿子扎花圈。一次、两次、三次……都失败了。柏玉芳毫不气馁,一次又一次地鼓励儿子坚持下去。有志者,事竟成。半年后,儿子扎的花圈终于可以同街市上的花圈媲美了,她愁闷的脸上露出了舒心的笑容。

妈妈的苦心和钟爱,像潺潺细流滋润着小钱的心田,激发了他对生活的爱及活下去的勇气和信心。

1980年春,小钱拜扬州著名的剪纸艺术家张永寿为师,学习民间剪纸。柏玉芳十分赞同,鼓励他坚强地学下去。

钱亲华学习到深夜,妈妈为他准备好夜宵;盛夏酷暑,妈妈给他扇扇子;数九寒冬,妈妈为他穿衣服,盖被子。剪刀、刻刀钝了,妈妈给磨;纸没了,妈妈去买,还有裱贴、裁纸……样样都离不开她。

15年啊,漫长的岁月。柏玉芳的汗水和泪水总算没有白流。好强的儿子没有辜负妈妈的期望。去年5月10日《盐阜大众报》在一版显著位置发表了钱亲华的作品《何仙姑》和《回娘家》,并介绍了钱亲华的事迹。之后,小钱的剪纸作品陆续在《红旗》《党的生活》《群众》《中国老年》等报刊上发表了30多幅。每当剪纸作品发表时,儿子兴奋不已,柏玉芳的脸上也绽放出难以抑制的笑容。

去年8月,当代农民书画研究会吸收小钱为会员。中华剪纸函授中心授予钱亲华"优秀学员"的光荣称号。中央、省、市电视台播映了钱亲华的事迹。去年国庆和今年元旦,镇文化站和县文化馆专门为钱亲华举办了个人剪纸作品展览。看到儿子取得的这些成绩,柏玉芳感到无比自豪、满足和欣慰。

（获 1987 年《盐阜大众报》"五好家庭"征文二等奖）

家庭植树节

2月28日这天,是江苏省射阳县临海镇团洼村七组村民张文志家的"家庭植树节"。他领着一家人,到屋后的小堆上去植树。三个儿子挖坑、扶苗、浇水,老张忙着培土、拉线。一个上午在屋后的小堆上栽上了五十多棵洋槐树、泡桐。

老张家还有"植树节"?

老张今年50出头。早在60年代初,他便养成了植树的习惯,力求栽一棵活一棵。由于他年年春上植树,到了70年代末,家前屋后,葱葱郁郁。每到盛夏,更是翠绿一片,生机盎然。真是夏天乘凉,冬天挡风。

近五六年来,他两个女儿出嫁的嫁妆、大儿子结婚的家具和新盖的四间大瓦房的木料,都是家前屋后的树,价值近3000元。十多棵桑树还卖得五百多元。整剪下来的树枝足足可做半年烧柴。

因此,在1983年正月,他和家里人商量,决定正月初九这天为"家庭植树节"。在每年的正月初九,全家人人动手,都要植树十到十五棵。目前,老张家周围的树,除用去的以外,还有大大小小近500棵,其中成材的近一半。

(获1995年江苏人民广播电台社会新闻竞赛一等奖)

附　　录

部分获奖新闻作品索引

专访《文学照亮人生——访紫金山文学奖获得者张晓惠》获 2022 年度江苏省优秀广播电视报刊新闻与专稿奖一等奖。

消息《26 岁"部级专家"郭晨获评"全省优秀人民警察"》获 2022 年度中国县市区域报新闻奖评选一等奖。

消息《射阳大米集团荣获全国农业技术推广成果一等奖》获 2022 年度中国县市区域报新闻奖评选三等奖。

消息《全省首单！碳配额保险落地射阳》获 2022 年度江苏省县级融媒好新闻三等奖。

消息《成功探索土地经营权流转合同网签"射阳实践"写进今年中央一号文件》获 2021 年度盐城市广播电视报刊新闻与专稿奖二等奖。

通讯《参加联合国和平音乐会 登上世界华人春晚 射阳县杂技团员表演惊艳全球》获 2021 年度盐城市广播电视报刊新闻与专稿奖二等奖。

专访《陆连仑 8 年编著 240 万字〈淮剧艺术丛书〉》获 2021 年度盐城市广播电视报刊新闻与专稿奖二等奖。

消息《小淮剧〈村主任喊你上直播〉折桂》获 2021 年度盐城市广播电视报刊新闻与专稿奖三等奖。

消息《全球分片塔筒最大风轮风机落户射阳》获 2021 年度盐城市广播电视报刊新闻与专稿奖三等奖。

消息《成功探索"土地经营权流转合同网签""射阳实践"被写进中央一号文件》获 2021 年度江苏广播电视报刊新闻与专稿奖三等奖。

通讯《240 万字淮剧丛书是怎样诞生的——记淮剧艺术丛书编著者陆连仑》获 2021 年度江苏广播电视报刊新闻与专稿奖三等奖。

消息《成功探索"土地经营权流转合同网签""射阳实践"被写进中央一号文件》获全省县市新闻中心系统 2021 年度好新闻一等奖（合作者张伟）。

消息《爱琴海协助指挥并带队下海营救难民救人英雄徐锦文当选"天津好人"》获全省县市新闻中心系统 2021 年度好新闻二等奖（合作者张伟）。

消息《我县完成国内首个海上风电调频实验》获全省县市新闻中心系统 2021 年度好新闻三等奖。

通讯《打造全球风电技术高地——江苏射阳港风电产业研究院投运侧记》获全省县

市新闻中心系统 2021 年度好新闻三等奖。

通讯《240 万字淮剧丛书是怎样诞生的——记淮剧艺术丛书编著者陆连仑》获全省县市新闻中心系统 2021 年度好新闻三等奖。

消息《发电效率更上"一层楼"全球分片塔筒最大风轮风机落户射阳》获全省县市新闻中心系统 2021 年度好新闻三等奖（合作者李凤启）。

消息《全国首笔农地流转合同在射阳县"云签约"》获 2020 年度赵超构新闻奖一等奖。

通讯《用声音点亮盲童世界》获 2020 年度江苏报纸文化好新闻三等奖。

消息《成功探索土地经营权流转合同网签》被评为 2021 年度盐城优秀新闻作品。

通讯《爱琴海勇救落水国际难民》获 2020 年度江苏广播电视报刊新闻与专稿奖二等奖。

消息《射阳大米推出专用"芯片"》获 2020 年江苏广播电视报刊新闻与专稿奖三等奖。

通讯《爱琴海勇救落水国际难民》获江苏省县市新闻中心系统 2020 年好新闻一等奖。

消息《射阳大米推出专用"芯片"》获江苏省县市新闻中心系统 2020 年好新闻一等奖。

消息《陈立飞 16 年公益放流海蜇苗 4 亿多尾价值近千万元》获江苏省县市新闻中心系统 2020 年好新闻二等奖。

消息《我县一宗农村产权交易创三个"全国之首"》获江苏省县市新闻中心系统 2020 年好新闻三等奖。

消息《射阳大米专用"芯片"诞生》获 2020 年度盐城广播电视报刊新闻与专稿奖二等奖。

通讯《用声音"点亮"盲童世界》获 2020 年度盐城广播电视报刊新闻与专稿奖三等奖。

消息《全国首笔农村产权全链上交易项目诞生 射阳一宗农村产权交易创下三个"全国之首"》荣获 2020 年度盐城广播电视报刊新闻与专稿奖三等奖。

广播新闻专题《用声音"点亮"盲童世界》获 2019 年盐城市优秀广播电视节目奖二等奖。

广播电视报刊新闻专访《绽放在黄海滩头的"白玉兰"——记摘得 29 届上海白玉兰戏剧表演艺术主角奖射阳淮剧团团长翟学凡》获 2019 年盐城市优秀广播电视节目奖二等奖。

广播电视报刊新闻与专稿消息《射阳籍歌手海生一曲〈中国澳门〉响彻濠江》获 2019 年盐城市优秀广播电视节目奖三等奖。

《射阳淮剧团团长翟学凡获二十九届上海白玉兰戏剧表演主角奖》获 2019 年盐城

市优秀广播电视节目奖三等奖。

通讯《用声音"点亮"盲童世界》获江苏省市县新闻中心系统 2019 年好新闻二等奖。

消息《陈晓平荣获全国无偿造血干细胞奖特别奖》获江苏省市县新闻中心系统 2019 年好新闻三等奖。

消息《射阳籍歌手海生一曲〈中国澳门〉响彻濠江》获江苏省市县新闻中心系统 2019 年好新闻三等奖。

《绽放在黄海滩头的"白玉兰"——记摘得 29 届上海白玉兰戏剧表演艺术主角奖射阳淮剧团团长翟学凡》获 2019 年江苏广播电视报刊新闻与专稿奖三等奖。

专访《绽放在黄海滩头的"白玉兰"——记摘得 29 届上海白玉兰戏剧表演艺术主角奖射阳淮剧团团长翟学凡》获 2019 年全国城市广播电视报优秀新闻作品二等奖。

消息《庆祝澳门回归祖国 20 周年,盐城籍歌手海生一曲〈中国澳门〉响彻濠江》获 2019 年全国城市广播电视报优秀新闻作品二等奖。

消息《"射阳大米"获评中国十大区域公共品牌和十大好米饭》获江苏省市县新闻中心系统 2018 年好新闻二等奖。

消息《陈晓平当选"江苏好人"》获江苏省市县新闻中心系统 2018 年好新闻二等奖。

《破茧成蝶舞翩翩——射阳淮剧团杂技团走向成功探秘》获 2018 年射阳县"文化让生活更美好·纪念改革开放 40 周年征文"一等奖。

通讯《射阳居民陈晓平当选"江苏好人",两次捐献"生命火种",一再推迟"二孩计划"》获江苏省(2018 年)第六届"博爱杯"红十字好新闻三等奖。

长篇通讯《共同的心愿是奉献——射阳县志愿者服务江苏省第七届特奥会纪实》获 2017 年江苏体育优秀新闻三等奖。

通讯《心中的歌儿唱给爸妈听》获(2017 年)第二十七届中国新闻奖报纸系列报道类三等奖。

消息《两次夺刀斗歹徒,戏里戏外正能量,陈明矿见义勇为受表彰》获江苏省市县新闻中心系统 2017 年好新闻三等奖。

言论《大走访贵在办实事解难题》获江苏省市县新闻中心系统 2017 年好新闻三等奖。

消息《我县农民创造"联耕联种"写进中央一号文件》获 2016 年江苏省县市报研究会、江苏省县市新闻中心工委好新闻一等奖。

通讯《蟹苗也住"托儿所"》获 2016 年江苏省县市报研究会、江苏省县市新闻中心工委好新闻一等奖。

通讯《特别晒谷场》获 2016 年江苏省县市报研究会、江苏省县市新闻中心工委好新闻二等奖。

消息《刘卫丰钱塘江勇救落水母女牺牲》获 2016 年江苏省县市报研究会、江苏省县市新闻中心工委好新闻三等奖。

《射阳县驾驶员虞鹏荣获"全国见义勇为英雄司机"称号》（新华网）被评为 2015 年射阳县好新闻。

消息《小月庭用另一种方式"活着"》获市红十字会、市新闻工作者协会联合举办的（2015 年）第三届"博爱杯"红十字好新闻二等奖。

通讯《让爱不再缺席》获 2015 年江苏省县市报研究会、江苏省县市新闻中心工委好新闻一等奖。

通讯《他在鹤乡树起一座道德丰碑》获 2015 年江苏省县市报研究会、江苏省县市新闻中心工委好新闻三等奖。

消息《志翔公司让员工实现了体面劳动》获 2015 年江苏省市县报研究会、江苏省市县新闻中心工委好新闻二等奖。

消息《凌如文一项发明专利为药农增收亿元》获 2015 年江苏省市县报研究会、江苏省市县新闻中心工委好新闻三等奖。

通讯《头顶梦想摘桂冠》获 2015 年江苏省市县报研究会、江苏省市县新闻中心工委好新闻三等奖。

消息《我县社会救助实现全覆盖》获 2015 年江苏省市县报研究会、江苏省市县新闻中心工委好新闻三等奖。

消息《我国推行"联耕联种"荣获"2013 年中国全面小康十大民生决策"奖》获 2014 年江苏省县市报研究会、江苏省县市新闻中心工委好新闻一等奖。

通讯《青春如夏花般灿烂》获 2013 年度江苏省县市报研究会、江苏省县市新闻中心工委好新闻三等奖。

消息《"粮工"垒"山"》获 2012 年江苏省县市报研究会好新闻二等奖。

通讯《知多少，想多少，干多少》获 2007 年江苏省委宣传部第九届"江苏报道奖"一等奖。

通讯《当面锣对面鼓事关群众冷和暖》获 2007 年江苏省县市报研究会好新闻三等奖。

消息《薛子君 24 首歌词入围奥运征歌》获 2007 年江苏省县市报研究会好新闻一等奖。

《"苏棉 9 号"6 年创社会效益 56 亿元》获 2001 年江苏省县市报好新闻三等奖。

《特庸 9 名党员办起农业科技示范园》获 2001 年中国县市报好新闻二等奖。

《靠人气纺出财气》获 2000 年中国县市报好新闻二等奖。

《陈林为农民致富铺路搭桥》获 2000 年江苏省县市报"艾兰得"杯好新闻竞赛三等奖。

《靠人气纺出财气》获 2000 年盐城市好新闻二等奖。

《射阳精简村组干部 4000 多人》获 2000 年盐城市好新闻三等奖。

《何汉中两年资助 113 名特困生》获 2000 年《盐阜大众报》"社会生活新闻竞赛"三

等奖。

《东南村的"三级跳"》获 1999 年中国县市报好新闻一等奖。

《育菇专家李立谷被农民称为活财神》获 1999 年中国县市报好新闻三等奖。

《腐烂蒜薹岂可上市》获 1999 年中国县市报好新闻三等奖。

《腐烂蒜薹岂可上市》获 1999 年盐城市好新闻二等奖。

《东南村的"三级跳"》获 1999 年盐城市好新闻二等奖。

《射阳县农村涌现 300 多家科研点》获 1999 年江苏省县市报"隆力奇"杯好新闻三等奖。

《一篇报道唤起人们的环保意识》获 1999 年江动杯"盐阜大众报与我"征文竞赛三等奖。

《射阳"龙头"企业当"扁担"》获 1997 年江苏省报纸优秀作品三等奖。

《射阳"龙头"企业当"扁担"》获 1997 年江苏省县市报好新闻一等奖。

《射阳"龙头"企业当"扁担"》获 1997 年中国县市报好新闻三等奖。

《感谢政府为下岗职工办了件好事》获 1997 年中国县市报好新闻三等奖。

《永恒的爱》获 1997 年度江苏县市报"张酿杯"精神文明建设好新闻竞赛二等奖。

《双料全国"亚军"是怎么当上的》获 1997 年盐城市好新闻二等奖。

《精品三探》获 1997 年盐城市精神文明建设新闻宣传研讨会三等奖。

《特别会办会》获 1996 年江苏省报纸好新闻三等奖。

《明年还要多种粮》获 1996 年中国县市报好新闻一等奖。

《特别会办会》获 1996 年江苏省县市报好新闻一等奖。

《农民张祖斌发明简易高效沼气池》获 1996 年江苏省县市报好新闻三等奖。

《双山集团推行倒成本控制法》获 1996 年江苏省县市报研究会主办的"京澄杯"加速两个转变经济新闻竞赛三等奖。

《"有一位女孩,她曾经来过……"》获 1996 年《中国社会报》好新闻二等奖。

《农民张祖斌发明简易高效沼气池》获 1996 年盐城市好新闻二等奖。

《特别会办会》获 1996 年盐城市好新闻一等奖。

《丹顶鹤的天堂》获 1996 年《中国劳动报》举办的"林德叉车杯"全国首届国土资源开发保护报告文学征文三等奖。

《这"热"那"热"土地闲置多,人为毁地可休矣》获 1996 年江苏经济报、江苏省国土管理局联合举办的"土地与发展"江苏耕地保护征文二等奖。

《"抠"厂长抠出效益》获 1996 年《今日盐城》举办的"中原杯"《盐城企业家之星》有奖征文二等奖。

《粮王杨定海种粮 12 年复耕荒地 4 500 亩》获 1996 年江苏经济报、江苏省国土管理局联合举办的"土地与发展"江苏耕地保护征文三等奖。

《明年还要多种粮》获 1996 年江苏省县市报好新闻二等奖。

《28 个"金娃娃"是怎样抱住的》获 1995 年中国县市报好新闻二等奖。

《28 个"金娃娃"是怎样抱住的》获 1995 年江苏省县市报好新闻一等奖。

《杨定海今年产粮 100 万公斤》获 1995 年江苏省县市报好新闻三等奖。

《28 个"金娃娃"是怎样抱住的》获 1995 年盐城市好新闻三等奖。

《青年农民大流失》获《党的生活》1995 年好稿一等奖。

《离任审计与审计离任》获 1995 年江苏省市报研究会举办的"环溪·三泰杯"言论竞赛二等奖。

《只有爱是永恒的》获 1995 年第十届中国地市报好新闻二等奖。

《谨防"子富母穷"》获 1995 年徐州市报纸好新闻三等奖。

《利用外资面面观》获《四川监察》1995 年优秀作品二等奖。

《射阳县棉、纱、布一条龙撑起"半壁江山"》获 1994 年中国县市报好新闻二等奖。

《射阳蒜产品尽占市场风流》获 1994 年江苏县市报春风杯"在市场经济大潮中"专题新闻竞赛三等奖。

《站用房基为啥长年晒太阳》获《华东电力报》1994 年好新闻奖。

《三个女人下海记》获 1993 年《工人日报》情系改革征文二等奖。

《路在脚下》获《家长导报》1993 年好稿二等奖。

《粮价放开第一年》获 1993 年盐城市广播电视优秀节目一等奖。

《企业潜力在厂长身上》获 1993 年《山东企业管理》杂志"新厦杯经济论坛"征文三等奖。

《青年农民大流失》获 1993 年全国科技报优秀作品二等奖。

《农行鼎力相助，粮王再振雄风》获 1993 年度《经济新闻报》"红杉树杯"头条竞赛二等奖。《"海"中弄潮胜须眉》获 1993 年《盐阜大众报》"下海揽胜"征文三等奖。

《种粮大户杨定海的困惑》获 1992 年徐州市报纸好新闻二等奖。

《种粮大户杨定海的困惑》获 1992 年江苏省报纸好新闻三等奖。

《他们为何大抛荒》获 1992 年华东 17 家经济信息报热点新闻竞赛三等奖。

《农民为何要抛荒》获 1992 年江苏优秀广播社教节目三等奖。

《农民为何要抛荒》获 1992 年盐城市广播电视优秀作品一等奖。

《关于解决我国城镇居民口粮价格倒挂问题的意见》获盐城市粮食局 1990 年度优秀论文三等奖。

《农民自留粮损失严重》获 1989 年江苏省首届"信息杯"经济新闻大赛三等奖。

《该奖的如数兑现 该罚的分文不少》获 1988 年湖北省企事业报好新闻好标题奖。

《我有一位好妈妈》获 1987 年《盐阜大众报》"五好家庭"征文二等奖；

《家庭植树节》获 1995 年江苏人民广播电台社会新闻竞赛一等奖。

《人民日报》部分用稿索引

消息《射阳农民加工贝壳粉致富》载《人民日报》1985 年 11 月 26 日

现场新闻《家庭植树节》载《人民日报》1986 年 4 月 7 日一版

调查报告《关于解决我国城镇居民口粮价格倒挂问题的意见》载《人民日报》1990 年第一版

调查报告《入库粮食质量不容忽视》载《人民日报》1990 年 6 月 9 日

来信《农民急需的六项服务》载《人民日报》1991 年 2 月 19 日

新闻调查《粮农为何抛荒》载《人民日报》1992 年 12 月 5 日加编者按

消息《射阳粮款全部兑现》载《人民日报》1993 年 1 月 6 日头版头条

言论《多一些农民商校》载《人民日报》1993 年 2 月 10 日

来信《化肥深施刻不容缓》载《人民日报》1995 年 8 月 29 日

通讯《咱乡也有孔繁森》载《人民日报》1995 年 9 月 5 日

消息《王祚航送报 400 万份无一差错》载《人民日报》1995 年 10 月 6 日

通讯《漫画少年人生》载《人民日报》1995 年 12 月 5 日

通讯《"乐天派"刘巧云》载《人民日报》1996 年 7 月 31 日

通讯《特别联席会》载《人民日报》1996 年 8 月 8 日

消息《杨定海一年产粮超千吨》载《人民日报》1996 年 12 月 5 日

消息《张祖斌发明高效沼气池》载《人民日报》1996 年 12 月 5 日

消息《射阳滩涂围垦工程启动》载《人民日报》1997 年 1 月 10 日

特写《解困市场受欢迎》载《人民日报》1997 年 1 月 29 日头版头条

通讯《永恒的爱》载《人民日报》1997 年 7 月 22 日

通讯《射阳"龙头"企业当"扁担"》载《人民日报·华东新闻》1997 年 7 月 25 日头版头条加编者按

消息《射阳农副产品在沪交易火爆》载《人民日报》1998 年 10 月 19 日

消息《射阳"猪倌"养猪致富做善事》载《人民日报》1999 年 1 月 10 日

消息《射阳在乐清摆"滩"吆喝》载《人民日报》2001 年 11 月 29 日

消息《射阳棉花协会管资格》载《人民日报》2001 年 12 月 19 日加编者按

消息《射阳农村信用社贷款助困难农户春耕》载《人民日报》2002 年 2 月 21 日

消息《农民争购林木经营权》载《人民日报》2002 年 3 月 13 日

消息《"一票制"卖"放心肉"》载《人民日报》2002 年 8 月 21 日

特写《养殖大户问计水产专家》载《人民日报》2002 年 8 月 26 日

消息《射阳在沪招商成果丰》载《人民日报》2002 年 9 月 3 日

消息《棉花大县做纺织强县》载《人民日报》2002 年 9 月 26 日

特写《副县长卖螃蟹》载《人民日报》2002 年 10 月 22 日

特写《大米品尝会》载《人民日报》2002 年 10 月 31 日

消息《射阳皮棉全国再夺魁》载《人民日报》2002 年 11 月 26 日

消息《射阳建成农产品检测中心》载《人民日报》2003 年 1 月 8 日

消息《射阳跻身"中国果菜十强"》载《人民日报》2003 年 3 月 28 日

特写消息《问计棉花专家》载《人民日报》2003 年 4 月 25 日

消息《射阳 8 万吨蒜薹售馨》载《人民日报》2003 年 5 月 22 日

消息《射阳公益事业招投标》载《人民日报》2003 年 6 月 11 日

通讯《射阳推行"点题公开"》载《人民日报》2004 年 4 月 5 日

消息《射阳大米成集体商标》载《人民日报》2005 年 1 月 5 日

消息《射阳公推竞选县委委员》载《人民日报》2005 年 1 月 13 日

消息《射阳首创〈纪检监察文化纲要〉》载《人民日报》2005 年 12 月 23 日

消息《射阳设党员服务联系卡》载《人民日报》2005 年 3 月 17 日

消息《细化党员先进性标准　射阳公布十要十不要》载《人民日报》2005 年 8 月 11 日

通讯《蟹苗也住"托儿所"》载《人民日报》2016 年 6 月 5 日

40 年只干一件事(代后记)

从 2000 年出版《新闻实践与探索(上)》至今又过了 23 年,《新闻实践与探索——获奖作品及其评介》这本集子终于又付梓了,这是件我十分高兴的事儿。

这是我 1982—2023 年的成绩单。

我从事新闻报道一晃 40 年了。40 年,在历史的长河中,只不过是短暂的一瞬,可对于我,却是一段漫长而又艰辛的人生历程。这当中,有汗水,有心血,有挫折,更多的则是用自己的笔,记录讲述身边发生的与时俱进或先人一步的射阳故事,收获的是成功的喜悦。

"为伊消得人憔悴,衣带渐宽终不悔"。这期间,有近千万字的新闻文字发表在全国各级新闻媒体,近 200 篇次获国家、省、市好新闻奖,包括赵超构奖和新闻界最高奖中国新闻奖,数十次受到省、市、县表彰,撰写了 10 本相关新闻书籍,被评定为新闻高级职称。

从爱好新闻写作的"土记者"到专业新闻工作者,这 40 年,我只做了一件事:新闻报道。

这 40 年来,我犹如一块生铁,经过烧红、锻打、再烧红、再锻打,反复锻造、磨炼。我深入一线挖故事,半夜挑灯"爬格子",日复一日,年复一年,付出了常人难以想象的艰辛与努力,从一个普通的新闻爱好者成为一个名副其实、能力全面、独当一面的新闻工作者,在新闻战场上不断奔跑,不断探索,不断进步!

这份成绩单,是我在岁月的风尘中摸爬滚打的难忘经历,它凝聚了我的心血和汗水,见证了我这个笔耕筑梦者的成长过程。

(一)

有人说,爱好是专业的入门票,兴趣是成功的动力源。我也有这样深刻的体会。因为兴趣,人会很快喜欢某一样事物,会在某个时段全身心地投入其中,但是也会在热劲过后,就将其丢到一旁。能不能成功,完全取决于我们对这件事情的痴迷程度。也就是说,我们做什么事情,仅凭一时的兴趣就不会长久。要做得极致,关键在于坚持。不管多苦多累,困难有多大,都要心甘情愿地去做好,坚持固然不易,成功就更不易了。

1980 年,我高中毕业回乡种田,为了填补精神上的空虚,我就以读书来消磨时光,五花八门,无所不看。开始是无目的地浏览,渐渐我被张海迪等自学成才的事迹感动了。

农民袁学强写出了小说《咱们的牛百岁》,还拍成了电影。他不就是凭顽强的毅力,由一个普通的农民成为作家的吗?这一个个的自学成才事例,深深地感染鼓舞着我,扬起了我的生活风帆。一天,我在一本杂志上看到一篇通讯员谈写稿的体会文章,不禁一阵激动,突然萌发一个念头:学习新闻写作。

且不说万事开头难,那时我连什么叫"新闻"也不懂,怎么写,写什么呢?经村里的一位退伍军人点拨,我买了本《新闻写作基础知识》。如获珍宝的我,像饥饿的人扑在面包上一样扑在书本上。经过几个月的刻苦学习,我了解了一般的新闻写作知识。可家中有责任田 20 来亩,父母只能做些轻活,所有的重担都落在我身上。我只有利用晚上的时间写稿,常常熬到深夜。初开始父母见我白天干活,晚上还熬夜写稿,真有点舍不得。可时间长了没出成果,有时又耽误做工,遇到大忙季节,我便成了他们的"出气桶"。我虽然受不了,但为实现自己的梦想也要强忍着。数九寒冬,我就坐在被窝里,一写就是大半夜,手冻麻木了,呵口气擦擦手又继续写。夏天的夜晚,别人去乘凉看电影、打扑克,我闷在屋里继续写。冬去春来,几年的努力,我的新闻作品上了《人民日报》《农民日报》等报刊电台。1983—1985 年,因新闻报道成绩优异,连续 3 年被县委宣传部评为优秀通讯员。1986 年 2 月,经县委宣传部推荐,我应聘到国营县八大油厂搞宣传工作,6月中旬,被调到县粮食局搞专职新闻宣传工作,正式开始了我的新闻宣传工作职业生涯。

(二)

在粮食局负责新闻宣传工作时,公文材料要写作,工作简报要采编,还有夏秋粮收购期间跟着领导巡查、蹲点,突击任务比较多。不管多忙,我心中始终惦记着新闻采访和写作,白天没空采访就晚上,一熬就是大半夜。20 世纪 90 年代初,家里穷买不起空调,夏天闷热难耐,蚊虫叮咬,晚上写稿就用一盆冷水放在身边,不时用毛巾擦汗。冬天夜晚写稿,经常冻得浑身发抖,也不停下手中的笔。1992 年我写了一篇《射阳粮农为何大抛荒》一稿,被《人民日报》《农民日报》等 10 多家新闻媒体采用,在全国引起强烈反响,如果当年有热搜,妥妥地占据榜首。县一领导指示"严查"作者,粮食局长去解释做检查,一位分管县长扬言要开除我。市里组成联合调查组来调查,结果文中所有反映的情况均属实。后来,局里为了避免责难,把我临时安排到粮油贸易公司工作。我人在曹营心在汉,没有丢下手中的笔,抽出时间写出了 20 多篇重头稿件,在《人民日报》《中国青年报》《农民日报》等 10 多家媒体发表,又在全国引起了较大反响,其中被《报刊文摘》《文摘报》转载的就有 8 篇。

苍天不负有心人,1993 年底,《射阳日报》复刊,我被借用到报社,后来又正式调进,我完成了一个破茧成蝶的蜕变过程。

（三）

报社初创初期，记得只有 4 个编采人员，我既要采访新闻，还要负责第一版的编辑和新闻图片的拍摄。当时大家都是新手，排版人员也没有经验，四开四版的报纸排版和校对工作常常要到第二天凌晨三四点钟才能结束。有一阵子两个月我熬了 10 个通宵，第二天只能休息一两个小时，还要继续采访写作，一年多下来，终于累垮了身体，差点过劳死，休息了大半年也难以恢复。

当时我是从粮食系统借调过来的，报社领导也打报告要帮我调进，但迟迟没有进展，而粮食部门又要求我回去，不然停发工资。左右为难之际，我选择调到报社的下属单位广告公司。工资关系在广告公司，人还在报社做记者。后来县里批了报社 3 个事业编制，我才正式调进。无论是疾病还是工作调动的挫折，我依然履行一名记者的职责，一直是报社发稿最多、对外宣传用稿数量最多的记者。

令人意想不到的是，《射阳日报》2003 年底正式停刊，人员分流。水利部门到组织部点名要我，负责办公室工作。当时我的安排也惊动了有关领导，他们认为我就是做新闻的料，果断抽调我到县纪委优化办公室做宣传工作。在优化办的 3 年里，我发给上级新闻单位的稿件比在报社还要多，影响力也较大。在此期间，我还被抽调到一家中央媒体帮助做采访工作一年。

几经周折，2007 年我又回到了新成立的射阳县新闻信息中心，从事复刊后《射阳日报》的采编工作。

回想调进报社、停办分流、后来又回到报社的这段经历，坎坎坷坷，精神上心理上免不了遭受了很大的创伤，但我坚定地追逐新闻梦想，一刻也没有停止过。我始终保持初心，不断沉淀和充实自己，努力用笔尖描绘射阳的发展，用心去感受射阳前进的脉搏，用行动诠释了一个新闻工作者的责任和使命！

（四）

从事新闻工作 40 年间，我积劳成疾，多次生病住院，经济十分贫困，到县城成家之后，3 年之间就租房搬迁了 8 次。当年许多人家都有彩色电视机、洗衣机和空调，而我是同事当中最后一个买电视机和洗衣机的人。还发生过因为从来没用过空调、因制冷温度打得过低一夜过后全家人都感冒，以及看彩色电视因不知道调整亮度让全家人都患了红眼病的故事。

因为收入低，来了客人就跟人家邻居借钱招待，等工资发了之后再还给人家。一年也买不上一两件像样的衣服，许多朋友都说我穿得像个老农民，一眼看上去就像个没钱的主。为了解决住房问题，1995 年借了 25 家，凑了 4 万多块，建了 100 多平方米的房子，省吃俭用 8 年才还清债务。期间为了还债，有一个月，我们都是从岳母家拿的蔬菜，没有吃过一顿肉鱼。因为缺营养，全家人抵抗力差，面黄肌瘦，经常生病。

工作的辛劳、经济的拮据、身体的虚弱，使我一次次想打退堂鼓，但内心激荡的新闻工作情怀支撑着我，我热爱我的新闻工作，因为热爱，所以执着；因为热爱，所以坚守，我义无反顾！

难忘往事，往事难忘。这些困难和阻力都成为我前行路上的动力和激励我永远向上的力量的源泉。

记得冰心有首小诗，"成功的花，人们只惊羡她现时的明艳，然而当初她的芽儿，浸透了奋斗的泪泉，洒遍了牺牲的血雨"。我这张成绩单的背后承载着酸甜苦辣，熬过最深的夜，迎接过清晨的第一缕阳光，但我苦中有乐，我将最美的青春献给了我挚爱的事业。这一路走来，激情仍在，动力依然，我要坚守职责使命，与时代同频共振，努力写出更多有温度、有深度的新闻报道，用手中的笔记录描绘这个美好的时代！

（五）

40 年的新闻人生路，面对书本中的作品和手捧着的获奖证书，感恩之余，我亦感慨良多。

不管遇到什么困难和挫折，我始终执着和坚守自己的新闻激情和职业理想，始终相信只有坚持，才能成功。

能写出一些有影响的新闻作品，是不断的新闻实践锤炼了我的新闻敏感。

县委宣传部，《射阳日报》社，射阳县融媒体中心历任领导的关心支持和帮助，为我提供了施展才华的平台。

各级新闻单位的领导和编辑，以及新闻界同仁一路上给予的指导和帮助，让我有了前行的动力。

在漫长的新闻人生中，严格的廉洁自律，让我赢得了荣誉和社会大众的信任。

采访对象和单位为我提供了便利和帮助，才能让我顺利地完成许多采访任务。

感谢沈建华先生在百忙之中为陋集撰写序言。

感谢 20 多位新闻文学界的领导、专家和挚友撰写的评介文章。

感谢张锋、周如福、彭辰阳、颜良成、徐俊山等同志的指导策划、编审修改稿件。

感谢沈建华、张锋、贺寿光、周如福、邓天文、彭辰阳、徐俊山、张伟、李凤启、周蓉蓉、葛静漪、彭玲、张力引等合作者，是你们与我共同完成了书中的部分作品。

《新闻实践与探索——获奖作品及其评介》这本集子为我 40 年来所不懈宣传的射阳新闻留下一些亮点，为自己在新闻道路上的成长留下一段深浅不一的足迹，若能对年轻的新闻入门者有所裨益，则作者幸甚。

张学法
2023 年初夏